내 생애 이야기 6

나남
nanam

한국연구재단 학술명저번역총서
서양편 448

내 생애 이야기 6

2023년 11월 10일 발행
2023년 11월 10일 1쇄

지은이   조르주 상드
옮긴이   박혜숙
발행자   趙相浩
발행처   (주) 나남
주소   10881 경기도 파주시 회동길 193
전화   (031) 955-4601 (代)
FAX   (031) 955-4555
등록   제 1-71호 (1979. 5. 12)
홈페이지   http://www.nanam.net
전자우편   post@nanam.net

ISBN 978-89-300-4151-5
ISBN 978-89-300-8215-0 (세트)

이 책은 2019년 대한민국 교육부와 한국연구재단이 우리 시대 기초학문의 부흥을 위해
펼치는 학술명저번역사업의 지원을 받은 책입니다(2019S1A5A7068983).

한국연구재단
학술명저번역총서
448

내 생애 이야기 6

조르주 상드 지음

박혜숙 옮김

Histoire de Ma Vie

by

George Sand

내 생애 이야기 ⑥

차례

내 생애 이야기 ⑦

7. 할머니 유언장

며칠 뒤 사촌 르네 드빌뇌브와 엄마와 마레샬 이모와 이모부가 오셨다. 유언장을 개봉하는 자리에 참석하기 위해서였다. 이 유언장에 따라 나의 앞으로의 새로운 삶이 모두 결정될 참이었다. 나는 돈에 대해서는 말하지도 않았고 그런 것은 생각하지도 않았다. 할머니가 다 알아서 하셨을 테니까. 하지만 내가 할머니의 지위를 이어받을지에 대해서는 의문이었다.

할머니는 그 무엇보다 내가 엄마에게 맡겨지길 바라지 않으셨다. 할머니가 아주 정신이 명료했을 때 유언장을 작성하시며 내게 하신 말씀은 나를 정말 당황케 했었다.

"너희 엄마는 네가 생각하는 것보다 더한 여자야. 너는 정말 네 엄마를 모른다. 네 엄마는 정말 교양이 없어서 자기 자식을 무슨 새를 키우듯 사랑한단다. 처음 어릴 때는 온갖 정성을 다해 키우다가 새끼가 날개를 갖게 되어 보다 이성적인 사랑이 필요한 때가 되면, 다른 나뭇가지로 날아가 버리고 새끼를 부리로 쫓아내 버리지. 아마 너희 엄마랑 사흘만 같이 살아도 너는 지독하게 불행하게 될 거야. 그 성질, 교육, 취미, 습관, 생각 모든 게 네게 충격적일 거다. 만약 너희 둘 사이에 내가 버티고 있지 않는다면 말이야.

그러니 그런 절망적인 상황 속에 처하지 말고 아버지 친척들과 지내도록 해라. 그들이 내가 죽어도 너를 돌봐줄 거야. 너희 엄마도 여기에는 흔쾌히 동의해줄 테지. 너도 어렴풋이 느끼겠지만 만약 너희 엄마와 좀 더 가까운 사이가 되면 지금처럼 평온한 관계는 지속되지 않을 거다. 모두 내가 유언으로 너의 교육과 모든 보살핌을 르네 드빌뇌브에게 맡길 거라 생각하고 있다. 하지만 먼저 네가 그것을 받아들일지 묻고 싶구나. 빌뇌브 부인은 젊은 아이가 기꺼이 따르지 않는다면 그 책임을 지고 싶어 하지 않을 테니까."

아주 짧지만 할머니의 정확한 혜안慧眼을 보여주었던 이 순간 나는 할머니에게 완전히 설득되었다. 또 엄마는 내가 힘들 때 나를 도우러 오지도 않고 할머니에 대해 불쌍하게 생각하는 마음도 없이 아주 가끔 화가 잔뜩 난 편지에, 할머니를 경멸하는 혹은 할머니를 위협하는 그런 기분 나쁜 편지를 보냈다. 엄마의 이해할 수 없는 이 태도들이 내게 큰 상처를 주었고, 할머니 말에 무게를 더해주었다.

엄마 안에 부글거리는 이 말 없는 분노로 나는 너무 낙담해서 엄마가 너무 부당하고 이상한 사람이라고 생각할 수밖에 없었다. 나는 언니 카롤린이 엄마와 전혀 행복하지 않았다는 것을 알고 있었다. 그리고 엄마도 내게 이런 편지를 보냈었다.

"카롤린은 곧 결혼한단다. 이제 나랑 사는 게 지겨운 게지. 하지만 어쨌든 그래서 이제 나도 자유롭고 행복하게 혼자 살 게 될 것 같다."

이후 나의 사촌은 와서 보름 정도 지낸 후 갔다. 내 생각에 결정하기 전에 혹은 적어도 자기 아내가 나를 맡기로 결정하기 전에 나에 대해 좀 더 알고 싶었던 것 같다. 나로서도 어린 시절부터 몇 번 보지 못했지만 나를 보살펴 줄 이 아버지에 대해 더 알고 싶은 마음도 있었다. 이분의 부드럽고 우아한 태도에 나는 늘 호의를 가지고 있었다. 하지만 그런 겉모습 뒤로 어떤 형식이든 내 속에 있는 것과 배치되는 신념이 숨겨 있는지 알고 싶었다.

그는 유쾌하고 균형 잡힌 성격에 아주 매력적인 교양을 갖춘 사람이었다. 너무나 예의 발라서 모든 사람이 마음에 들어 했고 감동했다. 그는 소설도 많이 알고 있었고 내 생각에 자기가 읽은 모든 시를 거의 다 외우고 있는 것 같았다. 그는 내가 읽은 것들을 물어보았고 내가 시인의 이름을 대기만 하면 그 시인이 쓴 가장 아름다운 시구를 편안하고 지나침 없이 매력적인 발음과 목소리로 읊었다. 그는 오시안이나 그레세나 누구든 편애하지 않고 좋아했다. 그는 이야기하는 동안 늘 책들을 인용하며 어떤 페이지를 열어 보여주곤 했다.

그는 시골과 산책도 좋아했다. 당시 그는 45살이었는데 30살 정도로밖에 보이지 않아서 라샤트르에서는 우리가 함께 말을 타면 그를 나의 약혼자로 생각했다. 그래서 내 입장에서 보자면 그와 함께 둘만 말을 타는 것은 "세상 사람들 소문에" 또 휘말리는 거였다.

하지만 그에게는 시골 사람들에 대해 어떤 편협한 생각도 깔보는 생각도 없었다. 그는 항상 큰 사교계에서 지냈기 때문에 나의 특별난 태도에 대해서도 전혀 개의치 않았다. 그는 나와 함께 사격을 하고 새벽 두세 시까지 책을 읽고 이야기했다. 또 말을 타고 도랑을 넘는 시합을 하기도 했다. 그는 나의 철학 에세이들을 읽으며 비웃지 않았고 오히려 내게 글을 써 보라고 권하기도 하며 충분히 그럴만한 소질이 있다고 했다.

그의 충고로 나는 정말 소설을 써보기도 했다. 하지만 소설은 수녀원에서 쓴 것만 못했다. 사랑 이야기가 없었는데 그것은 항상 내 영역 밖이어서 어떻게 표현해야 할지 알 수 없었다. 나는 잠시 즐기다가도 뭔가 구체적으로 설명해야 할 때가 오면 포기하고 말았다. 나는 책처럼 현학적이지만 그렇게 되고 싶지 않아서 차라리 입을 다물고 마음속으로 영원한 코랑베 씨를 따라가고 싶었다. 거기에서만 나는 진정한 느낌을 가질 수 있었다.

나의 후견인이 너그럽고 성격도 좋아서 나는 우리 둘 사이에 어떤 갈등이 있을 거라곤 생각지도 못했다. 당시 내 상상력의 모든 것은 철학적 상념이었다. 나는 그것을 일상적으로 드러내지는 않았다. 그리고 그 문제를 심각하게 생각하지 않는 사람을 싫어하거나 경계하거나 하지도 않았다. 나의 사촌은 나의 자유주의를 비웃었지만, 화를 내지는 않았다. 그는 새로운 궁정 사람들을 만났지만, 여전히 제정시대 사람들과도 접촉하고 있었다. 그런데 당시 보나파르트주의자들과 자유주의자들은 둘 다 본능적인 저항감으로 하나가 되어 있었기 때문에 그는 내게 이 고리타분한 기독교인들과 반反계몽주의에 구역질이 난다고 고백했었다. 그리고 살롱에서 말하는 종교적이고 왕당파적인 관용이 역겹다고도 했다.

그는 내게 빌뇌브 부인에게도 존경과 공경의 마음을 표하라고 충고했는데 그 말을 들으니 그가 자기 집에서 절대적인 주인은 아니라는 생각이 들었다. 그런데 그녀는 기독교 신자가 아니었고 항상 세상 속에서 속물적으로 살아가는 사람이었다. 내가 좀 촌스럽게 보일까 걱정하자 그는 그렇지 않고 항상 노력하는 것이 중요하다면서 다음과 같이 말했다.

"그 외에 그녀가 너무 엄격하다는 생각이 들면 그녀가 원하는 대로 잠시 마치 초등학생처럼 순순히 따라주면 그런 모습을 보자마자 아주 너그러워지고 관대해질 거야. 슈농소는 정말 너처럼 세상 구경 안해 본 아이에겐 천국 같은 곳일 거야. 그리고 만약 그곳에서 답답하게 생각될 때면 내가 즐겁게 해줄 수 있지. 우린 아주 친하게 지낼 수 있을 것 같거든. 우린 함께 읽고 함께 논쟁하고 함께 달리고 또 함께 웃을 거야. 너도 나처럼 큰 걱정이 없을 때는 마냥 즐거운 아이니까 말이야."

그래서 나는 그에게 큰 신뢰와 함께 나의 모든 미래를 맡겼다. 또한 그의 딸이자 라로슈에몽 부인인 엠마와도 전처럼 친하게 지낼 것이며 우리 세 명은 세상에서 뭐라 하든 상관하지 않을 것이고, 두 사람은 나만 사랑해 줄 거라고 했다.

그는 나의 엄마에 대해서도 할머니가 내가 엄마와 함께하길 원치 않으셨다는 말을 완곡하고 정중하게 말해주었다. 그래서 완전히 결별하라는 게 아니라 오히려 엄마에 대한 나의 존경심을 강조하며 이렇게 말했다.

"단지 둘 사이가 좀 소원해진 것 같으니 경솔하게 다시 사이를 좁히지 않았으면 해. 엄마가 원치 않는 이상 편지도 더는 하지 말고 그녀가 냉정하다고 불평도 하지 마라. 그게 더 좋을 듯하다."

이런 주문은 내게 고통스러운 거였다. 물론 그 말이 지당한 말이고 엄마의 행복을 위해서도 그것이 필요했지만 내 마음은 여전히 엄마에 대한 뜨거운 사랑과 실망감으로 인한 암울한 슬픔을 가지고 있었다. 나는 엄마가 나를 전혀 사랑하지 않는다고 생각하지 않았다. 단지 내가 할머니를 너무 사랑해서 엄마처럼 욕하지 않는다는 것을 원망한다고 생각했다. 하지만 난 그 원망이 어떤 마음인지 모르면서도 두려웠고 마지막 순간까지 나는 엄마를 더 사랑한다고 너무나 많이 표현하고 또 표현했었다.

몇 달 뒤 할머니가 돌아가신 다음 날 사촌 르네가 나를 데리러 왔고 나는 그를 따라 나설 참이었다. 그런데 엄마가 와서 나는 갑자기 혼란에 빠졌다. 나를 본 엄마의 포옹은 너무나 따뜻했고 진심에서 우러나는 거였다. 게다가 뤼시 이모를 보는 것도 너무 행복했다. 이모의 말투는 너무나 친숙했고 이모의 유쾌하고 활기찬 모습 그리고 솔직하고 우리의 어리광을 다 받아주는 푸근한 모습을 보자 마치 어린 시절 엄마 집에서의 행복한 꿈을 다시 찾은 것만 같았다.

하지만 엄마는 15분도 채 지나기 전에 여행으로 피곤한 몸에 지쳐서, 또 빌뇌브 씨와 데샤르트르 선생님의 찡그린 얼굴과 특히 노앙에서의 고통스러운 추억 때문에 가슴속에 있던 할머니에 대한 온갖 원망을 쏟아내기 시작했다. 엄마를 진정시키기 위해 이모가 노력했음에도 불구하고 나는 엄마와 나 사이에 나도 모르게 깊은 골이 파여 있음을 느꼈다. 아마도 돌아가신 할머니의 슬픈 유령이 오랫동안 우릴 절망케 할 거란 예감이 들었다.

할머니에 대한 엄마의 욕은 날 경악케 했다. 전에도 들은 적이 있었지만 그때는 잘 이해하지 못했다. 나는 그 말들이 너무 가혹하고 참을 수 없을 정도로 말도 안 되는 소리라고 생각했다. 이제는 그 가엾은 할머니가 사악하다고까지 욕했다. 또 엄마는, 나의 가여운 엄마는 화가 나서 말도 안 되는 소리들을 해댔다.

이런 욕을 할 때 엄마는 냉정하고 흔들림 없이 가만히 있는 내 모습에 더 흥분했다. 나는 속으로 울컥했지만, 엄마가 너무 흥분했기 때문에 이를 악물고 견디고 있었다. 처음 폭풍이 몰아칠 때부터 할머니에 대한 나의 흔들림 없는 존경심을 보여줘야만 했다는 생각도 들었지만, 너무 격렬한 엄마의 분노에 이런 저항이 너무나 큰 상처가 될 것 같아 나는 내 안에 숨겨진 분노를 노골적으로 다 표현할 수도 없었다.

이런 이성적인 노력, 의무적으로 내 안의 화를 참아 내는 것은 엄마 같은 사람에게 정말 최악의 대응이었다. 나도 엄마처럼 소리 지르고 난리를 치고 뭐든 부수고 겁을 줘서 나 또한 엄마처럼 난폭하고 폭력적인 아이이니 함부로 보지 못하게 해야만 했다.

이모는 둘만 있을 때 이렇게 말해 주곤 했다.

"그 반대로 해야 해. 너는 너무 얌전하고 너무 품위 있게 행동해. 언니와는 이런 식으로 하면 안 된다. 나는 잘 알고 있지, 나는 말이야! 나는 동생이라 어린 시절 정말 불행했지. 그리고 만약 자라면서 너처럼 언니를 대했다면 계속 불행했을 거야. 하지만 나는 언니가 좀 기분이 나빠서 뭔가 싸울 것 같으면 언니를 슬슬 건드리면서 폭발할 때까지 약을 올렸지. 그럼 바로 화를 냈어. 그러면 화가 머리끝까지 났다 싶을 때 나도 같이 화를 냈지. 그러면서 이렇게 말하는 거야. '자 이제 됐으니 내게 입 맞추고 나랑 화해할 거야? 빨리해, 아니면 나는 가 버릴 테니까.' 그럼 언니는 곧 정상으로 돌아왔고 내가 또 다시 그럴까 봐 자기도 자주 화를 내지 못했지!"

나는 그 충고를 따를 수 없었다. 나는 이 불행하고 성질이 불같은 여자의 동생도 아니고, 같은 어른도 아니었으니까. 나는 그녀의 딸이었다. 나는 예의를 갖추고 존경심을 가져야 했다. 엄마가 다시 제정신을 찾으면 나는 온갖 말과 행동으로 나의 사랑을 표현했다. 하지만 내가 입을 맞추는 그 입술이 또 언제 존경하는 할머니에 대한 욕으로 뜨거워질지는 알 수 없었다.

유언장 개봉은 새로운 폭풍을 몰고 왔다. 엄마는 할머니의 비밀을 누군가에게서 미리 듣고는 (그가 누군지는 모르겠다.) 오래전부터 나를 엄마로부터 떼어 놓으려 한 것을 알고 있었다. 게다가 거기에 대해 내가 동의한 것까지 알았으니 엄마의 분노는 눈에 보듯 뻔한 일이었다.

엄마는 마지막 순간까지 모르는 척하고 있었다. 그리고 내 사촌과 나는 엄마가 내게 혐오감을 보이고 있으니 유언의 내용을 그냥 받아들일 거라고 편하게 생각하고 있었다. 하지만 엄마는 거기에 대해 뭔가 대응하려고 만반의 준비를 하고 있었다. 그리고 이 부분이 자신에게 얼마나 모욕적인가를 사촌에게 피력했다. 엄마는 분명한 어조로 자신이 딸을 보호하는 것이 부당하다는 말에 동의할 수 없으며, 자신이 당연한 나의 법적 후견인인 만큼 그 항목은 무효라고 하면서 어떤 애원이나 협박에도 자신은 자기의 권리를 포기하지 않겠다고 했다. 그리고 그것은 절대적이고 완전한 자신의 권리라고 했다.

5년 전 그렇게도 원했던 둘의 결합이 내게 슬픔이며 불행이라고 한 게 대체 누구였던가? 엄마는 내가 엄마를 너무나 갈망했던 그날들을 상기시키며 할머니와 데샤르트르 때문에 내 마음이 변했다고 원망했다. 그래서 나는 소리쳤다.

"아! 가엾은 어머니, 그때 제게 뭐라 하셨는지요! 그때 나는 아무것도 아쉬워하지 않았지요. 나는 엄마를 위해 모든 것을 다 버릴 수 있었어요. 어째서 엄마는 저의 희망을 속이고 완전히 짓밟으셨나요?

솔직히 나는 엄마의 사랑을 의심했어요. 그리고 지금 뭐라 하시는 거지요? 엄마는 이제 다시 찾아가려는 제 마음에 치명적인 상처를 주고 마음을 찢고 있어요. 할머니는 엄마에게 잘못한 것을 용서받기 위해 4년을 참으셨는데, 엄마는 할머니 욕으로 매일 매시간 이렇게 저를 숨 막히게 하나요!"

어쨌든 나는 아무 불평 없이 나를 돌보겠다는 엄마 말에 따랐고 엄마는 진정됐다. 사촌의 매우 정중한 태도도 잠깐 엄마의 화를 진정시켰다. 엄마는 수녀원에 잠시 들어가 기거하겠다는 내 생각에도 완전히 반대하지 않았다. 그래서 나는 앨리시아 수녀님께 편지를 썼다. 내가 허락을 받는 즉시 나를 맞아들일 준비를 할 수 있도록 말이다.

그런데 손바닥만 한 방이라도 앙글레즈 수녀원엔 빈방이 없었다. 그래서 수녀원 학생으로만 받아줄 수 있었다. 하지만 엄마는 그걸 원치 않았다. 엄마는 규칙에 상관없이 나를 외출시키고 싶어 했고, 또 나도 모르는 사이에 나를 결혼시키고 싶다는 생각을 가지게 되었으니까. 그러니까 나와 엄마 사이에 어떤 철창도 어떤 수녀원의 접수창구도 있어서는 안 됐다.

사촌은 떠나가며 용기 있게 수녀원에 가겠다는 생각을 조용히 요령껏 관철하라는 말을 해주었다. 그리고 나를 사크레 쾨르나 오부아 수녀원에 넣어주겠다고 약속했다.

엄마는 나와 노앙에 있고 싶어 하지 않았다. 더욱이 나를 데샤르트르와 쥘리와 함께 놓아두고 싶어 하지도 않았다. 한 명은 할머니의 유언으로 계속 이 집에 있을 수 있었고, 다른 한 명은 아직 계약이 1년 더 남아서 소작인으로 남아 있어야 했다. 엄마가 살 수 있는 곳은 파리뿐이었다. 엄마는 시골의 한적한 생활과 정원 가꾸기와 단순하고 순박한 삶을 본능적으로 좋아하긴 했지만 이제는 습관을 벗어날 수 없는 나이가 돼 버린 거였다. 엄마에게는 거리의 소음과 대로의 활달한 움직임들이 필요했다. 언니는 최근에 결혼했고 엄마와 나는 뇌브 데마튀랭가에 있는 할머니 아파트에서 살아야 했다.

나는 앙글레즈 수녀원으로 떠날 때처럼 가슴 아프게 노앙을 떠났다. 나는 그곳에 내가 공부하던 모든 것을, 내 가슴의 모든 추억들을, 슬픔으로 넋이 나간 나의 가엾은 데샤르트르를 홀로 남겨 두고 떠났다. 엄마는 내가 좋아하는 책 몇 권만 가지고 가게 했다. 엄마는 나의 출생을 깊이 경멸했지만 내가 많이 의지했던 내 방 하녀 소피를 데리고 가게 했다. 또 강아지도 데리고 가게 했다.

뇌브 데마튀랭가에 왜 바로 들어가지 못했는지는 모르겠다. 아마도 무슨 유언 내용 때문이었을 것이다. 그래서 우리는 부르고뉴가에 있는 이모 집으로 가서 15일 동안 지내고 할머니 집으로 들어갔다.

나는 사촌 클로틸드를 다시 만나 너무 기뻤다. 그녀는 아름답고 착하고 곧고 용기 있고 신중하고 감정에 솔직하고 매력적인 성격에, 유쾌하고 능력 있고 지혜로움은 책보다 더 나은 아이였다. 우리 두 가정에 폭풍 같은 사연이 많았지만 그녀와 나 둘 사이에는 어떤 먹구름도 없었다. 그녀도 나를 특별하게 생각하는 것 같기도 했지만 단지 너무 예쁘고 재미있어서 나를 그저 나로 좋아하는 거였다.

그녀의 온화함과 유쾌함은 내게 진통제와 같았다. 어떤 불행과 고통스럽고 심각한 일들에 둘러싸여도 17살 소녀들은 미친 듯이 웃고

16

떠들 수 있어야만 비로소 존재한다고 할 수 있을 것이다. 아! 만약 노앙에 그런 친구가 있었더라면 나는 아마도 그 많은 책들을 읽지 않고 인생을 그대로 사랑하며 받아들였을 것이다.

우리는 함께 다양한 음악을 연주했고 서로 서로 아는 것을 가르쳐 주었다. 나는 악보를 읽어주었고 그 친구는 노래했다. 그녀의 약간 잠긴 듯한 목소리는 너무나 부드러웠고 발음은 알아듣기 쉽고 매력적이었다. 함께 피아노 칠 때면 모든 것을 잊을 수 있었다.

당시 아주 중요한 사건이 하나 있었다. 사건 자체가 중요하다기보다는 이제 막 새로운 인생을 시작하려는 내게 앞으로 일어날 일에 대해 뭔가를 말해주는 사건이었기 때문이다. 데샤르트르가 재정적인 문제로 가족회의에 불려 왔다. 가족회의는 이모 집에서 열렸다. 일처리가 분명하고 엄마의 조언자이기도 한 이모부는 농장의 수입에서 부족한 부분을 찾아냈는데 3년 치가 부족했다. 그래서 데샤르트르에게 1만 8천 프랑을 더 내라고 해야 했다. 그리고 이유는 모르겠지만 이 가족회의에 소송대리인도 불렀다.

사실 3년 전부터 데샤르트르 선생님은 돈을 내지 않고 있었다. 할머니는 관대함 때문인지 아니면 그가 파산할까 두려워서인지 모르지만, 일부분을 면제해 주셨다. 하지만 면제증서는 어디에서도 찾아볼 수 없었다. 또 나도 그에게서 받은 게 전혀 없으니 해결된 것은 아무 것도 없었다.

이 한심스러운 선생님, 내가 전에 말한 것처럼 시골에 우리 집 가까이 작은 땅을 샀다. 그리고 그저 행복하게 그곳에서 사는 것만을 꿈꾼 것이 아니라 어처구니없게도 아주 큰돈을 벌 꿈을 꾸고 있었다. 돈을 좋아해서가 아니라 메마르고 헐벗은 땅을 연구해서 아주 기름지고 번듯한 땅으로 바꿀 수 있다는 자만심으로 거의 미쳐 있었기 때문이다. 그래서 그는 신념을 가지고 농업 사업에 뛰어들다가 가산家産을 다 탕진하게 되었다. 그리고 일은 더 나쁘게 돌아갔는데, 그의 관리인이 모든 것을 다 훔쳐 달아난 것이다! 게다가 데샤르트르는 자기 딴에는 잘하는 거라 믿으며 우리 땅에서 나는 것들과 자기 땅에서 나는 것들을 바꿔치기했다. 우리 땅에는 비쩍 마른 가축들을 데려왔는데 그 가축들은 이후 더 마르거나 곧 병으로 죽었다. 그리고 자기 땅에는 아주 잘 먹고 튼튼한 가축들을 데려갔는데 그는 그것들을 잘 먹이지 못해 곧 쇠약해졌다. 다른 농작물들도 마찬가지였다. 그래서 결국, 그의 땅의 산출은 줄어들었고 노앙도 결과적으로 마찬가지가 되었다. 계속 심각하게 수입이 없자 그는 자신의 재산을 팔 수밖에 없었지만 구매자를 찾을 수 없었고 미납금도 갚을 수 없었다.

나는 그에게서 직접 들은 적은 없었지만 그 모든 것을 잘 알고 있었다. 할머니가 그 말씀을 해주셔서 노앙에서 우리 수입이라고는 라아르프가에 있는 집에서 나오는 월세와 나라에서 주는 약간의 연금뿐임을 알았다.

그것은 할머니 생활을 유지하는 데 충분치 않았다. 게다가 할머니가 아프실 때는 더 큰돈이 들어갔다. 이제 집안 살림은 매우 쪼들렸고 내 옷가방조차 살 여유가 없어서 나는 파리에 갈 때 옷을 보자기에 싸서 가져갔다. 옷도 한 벌뿐이었지만.

데샤르트르 선생님은 지금 갚을 길도 없고 또 그동안 생각지도 않은 이 일에 대해 뭔가 설명하기 위해, 혹은 기한을 연기하기 위해 왔는데 매우 불안해하고 있었다. 나는 그를 안심시키기 위해 둘만 있고 싶었지만 엄마가 둘만 있는 걸 막았다. 그리고 장부와 서류들이 있는 테이블 주변에서 심문이 시작됐다.

선생님을 아주 싫어하고 그동안 당한 수모를 돌려주고 싶어 했던 엄마는 그가 당황한 것을 보자 기뻐서 어쩔 줄 몰랐다. 특히 엄마는 내 앞에서 선생님을 정직하지 못한 사람으로 만들고 싶어 했다. 왜냐하면, 그를 싫어하는 엄마의 혐오감에 내가 동조하지 않았으니까.

머뭇거림도 없이 엄마는 바로 '감옥'이란 말까지 꺼내 들었다. 나는 엄마가 그런 끔찍한 협박은 하지 않았으면 했다. 자존심 강한 데샤르트르 선생님이 명예에 상처를 입으면 자기 머리에 총을 쏠 수도 있었기 때문이다. 그의 창백하고 굳은 얼굴은 벌써 그런 결심을 한 사람 같았다. 나는 그가 대답하기 전에 그가 내게 다 갚았다고 말했다. 하지만 할머니 때문에 너무 정신없어서 둘 다 문서로는 작성하지 않았다고 했다.

엄마는 일어나 단호하게 말했다. 눈에는 분노가 이글거렸다.

"그럼 1만 8천 프랑을 네가 받았다는 거야? 그 돈은 어디 있지?"

"다 쓰고 지금 가지고 있는 건 없어요."

"돈을 내놓든지, 어디에 썼는지 말해야 해."

나는 소송대리인을 불렀다. 나는 그에게 유일한 상속녀로서 그 돈을 내게 돌릴 수 있는지 아니면 내 후견인이 할머니의 수입에 관여할 권리가 있는지 물었다.

소송 대리인은 대답했다.

"절대로 안 되지요. 당신에게 더 물을 권리는 없습니다. 단지 제가 묻고 싶은 건 돈을 받은 게 확실하냐는 거지요. 당신은 미성년자니 빚을 면제해 줄 수는 없어요. 당신의 후견인은 당신이 받아야 할 돈을 달라고 할 권리가 있고요."

이 말에 나는 모든 것을 제쳐 두고 용기를 냈다. 거짓말을 늘어놓거나 거짓 해명을 하는 건 내게 불가능했지만 그저 '네!'라고만 말해서 데샤르트르 선생님을 구할 수 있다면 나는 주저하지 말아야 한다고 생각했다. 그가 내가 생각하는 것만큼 그렇게 위험한 상황에 처해 있었는지는 모르겠다. 어쩌면 그가 땅을 팔 동안 기다려줄 수 있었을지도 모르고, 또 싸게 땅을 판다고 해도 그는 할머니가 유언으로 남겨주신 연금으로 살아갈 수도 있었을 것이다.[1] 하지만 수치스러운 상황과 또 감옥에 갈지도 모른다는 것이 내 정신을 어지럽히고 있었다.

엄마는 소송 대리인의 말처럼 추궁을 계속했다.

"데샤르트르 씨가 네게 1만 8천 프랑을 주었다고 맹세할 수는 없을 테지?"

나는 몸을 떨었다. 데샤르트르 선생님은 모든 걸 말하려고 하는 것 같았다. 나는 소리쳤다.

"맹세할 수 있어요!"

그러자 나를 정직하게 생각하는 이모는 이 일을 그만 끝내고 싶어 말했다.

---

[1] 첫 번째 유언장에서 연금 액수는 1,500프랑이었는데 많은 소송들로 화가 난 그는 그것을 1,000프랑으로 줄었다.

"그럼 맹세를 하려무나."

하지만 소송대리인은 말했다.

"아니요, 아가씨. 맹세하지 마세요."

그러자 엄마는 소리쳤다.

"맹세하게 하세요!"

이후 나는 그렇게 나를 고문했던 엄마의 그 행동을 용서하는 데 아주 큰 힘이 들었다. 나는 가슴이 먹먹해서 대답했다.

"맹세할게요. 당신 앞에서 하나님께 맹세합니다!"

엄마는 소리쳤다.

"거짓말이에요! 신앙이 어쩌고 철학이 어쩌고 하더니! 거짓말이나 하다니!"

소송 대리인은 웃으며 말했다.

"오! 그녀는 그럴 권리가 있어요. 자기 유산만 축이 나는 거지요."

엄마는 계속했다.

"나는 저 아이를 데샤르트르와 같이 교회에 데려가서 그리스도와 성경 앞에서 맹세하게 하겠어요!"

소송 대리인은 사업가처럼 조용히 말했다.

"아니, 부인 진정하세요."

그리고 그는 내게 친절한 어투로 말했다

"그리고 채무 청산 때문에 아가씨를 힘들게 한 것을 용서해주기 바랍니다. 아가씨를 돕기 위해 그렇게 할 수밖에 없었네요. 하지만 여기 누구도 아가씨 말을 의심할 권리는 없지요. 이제 이 일은 이쯤 해서 마무리해야 할 것 같네요."

나는 그가 이 모든 상황을 어떻게 생각하는지 모른다. 나는 그런 건 생각해 보지도 않았고 소송 대리인의 얼굴을 통해서도 아무것도 읽을 수 없었다. 데샤르트르 선생님의 빚은 이제 청산되었고, 우리는 다른 일들을 처리하고 헤어졌다.

그리고 계단에서 잠시 데샤르트르 선생님과 단둘만 있게 되자, 선생님은 눈물을 흘리며 말했다.

"오로르! 내가 갚을 거라는 거 알지요?"

나는 수치스러움에 어쩔 줄 모르는 그에게 말했다.

"물론 알고 있지요! 사업이 번창해서 이제 2~3년 후면 선생님 땅은 많은 소출을 낼 거예요."

그는 상상만으로 즐거워하며 소리쳤다.

"물론이지요! 3년 후면 3천 리브르 수입을 내거나 아니면 그 땅을 5만 프랑에 팔 수 있을 거예요. 하지만 솔직히 지금 수입은 1만 2천밖에 안 되지요. 그래서 만일 지난 6년 동안의 임대료를 내라고 했다면 나는 아마 거지가 됐을 거예요. 아가씨가 힘들게 저를 구한 거예요. 정말 감사합니다."

내 재정상태가 들쑥날쑥하다 해도 이모 집에서 클로틸드와 함께 머무는 동안은 그럭저럭 꾸려 나갈 만했다. 하지만 만약 뇌브 데마튀랭가로 가서 살게 되면 아주 힘들 터였다.

내가 좋아하는 것은 다 싫어했던 엄마는 내가 수녀원에 갈 수 없다고 선언했다. 단지 한 번 가서 수녀님들과 친구들을 만나는 것은 허락했다. 하지만 다시 들어가게 하지는 않았다. 또 갑자기 내 방 하녀도 마음에 들지 않는다고 보내 버렸다. 게다가 내 개까지 쫓아내 버렸다. 결국, 나는 울었다. 마지막 한 방울의 물로 꽃병 물이 넘쳐 버린 것이다.

빌뇌브 씨가 와서 나를 저녁 식사에 데려가겠다고 했다. 엄마는 빌뇌브 부인이 직접 와서 부탁하라고 했다. 아마도 엄마에게는 그럴 권리가 있었을 것이다. 하지만 얼마나 무례하게 말했던지 내 사촌은 인내심을 잃고는 자기 부인이 결코 엄마 집에 한 발짝도 들여놓지 않을 거라고 말하며 갔고, 이후 다시는 오지 않았고, 거의 20년 후에나 그를 다시 보게 된다.

내 사촌이 예전에도 내가 그의 생각에 동의하지 않는 것을 용납했고 지금도 용납해 주는 것처럼 나도 그가 나를 슬픈 운명 속에 그저 내버려 둔 것을 용서한다. 그렇게 하지 않을 수도 있었을까? 그건 나도 모르겠다. 아마도 나는 내 엄마니 인내가 필요 없었겠지만 그의 편에서는 알 수 없는 인내가 필요했을 것이다. 엄마와의 첫 번째 입씨름에서 묵묵히 넘어가 주었더라면 그다음 날도 또 그랬었을까?

어쨌든 솔직히 그가 한마디 인사도, 위로도 없이 눈길 한 번 주지 않고 희망을 주는 어떤 약속도 없이 떠나 버린 것을, 다음 날에라도 내가 원하면 늘 자신에게 의지하라는 편지 한 통 없이 떠나 버린 것을 몇 년간 나는 용서할 수 없었다. 마치 후견인이란 것이 자기 능력 밖의 일이라 기회가 될 때 빨리 그 일로부터 벗어난 것 같았다. 또 혹시 벌써 중년의 나이가 된 빌뇌브 부인이 예의 비슷한 뭔가로 엄마의 마음을 흡족하게 해서 내가 그녀를 방문할 수 있도록 할 수도 있지 않았을까 하는 생각도 해 보았다. 아니면 적어도 나를 그곳에 버려 두는 대신 뭔가 더 관심을 보이고, 좀 귀찮더라도 상소를 해 볼 수도 있지 않았을까? 나는 뭐 그런 비슷한 것을 기대하고 있었다.

하지만 아무 일도 하지 않았고, 아버지 쪽 사람들은 모두 침묵하고 있었다. 그들이 마음의 문을 닫았을까 두려워 나도 그들의 문을 두드릴 수가 없었다. 내가 너무 자존심이 강했는지 모르겠다. 하지만 나보다 더 우위에 있는 사람들에게 자존심을 먼저 굽히고 들어갈 수도 없었던 나는 정말 아이에 불과했다. 어쨌든 내 잘못은 아니지만 나는 뭔가 걸음을 내디뎌야 했을 것이다. 하지만 또 다른 일이 나를 가로막았다.

르네의 동생인 오귀스트 드빌뇌브도 역시 마지막으로 나를 찾아왔다. 왠지 모르지만 그와는 더 친근한 사이였다. 그는 여전히 착했지만 약간 무딘 사람이었다. 내가 그에게 르네가 나를 버린 것에 대해 불평하자 그는 아주 무심하고 냉정한 태도로 내게 말했다.

"아! 네가 하라는 대로 하지 않았잖아. 우리는 네가 수녀원에 들어가길 원했지. 그런데 너는 그렇게 하지 않았어. 너는 네 엄마와 그녀의 딸과 그 딸의 남편과 피에레 씨와 함께 떠났지. 그리고 모든 사람과 같은 동네에 살고 있어. 우리와는 상종할 수 없는 곳이지. 나는 그런 거 상관하지 않지만 우리 형수나 뼈대 있는 집안의 여자들에게는 상관있지. 우리는 너를 좋은 집안과 결혼시켜 우리 쪽으로 받아들일 수는 있어."

그의 솔직한 말은 미래의 큰 문제에 어떤 해답을 밝혀 주었다. 나는 먼저 그에게 조심스럽고 예의 바르게 반대해도 분노에 떠는 사람이 수녀원에 들어가지 못하게 하는데 어떻게 들어갈 수 있으며, 어떻게 함께 가자는 걸 거부하고 그 주변 가족들을 안 볼 수가 있느냐고 물었다. 그가 내게 제대로 된 답을 하지 못하자 또 물었다. 그리고 만약 언니와 형부와 피에레 씨를 비롯한 그 주변 사람들을 안 보겠다고 할 수 있다고 쳐도 그렇게 되면 엄마가 나 보기를 핏줄도 우정도 의무도 저버린 사람 취급하지 않을 것 같으냐고.

그는 더는 대답하지 못하고 그저 이렇게 말해주었다.

"너는 엄마 쪽을 많이 생각하고 그 대단하신 분들과의 관계를 끊지 않기로 결심했구나. 나는 반대로 생각했는데! 그럼 얘기는 다르지."

나는 대답했다.

"힘들고 화가 날 때에는 엄마를 떠나고 싶었던 때도 있었겠지요. 또 우리가 함께 있는 걸 엄마도 행복해하는 것 같지 않으니 수녀원에 들어갈 수도 있고 또 엄마를 벗어나기 위해 결혼할 수도 있겠지요. 하지만 엄마가 어떤 잘못을 하건 난 엄마를 보기로 결심했고, 엄마에게 하는 어떤 모욕에도 공범자가 되지 않기로 결심했어요."

그는 여전히 차갑게 그리고 생각을 깊이 할 때면 늘 짓곤 하는 찡그린 표정으로 말했다.

"신앙적으로 말하면 네가 맞지. 하지만 세상은 그렇지가 않단다. 우리가 네게 좋은 결혼이라고 말하는 건 가문과 재산이 있는 사람을 말하는 거야. 내 생각에 그런 남자들은 결코 이곳에 오지 않을 거다. 또 앞으로 성년이 되는 3년 후에는 지금보다 좋은 결혼을 하기가 더 힘들 거야. 나는 상관하지 않을 테지만 사람들은 제일 먼저 네가 3년 동안 너희 엄마 집에서 그 주변 사람들과 살았던 것에 대해 말이 많을 텐데, 그들은 이들과 접촉하는 것을 꺼리지. 그러니 너 혼자 알아서 결혼해야 할 거야. 나는 네가 평민이랑 결혼해도 아무 상관없어. 좋은 사람이라면 나는 그를 만날 것이고 너도 똑같이 사랑할 거다. 그러니까 지금은 떨어져 있자. 너희 엄마가 우릴 보고 나를 문밖으로 쫓아낼 것 같으니까!"

그리고 그는 모자를 들고 내게 이렇게 말하며 가 버렸다.

"아저씨는 이제 영원히 안녕!"

나는 그를 원망하지 않았다. 그는 날 보살핀 적도 없으니까. 차라리 그의 솔직함이 나를 편하게 만들어 주었다. 그리고 그가 영원한 우정을 약속해준 것이 내가 '좋은 쪽'을 잃어버리는 슬픔에 하나의 위로가 되었다. 나는 결혼 후 그를 보았는데 그는 여전히 아무런 거부감 없이 나를 친구처럼 다정하게 대해주었다.

하지만 그와 또 그의 가족들과의 갑작스러운 결별은 내게 많은 것을 생각하게 했다. 지난 몇 년간 나는 내가 누구인지를 잊고 있었던 것 같았다. 그러니까 평민인 엄마 쪽 핏줄을 따르면서 나는 왕족의 혈통을 잃어버리게 된 거였다. 나는 귀족 혈통 쪽으로 가는 것을 당연하고 자연스러운 것으로 생각하며 나를 본래의 내 처지보다 더 높이려고 생각한 적은 결코 없었다. 그리고 이제 그런 행세를 할 수 없는 것이 나락으로 빠진 거라고도 생각하지 않았다. 반대로 나는 무거운 중압감에서 벗어날 수 있었다. 나는 항상, 처음에는 본능적으로 그리고 나중에는 이성적으로 인간 평등을 부정하는 그런 계급 제도에 나를 편승케 하는 것에 혐오감을 가지고 있었다. 아직은 아니었지만 만약 결혼하기로 했었다면 나는 분명 할머니의 뜻을 따랐을 것이다. 단,

혈통은 중요하게 생각지 않고 또 거만하지 않고 편견 없는 귀족에 한해서 말이다.

사촌 오귀스트는 세상의 법칙에 대해 자신은 그런 생각을 갖고 있지 않고 또 동조하지 않는다고 했었다. 단지 나의 태도가 매우 명예롭고 기독교적이라고 하면서도 그것이 세상 사람들의 눈에는 불명예스럽게 보일 것이며, 내가 자식으로서의 의무를 다 한 것을 아무도 용납하지 않을 것이고 그 자신도 나를 인정해 줄 누군가를 찾아보지 않을 거라고 했다.

그러니 그와 그의 세계에 있는 사람들 말대로 내가 대체 어떻게 해야만 했을까? 엄마 집에서 도망쳐 엄마와 함께하는 것은 행복하지 않았다고, 아니 그보다 더 심한 표현으로 엄마 곁에서 나의 명예가 실추됐다고 큰 소리로 떠들어 대야만 했을까? 그럴 수는 없었고 설사 그렇게 했다고 해도 이렇게 시끄러운 내 형편이 사촌들 편에서 더 결혼시키기 좋은 상황이 될 수 있었을까?

피하기보다는 엄마와 대놓고 싸우고 상처주고 위협해야 했을까? 대체 사람들은 내가 어쩌기를 바라는 걸까? 내가 할 수 있는 일이 다 너무나 불가능하고 끔찍한 일이라 나는 아직도 이해할 수 없다.

내 의무를 다했을 뿐이라는 말은 분명 나에 대한 지나친 변명일 것이다. 하지만 내 개인적인 생각을 피력하자면 나는 그들이 말하는 '여론'이라는 것이 뭔지, 그들의 법이 말하는 정의가 뭔지, 또 그들이 지키는 것이 얼마나 중요한 것인지를 너무나 잘 알고 있었다.

사람들은 자신들이 만든 규율을 흔들어 대는 사람을 부도덕하다고 한다. 아니면 적어도 너무 방자하고 생활이 난잡해서 그런 나쁜 짓을 한다는 즐거움으로 안정된 질서를 파괴하고 모두의 관습을 뒤흔드는 거라고 한다. 나의 경우는 그렇게 겸손한 말로 '세상'이라고 불리는 많은 귀족 떼거지들이 보여준, 불의와 모순에 관한 수천 개의 결정적인 예들 중 작은 하나에 불과하다. 그들의 모순과 불의함에 대해서는 관대하게 입을 다물겠다. 아주 불경건한 말들을 하게 될 테니까. 왜냐하면, 내 편에서 보자면 욕을 하지 않고는 세상에서 가장 신성한 의무를 지키는 것에 대한 그들의 비난에 어떻게 대처해야 할지 알 수 없으니 말이다.

내가 우리 아버지 쪽 친척들을 욕하는 것이 아니고 또 전에도 욕한 적 없다는 것을 알아줬으면 좋겠다. 그들은 그 세계에 속한 사람들이었으니 자기들 마음대로 혹은 나를 위해 규칙을 바꿀 수도 없었다. 할머니는 내가 할머니가 생각하는 것과 다른 미래를 마주하게 되는 것을 볼 수가 없어서 그들에게 나를 다시 그들의 계급 속으로 받아들이라는 약속을 받아내셨다. 그 집안은 결혼을 통해2 다시 귀족 세계 속으로 들어간 집안이었다.3 그리고 그렇게 하기 위해 자신들이 한 희생을 그들은 당연하게 생각하며 내게도 강요하는 것이다. 하지만 부모 자식 간의 관계마저 짓밟아 버릴 정도의 희생을 강요한다면(아마 그들 자신도 이렇게까지는 하지 못했을 것이다.) 나는 양심도 없는 나쁜 사람이 되는 것은 물론이고 인간은 본래가 불평등하다는 신념도 가지

2　기베르의 딸, 또 세귀르의 딸과 결혼했다.
3　빌뇌브는 원래 오래된 귀족 가문이 아니었다.

고 있어야만 했다.

그런데 나는 그런 불평등 사상을 받아들일 수 없었다. 나는 그런 것은 이해할 수도 없었고 상상도 할 수 없었다. 가장 낮은 곳에 있는 거지부터 가장 높은 곳에 있는 왕까지 하나님은 어떤 사람의 이마에도 귀족이나 신하의 인장을 찍어 놓지 않으셨다는 것을 나는 본능적으로 또 내 양심과 특히 기독교적 신앙을 통해 알고 있었다. 머리가 똑똑한 것도 신 앞에서는 선한 의지 없이는 아무것도 아니었다. 게다가 이 타고난 똑똑함이란 것도 짐꾼이나 왕자에게나 다 똑같이 부여되는 것일 뿐이었다.

나는 나의 친척들을 버려야 하는 것에 많은 눈물을 흘렸다. 나는 그들을 사랑했다. 그들은 아버지 누나의 아들들이어서 아버지는 그들을 사랑했고 할머니는 그들을 축복했었다. 그들은 어린 시절 나를 보고 행복해했고 나도 그들의 아이들을 사랑했었다. 르네의 딸인 라로슈에몽 부인, 또 매력적인 아이였지만 한창때 죽은 오귀스트의 딸 펠리시, 또 아주 괜찮은 그의 오빠 레옹스.

하지만 나는 바로 우리 모두의 관계를 끊었다. 물론 친척으로서의 마음까지 끊은 것은 아니지만 세상에서 하나로 함께하는 모든 관계는 끊어졌다.

그들이 내게 주었을지도 모르는 멋진 결혼의 기회에 대해서는, 솔직히 말해 벗어날 수 있어서 얼마나 다행인지 모른다. 퐁카레 부인의 제안을 한 번 받아들인 적이 있었지만 귀족들이 나를 원하지 않듯 엄마도 귀족을 원하지 않았다. 그래서 타의에 의해서였지만 결국 나는 바라던 대로 할머니의 유언을 따르지 않을 수 있었고, 내 마음이 움직일 때 내 마음이 가는 대로 결혼할 수 있었다(아버지가 그랬던 것처럼 말이다).

그런데 결혼에는 여전히 아무 느낌이 없어서 나는 수녀가 되려는 생각을 포기하지 않고 있었다. 잠깐 수녀원을 방문한 것도 그곳에서의 이상적 행복에 대한 나의 꿈을 다시 되살렸다. 나는 봉쇄수녀원의 수녀들처럼 생활하지는 않겠다고 생각하고 있었다. 하지만 그들 중 한 사람인 프랑수아즈는 그들과 달리 학문에 매진하고 있었다. 그녀는 그곳에서 예전 도미니크 수도사처럼 평화롭게 살고 있었다. 온갖 시끄러운 집안일과 세상의 잡다한 일을 떠나 학문과 높은 진리를 명상하려는 생각이 또다시 내게 미소 지었다.

나는 성년이 된 후에, 그러니까 3년을 기다린 후에 그 일을 실행할 수도 있었을 것이다. 그때까지 내 삶이 견딜 만했다면 말이다. 하지만 삶은 점점 견디기 힘들었다. 엄마는 내가 아무리 모든 걸 견뎌주고 포기해도 전혀 변하지 않았다. 엄마는 계속 내 안에 비밀스러운 어떤 적이 있다는 걸 고집스레 믿었다. 우선 엄마는 나의 후견인을 몰아낸 것을 자신의 승리로 생각하며 내게 가져다준 그 절망적인 상황을 즐기고 있었다. 하지만 내가 그쪽 높으신 세계와 아주 잘 결별하는 것을 보고 놀랐다. 그럼에도 그녀는 나를 믿지 않았고 언젠가 나의 앙큼함을 부서 버릴 거라고 장담했다.

모든 것을 지나치게 의심하고 모든 것에 병적으로 대응하며, 미친 사람처럼 자기가 이해하지 못하는 것을 비난하는 엄마는 모든 것에 대해 믿을 수 없는 풍파를 불러일으켰다. 엄마는 내가 읽고 있는 책을 빼앗으며 자기가 읽어 봤는데 무슨 소린지 하나도 모르겠으니 분명 나쁜 책이라고 했다. 엄마는 정말 내가 사악하거나 아니면 정신이 어떻게 됐다고 생각하는 걸까? 아니면 자신의 억지를 정당화할 변명거리가 필요한 걸까? 내가 받은 좋은 교육들을 부정하고 싶어서 말이다. 매일 엄마는 나의 부도덕함을 발견해내느라 혈안이 되었다.

내가 대체 어디서 나에 대한 그런 이상한 것들을 들었느냐고 끈질기게 물으면 엄마는 라샤트르에서 편지를 받았다고 했다. 그래서 매일매일 매시간 내가 얼마나 이상한 짓들을 했는지 다 알고 있다고 했다. 나는 믿을 수가 없었다. 나는 엄마가 혹시 미친 것은 아닌지 겁이 났다. 그것을 느끼고 있던 엄마는 어느 날 내가 엄마가 욕하는 소리에 더 깊은 침묵과 무시로 일관하자, 이렇게 말했다.

"너 나를 미쳤다고 생각하지. 내가 정신이 똑바르고 내 행동이 올바르다는 걸 보여 주지."

그리고 엄마는 내가 읽지 못하게 막으며 그 편지를 보여주었다. 그리고 몇 페이지나 되는 편지를 읽어 내려갔다. 분명 지어낸 것은 아니었다. 그것은 전에도 내가 언급했던, 그리고 노앙에서 내가 코웃음을 치며 무시했던 그 끔찍하고 혐오스러운 중상모략들이었다.

작은 시골의 오물 같은 소문들이 허약한 엄마의 상상력에 불을 붙인 거였다. 엄마는 거의 이성을 잃을 정도로 그 소문들을 머릿속에 각인시키고 있었다. 거의 몇 년이 지나고 나서야 엄마는 거기에서 완전히 벗어나 나를 편견 없이 바라보았고 모든 혐오스러운 상상들을 멈출 수 있었다.

엄마는 우리 집안의 친한 친구 중 한 명에게 모든 얘기를 들었다고 했다. 나는 대답하지 않았고 또 대답할 수도 없었다. 마음속에서 혐오감이 치솟았다. 엄마는 내 코를 완전히 납작하게 했다고 생각하며 잠자리에 들었다. 나는 내 방으로 가서 날이 밝을 때까지 의자에 앉아 있었다. 완전히 얼이 빠져서 아무 생각도 하지 못하며 내 몸과 마음은 다 죽어 가고 있었다.

8. 결혼

그런 삶을 지탱하기 위해서는 성녀聖女가 되어야 했다. 수녀가 되고 싶어 했지만 나는 아직 그런 사람이 아니었다. 나의 성질이 내가 의지로 하는 노력을 받쳐 주지 않았다. 나는 그 모든 생활 속에서 심하게 방황했다. 이 끊임없는 사건들과 슬픔의 종합 세트로 나의 뇌는 심각한 타격을 입게 되었다. 나는 잘 수도 없었고 음식을 역겨워하면서 늘 배고픔에 시달리고 갑자기 고열에 시달리며 몸보다는 마음이 더 아픈 것 같았다. 나는 더는 기도할 수도 없었다. 부활절 예배를 보고 싶었지만 엄마는 내가 프레모르 신부님을 보러 가는 걸 허락하지 않았다. 어쩌면 그가 나를 강하게 하고 위로했을 수도 있는데 말이다. 대신에 어떤 무뚝뚝한 신부님께 고해성사했는데 그는 부모에 대한 반항심으로 괴로워하는 내 마음을 전혀 이해하지 못하고, 왜 그런지 어떻게 그런지만을 물었다. 그러니까 그런 반항심의 이유가 옳은지 틀린지만 알고 싶어 했다. 나는 대답했다.

"문제는 그게 아니에요. 내 신앙에 의하면 그런 반항조차 하려는 생각이 있어서는 안 되지요. 나는 내 스스로에게 그런 것을 허락하는 자체가 죄스러운 거예요."

그는 계속 내게 엄마에 대해 이야기하라고 했다. 나는 아무 말도 하지 않고 단지 사면赦免만 해 달라고 했다. 라샤트르에서의 악몽을 다시 시작하고 싶지 않았다. 나의 침묵에 놀란 신부님은 말했다.

"그러니까 내가 물은 것은 아가씨 의중을 떠보려는 것이었고 여전히 엄마를 비난하는지 보려는 것이었지요. 그런데 이제 비난하지 않으니 정말 뉘우치고 있다는 생각이 들어 사면해 줄 수 있습니다."

나는 이런 노력이 가족들 간의 화합에 되레 위험하고 별 도움도 되지 않는 것 같다는 생각이 들었다. 그래서 나는 더는 모르는 사람에게 고해성사하지 않기로 했다. 그리고 나는 너무나 형식적인 예배 행위에 대해 말할 수 없는 혐오감을 느꼈다. 다음 날 나는 성체배령을 했는데 아무리 노력해도 마음은 뜨거워지지 않았고 시골에서는 듣지 못했던 성당 안의 소음들로 놀라고 정신이 어지러웠다.

엄마 주변 사람들은 모두 내게 아주 잘해줬다. 하지만 나를 보호해 줄 수도 없었고 어떻게 구해야 할지도 몰랐다. 착한 이모는 언니의 엉뚱한 생각들을 그저 웃어넘겨야 한다고 하면서 내 입장을 충분히 이해하는 것 같았다. 또 보통은 엄마보다 더 올바르고 더 똑똑하지만 마찬가지로 엉뚱하고 의심 많은 피에레는 내 문제를 냉정함 때문이라면서 그만의 코믹한 태도로 나를 야단쳤지만 그것도 더는 나를 웃기지 못했다. 클로틸드는 내게 아무것도 해줄 수가 없었고 언니는 처음 내 마음을 털어놓자 냉정하게 경멸하는 듯했다. 마치 그러길 바라기라도 했던 것처럼. 형부는 아주 괜찮은 사람이었는데 우리 집에 전혀 관여하지 않았다.

보몽 할아버지는 전혀 따뜻하지 않았다. 그의 마음 깊은 곳에는 항상 이기적인 마음이 도사리고 있어서 그의 식탁에서 장난도 치지 않고 심각하게 앉아 있는 창백하고 슬픈 아이를 달가워하지 않았다. 그는 나이도 많이 들어서 통풍으로 고생하고 있었고 자주 말싸움을 했는데 심지어는 함께 식사하는 사람들이 그를 즐겁게 하려고 애를 쓰지 않거나 그를 즐겁게 하지 못할 때도 화를 냈다. 그는 사람들과 쓸데없는 쑥덕공론을 하기 시작했는데 엄마가 나에 대해 라샤트르에서 들은 그 얘기들을 어디까지 그에게 전했는지 알 수 없었다!

하지만 엄마가 늘 그렇게 무섭게 화가 나 있는 것은 아니었다. 나를 야단친 후에는 다시 사랑스럽고 천진한 사람으로 돌아왔다. 그리고 그 모습이 내게는 최악이었다. 만약 내가 냉정과 무관심으로 일관할 수 있었다면 모든 것을 해탈解脫할 수 있었을 것이다. 하지만 그것은 불가능했다. 엄마는 눈물을 쏟고 나를 너무나 걱정하며 엄마로서의 사랑을 퍼부었다. 그래서 다시 나는 엄마를 사랑하고 다시 희망을 품을 수밖에 없었다. 이것은 절망의 악순환이었다. 모든 것이 부서지고 다음 날에는 모든 것이 의문이었다.

엄마는 아팠다. 엄마는 너무나 길고 고통스러운 위기의 순간들을 겪었던 것이다. 하지만 결코 자신의 행위와 용기와 분노를 제어 당해 본 적 없이 말이다. 여전히 에너지로 충만한 엄마는 이제 노년의 문 앞에서 끔찍한 싸움을 벌일 수밖에 없었다. 하지만 여전히 아름답고 매력적이었던 엄마는 다른 젊고 아름다운 여자들에 대해 질투를 느끼지는 않았다. 누가 뭐라든 엄마는 천성적으로 정숙한 여자였고 엄마의 행실에는 비난의 여지가 없었다. 단지 엄마는 여전히 기질이 너무 세서 평생 그것을 다 발휘하고 살았는데 이제 몸과 정신이 점점 늙어 가니 운명적으로 자신도 알 수 없는 증오를 품지 않을 수 없게 된 것이다. 엄마의 늘 부산한 주변은 늘 새로운 부산함으로 가득 차야만 했다. 사는 곳도 이리저리 바꿔야 했고 사람이나 물건과도 떨어졌다 다시 만났다를 반복했다. 시골에 잠깐 갔다가도 곧 갑자기 시골이 싫다며 서둘러 돌아와야 했다. 저녁도 이 식당에서 먹고는 또 다른 식당에 가서 먹었다. 매주 몸치장도 극에서 극으로 변했다.

엄마의 이런 불안한 상태를 설명할 수 있는 강박관념들이 있다. 엄마는 자기 눈에 예뻐 보이는 모자를 사고는 그날 저녁이면 그것이 끔찍하다면서 매듭과 꽃장식과 주름 장식을 떼어 냈다. 엄마는 이런 일들을 아주 능숙하게 하며 재미있어했다. 그래서 다음 날이면 그 모자를 보고 만족해했다. 하지만 그다음 날에는 또 마음이 변했다. 이렇게 일주일 동안 그 불쌍한 모자에 무관심해질 때까지 모자를 계속 고쳤다. 결국, 모자를 아주 경멸하듯 바라보며 새 모자를 사기 전에는 멋을 부려 봐야 아무 소용없다고 말했다.

엄마의 머리는 여전히 검고 아름다웠다. 하지만 그 색이 싫어서 금발의 가발을 썼는데 그리 나쁘지 않았다. 한동안 엄마는 금발을 좋아했다. 하지만 곧 삼실 뭉치 같다며 다시 밝은 밤색 가발을 썼다. 이후 곧 잿빛 금발로 바꾸고 그다음에는 다시 부드러운 검은 머리로 돌아갔다. 그래서 나는 일주일 동안 엄마의 머리색이 매일 바뀌는 것을 보기도 했다.

이렇게 어린아이처럼 경박한 사람이었지만 집안 살림의 세세한 부분에는 열심이었다. 또 상상력도 풍부해서 한밤중까지 씩씩대며 다를랭쿠르의 모험 소설을 읽었지만 그래도 새벽 6시가 되면 일어나 화장을 하고 장을 보고 바느질을 하고 웃고, 절망하고, 분노했다.

기분이 좋을 때 엄마는 정말 매혹적이었다. 엄마의 그 재치와 위트가 넘치는 다채로운 이야기들에는 빨려들지 않을 수 없었다. 하지만 불행하게도 그런 경우는 하루를 넘기지 못했다. 그리고 어디에서 무슨 일로 벼락이 칠지 알 수 없었다.

하지만 그런데도 엄마는 나를 사랑했다. 적어도 나에게서 아버지와의 추억과 내 어린 시절의 추억만큼은 사랑했다. 하지만 내게서 할머니와 데샤르트르의 추억은 혐오했다. 엄마는 너무나 한이 맺히고 너무나 많은 수치심을 그저 참고만 있어야 해서 이제 마음속 활화산이 너무나 오랫동안 끔찍하게 타오르게 된 것이다. 비난하고 저주하기에 현실의 여건이 받쳐주지 않으니 상상력까지 동원하는 것이다. 그래서 소화가 안 되면 누군가 독을 먹였다 하고 심지어는 나를 의심하기도 했다.

어느 날, 아니 어느 날 밤에 나는 엄마와 나 사이에 나쁜 것들이 다 사라지고 이제 우리는 서로를 잘 이해하고 사랑하며 근심 없이 살 거라고 믿은 적이 있었다.

그날 낮 동안 엄청나게 화를 낸 엄마는 늘 그렇듯 정신을 차리고는 다시 이성적이고 착한 사람으로 돌아왔다. 그리고 잠자리에 들면서 내게 자기 마음이 슬프니 잠이 들 때까지 침대 곁에 있으라고 했다. 그런데 어찌 된 영문인지 모르지만 엄마는 내게 마음을 열었고 나는 그 이야기에서 엄마 인생의 모든 불행을 알게 되었다. 엄마는 내게 내가 알고 싶지 않은 이야기까지 모두 해 주었다. 하지만 분명한 것은 엄마 특유의 단순하고 대범한 마음으로 그 이야기를 했다는 것이다. 엄마는 지난 추억에 흥분되어 웃고 울고 원망하기도 했지만 모든 것을 아주 논리적이며 또 풍부한 감수성을 가지고 힘 있게 잘 이야기했다. 엄마는 그 모든 불행의 비밀들을 내게 털어놓고 싶었던 거였다. 또 엄마는 운명적으로 고통을 겪을 수밖에 없었던 자로서 내게서 그 고통에 대한 변명거리를 찾고 자기 영혼을 정화하고 싶었던 거였다.

엄마는 침대에 앉아 이야기를 마쳤는데 검은 두 눈이 반짝이는 창백한 얼굴에 붉은 숄을 두른 엄마는 정말 아름다웠다.

"결국, 나는 아무 죄가 없다고 생각한다. 내가 고의로 나쁜 짓을 한 건 하나도 없어. 어쩌다 보니 일들이 그렇게 되어 끌려 들어가게 된 것뿐이지. 죄라면 내가 사랑한 것뿐이야. 아! 만약 내가 너희 아버지를 사랑하지 않았다면 나는 부자로 자유롭고 걱정 없이 욕도 안 먹고 살았을 텐데. 왜냐하면 그전에 나는 생각이란 걸 해 본 적이 없었거든. 누가 내게 그런 걸 가르쳤겠니? 나는 A도 B도 몰랐지. 그저 홍방울새처럼 아무것도 모르고 살았던 거야. 내가 배운 거라곤 밤낮으로 기도하는 것뿐인데 하나님도 내 기도를 들어주시는 것 같지 않았지. 그런데 너희 아버지를 만나자마자 불행과 고통이 시작됐다. 사람들은 내게 그를 사랑할 자격이 없다고 했지. 나는 그런 걸 몰랐고 믿지도 않았어. 나는 나를 경멸하고 나도 경멸해 마지않는 저 대단한 귀족 부인네보다 더 크고 더 진실한 사랑을 하고 있었지. 나는 사랑받고 있었어. 너희 아버지는 말했지. '나도 그들을 경멸하니 당신도 경멸해!' 그리고 나도 행복하고 그 사람도 행복해 보였어. 그러니 어떻게 내가 그에게 수치가 된다고 생각할 수가 있겠니? 하지만 아버지가 곁에서 나를 보호해주지 않을 때는 모두가 그런 식으로 내게 말했지. 그래서 결국, 나는 곰곰이 생각하면서 나 자신에게 질문해 보고는 결국, 놀란 마음으로 나 자신을 수치스럽게 생각하고 싫어하게 되었고 또 위선적인 사람들을 조롱하고 또 그들을 죽을힘을 다해 혐오하게 됐지. 그래서 그토록 유쾌하고 걱정 없고 자신에 찼던 나는 나 자신의 적이 되었단다.

나는 누군가를 증오한 적이 없었어. 그런데 세상 모두를 증오하기 시작했다. 나는 너희들의 그 고상한 사교계와 그곳의 도덕과 매너와 겉치레가 뭔지 생각해 본 적도 없지. 내가 거기서 본 것들은 다 웃기기 짝이 없는 것들이었어. 나는 그 사회가 너무 악하고 위선적인 것으로 보였다. 아! 분명히 말하지만 내가 과부가 된 후로 정숙하게 살았던 이유는 자기들도 못 하는 걸 남들에게 강요하는 그 사람들을 기쁘게 하기 위해서가 아니었다. 나 스스로 그렇게 할 수밖에 없어서지. 나는 내 인생에서 오직 한 남자만을 사랑했어. 그런데 그를 잃은 후 내게 중요한 건 아무것도, 아무도 없었어."

그리고 엄마는 아버지를 생각하며 펑펑 눈물을 쏟으며 소리치셨다.

"아! 우리가 함께 늙어 갔더라면 나는 좀 더 좋은 사람이 되었을 텐데! 하나님은 너무나 행복했던 순간에 그를 데려갔구나. 하지만 나는 하나님을 원망하지 않아. 그는 우리의 주관자시니, 하지만 나는 인간을 혐오하고 저주한다!"

그리고 엄마는 순진하게 그리고 이런 푸념에도 이제는 지친 듯 덧붙였다.

"생각만 해도 …. 하지만 이제는 생각조차 희미해지는구나."

이것은 할머니에게서 들은 고백과는 정반대의 결론이었다. 엄마와 아내는 그들의 고통에 대해 완전히 반대로 반응하고 있었다. 한 명은 마음속 정열을 어떻게 해야 할지 모르고 또 누구 탓을 할 수도 없어서 하늘의 뜻을 받아들이고 대신 모든 에너지를 인간을 증오하는 데 쏟아부었다. 다른 사람은 자신의 사랑을 어디에 쏟을지 몰라 하나님을 원망하고 인간에게 보물 같은 애정을 쏟았다.

내가 이 문제에 관해 곰곰이 생각에 빠져 있자 갑자기 엄마는 말했다.

"그래! 내가 너무 말을 많이 한 것 같구나. 지금 너는 나를 비난하고 경멸하고 있지! 차라리 그게 더 낫다. 너까지 내 마음에서 지워 버리는 게 더 나아. 네 아버지가 죽은 후에는 아무것도, 너조차도 사랑하고 싶지 않아!"

나는 흥분으로 몸이 떨리고 손까지 부르르 떠는 엄마를 잡고 대답했다.

"제가 경멸하는 것은 그게 아니에요. 제가 경멸하는 것은 바로 세상 사람들의 경멸이지요. 지금 나는 그런 세상에 반대하고 엄마 편이에요. 예전에 엄마가 내게 자꾸 잊는다고 야단치던 그때보다 더 세상을 경멸해요. 그때는 감정적일 뿐이었지만 지금은 이성적이고 양심적으로 엄마 편이에요. 이것은 엄마가 그렇게도 경멸하는 바로 그 좋은 교육과 종교 그리고 엄마가 그렇게 싫어하는 철학 덕분이죠. 내게 엄마의 과거는 신성해요. 단지 그런 엄마가 내 엄마라서가 아니라 제가 이성적으로 엄마에게는 아무 죄가 없다고 생각하기 때문이지요."

그러자 내 말을 조용히 듣고 있던 엄마는 소리쳤다.

"아! 정말이니! 하나님 감사합니다! 그럼 넌 나의 뭐가 마음에 안 드는 거니?"

"이 세상과 인간 전체에 대한 엄마의 혐오와 원한이지요. 엄마는 엄마의 고통에 대해 그들에게 복수하려고만 하니까요. 사랑은 엄마를 행복하고 위대하게 했지만 증오는 엄마를 삐뚤어지게 하고 불행하게 해요."

엄마는 말했다.

"그래, 맞아! 정말 맞는 말이다! 하지만 어떻게 하면 좋으니? 사랑하지 않으면 증오할 수밖에 없는데. 내 성격은 그저 무관심할 수도, 아님 피곤하니 그저 용서하고 넘어갈 수도 없는 성격인데"

"적어도 불쌍한 마음으로 용서하세요."

"불쌍한 마음이라고? 그래, 사람들이 생각하지도 않는 가난하고 불행한 사람이나 아니면 힘없이 멸시당하는 사람이라면 그럴 수 있지! 사랑받지 못하고 불행의 나락 속에서 죽어 가며 방황하는 소녀라면! 정말 억울하게 고통받는 사람이라면 불쌍한 마음에 용서할 수 있겠지. 그런 사람들에게는 나의 옷까지 벗어줄 수 있다는 걸 너도 잘 알지! 하지만 내 남편처럼 좋은 남편을 수치스럽게 한 그 경박한 백작 부인네들을 불쌍히 여기란 말이냐, 내가 너희 아버지의 정부가 되지는 않겠다고 한다고 네 아버지의 사랑을 모욕한 그 어떤 인간까지 …. 그런 인간들은 비열한 자들이야. 악한 사람들이고 악을 사랑하는 자들이지. 그저 입으로만 믿음이니 도덕이니 떠드는 자들."

"하지만 하늘의 법 말고도 내게 상처 준 사람을 용서하고 개인적인 원한을 잊어야만 하는 법이 우리에게 운명적으로 있는 걸 아시잖아요. 왜냐하면, 만약 우리가 그 법을 너무 무시하면 우리는 벌을 받게 마련이니까요."

"그게 뭔데? 좀 더 분명하게 말해 보렴."

"우리가 나쁘고 악한 사람들에게 악한 마음을 품으면 우리는 좋은 사람들도 알아볼 수 없고, 또 우리를 존중하고 사랑해주는 사람들까지 의심의 눈길로 냉혹하게 바라보게 되지요."

"아! 네 얘기로구나!"

"네, 저도 그렇지만 언니도 엄마도 피에레도 마찬가지예요. 엄마도 기분이 좋을 때는 그렇게 생각하고 우리한테도 그렇게 말씀하시지 않나요?"

"그래, 내가 화가 나면 모든 사람에게 분노하지. 하지만 달리 어떻게 해야 할지 모르겠다. 생각할수록 더 뒤죽박죽이 돼. 자면서는 너무나 분한 생각이 들었는데 잠이 깨서는 그게 너무 옳은 소리로 생각되거든. 내 머릿속에 생각이 너무 많아 어느 때는 터질 것만 같다. 아예 아무 생각도 안 하면 더 이성적이 될 수 있어. 하지만 그게 어디 내 마음대로 되는 일은 아니지. 생각하지 않으려고 하면 할수록 생각을 더 하게 되거든. 너무 피곤해서 저절로 아무 생각이 나지 않기 전에는. 그런 걸 네가 읽는 책이 가르쳐주니? 아무것도 생각하지 않을 수 있는 방법 말이야?"

이렇게 엄마는 그저 본능적 격정에 사로잡혀 이성적으로 설득하기가 힘든 사람이었다. 왜냐하면, 엄마는 마음속에서 요동치는 감정들을 생각으로 착각하고 있으면서 그저 무기력하게 되는대로 그 감정들을 내버려 두는 것으로 위안을 얻는데, 그런 태도는 자신이 옳지 않다는 것을 이성적으로 판단할 모든 여지를 사라지게 하는 법이다. 엄마 안에는 정말 올곧은 성품이 있었지만 너무 어릴 적부터 저항할 수 없는 병적 상상력이 매 순간 엄마를 사로잡으며 그 좋은 성품을 무디게 한 것이다. 그것을 다룰 어떤 지적인 무기도 전혀 사용할 수 없는 환경에 살면서 말이다.

하지만 엄마는 아주 신앙심이 깊은 사람이었다. 엄마는 하나님을 뜨겁게 사랑했다. 하나님은 엄마에게 다른 사람들의 부당함과 자신의 성질로부터 벗어날 수 있는 피난처였다. 엄마는 오직 하나님만을 관대하고 정의로운 존재로 생각했다. 그렇지만 하나님의 한없는 긍휼함을 믿으면서 자기 안에 있는 완전한 영성은 되살릴 생각도, 발전시킬 생각도 하지 않았다. 또 우리에게 그런 의지를 준 하나님과 우리의 관계를 말로 설명하는 것도 불가능했다.

엄마는 이렇게 말하곤 했다.

"하나님은 우리가 약한 것을 아시지. 왜냐하면, 우리가 약한 것이 하나님의 뜻이니까."

언니의 신앙은 엄마를 자주 화나게 하곤 했다. 엄마는 신부님을 혐오해서 언니에게 신부님들에 관해 얘기할 때 마치 '늙은 백작 부인'들에 대해 말하듯 말하곤 했다. 가끔 성경책을 펴고 몇 구절 읽을 때도 있었는데 상황에 따라 기분이 좋아지기도 하고 더 나빠지기도 했다. 기분이 좋을 때는 막달라의 눈물과 향유에 감동하기도 하고, 기분이 나쁠 때는 이웃을 마치 예수님이 성전에서 장사하는 사람들 다루듯 했다.

엄마는 나를 축복하며 잠이 들면서 내가 해 준 말에 대해 고마워했다. 그리고 앞으로는 내게 항상 잘하겠다며 이렇게 말했다.

"이제 걱정하지 마라. 지금 생각하니 너를 그렇게 슬프게 해서는 안 되었어. 너는 생각도 올바르고 마음씨도 좋은 아이야. 엄마를 사랑해 주렴, 그리고 내가 마음속 깊은 곳에서는 너를 정말 사랑한다는 것을 기억하기 바란다."

이 약속은 3일 만에 깨져 버렸다. 하지만 엄마에게는 그것도 아주 긴 시간이었다. 봄이 왔는데 1년 중 봄이 올 때마다 할머니는 항상 엄마의 성격이 더 난폭해지고 광증狂症이 더한다고 하셨다. 할머니의 말은 틀리지 않았다.

어쩌면 엄마도 자기 병을 알고 혼자 살면서 내게 그것을 숨기고 싶어 한 것은 아닐까 하는 생각도 든다. 그래서 엄마는 어느 날엔가 나를 시골로 데리고 갔다. 3일 전 보몽 할아버지의 오랜 친구 집에서 만난 사람들이 사는 곳이었다. 그리고 다음 날 내게 "네 건강이 좋지 않으니 시골 공기를 마시면 좋아질 거야. 다음 주에 데리러 올게."라는 말을 남기고 떠나 버렸다.

그리고 엄마는 4~5개월이 지나서야 나를 데리러 왔다.

나는 갑작스러운 우연으로 던져진 그곳에서 새로운 사람들과 새로운 환경을 접하게 되었다. 그곳에서 나는 대단히 품격 있는 사람들, 마음씨 너그러운 친구들, 그리고 내 고통을 멈춰줄 시간들 그리고 인간사에 대한 새로운 모습들을 만날 수 있었다.

로에티에 뒤플레시 부인은 세상에서 가장 솔직하고 가장 너그러운 사람이었다. 많은 유산의 상속녀인 그녀는 어린 시절부터 지난 시대 장교였던 제임스 로에티에 아저씨를 사랑했고 그는 너무나 풍운아 같은 젊은 시절을 보내서 온 집안을 걱정케 했다고 한다. 하지만 심성은 결코 앙젤 아가씨를 속이지 않아서 제임스는 누구보다 좋은 남편이며 아버지였다. 내가 그들을 만났을 때 그들은 결혼한 지 10년이 되어 5명의 자녀를 두고 있었는데 처음 만났을 때처럼 서로 사랑하고 있었다.

앙젤 부인은 비록 27살에 머리가 회색빛이기는 했지만 매력적인 여자였다. 그녀는 혈기왕성하고 소년처럼 솔직해서 고상함 같은 것은 없었고 여성스러움 같은 것도 전혀 없었다. 하지만 그녀의 얼굴은 섬세하고 아름다웠다. 은빛 머리와 대조적으로 생기 있는 모습이 묘한 매력을 가지고 있었다.

마흔 살쯤 된 제임스는 이마가 많이 벗어졌지만 푸르고 둥근 눈에는 재기와 유쾌함이 넘치고 그의 몸 전체에서 영혼의 선함과 진실함을 엿볼 수 있었다. 5명의 자녀는 모두 딸이었는데 그중 한 명은 제임스의 형이 키우고 나머지 네 명은 남자 옷을 입고 집 안을 헤집고 다니며 내가 본 그 어떤 아이들보다 더 깔깔대고 있었다.

그들의 성城은 루이 16세풍으로 지어진 큰 빌라로 플뢰링에서 8킬로미터 정도 떨어진 브리시 한가운데 있었다. 주변에 볼거리도 없고 풍광도 형편없었지만 대신에 아주 넓은 공원에 아름다운 꽃들과 넓은 잔디밭이 있어 모든 계절에 즐거움을 주었고 그 옆에 소작지에는 멋진 가축들이 들판을 가득 메우고 있었다.

앙젤 부인과 나는 처음 보자마자 친구가 되었다. 비록 그녀가 속으로는 그렇지 않아도 겉으로는 좀 남자처럼 보이기도 했지만 나는 겉으로는 그렇게 보이지 않아도 속은 아주 남자 같은 아이였으니 말이다. 우리 사이에는 닮은 점이 많았고 우리는 어떤 계략을 벌이지도 않왔고 여자들이 가진 허영심 같은 것도 없었다. 처음부터 우리는 서로가 어떤 사물이나 사람에 대해 결코 라이벌 의식 같은 것은 갖지 않을 것임을 알았다. 또 우리는 결코 서로를 경멸하며 헤어지지도 않고 서로 사랑할 거라는 것을 알았다.

엄마에게 나를 그곳에 두고 가라고 한 사람은 앙젤 부인이었다. 그녀는 우리가 그곳에서 일주일은 머물 거라고 생각했는데 엄마는 바로 다음 날부터 지루해했다. 내가 봄기운 가득한 이 아름다운 곳과 너무나 잘해주는 사람들을 곧 떠나게 될까 봐 한숨만 쉬고 있자 앙젤 부인은 그 특유의 결단력과 단호함으로 문제를 단숨에 해결해 버렸다. 그녀는 너무나 완벽한 엄마였기 때문에 엄마는 아무 걱정도 하지 않았고 또 엄마도 이 집에 대해서는 어떤 원한도 혐오도 없었기 때문에 쉽게 모든 것을 받아들였다.

하지만 일주일이 지나도 엄마는 올 기미도 보이지 않아 나는 걱정하기 시작했다. 너무나 존경스럽고 완벽한 이 가정에 버려질까 두렵다기보다 내가 이곳에 짐이 될까 두려워서였다. 그래서 내 걱정을 토로하자 제임스는 나를 따로 불러 이렇게 말했다.

"우리는 아가씨 가정사를 다 알고 있지요. 아가씨의 아버님도 군대에서 조금 알았고요. 파리에서 아가씨를 보던 날 아버님이 돌아가시고 어떻게 지냈는지 또 어떻게 할머니 손에 자라고 또 할머니가 돌아가신 후 어떻게 다시 엄마에게도 가게 됐는지 다 들었지요. 나는 아가씨가 왜 엄마와 잘 지내지 못하는지 물었는데 5분도 지나지 않아 모든 것을 알게 되었지요. 당신의 어머니는 시어머니에 대한 욕을 참지 못하더군요. 그리고 그 점은 당신에게 큰 상처를 주었을 거예요. 그리

46

고 당신이 침묵 속에 순종하면 할수록 그녀는 당신을 더 괴롭히는 것 같았어요. 당신의 너무 슬픈 모습에 마음이 아팠어요. 그래서 내 생각에 나의 아내도 나처럼 당신을 좋아할 것이고 또 아내에게 당신이 좋은 친구가 될 수 있을 것 같았지요. 당신은 시골에서 살고 싶다며 한숨을 쉬더군요. 나는 당신에게 그 즐거움을 선사하기로 마음먹었지요.

그날 저녁 솔직하게 말하자 당신 어머니도 허심탄회하게 당신의 슬픈 얼굴을 보기가 싫어 당신을 결혼시키고 싶다고 했지요. 그래서 나는 유산을 받은 처녀를 결혼시키는 것보다 더 쉬운 일은 없지만 그녀의 상황으로는 당신께 선택의 여지도 줄 수 없다고 했지요. 왜냐하면, 내가 보기에 당신은 신랑을 골라 결혼할 현명한 여자로 보였으니까요. 그래서 내가 당신 어머니께 이곳에 와서 몇 주를 지내라고 했지요. 이곳은 보시다시피 친구들과 내가 잘 아는 동료들이 늘 드나드니까요. 그래서 속을 일은 없지요. 그래서 그녀는 그것을 믿고 이곳에 왔지요. 하지만 곧 지루해서 가 버렸고요.

내 생각에 그녀는 당신이 원하는 만큼 이곳에 있는 것에 동의할 거예요. 당신도 동의하겠지요? 당신과 함께 있는 것이 즐겁고 우리는 벌써 당신을 너무나 좋아하게 되었어요. 당신은 마치 내 딸 같고 내 아내도 당신을 너무나 좋아하지요. 우리는 결혼으로 당신을 괴롭게 하지는 않을 거예요. 우리는 결혼에 대해서는 이야기하지 않을 거예요. 그건 마치 당신을 치워 버리려는 것처럼 보일 테니까요. 앙젤도 그런 생각은 없지요. 하지만 우리 주변에 있는 용감한 남자 중 마음에 드는 사람이 있다면 우리에게 말해주세요. 그러면 우리도 솔직하게 좋은지 안 좋은지 말해줄게요."

앙젤 부인도 와서 간곡하게 같은 마음을 전했는데 두 부부의 진심을 의심할 수는 없었다. 그들은 내게 엄마와 아버지가 되고 싶은 거였다. 그래서 나도 그들을 그렇게 불렀다. 집안 전체에서도 그런 식으로 대하며 "아가씨, 아버지가 찾으세요, 어머니가 오라셔요."라는 식으로 말했다. 이것은 그 어떤 말보다 훌륭한 두 사람이 나를 얼마나 정성스럽고 애정 어린 마음으로 보살폈는가를 말해주는 말이다. 앙젤 부인은 변변한 옷도 신도 없던 내게 옷과 신을 마련해주었다. 또 내게는 공부방도 있었고 피아노와 멋진 말도 있었지만 그런 것은 내가 느끼는 행복에 비한다면 아무것도 아니었다.

먼저 나는 어떤 은퇴 장교의 열렬한 구애를 받고 아주 곤란한 상황에 처하게 되었다. 그는 얼마 되지 않는 연금을 받는 농부의 아들이었다. 그래서 나는 그를 내치는 것이 더 어려웠다. 하지만 그는 전혀 내 마음에 들지 않았다. 아주 정직한 사람이라 내 재산을 보고 그런다고 말할 수도 없었다. 나는 제임스 아버지에게 그가 마음에 들지 않지만 가난해서 거부한다고 생각할까 걱정되고 그에게 모욕감을 줄 수 없다고 말하며 어떻게 해야 할지 모르겠다고 하자, 아버지는 이 일을 잘 처리해주어서 그 용감한 남자는 나를 미워하지 않고 떠나갔다.

또 마레샬 이모부와 보몽 할아버지 그리고 피에레를 통해 몇 번의 혼사가 오가기도 했다. 사촌 오귀스트의 말과 다르게 사교계 표현대로라면 재산이나 혈통적인 면에서 꽤 괜찮은 자리도 있었다. 하지만 다 거부했는데, 그런 문제에 예민한 엄마 때문에 단번에 거절하지는 못하고 아주 조용히 교묘하게 그런 자리들을 피했다. 나는 알지도 못하고 나를 본 적도 없는 사람과 무슨 비즈니스하듯 결혼한다는 것은 생각할 수도 없었다.

플레시의 좋으신 부모님들은 내가 그리 서두르지 않는 것을 보고는 내가 빨리 선택하기를 재촉하지 않으셨다. 그래서 그들 곁에서 나의 삶은 너무나 즐거웠고 내 병든 마음은 치유되었다.

엄마에게서 받은 고통을 아직 다 말하지 못했고, 엄마의 사나운 성격과 그 원인을 일일이 다 자세히 설명할 필요는 없을 것이다. 그 이야기들은 너무나 황당해서 말해도 믿을 수 없을 정도였으니까. 또 그래 봐야 무슨 소용이 있을까? 나는 마음속으로 엄마를 천 번도 더 넘게 용서했고 아마도 나보다 더 선하신 하나님도 우리 엄마를 용서하셨을 것이다.

그러니 왜 독자들에게 그런 세세한 이야기를 해서 엄마를 심판대에 다시 올려야 하는지 모르겠다. 어쩌면 그들도 우리 가엾은 엄마가 정신발작을 일으킬 때처럼 참을성도 없고 불공평하게 굴지도 모르는데 말이다. 나는 단지 엄마의 성격을 자세히 설명하며 위대한 면과 약한 면을 보여주려고 했을 뿐이다.

엄마에게서 무엇보다 우리가 봐야 할 것은 그 천성 자체보다 사회 계급이 만들어 낸 숙명이다. 충분히 명예를 회복할 만큼 정숙하게 살았음에도 불명예를 안고 살아야만 하는 운명, 너무나 너그러웠던 마음에 갖게 된 절망과 분노, 그래서 모든 것을 의심하고 자기 자신조차도 어떻게 할 수 없었던 그 숙명적 좌절감 말이다.

그런 것만이 중요할 뿐이다. 나머지 것들은 모두 나와만 관계된 것들이다. 그러니 나는 단지 엄마의 그 피할 수 없는 고통의 결과들을 내가 감내할 힘이 없었다고만 말하고 싶다. 아버지의 죽음은 어린 나이에 이해할 수 없었던 어떤 파국을 내게 가져다주었지만 나는 어린 시절 내내 그것이 가져다준 절망을 감내하고 느끼며 살아야 했다.

이제 나는 이해할 수 있게 되었지만 그렇다고 그것을 받아들일 용기가 있다는 것은 아니다. 그것을 완벽하게 포용하기 위해서는 여자로서의 열정과 엄마로서의 자애로움이 필요했다. 하지만 나는 나의 순수함과 공명정대한 영혼에 대한 오만함을 가지고 있었다. 엄마가 늘 내게 했던 이 말은 옳았다.

"너도 나처럼 고통을 당하면 그렇게 우아한 성녀처럼 굴지는 못할 거다!"

단지 나는 꾹 참고 있었을 뿐이었다. 하지만 소리 없는 분노에 휩싸이기도 했다. 그 감정은 내게 깊은 병을 가져다주었고 나는 자살 충동을 느끼기도 했다. 그 병은 항상 이상한 모양으로 내 상상력을 자극했다. 이번에는 굶어 죽는 것을 꿈꿨다. 그리고 정말 내 의지와 상관없이 그렇게 될 뻔도 했다. 먹는 것이 너무나 힘들었고 먹으면 계속 토했으며 식도가 들러붙어 아무것도 삼킬 수가 없었다. 그래서 나는 내가 아무것도 하지 않아도 굶어 죽겠구나 하며 마음속으로 기뻐하기까지 했다.

그래서 내가 플레시에 갔을 때는 매우 병들어 있을 때였다. 나는 슬픔으로 거의 바보가 되어 있었다. 아마도 내 나이에 견디기에는 너무나 큰 감정의 반복이었다.

시골 공기와 규칙적인 생활 그리고 먹을 것들이 너무나도 많고 다채로워 나는 그래도 거부감을 덜 주는 것을 골라 먹을 수 있게 되었다. 걱정 근심 없이 무엇보다 사람들과의 따뜻한 관계, 내가 그 어떤 것보다 바라는 그런 따뜻함이 나를 낫게 해주었다. 그때까지 나는 내가 얼마나 시골을 좋아하고 필요로 하는지 모르고 있었다. 나는 내가 단지 노앙을 좋아한다고만 생각했다.

하지만 플레시도 내게는 에덴동산과 같았다. 이 볼 것 하나 없는 끔찍한 시골에서 눈을 둘 만한 곳은 공원뿐이었다. 하지만 그 광대한 공원은 얼마나 멋졌는지. 노루들이 빽빽한 덤불과 깊은 숲속의 빈터와 늙은 버드나무와 크게 자란 야생풀들 아래 신비스러운 늪이 잠들어 있는 물가에서 뛰노는 모습이란! 어떤 곳은 마치 원시림 같은 아름다움을 간직하고 있었다. 원기 왕성한 숲은 항상 어느 계절에나 감탄스러웠다.

집 둘레에는 아름다운 꽃들과 향기로운 오렌지 나무들 그리고 풍성한 채소밭이 있었다. 나는 언제나 채소밭이 좋았다. 모든 것이 노앙보다 덜 시골스러우면서 더 잘 관리되고 균형 잡혀 있었다. 물론 노앙보다 경치는 아름답지도 몽환적이지도 못했지만 말이다. 길고 하얀 궁륭들과 푸른 채소들, 그리고 모랫길 위로 말을 달리는 것은 얼마나 근사한지! 그리고 젊은 집주인들, 늘 유쾌하고 악동 같은 아이들! 마음껏 웃고 소리 지르며 목이 부러져라 힘차게 그네를 타는 모습이란! 그들을 보고 있자면 나까지 아이가 되는 것 같았다. 잊고 있었던 기숙사에서의 즐거움, 머리를 휘날리며 달리고 아무것도 아닌 것에 깔깔대고 그저 시끄러운 게 좋아서 떠들어대고 그저 아무 생각 없이 부산했던 그 즐거운 기억들이 떠올랐다. 그것은 노앙에서처럼 흥분해서 씩씩대며 하는 산책도, 우울한 몽상도 아니었다. 그런 것들은 모두 울분을 삼키며 슬픔을 곱씹기 위한, 아니면 나 자신을 잊어버리기 위한 몸부림이었을 뿐이다. 여기에서 하는 것이야말로 진정한 즐거움이며 다채로운 놀이였다. 내가 그렇게도 바라던 가족의 삶, 하지만 다른 곳에서는 슬픔 없이는 견딜 수 없었던 진정한 가족의 삶이 거기에 있었다.

그곳에서 나는 마지막으로 수녀가 되려는 생각을 접었다. 몇 달 전부터 나는 내 삶의 위기상황으로부터 자연스럽게 벗어나고 있었다. 플레시에서 마침내 나는 내가 자유로운 공기와 넓은 대지, 또 자유로운 시간과 시골의 평화롭고 시적인 삶을 떠나서는 결코 살 수 없다는 것을 알게 되었다.

그리고 또 나는 앙젤 부인의 행복한 모습을 보면서 열정적 사랑이 아니라 진정한 우정과 완벽한 온화함으로 맺어진 부부의 모습이 뭔지를 알게 되었다. 그들은 젊은 청춘을 막 벗어난 나이에 벌써 서로 완벽한 신뢰와 소리 없는 절대적 헌신, 또 그로 인한 영혼의 평안함을 주고 있었다. 하늘이 그렇게 행복한 10년만 살라고 한다면 그 10년을 평생과 바꿀 수도 있을 것 같았다.

나는 아이들을 좋아해서 노앙에서나 수녀원에서 늘 나보다 어린아이들과 어울렸다. 나는 내 인형들도 그렇게 사랑했고 돌보기를 좋아했으니 어떤 본능적인 모성애가 있는 것이 분명하다. 앙젤 엄마의 네

딸들은 엄마를 많이 성가시게 했지만 앨리시아 수녀님이 내게 불평했던 그런 사랑스러운 성가심이었다. 아니 이 경우는 그녀 자신이 낳은 아이들이고 결혼의 축복이며 그녀가 살아온 모든 순간을 쏟아부은 미래의 꿈이니 더 좋은 성가심이라 할 수 있다.

제임스의 서운함은 아들이 하나도 없다는 거였다. 그래서 그는 되도록 오래 딸들이 남자 옷을 입게 했다. 그래서 딸들은 바지와 은 단추가 달린 붉은 재킷을 입어서 마치 용감하고 장난스러운 어린 군인 같았다. 그들은 종종 이모인 공두앵 생테냥 부인의 세 딸과 어울렸는데 셋 중 제일 언니와 나는 매우 친했다. 또 제임스 아빠의 동업자의 딸인 로이자 퓌제, 또 친척이나 지인들의 아들들이 몇몇 있었다. 로에티에가의 제일 막내의 아들인 노르베르 생마르탱과 외젠 상드레 그리고 오랜 친구의 조카들이 있었다. 이 아이들 모두가 모이면 내가 제일 나이가 많아 놀이의 대장이 되었고 나는 결혼 후까지 오랫동안 그들과 대가족처럼 즐겁게 지냈다.

그래서 나는 다시 어려졌고 플레시에서 다시 내 나이를 되찾게 되었다. 나는 책을 읽으며 밤을 새고 사색에 빠질 수도 있었다. 마음껏 읽을 수 있는 책들도 많이 있었다. 하지만 그런 것들을 읽고 싶은 생각도 없었다. 낮 동안 놀이와 뜀박질에 지쳐서 나는 내 방에 들어오자마자 쓰러져 잤고 일어나면 다시 그런 하루를 시작했다. 내게 드는 유일한 생각은 다시 생각해야 한다는 두려움이었다. 나는 생각하는 데 너무 지쳐 있었다. 나는 그런 사색의 세계를 좀 잊고 안정적인 정서 생활과 어린아이 같은 유치한 장난에 나를 좀 던져 버릴 필요가 있었다.

내 생각에 엄마는 나를 그곳에 아주 고집 세고 자기 생각이 뚜렷한 '똑똑한 척하는 아이'로 소개한 것 같았다. 그래서 앙젤 엄마는 그것을 좀 걱정하고 있었던 것 같았다. 그리고 그 걱정 때문에 더더욱 내 불행에 관심을 두게 된 것 같았다. 하지만 아무리 기다려도 내게서 그런 지적知的 허영 같은 것은 끝내 볼 수가 없었다. 내가 그런 지적 허영심을 내보였던 것은 오로지 데샤르트르 선생님과 함께 있을 때뿐이었다. 선생님이야말로 그런 허영기가 가득한 사람으로 늘 모든 것을 독단적으로 말했기 때문에 똑같이 하지 않고서는 그런 것들에 대해 논쟁할 수가 없었다. 하지만 플레시에서 내 알량한 지식을 가지고 할 것이 뭐가 있겠는가? 그런 것들은 아무에게도 감동을 주지 않아서 나 자신에게나 남에게나 그런 지식은 잊어버리는 게 더 나은 것들이었다. 나는 무슨 토론을 하고 싶은 생각도 들지 않았다. 도대체 주변에는 어떤 논쟁거리도 없었으니 말이다. 이 오랜 부르주아 가문에서 출생에 대한 악몽 같은 건 재미있는 농담거리일 뿐이고 거기에 대해 집착하는 추종자도 없으니 적도 있을 수 없었다. 그래서 사람들은 그런 건 생각하지도 않았고 상관하지도 않았다.

당시 부르주아들은 지금처럼 거만하지도 않았고 사람들도 돈을 신처럼 숭배하지도 않았다. 또 설사 그랬다고 해도 플레시에서는 그렇지 않았을 것이다. 제임스는 생각 있는 사람이며 명예를 중시하고 양심적인 사람이었다. 또 너무나 마음이 따뜻한 그의 아내는 아무것도 없던 그를 부자로 만들어 주었다. 둘의 순수한 사랑, 이해관계에서 완전히 벗어난 사랑은 이 고상한 여자의 신앙이며 도덕이었다. 그러니 그녀와 그와 관계된 모든 사람과 어떻게 내가 불화할 수 있겠는가 말이다.

그들의 정치성향은 무조건 나폴레옹 숭배였다. 그들은 코사크의 칼과 나폴레옹의 장교들의 배신으로 열린 왕정복고에 열렬히 반대했다. 그들은 좀 더 넓은 의미에서 나폴레옹을 배신했던 부르주아가 더 결정적인 역할을 했다는 생각은 하지 않는 것 같았다. 그러니까 사람들은 그런 생각은 하지 못하고 나폴레옹 제국의 몰락을 아무도 이해하지 못하고 있었다. 대제국의 남은 군인들은 그것을 자유주의 사상 탓으로 돌릴 생각도 하지 않았다. 그것도 아주 큰 몫을 차지하고 있는데도 말이다.

억압의 시대에는 모든 방면에서 저항의 손길이 뻗쳤다. 그리고 공화주의 사상은 카르노란 인물로 대변되고 순수한 보나파르트주의자들은 그 생각을 받아들였다. 그 사람은 조국이 위험하고 불행했던 순간 나폴레옹과 함께했던 위대한 자였기 때문이다.

그래서 나는 장 자크 루소의 공화주의를 따르면서도 플레시의 친구들과는 보나파르트주의자가 될 수 있었다. 그 시절에 역사를 잘 몰라서였을 수도 있고 사태를 제대로 파악하기에는 그 문제에 대해 깊이 숙고해 보지도 않았기에 그랬을 수도 있다. 내 친구들도 대부분의 다른 프랑스인들처럼 나같이 혼란스러워했다.

하지만 우리 사이에는 좀 생각할 문제들이 있었는데 제임스의 큰형과 나이든 몇몇 친구들은 여전히 군주제를 열망하고 있었고, 제국의 망할 전쟁을 증오하고 있었다. 모두가 어떤 이득이나 재산 아니면 안전한 삶 때문이었을까? 제임스는 진짜 프랑스 기병으로 적들과 싸웠

고 오로지 군의 명예만을 생각했으며 적을 혐오하고 실패를 부끄러워
했으며 배신을 고통스러워했다. 왕정복고 후 7년이 지났는데도 그는
여전히 과거의 영웅들을 위해 눈물 흘렸다. 그가 어리석거나 실없는
사람이 아닌 걸 알기에 모두 그의 끝없는 긴 전쟁 이야기를 마음을 떨
며 듣고 또 들었다. 그 이야기는 항상 흥미진진하고 다채로웠다. 나
는 그것을 거의 외울 정도였지만, 또 들을 때마다 그의 소설가적인 재
능에 감탄했다. 그때는 비록 내가 소설가가 될 거라고는 생각조차 하
지 않을 때였지만 말이다. 나의 소설 《자크Jacques》의 몇몇 구절들은
제임스 아빠의 이야기에 대한 기억에서 나온 것이다.

 '로이자 퓌제' 이름이 나온 김에 이 대단한 아이가 어린 소녀였던 때
어땠는지를 기억해 보려고 한다. 비록 2~3년 뒤에는 다시 만날 수
없었지만 말이다. 그녀는 나보다 몇 년 어렸는데 당시에는 큰 차이여
서 나는 어떻게 우리 둘이 어울릴 수 있었는지 놀라울 따름이다. 분명
플레시에서 내가 예술이나 문학에 관해 이야기를 나눌 사람이 그 아
이밖에 없었던 것 같다. 그녀는 매우 조숙했고 뭐든 배우는 데 있어
자질을 갖추고 있으면서도 한편으로 이상하게 태만했다. 아마도 재
주가 너무 많아 노력을 안 하는 아이 같았다. 그녀는 모든 것을 단번
에 터득하고 순식간에 모든 음악적인 것과 문학적인 것을 이해했다.
그녀의 엄마는 시골의 여자가수였다. 비록 소리가 변하기는 했지만
마음먹으면 여전히 매력적으로 노래할 수 있었다. 로이자는 또한 훌
륭한 연주가이기도 했는데 늘 즉흥적으로 연주하지 말고 진지하게 연
구하면서 하라고 야단맞았다. 하지만 즉흥적인 것을 좋아하는 로이

자는 그 말을 전혀 듣지 않았다.

그녀는 아주 짓궂은 아이였는데 아마도 플레시에 있는 아이 중 제일이었다. 천사처럼 예쁘면서 머릿속은 장난으로 가득해 모든 사람에게 짓궂게 굴었고 어쩌면 그녀 자신에게조차 짓궂었던 것 같았다. 그저 모든 것을 쉽게 생각하며 대충 넘어가는 성질 때문에 말이다. 그녀는 정말 유쾌하고 꾸밈없고 행복한 곡들을 만들어 냈는데 곡들은 개성이 뚜렷하고 담백한 작품이었다. 그녀의 재능은 장르의 고상함과 저속함도 넘나들었다. 하지만 그녀 자신보다 더 그녀를 잘 기억하고 있는 나는 (그때 당시 나는 이미 철이 든 나이였고 그녀는 아직 생각 없이 되는대로 살던 아이였으니 말이다.) 그녀 안에 더 많은 잠재력이 있음을 알았다. 그래서 혹시 그녀가 시골에 칩거해서 어떤 식의 노래든 예전 노래들보다 더 진중하고 감상적인 곡들을 만들었다고 해도 (사실 형태나 스케일 등으로 작품의 질을 따질 수는 없으니 말이다.) 나는 그녀가 엄청난 발전을 이루었다 해도 전혀 놀라지 않을 것 같다.

또 그 집에는 '스타니슬라스 위'라는 아주 이상한 사람도 있었다. 노란 수염으로 뒤덮인 늙은 청년이었는데 데샤르트르 선생님과도 비슷한 측면이 있었다. 하지만 선생님 특유의 아름다운 얼굴선은 없었다. 선생님의 그런 얼굴선은 볕에 그을리고 나이가 들고 때로는 퉁명스럽고 웃기는 표정을 지어도 선생님 내면의 고상함을 항상 드러내주고 있었다. 우리는 가족 없는 늙은 남자를 부르듯 그를 '스타니슬라스 영감'이라고 불렀는데 그는 불평꾼 수도승으로 알려졌지만 착하지도 믿음이 깊지도 않았다. 때로는 아는 것도 많고 똑똑해서 좋아 보일 때도 있었다. 하지만 그는 고의로 모든 사람을 나쁘게 생각하고 험담을 했다. 그는 모든 것을 부정적으로 보았는데 그 자신부터 다른 사람들보다 호감 가는 사람이 아니었으니 그렇게 부정적일 이유가 없었다.

그의 그런 태도는 가족들에게 우습게 보였지만 아무도 그 앞에서 웃을 수는 없었다. 하지만 나는 데샤르트르를 놀리던 것처럼, 또 대놓고 놀리는 게 뒤에서 흉보는 것보다 낫다고 생각해 감히 그 앞에서 그를 놀리곤 했다. 그러면 그는 불같이 화를 냈다가 곧 다시 진정하곤 했다. 그리고 다시 화를 냈다가 풀어졌다가를 얼마나 반복했는지 모른다. 때로는 내 장난의 희생물이 되어 나를 더 자극하기도 했지만 때로는 갑자기 불같이 화를 내기도 했다.

하지만 그는 대체로 내게 친절했다. 내가 타는 멋진 말도 그의 것이었다. 그 말은 '피가로'라고 불리는 검은 안달루시아산이었고, 나이는 25살이었다. 하지만 여전히 젊은 말처럼 몸이 유연하고 에너지가 넘치고 튼튼했다. 가끔 내가 그 주인을 기분 나쁘게 해서 내가 자기 말을 못 타게 할 때면 피가로는 갑자기 다리를 절기 시작했는데 그러면 제임스 아빠가 그를 내게 데려왔다. 그때 스타니슬라스 영감은 짐짓 모른 척 등을 돌리고 있었다. 그러면 우리는 멋지게 달려서 2시간쯤 후에는 피가로가 좋은 공기를 마시고 다시 멀쩡해졌다고 말할 수 있었다. 제임스에 의하면 그는 일기에 우리를 욕하며 우리에게 복수하겠다고 쓴다고 했는데 그는 매일매일, 매 시간마다 자기가 생각하는 것과 주변에 일어나는 일을 일기로 쓰고 있었다. 그래서 그는 아주 소소한 일까지 25년간의 기록을 가지고 있고 그런 일기장이 산을 이루고 있어 그것을 옮기려면 마차가 한 대 필요할 정도였고, 보관하려면 방이 하나 있어야 할 정도였다. 지난 추억에 대해, 자신의 과거에 대해 그렇게 집착하는 사람은 없을 것이다.

또 다른 집착은 버려진 것은 절대로 그냥 두지 않는 습관이다. 그는 집과 정원의 구석구석에서 사람들이 분실했거나 버린 것들을 전부 모았다. 던져진 삽, 손수건, 오래된 실내화, 오래된 장작 받침쇠, 가위 하나까지. 플레시의 그의 방에는 온갖 하찮은 물건들과 쇳조각들이 천장까지 가득 차 있었다. 그는 구두쇠도 아니고 무슨 도벽盜癖이 있는 것도 아니었다. 왜냐하면, 그 모든 것들은 다 쓸모없는 것이고 일단 그 속으로 들어가면 죽을 때까지 결코 꺼내 보지도 않을 것이기 때문이다. 이런 기이한 습관에 대해 사람들이 짐작하는 바는 속으로 사람들을 싫어하고 늘 비판만 하는 그 성질머리로 사람들이 버린 물건들을 모은다는 거였다. 그래서 가정부들이나 아이들이나 집주인들을 힘들게 하고 당황하게 하는 것이 그의 취미였다. 우리는 피아노 위나 거실 테이블 위에 책을 놓아 두어서도 안 되고 나무에 모자를 걸어 놓아서도 안 되고 벽에 지팡이를 기대 놓아도 안 되고 계단에 촛대를 두어서도 안 되었다. 왜냐하면, 5분만 지나도 사라져 버려 찾을 수 없기 때문이었다. 그는 손으로 턱수염을 쓸며 우리를 감시하고 있었는데 앙젤 부인은 이렇게 말하곤 했다.

"찾지 말아요. 아니면 들어갈 재주만 있다면 스타니슬라스 영감 가게를 뒤져 보든지."

하지만 그것은 불가능한 일이었다. 스타니슬라스 영감은 방에 들어갈 때 자물쇠를 잠그고 나올 때 열쇠를 들고 나왔다. 어떤 생물체도 그의 호기심 왕국을 비질하거나 청소할 수 없었다. 그는 마지막에 로

샹보 씨의 성에서 죽었는데, 아마도 로샹보 씨는 화물차로 그의 모든 짐짝을 옮겼을 것이다. 그리고 모든 물건이 목록 작성을 위해 밖으로 끄집어내졌을 때 목록에 적을 만한 것은 없었고 다 해서 18프랑 정도의 값을 매길 정도였다고 했다.

이 늙은 여우는 1만 2천 리브르의 연금을 받고 있다고 했다. 내 기억이 정확하다면 그는 예전에 군대의 행정관이었다. 자기의 변변치 않은 재산을 축내지 않기 위해 친구 집에 빌붙어 살면서 돈을 절약하고 연금을 모았다. 하지만 그는 오래 견디기 힘든 손님이었다. 항상 불평투성이고 커피가 연하다, 소스가 상했다며 아주 심한 말로 사람들을 조롱하며 하녀들과 주방 가정부들의 마음을 가차 없이 찢어 놓았다. 그는 제임스의 막내딸의 대부로 그녀를 매우 사랑하는 것처럼 보였다. 그래서 나중에 자신이 지참금을 주겠다고 말했다. 하지만 그는 그렇게 하지 않았고 어느 누구도 배려하지 않고 죽었는데 죽으면서까지도 세상을 화나게 한 것에 그는 만족했을 것이다.

엄마와 언니와 피에레는 아주 가끔 플레시에 와서 하루 이틀을 묵으며 내가 잘 지내는지, 내가 더 있고 싶어 하는지 살폈다. 나는 정말로 더 있고 싶었고 봄이 끝날 때까지 엄마와 나 사이에는 모든 것이 순조로웠다.

당시 뒤플레시 부부와 며칠 파리에 간 적이 있었는데 그때 나는 당연히 엄마 집에 머물렀고 그들은 매일 아침 나를 데리러 와 그들 표현에 따르면 '카바레 식사'를 했고, 저녁때는 대로를 산책했다. 그 카바레라는 곳은 늘 '카페 드파리'나 '프레르 프로방소' 카페였고, 오페라 극장과 포르트 생마르탱을 산책하거나 서커스 극단의 공연을 봤다. 그런 공연들은 제임스의 전쟁에 대한 추억을 일깨워주었다. 엄마는 우리와 늘 함께했고 그런 공연들을 좋아하지만 나를 혼자 보낼 때가 더 많았다. 엄마는 엄마로서의 자신의 권리와 자격을 모두 뒤플레시 부인에게 넘겨주고 싶은 것 같았다.

어느 저녁 공연 후 아이스크림 가게 토르토니에 있을 때 앙젤 엄마가 남편에게 "어머 저기 카지미르예요!"라고 소리쳤고, 곧 마르고 우아하고 군인 같아 보이는 사람이 유쾌한 모습으로 다가와 악수했다. 그리고 그의 아버지인 뒤드방 대령에 대한 안부에 대답했다. 가족들은 그의 아버지를 아주 좋아하고 존경하고 있었다. 그가 앙젤 부인 옆에 앉아 내가 누군지를 묻자, 그녀는 큰 소리로 대답했다.

"내 딸이에요!"

그러자 그가 낮은 소리로 말했다.

"그럼 내 부인인가요? 제게 큰딸을 주겠다고 하셨잖아요. 제 생각에 그녀가 윌프리드인 것 같네요. 저와 나이도 잘 맞는 것 같으니 허락하신다면 받아들이기로 하지요."

앙젤 부인은 웃음을 터뜨렸지만, 이 농담은 예언이 되었다.

며칠 뒤 카지미르 뒤드방이 플레시에 와서 스스럼없이 우리 아이들과 어울리며 유쾌하게 놀았는데 그 모습이 참 성격 좋은 사람으로 보였다. 그는 내 마음에 들려고 애쓰거나 하지도 않았고 그럴 생각도 없었다. 만약 그랬다면 우린 어색해졌을 것이다. 우린 그저 친구 같았다. 그도 오래전부터 자신을 사위라고 불러온 앙젤 부인에게 "저 따님은 사내아이 같아요."라고 했고, 나도 "저 사위는 착한 아이 같아요."라고 말했다.

농담 같은 말을 누가 퍼뜨렸는지 알 수 없지만 남 흉보기에 여념이 없는 스타니슬라스 영감이 정원에서 막대기 놀이를 하고 있는 내게 "네 남편을 따라가!"라고 소리치면, 카지미르는 "내 마누라를 내놔요!"라고 맞장구를 쳤다. 우리는 어린 노르베르와 쥐스틴이 그렇게 놀 듯 서로를 남편과 아내로 생각하는 것이 하나도 어색하지 않고 재미있게만 생각됐다.

그러던 어느 날 스타니슬라스 영감이 공원에서 이 일에 대해 아주 못된 말을 한 적이 있었다. 나는 그의 팔을 잡고 왜 아무것도 아닌 일에 그렇게 인상을 쓰는지 물었다. 그러자 그는 대답했다.

"왜냐하면, 당신이 연금이 고작 6만~8만밖에 되지 않는 저 인간이랑 결혼하려는 미친 생각을 하고 있으니까요. 게다가 그는 당신과 결혼할 생각도 없지요."

나는 대답했다.

"맹세코 나는 단 한 순간도 그를 미래의 남편으로 생각한 적 없어요. 그리고 우리처럼 고귀한 사람들에게는 견디기 힘든 그런 농담이 당신처럼 걱정 많은 사람에게 심각하게 들렸다면 '엄마, 아빠'에게 가서 그런 농담을 그만하라고 할게요."

집으로 돌아갈 때 제일 먼저 만난 제임스 아빠는 내가 이 말을 하자 스타니슬라스 영감이 헛소리를 하고 있다며 이렇게 말했다.

"중국 속담에 '털어서 먼지 안 나오는 사람 없다'는 말이 있지만 문제는 그게 아니에요. 정식으로 말하자면 뒤드방 대령은 사실 아주 재산가이고 수입도 많은데 반은 부인 것이고 반은 자기 것이지요. 하지만 그의 재산 중에 은퇴 연금도 있고 장교 연금도 있고 레지옹 도뇌르 연금 그리고 제국 남작 연금 등도 있어요. 그는 가스코뉴의 아름다운 땅도 하사 받았지요. 그리고 다른 부인에게서 난 사생아인 그의 아들은 유산을 반밖에는 상속받을 수 없지만 카지미르는 다 받게 될 거예요. 아버지가 그를 사랑하고 다른 자식이 없으니까요. 하지만 어쨌든 그의 재산이 아가씨 재산보다는 많지 않을 거고 처음에는 더 적을 수도 있지요. 그래서 우리가 늘 놀리듯 두 사람의 결혼에는 아무 문제가 없어요. 이 결혼은 아가씨에게보다는 그에게 더 유리한 결혼이지요. 그러니 좀 쉬면서 생각해 보고 좋은 대로 결정하세요. 놀리는 게 싫으면 하지 말라고 하고 별 상관없으면 그냥 내버려 두도록 해요."

나는 대답했다.

"아무 상관없어요. 문제 삼으면 더 우스워지고 그에게 더 부담을 줄 것 같아요."

일은 그쯤에서 마무리되었다. 카지미르는 떠났다가 다시 돌아와서는 진지하게 이렇게 말하며 내게 직접 청혼을 했다.

"이런 식으로 하면 안 되는 줄 알지만 먼저 자유롭게 당신으로부터 직접 허락을 받고 싶군요. 만일 내가 싫지 않고 지금 바로 대답할 수 없다면 좀 더 생각해 보고 며칠 후 대답해서 내가 우리 아버지와 당신 엄마를 만날 수 있게 해주세요."

이 말은 나를 편하게 했다. 뒤플레시 부부는 내게 카지미르와 그의 가족에 대해 좋은 말들을 많이 해주었다. 그러니 이 제안을 거부할 이유가 없었다. 그의 말은 믿음직스러웠고 그의 태도도 정중했다. 사랑이니 정열이니 열정이니 그런 경박한 유혹의 말도 하지 않았다. 그는 우정에 대해 이야기하며 이 집 부부의 평화로운 행복을 함께하자고 했다. 그는 말했다.

"분명한 내 마음을 고백하자면 처음 당신을 보았을 때 나는 당신의 착하고 지혜로운 모습에 홀딱 반해 버렸지요. 당신이 예쁘거나 아름답다고는 생각지 않았어요. 나는 당신이 누군지도 몰랐고 들어 본 적도 없었지요. 내가 웃으며 앙젤 부인에게 당신이 내 아내라고 말했을 때 순간 내 마음속에서 만약 그렇게 된다면 정말 행복할 것 같다는 생각이 들었지요. 그리고 갈수록 이 생각은 분명해졌어요. 그리고 내가 웃으며 당신과 놀 때 나는 마치 오래전부터 당신과 알았던 것 같고, 우리 둘은 아주 오랜 친구 같았지요."

내 생각에, 당시 수녀원과 결혼 사이를 방황하다 겨우 빠져나온 시기에 뜨거운 사랑 같은 얘기를 했다면 나는 두려웠을 것이다. 나는 그런 걸 이해할 수 없었고 여전히 그런 걸 농담처럼 우습게 여겼을 것이다. 처음 플레시에 왔을 때 내게 구애했던 사람에게 그랬던 것처럼. 내 마음은 그때와 전혀 다르지 않았고 나의 이성적인 사고도 흔들리지 않았고 확고부동했다.

그래서 카지미르의 이성적인 설명이 매우 그럴듯하게 들렸다. 그래서 이 집 부부에게도 물어본 뒤 나는 그와 따뜻한 우정의 관계를 지속하기로 했다.

나는 한 번도 이렇게 끊임없는 배려와 즐겁고 자발적인 헌신을 받아 본 적이 없었는데 그것은 내 마음을 감동케 했다. 나는 곧 카지미르를 가장 신뢰할 수 있는 친구로 바라볼 수밖에 없었다.

앙젤 부인은 대령님과 우리 엄마가 만나도록 일을 진척시켰다. 그리고 그때까지 우리는 아무 계획도 세우지 않았다. 왜냐하면, 모든 것이 엄마의 변덕에 달렸으니 말이다. 엄마가 모든 것을 망칠 수도 있었으니까. 만약 엄마가 반대하면 우린 생각할 것도 없이 그냥 좋은 관계로 끝날 것이었다.

엄마는 플레시에 와서 늙은 대령님의 공손한 태도와 은발, 그리고 품격 있고 선량한 모습에 깜짝 놀랐다. 그건 나도 마찬가지였다. 두 사람은 집주인 부부와 함께 이야기를 나누었다. 이후 엄마는 내게 말했다.

"그래 좋다. 하지만 아직 확정은 아니야. 그 아들은 아직 잘 모르겠다. 그는 잘생기지 않았어. 나는 잘생긴 사위가 내 팔을 잡았으면 좋겠구나."

대령님은 내 팔을 잡고 집 뒤 정원을 한 바퀴 돌며 제임스와 농사 이야기를 나눴다. 그는 심각한 통풍으로 잘 걷지 못했다. 제임스는 나와 둘만 남았을 때 흥분해서 대령님이 나를 아주 마음에 들어 하고 며느리로 들일 수 있다면 정말 행복하겠다고 말했다고 했다.

엄마는 며칠 동안 아주 사랑스럽고 유쾌한 기분으로 머물렀다. 미래의 사위를 시험해 보려고 장난을 쳐 보고는 그가 착하다는 결론을 내리고 앙젤 부인 감시하에 우리 둘을 함께하게 두고 떠났다. 결혼 날짜는 뒤드방 부인이 파리에 올 때까지 기다리기로 했다. 그녀는 망스에 있는 친정에 가 있는 중이었다. 그동안 서로 친분을 쌓고 대령님은 살아 있는 동안 아들에게 물려주고 싶은 것들을 확실히 해 두어야 했다.

그런데 보름쯤 지나 엄마가 갑자기 플레시에 마치 폭탄이 떨어지듯 들이닥쳤다. 엄마는 카지미르가 문란한 생활을 하며 얼마 동안 카페에서 웨이터를 했다고 말했다. 엄마가 그런 말도 안 되는 소리를 대체 어디서 들었는지 모르겠다. 아마도 그 전날 꿈꾼 것을 잠이 깬 후 사실로 믿은 것이 분명하다. 모두가 웃음으로 넘기자 엄마는 격분했다. 제임스는 진지하게 그동안 뒤드방 가족을 쭉 지켜봤지만 카지미르는 절대로 그런 문란한 생활을 한 적이 없다고 말했지만 소용없었다. 카지미르도 카페 웨이터라니 그런 일은 자신도 너무 수치스럽고 또 군사 학교를 나온 후 곧 부관으로 갔고 제대 후에는 파리에서 법학 공부를 하며 아버지 집에서 혹은 아버지를 따라다니며 연금도 꽤 많이 받고 있었기 때문에 단 일주일도 아니, 단 반나절도 그렇게 카페에서 한가하게 일할 시간이 없었다고 설명했지만 소용없었다. 엄마는 계속 고집했고 사람들이 자길 가지고 논다고 믿었다. 그리고 나를 끌고 가 앙젤 부인과 그녀의 태도들과 이 집 분위기와 뒤플레시가의 음모를 욕했다. 그들이 유산 상속녀와 바람둥이들을 소개해 뭐라도 뜯어내려는 속셈이라는 것이다.

엄마가 극도로 흥분해서 나는 엄마의 머리가 어떻게 될까 두려워 당장에 짐을 싸서 함께 떠나겠다고 하며 엄마를 달랬다. 그리고 파리에서 다시 잘 알아본 후에 엄마가 싫으면 우리는 다시는 카지미르를 보지 않겠다고 했다. 그러자 엄마는 진정했다. 그리고 "그래, 그래. 얼른 짐을 싸자!"고 했다. 하지만 내가 짐을 싸려고 하자마자 엄마는 "결심했어. 나는 가겠다. 나는 여기가 싫어. 너는 여기가 좋으니 남아라. 내가 알아보고 네게 알려줄게."라고 말했다.

그리고 그날 밤 엄마는 가 버렸다가 다시 돌아와 같은 장면을 연출했다. 그리고 뒤드방 부인이 파리에 올 때까지 나를 다시 플레시에 남겨 두었다. 그리고 다시 결혼 준비를 하며 진지하게 나를 파리로 불러 엄마가 생라자르의 티볼리 뒤쪽에 새로 얻은 아주 작고 흉한 집에 갔다. 내 작은 방 창에서 넓은 정원이 보였고 낮에는 겨우 오빠와 그곳을 산책할 수 있었다. 오빠는 방금 파리에 와서 우리 집 위에 다락방을 세 얻어 살고 있었다.

이폴리트는 훈련을 마치고 이제 막 장교 임관을 하기 바로 직전에 그렇게도 열정을 가지고 있었던 군대 생활이 싫어 군을 나와 버렸다. 그는 아주 빨리 진급될 줄 알았지만 빌뇌브의 퇴각이 가져다준 영향으로 이제 수비대는 전쟁도 명예도 없는 직업이며 머리만 피곤하고 미래도 없는 직업으로 여겨졌다. 오빠는 적은 연금을 받고 있어 그리 힘들지 않게 살 수 있었다. 게다가 나도 오빠가 다른 거처를 구할 때까지 원하는 만큼 우리 집에 살게 해 줄 참이었다. 오빠를 좋아하는 엄마도 반대하지 않았다.

오빠는 엄마와 나 사이에서 아주 좋은 중재자였다. 오빠는 이 병적인 성격을 나보다 더 잘 다룰 줄 알았다. 오빠는 엄마의 행동들을 우습게 생각하며 엄마에게 아첨하기도 하고 놀리기도 했다. 때로는 야단을 치기도 했다. 그래도 엄마는 오빠라면 다 참아줬다. 어린 소녀의 강한 자존심만큼이나 경기병의 천연덕스러운 얼굴도 절대 만만치 않아서 엄마가 아무리 고함을 쳐도 데면데면한 오빠의 모습은 결국, 엄마가 모든 것을 포기하게 했다. 그는 나에게 힘을 주었고 엄마의 변덕으로 힘들어하는 것은 바보짓이라며 나를 위로했다. 오빠가 보기에 엄마의 변덕 같은 건 경찰서 유치장이나 부대의 걸레질보다도 훨씬 작은 일이었다.

뒤드방 부인이 정식으로 엄마를 찾아왔다. 엄마는 정말 어떤 면으로 보나 결코 그런 대접을 받을 만하지 못했지만 뒤드방 부인은 아주 품격 있는 부인의 태도로 천사처럼 부드러운 모습을 하고 있었다. 나는 그녀의 걱정하는 듯한 모습, 작은 목소리, 남다르게 아름다운 얼굴을 보자마자 호감을 느끼고 고개를 숙였다. 그 모습은 이후에도 계속 내게 호감을 불러일으켰다.

엄마는 그녀가 먼저 찾아온 것에 만족했는데 분명히 구겨진 자존심을 위로받았기 때문이었을 것이다. 결혼은 엄마의 변덕으로 결정되었다가 또다시 미뤄지고 무효로 되었다가 다시 시작되기를 가을까지 계속했다. 그래서 나는 계속 우울했고 또 몸이 아프기도 했다. 오빠와 나는 엄마가 나를 정말 사랑해서 그러는 것이며 속으로는 절대 입으로 쏟아내는 말을 생각하지 않을 거라고 생각했지만, 나는 엄마의 미친 듯한 유쾌함과 불같은 분노, 너무나 과도한 애정표현과 차가운 무관심 혹은 스스로 지어낸 혐오감을 참을 수가 없었다.

카지미르에 대한 생각은 여전했고 엄마는 그를 싫어했다. 그의 코가 마음에 들지 않는다는 이유였다. 엄마는 그를 부리며 인내를 시험하는 걸 즐겼다. 그는 인내심이 없었지만 이폴리트와 피에레 덕분으로 참아 낼 수 있었다. 하지만 엄마는 죽일 듯이 그를 흉봤고 어찌나 말도 안 되는 거짓말을 해 대는지 듣는 사람들 마음에 자연스레 연민을 불러일으켰다.

마침내 엄마는 사람들에게 상처를 주는 몇 번의 힘든 협상 끝에 결심했다. 엄마는 내가 부부 재산제로 결혼하길 바랐는데, 뒤드방 씨는 엄마가 자기 아들을 경멸해서 그런 생각을 한다며 반대했다. 난 카지미르에게 최선을 다해 이런 자기 재산 지키기 같은 법에 저항하라고 하면서 그것은 결국, 부동산 때문에 개개인의 자유로운 생각을 희생시킬 거라고 했다. 나는 노앙의 집과 정원을 절대 팔지 않을 셈이었다. 단지 영지의 일부분을 팔아서 살림살이를 꾸려 나가야 했다. 할머니는 항상 수입과 지출의 균형이 맞지 않아 힘들어하셨으니까. 남편은 엄마의 고집을 꺾지 못했다. 엄마는 마지막까지 자기 고집을 관철한 것을 흐뭇해했다.

우리는 1822년 9월 결혼했다. 결혼 후 방문들과 답례를 바친 후 플레시의 친구 집에서 며칠을 머문 후 우리는 오빠와 노앙으로 떠났다. 데샤르트르는 우리를 아주 반갑게 맞아주었다.

9. 출산과 우울[4]

1822~1823년 겨울은 노앙에서 보냈다. 몸은 아팠지만 엄마가 된다는 아주 감미롭고 들뜬 꿈에 흠뻑 빠져서 말이다. 이 시기에 여자들에게 일어나는 변화는 아주 특별하고 갑작스럽다. 많은 여자들처럼 나에게도 그런 변화가 찾아왔다. 몸 안에 뭔가가 느껴지자, 아니 그 이전부터 지적인 필요라든가 불안한 생각들, 학문에 대한 호기심, 학문적 관찰 같은 것들은 이미 사라져 버렸다. 이 기다림과 소망의 순간 모든 것은 운명적으로 육체적이고 감정적인 것에 지배되는 것 같았다. 한마디로 밤샘 공부나 독서, 공상, 공부 같은 것도 자연히 사라져 버렸다. 그런 것들은 아무 가치도 없었고 아쉽지도 않았다.

겨울은 길고 매우 추웠다. 높이 쌓인 눈이 얼어붙은 땅을 오래도록 덮고 있었다. 남편도 시골을 좋아하긴 했지만 나와는 다른 이유에서였다. 그는 사냥에 미쳐 있었다. 나는 혼자 오랜 시간 동안 배내옷을 만들며 시간을 보냈다. 그동안 나는 바느질을 한 적이 없었다. 배워야 한다는 말은 늘 들었지만 할머니는 한 번도 내게 강요한 적이 없었다. 나도 그 방면으로는 형편없을 거라고 생각했다. 하지만 꿈에 그리는 작은 아가에게 입힐 거라고 생각하자 나는 그 일에 열정을 갖게 되었다. 위르쉴이 와서 내게 감침질과 공그르기를 가르쳤다. 나는 그게 너무나 쉬운 것을 보고 놀랐다. 하지만 모든 일이 그렇듯 여기에도

---

4 이 부분은 1853년과 1854년 사이에 쓴 글이다.

창의적인 사람과 가위질의 달인이 있었다.

내가 바느질을 좋아한 후로 바느질은 나의 취미가 되었고 나는 열에 들떠서 거기에 빠져들었다. 나는 작은 모자에 수까지 놓았는데 두세 개 정도만 만들고 그만두어야 했다. 시력이 너무 나빠졌기 때문이다. 나는 눈이 매우 나빴다. 우리는 그것을 '뷔 그로스vue grosse'라고 불렀다. 나는 작은 것들을 구별하지 못했다. 그래서 모슬린 실을 세거나 작은 글씨를 읽거나 아주 가깝게 보려고 하면 어지럽고 머릿속을 수천 개의 바늘이 찌르는 듯 아팠다.

나는 능력 있는 여자들이 집안일, 특히 바느질이 너무 지루하고 따분한 일이라고 하는 소릴 자주 듣는다. 그리고 그런 건 여자들을 노예로 삼기 위한 거라고들 말한다. 나는 그런 노예 이론에 대해서는 흥미가 없지만 이런 일이 그런 결과를 가져온다는 것에는 반대다. 내 생각에 여성들에게는 여자들만의 거부할 수 없는 특별한 성향이 있다. 왜냐하면, 평생 나는 그런 것을 느끼며 살아왔기 때문이다. 또 때로 집안일들은 내 정신의 동요를 진정시키는 역할을 하기도 했다. 그런 일들은 단지 그것을 경멸하는 여자들이나 모든 것에 있어 좋은 점을 잘 알아볼 생각조차 하지 않는 사람들에게나 지겨운 일일 뿐이다. 삽질하는 남자는 바느질하는 여자만큼이나 지루하고 똑같은 일을 더 힘들게 하고 있지 않은가? 그렇지만 삽질을 빨리 잘하는 노동자는 결코 삽질을 지루해하지 않는다. 그 남자는 우리에게 웃으며 "나는 노동의 고통이 좋아요."라고 말한다.

노동의 고통을 좋아한다는 것, 이는 농부들이 하는 순박하지만 심오한 말이다. 노예 이론 같은 걸 생각하지 않는다면 남녀 누구나 다

할 수 있는 말이다. 그런데 우리 여자들의 운명은 남자들이 자랑스럽게 말하는 이 엄중한 법칙을 반대로 비껴가려고 한다.

　노동의 고통은 자연스러운 법이며 우리는 악에 빠지지 않고서는 그 법에서 벗어날 수 없다. 최근에 사회적으로 노동 문제를 완전히 해결할 필요가 있다는 생각으로 육체적인 노력이나 권태로움을 완전히 없애는 기계 시스템을 꿈꾸는 어떤 이들이 말도 안 되는 억측을 하는 것을 보았다. 만약 그런 일이 벌어진다면 정신의 남용도 오늘날 영육 간의 균형이 깨진 것만큼이나 한탄스러운 일이 될 것이다. 이 둘 사이의 균형을 찾는 일이 우리가 풀어야 할 과제다. 그러니까 노동으로 수고하는 사람이 충분한 휴식을 취하고, 충분히 여유로움을 즐긴 사람이 충분한 노동을 하도록 하는 것이 중요하다. 모든 사람이 육체적이고 정신적인 삶을 살도록 함이 우리가 절대적으로 풀어야 할 문제인 것이다. 만약 그것을 해결하지 못하면 지금 우리의 모든 행복과 존엄성과 지혜와 건강한 몸과 정신을 모두 끝장내 버릴 이 비탈길에서 우리를 멈춰 세울 희망은 없다. 우리가 지금 비탈길 아래로 곤두박질치는 것을 감출 필요도 없다.

　내가 생각하는 원인은 그것과는 또 다른 것이다. 인간들 중 어떤 사람들은 너무 자유롭고 어떤 이들은 너무 매여 있었다. 정치사회적으로 이상적인 제도들을 아무리 찾아봐야 헛일이다. 무엇보다 새로운 인간형을 만들어내야 한다. 지금 우리 세대는 뼛속까지 병들었다. 처음에는 인간 사이의 평등을 가능한 많이 실현하려는 공화국을 한번 세워 보았다. 그 후에 우리는 시민들을 법 앞에 평등하게 하는 것만을 가지고는 충분치 못하다는 걸 알게 되었다. 또 나는 감히 재산의 평등으로도 충분치 못하다고 말하고 싶다. 우리는 인간들이 '진실 인지 감수성sens de la verite' 앞에 평등할 수 있게 해야 한다.

한쪽에는 지나친 야망과 한가로움 그리고 권력이 있고, 다른 한쪽에서는 권력이나 귀족적 품위 같은 것에 완전히 무관심한 것이 이 나라의 현실이다. 지금 이곳에 진정한 인간들은 사라졌다. 만약 그런 존재가 있었다면 말이다. 사람들의 열망으로 갑자기 신교육을 받은 서민들이 나타나기 시작했고, 그들은 다른 사람들에 대해 어떤 영향력이나 특권도 가지고 있지 않은 사람들이었다. 그들은 현명하고 동시에 노동 문제에 대해서도 많은 생각을 하는 사람들이었다. 대중들은 그들에게 이렇게 답했다.

"일을 달라, 아니면 예전 노동법으로 돌아가자. 새 세상을 주든지 아니면 헛된 망상으로 우리를 우리의 노역으로부터 해방하지 말라. 필요를 보장해주든가 여분의 일자리를 무제한으로 달라. 그 중간은 없고 믿을 수도 없다. 우린 실험 대상이 될 수도 없고, 기다릴 수도 없다."

어쨌든 이런 일들은 필요하다. 다행히 하늘 덕분으로 기계는 결코 인간을 완전히 대신할 수 없을 테고 그때가 오면 종말이 올 것이다. 사람은 항상 생각만 하도록 만들어지지 않았기 때문에 너무 생각만 많이 하면 돌게 된다. 하지만 충분히 생각하지 않으면 바보가 될 것이다. 파스칼도 "우리는 천사도 짐승도 아니다."라고 말했다.

여자도 남자들만큼이나 지적인 삶이 필요할 뿐 아니라 그들에게 맞는 육체적 노동도 필요하다. 그런데 취미도 인내도 재능도 없고, 또 그런 힘든 노동 속에 어떤 쾌락이 있을지도 모른다는 걸 용기 있게 믿지 못하는 여자들은 얼마나 불쌍한 여자들인지! 그런 여자들은 남자도 여자도 아니다.

어쨌든 누가 뭐라든 시골의 겨울은 아름다웠다. 처음 겪는 일도 아니었는데 6주 동안 꼼짝 않고 침대에 누워 있던 때를 제외하고 다른 날들은 마치 하루처럼 흘러갔다. 데샤르트르 선생님의 이 처방은 너무 힘들었지만 엄마가 되려는 희망을 가진 사람으로 달리 어쩔 도리가 없었다. 이때가 내 건강을 위해 내 마음대로 하지 못한 처음이었다. 그런데 생각지도 못한 일로 모든 것을 보상받게 되었다.

당시 눈이 너무나 계속 와서 새들이 배가 고파 죽어 가 그냥 손으로도 잡을 수 있을 정도였다. 그래서 사람들은 온갖 종류의 새들을 가져와 녹색의 침대 시트 위에 잔뜩 올려놓았다. 그리고 구석에 큰 나뭇가지를 세워 놔서 나는 방울새와 벌새와 참새들이 있는 작은 숲속에 살고 있었다. 새들은 따뜻함과 먹이에 길들여져 내 손으로 와 먹이를 먹고 내 무릎 위에서 몸을 따뜻이 했다. 새들은 몸이 좀 풀리자 처음에는 즐겁게 방을 날아다니다 곧 불안해했다. 그래서 나는 창문을 열어주었다. 그러면 사람들은 또 다른 새들을 데려왔고 그 새들도 몸이 풀리면 몇 시간이나 며칠 나와 친하게 지내다 (이 기간은 새들의 종류나 상태에 따라 다르다.) 자유롭게 날아가고 싶어 했다. 때로는 내가 표시를 하고 놓아준 새를 다시 잡아 오는 경우도 있었다. 그러면 그 새들은 정말로 나를 알아보는 것 같았고 다시 기운을 되찾았다.

내 방에 계속 끈질기게 머물며 떠나지 않던 울새 한 마리가 있었다. 나는 창문을 20번도 더 넘게 열었고 녀석도 20번도 더 넘게 창문까지 와서 날개를 퍼덕였지만 한 바퀴 돌고는 서둘러 방 안으로 들어왔다. 마치 어디에 있는 게 좋은지 아는 것처럼. 녀석은 그렇게 봄이 다 가도록 내 방에 있었다. 어느 때는 온종일 창문을 열어 놓은 적도 있었다. 이 작은 새는 그 어떤 손님보다 더 영리하고 사랑스러운 손님이었다. 녀석은 다혈질이고 용감하고 믿을 수 없을 정도로 쾌활했다. 추울 때는 장작 받침쇠 머리 위나 불을 쬐는 내 발끝에 앉아 있다가 타오르는 불꽃을 보고는 갑자기 미친 듯이 그 불꽃 가운데로 빨리 날아갔다가 깃털 하나 불타지 않고 다시 돌아 나왔다. 녀석을 너무나 사랑한 나는 처음에는 그것을 보고 너무 무서웠지만 나중에는 별일 아닌 것을 알고 마음을 놓게 되었다.

녀석은 하는 짓도 이상했지만 성격도 이상해서 모든 것에 호기심을 보였다. 초를 먹기도 하고 아몬드 반죽을 먹기도 했다. 한마디로 기꺼이 스스로 인간 생활에 길들기 위해 애를 쓰다가는 결국, 4월 15일쯤 태양의 유혹을 피하지 못하고 정원으로 나가 버렸다. 우리는 이후로도 오랫동안 녀석이 우리 주변의 나뭇가지들을 여기저기 날아다니는 것을 보았고, 내가 산책할 때마다 녀석은 꼭 내게 와 소리를 지르거나 내 주변을 날아다니곤 했다.

남편은 데샤르트르를 잘 다뤘다. 노앙에서의 데샤르트르의 임대 계약은 끝나 있었다. 전에 말한 것처럼 남편의 성격은 강하고 불같았는데 내게 데샤르트르를 자기가 잘 다뤄 보겠다고 약속했었다. 그리고 그는 약속을 지켰다. 하지만 우리 일에서 데샤르트르의 권위를 찾는 일은 자연히 늦어질 수밖에 없었다. 데샤르트르 또한 오직 자기 일에만 몰두하고 싶어 했다. 나는 선생님이 죽을 때까지 우리 집에 있어도 된다고 고집했다. 내가 보기에 그는 어디 갈 곳도 없었고 그런 내 생각이 틀리지도 않았다. 하지만 그는 바로 거절했고 그 이유를 다음과 같이 순진하게 말했다.

"집에서 내가 유일한 관리자로 지낸 지 25년 됐지요. 모든 것을 다 관리하고 모두에게 지시하고 주변은 오직 여자들뿐이었어요. 왜냐하면, 당신 아버지는 아무것에도 관여를 안 했으니까요. 아가씨 남편도 전혀 나를 불편하게 하지 않아요. 내가 하는 것에 전혀 관여하지 않으니까요. 이제 그 계약이 끝났으니 이제 나 자신이 나도 모르게 거기에 화가 난 것뿐이에요. 이제 나는 아무것도 하지 않는 것에 지쳤어요. 만약 내 청을 들어주지 않으면 나는 분할 것 같아요. 이제 나는 나 자신의 일을 위해 행동하고 명령하고 싶어요. 내가 항상 돈을 벌 궁리는 하고 있는 걸 알지요? 지금이 바로 그때인 것 같아요."

그에게는 현학자衒學者로서의 잘난 척보다 세상을 이겨 보려는 야망이 더 컸던 것 같다. 그는 생장 축일, 그러니까 6월 24일, 그의 계약이 끝나는 날 떠나기로 결정했다.

우리는 그보다 먼저 파리로 떠났다. 우리는 플레시의 친구 집에서 며칠을 보낸 후 파리의 뇌브 데마튀랭가에 있는 플로랑스 호텔에 작은 가구 딸린 방을 하나 얻었다. 주인은 황제의 요리사로 일하던 사람이었다. 게이요란 이름의 아주 정직하고 훌륭한 사람은 황제의 밤참을 준비하다 이상한 습관을 가지게 되었다고 한다. 잠을 자지 못하는 습관이 었다. 황제의 밤참은 늘 잘 익힌 닭 한 마리였다. 황제는 그것을 낮이고 밤이고 요구했다. 한 인간의 존재가 이 닭 한 마리에 달려 있었다. 그래서 게이요는 그것을 지키느라 10년 동안 의자에서 옷을 다 차려입고 잤다고 한다. 어떤 순간에도 바로 대령할 수 있도록 말이다. 이 힘든 일도 그가 비만이 되는 것을 막지는 못했다. 결국, 그는 침대에 눕는 것이 너무 힘들어 의자에 앉아 자야만 했다. 마치 불면증 때문인 것처럼 말하면서 말이다. 그는 50~60살쯤 간에 병이 들어 사망했다. 그의 아내는 조제핀 황후의 시녀였다.

나는 이들이 가지고 있던 호텔 정원의 구석에 있는 한 작은 집을 얻었는데 그곳에서 나의 아들 모리스가 1823년 6월 30일 건강하고 활기차게 태어났다. 이 순간이 내 인생에서 가장 아름다운 순간이었다. 극심한 진통 후 한 시간쯤 깊은 잠든 후 깼을 때 나는 내 베개 위에 작은 아이가 자고 있는 것을 보았다. 나는 아기를 낳기 전에 그 애에 대해 너무 많은 꿈을 꾸었는데, 몸이 허약했던 나는 아직도 꿈을 꾸고 있는 게 아닌가 하는 생각이 들었다. 그리고 몸을 조금도 움직일 수 없었는데 조금이라도 움직였다가 그 환상이 예전처럼 사라질까 두려워서였다.

나는 생각보다 오래 침대에 누워 있었다. 파리에서는 이런 경우 여자들을 시골에서보다 더 오래 침대에 머물게 한다. 내가 두 번째로 엄마가 되었을 때 나는 다음 날 멀쩡하게 일어나 생활했었다.

나는 아이에게 직접 젖을 먹였고 이후 동생에게도 마찬가지였다. 엄마는 아이의 대모가 되었고 시아버지는 대부가 되었다.

데샤르트르는 돈을 벌려는 계획에 잔뜩 부풀어 금 단추를 단 연푸른 옷을 빼입고 노앙에 왔다. 하지만 그의 차림새는 너무나 촌스러웠다. 길 가던 사람들이 그를 돌아볼 정도였다. 하지만 그는 그런 것에는 전혀 개의치 않고 거들먹거렸다. 그는 모리스를 자세히 살펴보며 그의 옷을 벗기고 이리저리 돌려보며 뭔가 잘못된 곳이 없는지 살폈다. 그는 아기를 쓰다듬거나 하지는 않았다. 나는 그가 누군가를 부드럽게 만지는 것을 본 적이 없다. 누구와도 입을 맞추는 인사를 하는 것을 본 적이 없다. 하지만 아이는 그의 무릎에서 잠이 들었고 그는 아이를 오랫동안 바라보고 있었다. 그리고 아이의 모든 것을 마음에 들어 하면서 이제는 자기 자신을 위해 살아야겠다는 말만 계속했다.

나는 이후 모리스를 키우며 가을과 겨울을 노앙에서 보냈다. 그리고 1824년 봄 뭐라 이유를 알 수 없는 우울에 빠졌다. 모든 것이 우울했고 아무 이유도 없이 그랬다. 노앙은 좋아졌다고 하지만 완전히 뒤엎어졌다. 집안은 완전히 달라졌고 정원도 모습이 변했다. 집안은 질서가 잘 잡히고 하인들의 낭비도 줄어들었으며 정리도 잘 되고 오솔길들도 곧게 정비됐다. 집안의 땅도 더 넓어졌고 죽은 나무들은 불태웠다. 늙어 병든 개들은 죽이고 달리지 못하는 늙은 말들은 내다 팔아서 한마디로 모든 것이 새로워졌고 모든 것이 나아졌다. 게다가 이 모든 것은 내 남편을 만족스럽게 했다.

나는 모든 것을 인정했고 머릿속으로는 후회하지도 않았다. 하지만 마음에 병이 생겼다. 모든 게 변화되어 더는 늙은 파노르가 벽난로에 진을 치고 있지 않고 온 집 안을 흙 묻은 발로 다니지 않고, 할머니 손에서 먹이를 먹던 늙은 공작새가 이제 더는 정원의 딸기를 먹지 못할 거라고 하는 말을 들을 때, 또 내가 산책하던 정원 구석에서 더는 어린 시절의 놀이나 사춘기 시절의 몽상들을 떠올릴 수 없을 때, 그러니까 이 새로운 모습들이 과거의 즐거움이나 고통들이 다 사라진 미래만을 내게 말하고 있을 때, 나는 그저 아무 생각 없이 무의식적으로 불안해했고 다시금 병적으로 삶에 대한 혐오감에 짓눌리고 있었다.

어느 날 아침 아침을 먹으며 나는 아무 이유 없이 눈물을 펑펑 쏟았다. 깜짝 놀라는 남편에게 전에도 이렇게 이유 없이 그런 적이 있는데 아마도 내 허약한 머리가 좀 어떻게 된 것 같다고 말하는 것 외에는 달리 아무 말도 할 수 없었다. 그의 생각도 그랬다. 그는 할머니가 돌아가신 지도 얼마 되지도 않았는데 슬프게 장례 지낸 노앙에서 지내기 때문이라고 했고, 또 이곳 시골 공기 때문이라고 하면서 원인을 외부적인 것에서 찾았다. 그리고 사냥도 하고, 산책도 하고, 집주인 노릇도 하는 그도 이곳이 지겹다고 했다. 내게 자기는 도대체 이 베리 지방이 마음에 들지 않는다고 속마음을 털어놓으며 어디든 다른 곳에서 살면 좋겠다고 했다. 그래서 우리는 플레시로 떠나기로 합의했다.

나를 편하게 머물게 하려고 친구들이 제안한 몇 가지 금전적 논의 후에 우리는 여름을 플레시에서 보냈다. 나는 그곳에서 기분전환을 하고 다시 생각 없는 젊음을 되찾았다. 플레시에서의 삶은 즐거웠다. 성격 좋은 집주인들 덕분에 많은 손님들의 기분도 좋아졌다. 우리는 연극을 하고 공원에서 사냥도 하고 먼 곳까지 소풍도 나갔다. 손님이 많아서 서로 마음에 맞는 사람들을 찾기도 쉬웠다. 내가 어울리는 친구들은 늘 성안에서 제일 어린 친구들이었다. 소년들부터 어린 소녀까지, 또 젊은 청년들과 사촌, 조카, 친구들까지 우리는 12명 정도가 어울려 놀았는데 시골의 아이들과 청소년들까지 숫자는 점점 더 늘어났다.

내가 제일 나이든 사람은 아니지만 결혼한 사람은 나뿐이었다. 그래서 나는 자연스럽게 이 멋진 인간들의 대장 노릇을 했다. 로이자 뒤제는 매력적인 소녀가 되어 있었고, 또 다 큰 처녀가 된 펠리시 생테냥이 있었는데 나는 그녀의 성격을 너무 좋아해서 나중에는 아주 깊은 우정을 나누었다. 또 앙젤 아줌마의 둘째 딸인 토닌 뒤플레시도 펠리시처럼 아주 꽃다운 나이에 죽었는데 이들이 내가 친했던 친구들이었다. 우리는 술래잡기에서 막대기 던지기까지 모든 종류의 놀이를 총동원해서 놀았고 규칙들을 만들어내서 아직 기어다니는 모리스까지 뭔가에 참여할 수 있도록 했다.

그다음은 여행을 했는데 짧은 다리로 그 거대한 정원과 공원에서 우리를 따라다녀야 하는 아이들에게는 정말 말 그대로 엄청난 여행이었다. 필요한 경우에는 제일 큰 아이들이 제일 작은 아이들을 데려가면서 유쾌함과 부산함이 끊이지 않았다. 밤에는 어른들이 모이면서 그들중 여럿이 우리 놀이에 함께할 때가 있었지만 놀다가 곧 지겨워하곤 했다. 그러면 우리는 우리끼리 모여 저 신사 숙녀 분들이 놀 줄을 모르니 내일 그들을 욕해서 사람들이 싫어하게 하자는 작당을 하기도 했다.

남편은 내가 갑자기 미친 듯이 밝아진 것을 보고 다른 사람들과 마찬가지로 놀랐다. 나의 우울한 기질과는 맞지 않는 것처럼 보이는 이곳에서 말이다. 단지 나와 나의 태평스러운 떼거리들만이 우리를 이상하게 생각하지 않았다. 아이들은 즐거운 곳에서는 아무 의심이 없는 법이다. 그리고 이보다 더 좋을 수는 없다고 생각한다. 나로 말할 것 같으면 나는 내 성격의 이중적인 면을 재발견하게 되었다. 노앙에서처럼 나는 8~12살이기도 했고, 또 수녀원에서처럼 13~16살이 되기도 했다. 그러니까 혼자만의 고독과 완전한 부산스러움, 이 두 가지가 말초적인 본능에 따라 반복적으로 계속됐다.

50살이 돼서도 나는 그때와 하나도 다름이 없다. 나는 공상에 빠져서 생각에 잠기는 것을 좋아하고 일하는 것도 좋아한다. 하지만 어느 정도가 지나면 슬픔이 찾아온다. 우울한 생각에 빠져들기 때문이다. 그래서 현실이 너무나 끔찍하게 다가올 때 내 영혼은 함몰되거나 아니면 유쾌한 일을 찾아내야 했다.

그러므로 내게는 정말 건강하고 진정한 즐거움이 필요했다. 방탕이나 쾌락 같은 것은 역겹기만 했다. 또 고매한 지식 같은 것도 나를 지루하게 했다. 내가 좀 참을성을 기르려고 할 때는 지적인 대화도 즐겁긴 했다. 하지만 나는 어떤 종류의 대화에도 결국, 너무나 피곤해했다. 너무 진지한 대화일 때는 마치 무슨 정치 회의나 비즈니스 회의를 하고 있는 듯했다. 나쁜 내용이면 결코 즐겁지도 않았다. 사람들은 뭔가 듣고 말할 것이 있을 때 한 시간 동안 말하고 나면 이후에는 지쳐서 그저 진창 속을 헤맬 뿐이다. 내 머리는 결코 여러 가지 중대한 일들을 연속적으로 다 처리할 능력이 없었다. 그래서 나는 그런 나의 약점을 위로하기 위해 나 스스로, 말을 많이 하는 사람의 말을 들을 때 이렇게 생각한다. 하루에 한 시간 이상 말을 하는 것은 좋지 않다고.

그러니 매일 친하게 어울리며 그 많은 시간을 즐겁게 보내기 위해 뭘 해야 하는가? 남자들은 정치 이야기를 하고 여자들은 화장 이야기를 하지만 나는 그런 점에서 남자도 여자도 아닌 아이였다. 나는 손으로 내 눈을 즐겁게 하는 일을 하거나 다리로 산책을 하며 인간사의 허무와 공포를 느끼지 못하게 하는 자연의 생명의 소리를 들어야만 했다. 정치나 문학 이야기는 늘 욕하고 상처 주고 의심하고 저주하고 조롱하고 악담하는 것으로 끝이 나기 마련이다. 왜냐하면, 공감이나 믿음이나 인정 같은 것은 불행하게도 혐오나 비판이나 쑥덕공론보다 늘 짧게 끝나기 때문이다.

나는 타고난 성스러움 같은 것은 없었다. 하지만 내 삶에 어떤 시적 아름다움은 바랐던 것 같다. 그래서 이 시대의 두려움에서 나를 지탱해주는 인간의 선함과 솔직함과 진실함에 대한 꿈을 잔인하게 짓밟는 그런 일들은 나에게는 고문 같아서 나는 모든 힘을 다해 벗어나기 위해 몸부림쳐야 했다.

이렇게 해서 모든 것이 끔찍하게 계산적이었던 그 시절에는 매우 드문 일이었지만, 나는 사람들과 거의 항상 내 본능이 이끄는 대로 살았고, 몇 년 후에는 그들의 어머니가 될 수 있었다. 게다가 어떤 경우에도 자유롭게 내 방식대로 살면서 주위 현실을 이상적인 가상의 오아시스로 만들 방법을 찾았다. 그러니까 나쁜 놈들이나 게으른 놈들은 들어올 생각도 할 수 없는 곳으로. 황금시대에 대한 꿈, 순수한 시골에서의 예술적이고 시적인 생활에 대한 환상이 어릴 적부터 나이가 들 때까지 나를 늘 사로잡았다. 그런 생각대로 너무나 단순하지만 너무나 활달하고 즐거운 무리들이 진짜로 내 주변에 함께했고 그들은 여전히 순수한 마음으로 누구보다 해맑았고 누구보다 정겨웠다. 그들은 나에 대해 알게 되어도 나의 지나치게 우울한 측면과 지나치게 쾌활한 측면이 보여주는 그 모순을 놀라워하지 않았다. 어쩌면 대부분의 인간이 관심 있는 것을 가지고는 만족할 수 없는 영혼이라고 말해야 할지도 모르겠다. 또 어쩌면 유치하고 몽상적이라고 하는 것에 너무 쉽게 빠져드는 영혼인지도. 나도 나 자신을 어떻게 더 잘 설명할 수 없다. 이론적인 면에서는 나도 나 자신을 잘 모르겠다. 단지 살아오면서 뭐가 나를 죽이고 뭐가 나를 살리는지를 경험으로 알 뿐이다.

하지만 이런 극단적인 성격 탓에 어떤 사람들은 내가 아주 이상한 사람이라고 한다. 누구보다 너그러운 내 남편도 나를 '바보'라고 했다. 아마도 그의 생각이 틀리지 않았을 것이다. 점점 더 시간이 가면서 나는 그의 이성적인 생각과 지능이 나보다 훨씬 좋다는 생각을 하게 되었고, 나는 오래도록 사람들 앞에서 짓눌렸고 멍청이처럼 살았다. 하지만 그것을 불평하지는 않았다. 데샤르트르는 내가 큰 잘못도 없는 사람에게 지나치게 대들지 못하도록 가르쳤고 나 자신도 게을러서 그저 없는 듯 조용히 잘 지냈다.

겨울이 오자 뒤플레시 부인이 파리에 가면서 남편과 나는 살 집에 관해 의논했다. 우리는 파리에는 살 수 없었다. 게다가 우리는 둘 다 파리를 좋아하지 않았다. 우리는 시골을 좋아했다. 하지만 우리는 노앙에 있는 것이 두려웠다. 아마도 서로 얼굴을 맞대고 있는 것에 대한 두려움이었을 것이다. 우리는 모든 점에서 달랐고 서로 소통할 수 없는 성격이었다. 숨기려는 것은 아니지만 둘 다 어떻게 설명해야 할지를 알 수 없었다. 우리는 결코 싸운 적도 없었다. 나는 다른 사람들의 생각에 상처를 주는 논쟁을 너무나 두려워했다. 나는 반대로 남편의 눈으로 보고 생각하고 행동하려고 죽을힘을 다해 노력했다. 하지만 남편의 뜻에 따르게 됐다고 생각하는 순간 본능적인 거부감이 내 안에서 올라와 나는 끔찍한 슬픔에 빠져들었다.

남편도 분명치 않지만 그런 비슷한 것을 느꼈던 모양이다. 사람들 사이에서 좀 즐거운 시간을 보내자는 나의 말에 남편도 적극 찬성했다. 만약 내가 우리의 삶을 좀 더 외향적이고 활기차게 했더라면, 만약 내 생각이 좀 더 가벼웠더라면, 만약 내가 여러 사람과 이런저런 관계로 부산한 것을 즐겼더라면 그는 사람들과의 관계 속에 부산하게 살았을 것이다. 하지만 나는 결코 그에게 필요한 그런 배우자가 아니었다.

나는 너무 극단적이고 너무 강하고 평범한 모든 것을 넘어서 있었다. 만약 내가 뭐가 문제인지 알았더라면, 그와 내가 느끼는 지겨움의 이유가 어떤 경험이나 통찰력도 없는 내 머릿속에 그려졌다면 아마도 나는 그 치료법도 찾아낼 수 있었을 것이다. 아마도 나는 변할 수 있었을 것이다. 하지만 나는 그도 나도 아무것도 이해할 수 없었다.

우리는 파리 근처에 작은 집을 찾았다. 경제적 여유가 없어서 비싸지 않고 편안한 집을 찾기가 너무 힘들었다. 결국 그런 집은 찾지 못했다. 우리가 빌린 집은 너무 초라한 곳이었다. 지리적으로는 오르메송의 좋은 곳에 위치해 있었고 아름다운 정원도 있었다. 하지만 장소는 추하고 우울했다. 길들도 끔찍하고 포도나무 언덕이 경치를 가로막고 있었고 집도 더러웠다. 그래도 몇 걸음만 가면 앙기앵 연못과 아름다운 생그라티앵 공원이 너무 좋은 산책길을 제공하고 있었다. 우리 집은 아주 지체 높은 리샤르도 부인 집의 일부였다. 그녀에게는 아주 사랑스러운 아이들이 있었다. 바로 이웃집은 왕의 빵을 굽던 에데 씨의 소유였는데, 말뤼스 가족이 세 들어 살고 있었다. 매일 밤 우리 세 집은 리샤르도 부인 집에 모여 즉흥적으로 코믹한 의상을 입고 수수께끼 놀이를 했다. 또 때로는 뤼시 이모와 딸 클로틸드가 와서 며칠씩 머물다 가곤 했다. 그래서 그 가을은 아주 따뜻하게 지나갔다.

남편은 자주 외출했다. 무슨 일인지 모르지만 그는 자주 파리로 불려갔다가 저녁이면 돌아와 우리 모임에 합류했다. 그런 식의 생활은 아주 일상적이었다. 남자들은 낮 동안 밖에서 일을 보고 여자들은 집에서 아이들을 보다가 밤이면 온 가족이 모여 놀았다.

그러다 어느 날 우리는 프랑스에서 마지막으로 볼 수 있으며 어쩌면 이 같은 모습은 앞으로도 결코 볼 수 없을 아주 낯설고 장엄한 사건에 마치 무슨 공연에 가듯 초대되었다. 바로 생드니에서 치러진 루이 18세의 장례식이었다.

루이 18세의 죽음은 복구된 부르봉 왕가를 뒤흔들지는 않았다. 샤를 10세가 큰 탈 없이 뒤를 이었다. 자유주의자들 쪽에서도 순진하게 아니면 겉으로만 그를 환영하는 척했다. 나라 전체가 상복喪服을 입었고 이런 상복이 자연스레 유행이 되어 버려 이상했다. 처음에는 너무나 위선적이고 아첨하는 것 같아 거부했지만 나중에는 머리끝부터 발끝까지 검은 상복을 입은 여자 중에 혼자만 알록달록한 옷을 입고 튀기 싫어서 나도 그 대열에 합류했다. 나를 둘러싼 여자들은 모두 나폴레옹주의자들이나 자유주의자들인데 그들은 웃으며 검은색이 유행이고 다른 색을 입으면 촌스럽고 무슨 가게 주인 같다며 검은 숄을 둘렀다. 나도 고집쟁이처럼 보이지 않기 위해 그렇게 했다.

우리 중 장례식 입장권을 구할 생각을 한 사람은 아무도 없었다. 그 거대한 행사장의 군중 속에 줄을 서서 피곤한 시간을 보내고 싶은 사람은 아무도 없었다. 그런데 바로 전날 저녁 갑자기 리샤르도 부인에게 영감이 떠올랐다. 활달하고 결단력 있는 부인은 우리 모두를 그 일에 끌어들였다. 성당에 들어가는 것까지는 불가능하게 생각됐지만 어쨌든 우리는 아침 7시에 그냥 집에서 출발했다. 부인이 미리 말한 대로 오래전부터 표를 갖고 있던 수천 명의 사람이 성당 안으로 들어갈 수 없자 모두 파리로 돌아가 버렸다. 그래서 표도 없는 우리는 졸지에 제일 좋은 위치에 줄을 설 수 있었다. 리샤르도 부인은 말했다.

　　"이런 경우에는 항상 두 가지를 생각해야지요. 즉, 혼란이 있을 거라는 것과 의지만 있으면 된다는 것."

　　그녀는 단호하게 담당 장교들에게 가서 일행을 위해 자리를 좀 달라고 했다. 몇 마디 말이 오간 뒤 그는 말했다.

　　"인원이 많지 않으면 곧 해드리지요."

　　그녀는 조금의 동요도 없이 대답했다.

　　"세상에 우리는 16명밖에 되지 않아요!"

　　장교는 웃으며 우리 16명이 장례식을 가까이 잘 볼 수 있는 곳으로 안내했다.

　　장례식 장면은 끔찍했다. 검은 천 위에 타오르는 초들과 중앙 홀에서 번쩍이는 어마어마하게 큰 십자가가 눈을 부시게 했고, 갑자기 두통을 몰고 왔다. 바실리카의 아름다운 조각들은 완전히 천들로 덮이고 너무 많은 빛들이 산재했지만 이 기념비적인 장례의 어두움을 몰아내지는 못했다. 벨벳 같은 어두움 위에 펼쳐지고 있는 이 휘황한 불빛들에 적응하려면 족히 두 시간은 지나야 했다. 내 옆에 있는 파스타 부인은 장식의 화려함에 감탄하는 옆 사람들에게 이렇게 말하고 있었다.

"전혀 아름답지 않고 끔찍하네요. 마치 지옥이나 무슨 마녀의 사원 같군요."

음악도 대단하다기보다 그저 그랬는데 잘 울리지도 않고 마치 지하실 속에 갇힌 것 같았다. 장례식은 끝날 생각을 하지 않았다. 왕가의 종교적이고 전통적인 의례는 쓸데없고 이해도 안 되는 수많은 형식적 의례 그 자체가 중요한 것이 아니라 그저 역사성을 부각하기 위한 것으로 보였다. 가냘픈 소리로 하는 추도사는 단지 그 주변 20명 정도의 사람에게만 들릴 뿐이었다.

자리에 앉아 있는 고위 성직자들 주위에서 어떤 성가聖歌가 노래되는지도 들리지 않았고 단지 두 명의 신부가 찬송과 답송에 따라 주교의 모자를 씌웠다 벗겼다 할 뿐이었다. 이런 식의 성가가 2시간쯤 계속됐는데 이것은 정말 인간에게 행할 수 없는 말도 안 되는 코미디 같았다. 그다음 왕가의 모든 왕자가 왔다. 그들은 왕가의 보라색 상복을 입었고, 마지막 발루아 왕가를 떠오르게 하는 복장이었다. 그들은 자리에서 나왔다가 다시 들어가며 인사를 하고 쿠션 위에 무릎을 꿇으면서 가 버린 왕과 새로운 왕에게 인사했다. 하지만 이 모든 것이 너무나 알 수 없는 팬터마임처럼 행해져서 그 모든 행동의 의미와 목적을 이해하려면 무슨 안내책자 같은 것이 있어야 할 것 같았다.

나는 그때 처음으로 루이 필리프를 보았다. 그러니까 오를레앙 공 말이다. 그는 아직 젊었는데 다른 왕자들이 다 늙고 지치고 불안해하고 입은 옷까지 불편해 보여 그가 더욱더 젊어 보였다. 그의 상복은 아주 편해 보였고 미리 연습도 많이 한 것 같았다. 그는 무릎을 쭉 펴고 머리를 높이 들고 정면을 보고 미소 짓고 있었다. 내 주변의 어떤 사람들은 그의 멋진 모습을 칭찬했고 어떤 사람들은 그의 건방지고 빈정대는 듯한 모습을 욕했다. 어떤 사람이 말한 정치적 악담이 곧 객석 이곳저곳으로 번져 갔다.

"오를레앙 공에게는 다른 왕자들이 무릎을 꿇고 있는 쿠션하고 다른 술이 없는sans glands 쿠션을 줘야지"

물론 그는 '피에 젖은sanglant'이란5 단어를 쓰지는 않았지만 이 말은 루이 16세 처형 때 루이 필리프의 아버지인 필리프 에갈리테가 크게 한몫한 것을 암시하는 거였다.

드디어 가장 극적인 장면이 시작되었다. 납으로 된 거대한 관이 열린 지하로 내려가는 의식이었다. 줄은 끊어지고 그것을 잡고 있던 근위병들도 그 안으로 거의 빨려 들어갈 것처럼 보였다. 너무나 힘들고 위험해 보이는 그 제식들과 북과 심벌즈의 음울한 울림들 그리고 사람들 사이에서 터져 나오는 감정들이 단조로운 분위기를 깨면서 배고픔과 피곤함과 지루함에 지쳐 있던 많은 여자들은 순간 큰 소리로 통곡하며 오열하기 시작했다.

마침내 오후 4시가 되어 우리는 아침 8시에 들어갔던 성당에서 나왔다. 밖의 햇빛과 공기가 그렇게 기분 좋게 느껴진 적도 없었다.

5　〔역주〕불어로 sanglant. '피에 젖은' 이란 단어는 '술이 없는'(sans glands) 이란 단어와 소리가 같다.

소설 《렐리아》의 삽화. 상드의 아들 모리스가 그렸다.

    갑자기 겨울이 와서 리샤르도 가족과 말뤼스 가족은 파리로 돌아가고 우리만 오르메송에 남았다. 그래도 그곳은 그리 나쁘지 않았다. 나는 오랫동안 잔디와 큰 나무들이 있는 넓고 우울한 영국식 정원을 혼자 산책했다. 상상력을 자극하는 거라곤 큰 사이프러스 나무가 드리워진 무덤 하나뿐이었지만 굉장히 예쁜 연못도 하나 있었고 아주 운치가 없다고 할 수는 없었다. 나중에 소설 《렐리아Lélia》를 쓸 때 어떤 장면에서 나는 이 무덤을 생각하고 썼다.

    내가 걸으며 책을 읽는 동안 모리스도 즐거워하며 내 주위를 뛰어다녔다. 나는 그곳에서 몽테뉴의 《수상록》을 다 읽었다. 그의 매력적인 문체와 따뜻한 선함은 아무리 읽어도 지루하지 않았다. 그의 회의주의도 내게는 사람들이 말하는 것처럼 그렇게 위험하거나 해롭게 여겨지지 않았다. 몽테뉴는 내가 회의주의자가 아니라 금욕주의자가 되게 했다. 그는 어떤 결론도 내리지 않았지만 항상 나를 가르쳤고, 설교하지 않았지만 내가 지혜와 이성과 남에 대한 관대함 그리고 나 자신에 대한 자애심을 갖게 했다. 그의 시니컬한 말들은 내게 경건을 상기시켰고 그의 의심들은 오히려 나의 신앙심을 고취했다. 그러니까 그의 글은 아름다운 지성에서 나오는 그런 글들이었다. 그의 책은 깊이 생각하게 했지만 그것은 아주 건강하고 평온한 생각이었다.

하루는 내가 잔디밭 구석에서 모리스가 작은 발로 펄쩍펄쩍 뛰게 하고 있었는데 주인이 없을 때는 관리인 노릇을 하는 정원사가 그렇게 하면 아이가 잔디를 상하게 한다며 나를 세게 나무란 적이 있었다. 나는 그에게 그리 상할 것 같지 않다고 심드렁하게 대답하며 아이를 데리고 왔다. 하지만 그 퉁명스러운 남자를 만날 때마다 그는 나를 아주 사납게 바라보며 내가 먼저 하는 인사에 건방지게 대꾸했다. 그래서 아이는 그를 무서워했고 나도 산책이 별로 달갑지 않았다.

남편은 때때로 파리에서 며칠씩 자고 왔다. 남자 하인은 멀리 떨어진 건물에서 잤고 나는 하녀 한 명과 함께 집에서 잤다. 그리고 나는 안개가 자욱하고 이상하게 음산했던 어느 저녁에 어떤 남자가 맞으면서 목이 졸리며 내는 비명 소리를 들은 후부터 암울하고 무서운 생각이 머릿속을 떠나지 않았다. 이후에 나는 그 이상한 사건에 대해 알게 되었는데 그 이야기는 할 수도 없고 하고 싶지도 않다.

시간이 지나감에 따라 나를 무섭게 했던 정원사가 내게 개인적인 감정이 없다는 걸 알게 되었다. 하지만 그는 우리가 있는 걸 언짢아했는데, 아마도 우리가 세 든 집에 무슨 계획이 있었거나 아니면 뭔가를 착복할 계획이 틀어졌기 때문인 것 같았다. 나는 루소가 이런 종류의 나쁜 의도와 계산 때문에 이 성城에서 저 성으로 또 이 은둔지에서 저 은둔지로 쫓겨난 것을 생각하고는 내 집이 없는 것을 한탄했다.

그런데 어느 날 남편이 이 정원사와 대판 싸우고 파리로 집을 옮기기로 결정하는 바람에 나는 좀 서운한 마음으로 그곳을 떠나게 됐다. 우리는 가구가 딸린 아파트를 하나 얻었다. 작지만 한적하고 정원이 보이는 포부르 생토노레가에 있는 집이었다. 나는 그곳에서 예전 친구들과 새로운 친구들을 만나며 유쾌하게 지냈다.

하지만 다시 우울이 찾아왔다. 이름도 이유도 알 수 없는 병적 슬픔이었다. 아들을 모유로 키우는 게 너무 힘들었는데 거기서 회복되지 못한 탓도 있었다. 나는 또다시 닥친 이 병에 대해 나 자신을 질책했다. 차가워진 신앙심 탓으로 이렇게 된 건가 싶기도 해서 프레모르 신부님을 찾아갔다. 그는 3년 전보다 더 늙어 있었다.

신부님의 목소리는 너무 작았고 가슴도 구부정해서 소리를 거의 알아들을 수도 없었다. 하지만 우리는 몇 번이나 아주 오래 이야기를 나누었다. 신부님은 예전처럼 부드럽지만 강한 힘으로 나를 위로하려 애를 쓰셨다. 하지만 나를 위로할 수는 없었다. 신부님의 너무나 관대한 태도는 뭔가 절대적인 신앙심을 바라는 나 같은 사람에게는 아무런 위로도 되지 못했다. 나는 뜨거운 신앙심을 되찾고 싶었지만 누가 내게 다시 그것을 찾게 해줄 수 있는지 알 수 없었다. 신부님이 아닌 것만은 분명했다. 신부님은 분명한 확신을 갖지 못하는 것을 동정만 하실 뿐이었다. 어쩌면 너무나 잘 알고 계셨던 것인지도 모른다.

신부님은 너무 똑똑하거나 아니면 너무 인간적이었다. 그는 내게 며칠이라도 수녀원에서 지낼 것을 권유하고 나 대신 유지니아 원장님께 허락을 받았다. 나는 남편에게 허락을 받고 앙글레즈 수녀원에 칩거했다.

남편은 종교 같은 건 알지 못했다. 하지만 나의 신앙에 대해서는 아주 흡족해했다. 그는 신앙적 고뇌 같은 건 생전 겪어 본 적이 없었기 때문에 전혀 이해하지 못했다.

수녀원은 너무나 따뜻하게 나를 맞아주었다. 내가 너무 힘들어하는 것을 보고 모두가 엄마처럼 나를 돌봤다. 사실 내가 새로운 삶에 다시 적응하기 위해 가야 할 곳은 그곳이 아니었다. 너무나 감미로운 따뜻함, 섬세한 배려는 그것 없이 지냈던 오랜 고통의 시간을 상기시켜줄 뿐이며 현재의 삶이 너무 공허하고 미래 또한 끔찍하다는 사실을 부각시켜줄 뿐이었다.

나는 비통하고 떨리는 마음으로 수녀원을 배회했다. 나는 이 조용하고 세상으로부터 동떨어진 은둔처를 떠나 나의 소명, 나의 본능, 나의 운명을 저버린 것은 아닌지 자문했다. 이 침묵의 은둔처는 나의 소심한 정신의 동요를 함몰시켜 버렸을 것이며 나의 불안감을 무조건적인 규율 속에 묶어 버렸을 것이다.

나는 내가 그렇게도 뜨겁게 성스러운 열정과 신성한 황홀경을 느꼈던 작은 성당에 들어가 보았다. 예전에 영원한 서원誓願을 힘차게 할 수 있었던 그날들에 대한 그리움만이 내 마음을 사로잡았다. 지금은 그런 힘을 다 잃어버렸다. 또 세상에서 살아갈 힘마저 다 잃어버린 것 같았다.

나는 또 수녀원 생활의 어둡고 답답한 측면을 찾아보려고도 애를 썼다. 당장이라도 내가 돌아갈 수 있는 그 감미롭고 자유로운 세상으로 다시 돌아가기 위해서 말이다. 저녁때 수녀들이 갤러리의 모든 문을 닫으며 성가를 부를 때 자물쇠들의 삐걱거리는 소리와 이 방 저 방 천장에서 울리는 메아리 소리가 끔찍하게 들렸으면 하고 바라기도 했었다. 하지만 그런 느낌은 전혀 없었다. 수녀원은 이제 전혀 혐오스러운 곳이 아니었다. 오히려 그런 공동생활을 너무 그리워하고 동경하게 되었다. 진정으로 모두가 하나인 그런 공동체 말이다. 그곳은 자신을 완전히 복종시켰지만 어느 누구에게도 종속되지 않은 그런 공동체였다. 나는 반대로 이곳에서 더 많은 여유와 자유를 보았다. 이 구속의 세계에서, 생각하는 시간마저 통제하는 이곳에서, 오직 단조로운 의무만이 있는 이곳에서 나의 불안은 구제받을 것 같았다.

나는 교실에 들어가 그을린 책상들 가운데 있는 차가운 의자에 앉아 보았다. 나는 기숙생들이 웃으며 노는 것을 보았는데 예전에 알던 아이들도 몇몇 있었다. 하지만 너무나 키가 크고 변해서 이름을 말해줘야만 알아볼 수 있었다. 그들은 내 삶에 대해 궁금해했고 나의 자유를 부러워했다. 하지만 나는 교실의 여기저기를 들여다보며 마음속으로 벽에 쓴 글씨 한 자, 테이블이나 난로의 작은 조각 하나라도 찾기 위해 애를 쓰고 있었다.

사랑하는 앨리시아 수녀님은 예전에 내게 쓸데없는 꿈을 꾸며 살라고 했던 때와 똑같이 나를 격려했다. 그녀는 말했다.

"너는 아주 매력적인 아이였지. 세상에 나가 행복하기 위해서도 그

거면 충분해. 인생은 짧단다."

그렇다. 평화로운 삶은 짧다. 50년 세월도 하룻밤 꿈처럼 지나간다. 하지만 감정과 사건으로 점철된 삶은 단 하루에도 힘들고 피곤한 수 세기를 다 겪어 낸다.

하지만 수녀님이 엄마의 행복에 대해, 그러니까 수녀님 자신에게는 허락지 않았지만 누가 봐도 너무나 행복하게 수행했을 그 어머니가 되는 행복에 대해 말했을 때 그것은 내 마음 깊은 곳을 건드렸다. 나는 모리스를 포기해야 하는 것에는 어떻게 순종해야 할지 도저히 알 수가 없었다. 그래서 수녀원을 나가지 않으려고 애를 쓰면서도 계속 그 아이를 매 걸음마다 찾고 있었다. 나는 아이와 함께 지내고 싶다고 했다. 풀레트는 웃으며 말했다.

"아! 세상에! 수녀들 틈에 남자아이라니! 아이가 아주 작아? 그러니까 아이가 탑을 지날 수만 있다면 우리한테 올 수도 있겠지."

탑이란 벽 가운데서 돌아가는 빈 원통이었다. 밖에서 바구니를 올려놓으면 돌려서 안에서 물건을 받았다. 모리스는 이 바구니 안에 충분히 들어가서 이리로 들어와 수녀들 품에 안겼고 수녀들은 그를 맞으려 앞다투어 달려갔다. 온통 검은 베일과 흰 옷인 것이 그를 좀 놀라게 했는지 그는 곧 자기가 아는 서너 개 단어 중에 하나인 "토끼! 토끼!"를 외쳤다. 하지만 수녀들은 그를 아주 좋아했고 과자도 너무나 많이 주어서 그는 곧 수녀원의 따뜻함에 적응해 버렸고 오르메송에서 지낼 때와 달리 잔디를 망친다고 정원사에게 야단맞는 일도 없이 정원을 뛰어다녔다.

나는 매일 모리스를 볼 수 있었다. 아이는 버릇이 나빠졌고 사랑하는 앨리시아 수녀님은 당당하게 그를 자신의 '손자'라고 불렀다. 나는 이렇게 수녀원에서 사순절四旬節을 다 보내고 싶었다. 하지만 헬렌의 말 한마디로 그곳을 떠나게 되었다.

나는 몸과 마음이 회복되고 더 강해진 나의 소중한 성녀를 다시 만났다. 그녀가 육체의 건강을 회복했다는 것은 정말 원하던 바였다. 내가 떠날 때 그녀는 거의 죽어 가고 있었으니까. 하지만 정신적으로 더 강해지길 바라지는 않았었는데 그녀는 더 고집 세고 사나운 광신도가 되어 있었다. 나도 별로 반가워하지 않았고 내가 세속적 행복을 누리는 것을 나무랐다. 내가 아이를 보여주자 아이를 경멸하듯 바라보며 나를 보고 영어로 설교하듯 말했다.

"주님의 사랑 말고는 모든 게 헛되고 헛된 거야. 이 사랑스러운 아이도 날아가 버릴 바람이지. 이 아이에게 마음을 주는 건 모래 위에 글을 쓰는 것과 같아."

나는 포동포동하고 발그스레한 아이를 보게 했다. 하지만 자기가 단호히 말한 것을 부정하고 싶지 않았던지 아이를 보면서 그녀는 말했다.

"아! 얼굴이 너무 붉은데, 폐결핵인 것 같네!"

그때 아이는 기침을 약간 했다. 나는 갑자기 그가 아픈 것 같다는 생각이 들었다. 헬렌의 예언 같은 소리는 내 마음을 아프게 했다. 나는 예전에 내가 그렇게도 좋아하고 동경했던 이 고집 세고 사나운 존재에 대해 갑작스러운 혐오감을 느꼈다. 마치 그녀가 불행을 가져오는 마녀 같았다.

나는 바로 마차를 타고 집으로 돌아갔다. 그리고 밤새도록 아이의 숨소리를 들으며 아이의 붉은 얼굴을 두려운 마음으로 바라보며 온밤을 지새웠다.

다음 날 날이 밝자마자 의사가 왔고 의사는 아무 이상도 없다고 했다. 그리고 오히려 내게 아이에게서도 좀 떨어지라는 처방을 내렸다. 하지만 나는 아이에 대한 두려움으로 다시 수녀원으로 돌아갈 생각이 나지 않았다. 거기서는 밤에 모리스를 돌볼 수 없기 때문이고 또 낮에도 너무나 추웠기 때문이다. 나는 고마움을 표하고 수녀원을 떠나기로 했다.

10. 피레네 여행

적당한 아파트를 구하기 2주 전쯤 우리는 사랑하는 이모 집에 머물렀다. 이모 딸인 클로틸드는 항상 내게는 더할 수 없는 친구였다. 우리는 함께 많은 음악도 연주했다. 그리고 그 근처에 집을 얻어 살면서 겨울 동안 이모네 식구들을 자주 만났다.

당시 나는 세상으로 돌아왔거나 아니면 결혼한 수녀원 친구들을 여럿 다시 볼 수 있었다. 늘 빈정대기를 잘했던 에밀리 드윔은 코르널리에 씨와 결혼했는데 내게 남편이 늙고 못생겼다며 조롱하곤 했다. 나는 그 친구가 그런 자리를 웃으며 받아들이는 것을 보고 놀랐다. 어느 날 저녁 오페라 극장을 나올 때 부모님과 함께 있는 그녀를 만났는데 그녀가 말했다.

"자! 저길 봐. 그 사람을 알아보겠니? 저기 가는 사람 말이야."

복도에는 낡아 빠진 옷에 머리에는 가발을 쓴 우스운 모양을 한 사람이 지나가고 있었다. 그녀가 웃음을 터뜨릴 때 내가 너무 당황스러워하자 그녀는 말했다.

"안심해, 저 사람은 아니야. 저 사람은 모르는 사람이야. 잘난 척하는 내 남자는 22살이고 저 사람보다는 낫지."

또 뢱상부르에 있을 때는 20년쯤 후 공화국 임시정부의 위원이던 루이 블랑과 저녁을 먹었던 그 아파트에서 시도니 막도날을 다시 보았다. 그녀는 상원의 대감찰관이었던 세몽빌 씨의 손자와 결혼했다.

이후 1839년에야 나는 세몽빌 씨를 처음 보게 되었는데 그는 아주 매력적이고 사랑스러운 분이었다. 그는 82살에도 여전히 젊은이의 마음으로 젊은이처럼 생각했고 나를 처음 보자마자 열광하셨다. 그리고는 아주 수줍고 순진하게 마치 학생처럼 자기의 마음을 보여주었다. 사람들은 그가 아주 대단한 바람둥이라고 했다. 하지만 그의 말에서 그런 것은 느껴지지 않았고 내 생각에 그는 오히려 낭만적인 열정을 가진 자로 보였다. 그는 내가 만난 후 얼마 뒤 돌아가셨다.

내가 제일 자주 본 친구는 바주앵 집 딸들이었다. 큰딸은 죽었고, 둘째인 에메는 많이 아팠다. 제일 어린 잔은 내가 제일 좋아하는 친구였는데 여전히 따뜻하고 진지했다. 셰리의 죽음으로 에메는 큰 충격을 받았다. 셋 중 제일 사랑이 많고 제일 섬세한 잔은 신앙에서 초인적인 힘을 얻어 언니를 천사와 같은 사랑으로 돌보고 있었다. 나는 잔처럼 고운 영혼을 본 적이 없다. 그녀는 내게 진정한 성녀처럼 남아 있다. 그녀의 자연스러운 기품은 본능에서 우러나오는 순진함이며 순수함이었다. 신앙이 있건 없건 내게 그녀는 악을 모르는, 악이 존재할 수 없는, 참으로 드문 인간으로 여겨졌다. 너무나 성숙한 인간 안에 작은 아이의 파괴할 수 없는 순진함이 함께 있었다. 거의 신성에 가까운 지고至高의 평온함에 세심한 감수성 그리고 본능적으로 다른 사람을 위해 자신을 희생하려는 기독교적 겸손함까지. 그런 정신적 아름다움이 그녀의 크고 검은 눈을 통해 드러났다. 그 눈은 보통 때는 조용하지만 어떤 경우에는 또렷하게 뭔가를 꿰뚫어 보는 듯했다. 그녀의 두 눈은 평화로운 밤처럼 깊고, 태양처럼 따뜻했다.

그녀와 결혼하는 사람이 자신의 행복이 얼마나 큰 것인지 안다면 정말 행복할 것이다. 그들의 아버지는 부자고 대단한 분이셨지만 완전히 칩거해서 살고 계셨다. 나는 그분이 어떤 분인지, 왜 딸들을 그렇게 늦게 결혼시켰는지 알 수 없었다. 그는 자식들을 즐겁게 하는 것이라면 아무것도 아끼지 않았다. 그들의 집은 너무나 멋졌고 정원들, 말들, 여행들, 예술의 대가들, 희귀한 꽃들, 진귀한 새들, 멋진 시골집 등 그들의 마음을 즐겁게 하는 것에 대해서는 아무것도 아끼지 않았다. 딸들이 조금이라도 바라는 것이 있으면 아버지는 세심한 배려로 모든 것을 미리 알아서 해주었다. 하지만 딸들은 결코 행복하지 않았다. 적어도 에메는 병으로 고통받고 있었고, 언니를 괴롭혔던 두려움에서 벗어나지 못하고 있었다. 주위의 온갖 새들과 꽃들을 보고 행복해했을 잔도 에메의 고통을 끝없이 괴로워했다.

돌아오는 6월에 두 자매는 피레네를 여행할 예정이었다. 나의 남편은 네라크 근처에 있는 자기 아버지에게 나를 데려가야만 했다. 그래서 친구들은 노앙 쪽으로 오기로 했고, 우리는 기유리로 가기 전 코트레에서 그들과 합류하기로 했다.

시아버지는 파리에 시어머니와 함께 계셨다. 나는 시어머니가 별로 마음에 들지 않았지만 사랑하려고 애를 쓰고 있었다. 시아버지는 정말 최고였다. 우리는 데샤르트르와 함께 아버님 집에서 자주 식사했다. 시아버지는 데샤르트르를 자주 놀리셨고 예수회 수도사 취급을 했다. 반면에 데샤르트르는 아버님을 자코뱅 당원이나 아무 가치 없는 사람으로 여겼다.

데샤르트르는 로얄 광장 쪽에 살고 있었다. 돈이 거의 없는 그였지만 아주 예쁜 아파트를 가지고 있었다. 그는 스스로 가구를 들여놓고 아주 안락한 생활을 즐기고 있었다. 그는 우리에게 그가 놓친 작은 사업들 이야기를 하면서 그 일들은 분명 아주 크게 성공했을 것이라고 했다. 그런 큰 사업들이 뭔지 나는 그런 대단한 일들은 알지 못했다. 나는 그의 어려운 설명들에 집중할 수도 없었다. 그것은 유채 기름에 대한 얘기였다. 데샤르트르는 실제 농사일에는 진력이 나서 씨를 뿌리고 거두고 하는 것에는 관심이 없었다. 그는 사고파는 일을 하고 싶어 했다. 그는 자기처럼 생각이 많은 사람과 관계하고 있었다. 세상에! 그는 계획을 세우고 종이에 계산을 했는데 정말 이상한 점은, 남들 생각은 아랑곳없이 자기 생각만 고집하는 사람이 모르는 사람들을 믿으며 자기 돈을 다 쏟아붓는다는 거였다.

시아버지는 그에게 자주 말했다.

"데샤르트르 씨 당신은 몽상가예요. 속을 겁니다."

그러면 그는 어깨를 으쓱하며 모른 척했다.

시아버지는 모리스를 무척 사랑했다. 모리스는 시아버지 때문에 아주 버릇없는 아이가 되었다. 시어머니는 아이들을 견디지 못하는 사람이었다. 그래서 아이가 마룻바닥에 뭔가 잘못하기라도 하면 너무나 화를 냈다. 그리고 아이가 집 안의 모든 것을 아주 조심스럽게 다루겠다고 약속하기 전에는 이 집에 아이를 데려오지 말라고 했다. 하지만 그것은 불가능했다. 아이는 아직 맹세 같은 건 알 수가 없는 18개월이었으니까.

1825년 봄 우리는 노앙으로 돌아왔다. 그리고 데샤르트르로부터는 3개월 동안 소식이 없었다. 답장이 없는 것이 걱정스러웠지만 파리를 떠난 시아버지께 물어볼 수도 없어서 로얄 광장에 사람을 보냈다.

그리고 가엾은 데샤르트르가 세상을 떠난 사실을 알았다. 데샤르트르는 그가 가지고 있던 변변치 못한 재산들을 어딘가에 위험하게 투자했다가 불행하게도 다 날려 버렸다. 그는 마지막 순간까지도 완벽하게 침묵하고 있었다. 누구도 몰랐고 오랜 기간 동안 누구도 그를 보지 못했다. 그는 집과 어음을 그를 헌신적으로 돌봐 주었던 어떤 세탁소 여자에게 물려주고 갔다. 그 외에는 어떤 유언도, 어떤 불평도, 어떤 구조 요청도, 어떤 이별의 인사도 없이 떠나갔다. 그저 갑자기 사라져 버렸다. 그의 실패한 야망들이나 배신당한 믿음에 대한 모든 비밀을 간직한 채로. 어쩌면 평온하게 떠났을 것이다. 왜냐하면, 육체적 고통이든 재산의 몰락이든 그는 모든 것을 혼자서만 버텨내는 불굴의 화신이었기 때문이다.

그의 죽음은 어떻게 말로 설명할 수 없을 정도로 충격적이었다. 고집 센 피곤한 인간으로부터 벗어난 안도감은 이미 과거에 느끼고 있었다. 오히려 나는 그의 부재로 인해 충실했던 한 사람을 잃은 것 같은 느낌, 이제 더는 모든 분야에서 대단한 사람과 이야기를 나눌 수 없구나 하는 아쉬움을 느끼고 있었다. 그를 폭군처럼 싫어하던 이폴리트 오빠는 그의 죽음을 불쌍하게 생각했지만 아쉬워하지는 않았다. 엄마는 그가 무덤에 들어갔음에도 용서치 않고 나에게 "마침내 데샤르트르가 더는 이 세상에 없게 되었군!"이란 편지를 보내왔다.

그를 알던 많은 사람은 모두 좋지 않은 추억만을 떠올렸다. 그 사회성이라곤 하나 없는 인간에게 모두가 공감하는 단 한 가지는 그가 정직한 사람이었다는 것뿐이었다. 결국, 그가 목숨을 구해주었지만 그의 원칙대로 돈도 한 푼 받지 않았던 두세 명의 농부들을 제외하고는 나 외에 이 위대한 사람의 죽음을 슬퍼하는 인간은 한 명도 없었다. 그래서 사람들 사이에서 놀림을 받지 않으려면, 또 그가 너무나 잔인하게 상처를 준 사람들에게 상처를 주지 않으려면 나도 슬픈 감정을 숨겨야만 했다.

하지만 그가 마지막 무無의 세상으로 내 인생의 중요한 한 부분을 함께 가져가 버린 것은 사실이다. 좋은 것이건 슬픈 것이건 내 어린 시절의 추억들과 때로는 화를 내기도 하고 공감하기도 했지만 나의 지적 발전을 도왔던 그 많은 논쟁들 말이다. 나는 뭔가 고아가 된 것 같은 느낌이 들었다. 가엾은 데샤르트르! 그는 우정을 위해 사는 것은 포기하면서 그의 본성과 운명을 거스른 것이다. 그는 자신을 이기주의자라고 믿었지만 그것은 틀린 생각이었다. 그는 자기 자신만을 위해, 자기 자신에 의해서만은 살 수 없는 인간이었다.

나는 그가 자살한 것이 아닌가 하는 생각이 들었다. 그의 마지막 순간에 대해 어떤 자세한 이야기도 전해 듣지 못했다. 몇 주 동안 아팠다고 하는데 아마도 정신적 아픔 때문이었을 것이다. 하지만 나는 그렇게 강한 사람이 그런 정신적 근심으로 그렇게 빨리 생을 마감했다고는 믿어지지 않는다. 게다가 그는 노앙으로 오라는 나의 마지막 편지를 분명히 받았을 텐데 늘 적극적이고 자신의 천재성을 믿는 그가 조금이라도 깊이 생각했었다면 어떤 희망이나 믿음도 다시 품을 수 있지 않았을까? 그는 반대로 절망에 대해 깊이 생각하며 모든 불행과 근심과 함께 생을 마감한다는 적극적인 결론으로 파국을 앞당긴 것일까? 그는 내게 그런 말을 여러 번 했지만 나는 가엾은 나의 선생님이 불합리한 인간이라 생각할 수 없었기에 그에게 그런 끔찍하게 불합리한 일이 벌어질 거라고 믿지 않았었다. 언젠가 그는 내게 이런 말을 했었다.

"아가씨 아버지가 죽던 날 나도 거의 내 머리에 총을 쏠 뻔했지요."

또 어떤 날에는 다른 사람에게 이런 말을 하는 것도 들었다.

"내가 고칠 수 없는 불치의 병에 걸린다면 누구의 짐도 되고 싶지 않아요. 나는 아무 말 않고 그냥 아편을 먹고 생을 끝내겠어요."

또 그는 죽음을 우습게 여기며 고대 사람들이 자살로 폭군과 같은 운명을 스스로 벗어나는 것이 얼마나 지혜로운 것인가를 말한 적도 있었다.

이제 우리 오빠에 관해 이야기할 때가 된 것 같다. 오빠는 이미 내게 아주 큰 근심거리였다. 오빠는 우리 집이나 라샤트르나 파리에서 살았다.

오빠는 내가 결혼한 후 얼마 있다 에밀리 빌뇌브 양과 결혼했다. 그녀는 아주 괜찮은 부잣집 딸이었다. 그녀는 파리에도 집을 하나 가지고 있었고, 또 곧 우리 집 근처의 땅도 상속받을 예정이었다. 하지만 그때부터도 오빠는 적은 재산이나마 제대로 관리하지 못했다. 그저 되는대로 흥분해서 이 일 저 일에 손을 대고 또 술을 너무 좋아했는데 이것은 이곳 베리 지방에서는 너무나 만연한 일이어서 어떤 나이가 되어 술을 안 먹는다는 것은 매우 드문 일이었다. 어쨌든 그렇게 해서 오빠는 집안의 재산을 늘리기보다는 더 줄여 나갔고 점점 빚이 늘면서 더 술을 마셔댔다.

이것은 일종의 어처구니없고 끔찍한 장애였다. 왜냐하면, 나는 술 취하는 것을 느리고 집요한 병이라고 생각하니 말이다. 이 장애는 그렇게도 똑똑하고 그렇게도 마음 따뜻하고 내가 만난 사람 중에 가장 사랑스러운 성품을 지닌 사람을 무덤으로 가져갔다. 오빠는 아버지와 아주 많이 닮아 있었다. 젊었을 때는 모습과 태도도 닮았었다. 하지만 서른이 되자 몸도 불고 정신도 흐려지며 그런 모습도 사라져 버렸다. 그리고 그는 서서히 자살의 길로 들어섰다. 이제 그의 성격도 변하고 능력들도 다 사라지고 감정도 삐뚤어지고 단지 정신은 사라진 육신의 껍데기로만 살아 가고 있었다.

그래서 그 주변은 온통 고통과 불행뿐이었다. 하지만 한 사람에 대한 평가에 있어 오직 죽음만이 우리에게 허락하는, 아니 우리에게 명령하는 공평한 평가를 통해 나는 그의 실수들이 얼마나 고의가 아니었는지를, 숙명적인 정신적 황폐로부터 벗어났을 때 그의 정신이 천성적으로 얼마나 따뜻하고 지적이고 선했는지를 깨닫게 된다. 말년에는 제대로 된 대화조차 불가능했지만, 술로 조각난 시간 말고 정신이 말짱했던 그의 시간을 다 모으면 우린 값지고 축복받은 추억들을 재구성해볼 수 있을 것이다.

술과 독한 알코올로 인한 야만적 분노는 평안한 내 가정 한가운데 큰 돌을 던졌다. 내 주변의 어떤 사람들은 그 피해를 입었고, 어떤 사람들은 그 돌에 죽었고, 어떤 사람들은 스스로 고쳐 나갔다. 지금 그들 가족의 행복을 위해서가 아니라 그들이 온전히 살아 나갈 수 있도록 나는 더는 말하지 않겠다.

오빠와 그 부인 사이에는 모리스와 비슷한 나이의 예쁜 딸이 하나 있었다. 그들은 자주 그 애를 데려왔고 어느 때는 건강에 좋다며 오랜 기간을 맡기곤 했다. 형편상 파리에서 오래 벗어나 있어야 할 때면 말이다. 레옹틴은 그래서 내 보살핌을 받으며 모리스와 함께 많은 시간을 보냈다.

내 생각에 바주앵 씨가 그의 딸들과 그의 친구들 중 한 명인 늙은 행정관 가야르 씨를 데리고 왔을 때 이폴리트도 우리와 함께 있었다. 우리는 모두 함께 마차로 산책을 나가기도 했다. 에메는 며칠 동안 술을 마시지 않은 오빠의 호위를 받으며 늙었지만 마음씨 넓은 콜레트를 탔었다.

6월 30일, 하인들과 일꾼들은 모리스의 생일을 축하해주었다. 마을의 목수가 만든 바구니에 정원사가 장식한 꽃 상자를 가져왔다. 마치 축제 날 성상이나 성유물을 행진시키는 것과 같았다. 사람들은 아이와 꽃 상자를 테이블 가운데 놓고 축포를 쏘고 춤을 추었다.

그다음 7월 5일은 내 생일이었다. 나는 21살이 되었다. 이날 우리는 미디 지방을 향해 떠났다. 나는 당시 일기 형식으로 쓴 글들이 있어서 그때 갔던 일정들을 짚어 볼 수가 있다. 또 당시의 내 정신상태도 보여주는 글이어서 여기에 옮겨 보려고 한다. 이제 보게 되겠지만 당시 나는 인생에 불만이 아주 많았다. 게다가 겉으로는 그렇게 보이지 않았지만 몸도 많이 아팠다. 계속 기침을 하고 가슴이 뛰며 폐결핵 증상이 있었다. 하지만 자주 회복되기도 하고 증상이 스스로 없어지기도 했는데 그것이 신경증 때문인지는 몰랐다. 그때 나는 내 병이 신경증이 아니고 폐결핵이라고 믿고 있었다.

피레네 여행

10분 후에 노앙을 떠난다. 오빠 말고 아쉬운 사람은 조금도 없다. 하지만 그렇게도 친했던 우리는 왜 이렇게 서먹해졌는지! 내가 떠나려고 하는데 오빠는 계속 웃고 즐겁기만 하다. 자, 이제 노앙이여 안녕! 어쩌면 더는 너를 안 볼지도 몰라 … .

샬뤼

하인들은 울었다. 나도 참을 수가 없어서 그들과 같이 울었다. 마차에서 오시안의 시 몇 줄을 읽었다. 나의 어둠과 모든 방황의 별들 한가운데서 태양은 나를 그곳에 고정했다. 나는 명상에 잠겼는데 그것은 아무것도 생각하지 않고 살고 싶었던 나에게 작은 일이 아니었다. 나는 여행에 대해 작은 결론을 내렸다.

"모리스의 울음소리에 너무 걱정하지 말 것, 길이 멀다고 조급해하지 말 것, 같이 가는 사람의 기분 때문에 너무 우울해 말 것."

페리괴

정말 멋진 지방을 지나가고 있다. 멋진 말들도 보았다. 이 도시는 정말 마음에 든다. 하지만 죽을 듯이 슬프다. 오면서 많이 울었다. 하지만 그래 봐야 무슨 소용인가? 그저 영혼은 죽은 채로 얼굴에 미소 짓는 것에 적응해야 한다.

타르브

아름다운 하늘과 힘차게 흐르는 강, 급류에 떠밀려온 자갈들이 만들어 낸 거대한 자갈더미, 다양한 복장들, 장터에서의 만남, 남프랑스의 모든 곳에서 온 활기찬 사람들. 이곳 타르브는 너무 아름답다. 하지만 남편은 항상 기분이 나쁘다. 그는 여행을 지루해하고 일찍 도착하기만을 바란다. 이해는 되지만 갈 길이 200킬로미터나 되는 것이 내 탓은 아니다.

점점 더 둘러쳐진 흰 산들이 가까워지면서 색으로 물든다. 더운 열기에도 불구하고 나는 경치를 더 잘 보기 위해 남편과 마차의 좌석 위로 올라갔다. 그리고 우리는 드디어 피레네산맥 안으로 들어갔다. 놀라움과 감탄으로 숨이 막힐 정도였다. 나는 항상 높은 산을 꿈꿔 왔고 그 산에 대한 어렴풋한 기억을 가지고 있었는데 그것이 지금 완벽하게 눈앞에서 실현되고 있었다. 하지만 그 어떤 기억이나 상상도 실제로 보고 느낀 감정을 능가하지는 못했다. 구름에 닿을 듯한 거대한 산들과 하나하나가 너무나 다채로운 모양들. 어떤 산은 울창하고 꼭대기 끝까지 잘 가꿔져 있는가 하면 어떤 산은 나무는 없고 마치 지구대재앙의 다음 날처럼 기암괴석들이 즐비해 있었다.

길은 코트레까지 급류를 따라 올라가고 있었다. 피에르피트를 떠나 말들도 오르기 힘든 엄청난 산을 굉장한 급류가 큰 소리로 포효하는 소리를 들으며 오르자니 정신은 쪼그라들고 공포로 가슴이 얼어붙었다. 거기서부터 날은 푸르스름해지고 대리석과 청석돌의 검은 산들로부터 어슴푸레한 안개가 피어오르고 작은 나무들이 하늘을 뒤덮고 있었다. 그 안으로 나 있는 뱀처럼 구불구불한 길은 심연 속으로 이어지고 있었다. 기울어진 암석들이 불쑥 튀어나와 있고 낭떠러지 절벽이 나타나기도 하고 그 사이에 급류가 으르렁 소리를 내며 달려가다가 때로는 기막힌 야생식물들 아래로 완전히 사라져 버리기도 하고, 때로는 돌 벽이나 바위들 틈에서 마치 흰 눈처럼 하얀 거품을 내며 달려가기도 했다. 그리고 어느 때는 아주 가까이에서 하늘처럼 푸르고 투명한 계곡 물이 평화롭게 우리 곁을 흐르기도 했다. 꽃으로 뒤덮인 작은 잎들이 있는 보리수나무들은 강 위로 늘어져 길 쪽 여행객들에게 향기로운 머리를 들이밀었다.

이 모든 것이 내게는 두려우면서도 감미로웠다. 나는 엄청난, 하지만 이유를 알 수 없는 두려움을 느꼈다. 머리가 어쩔할 정도의 공포였지만 매혹적인 공포였다. 나는 뭔가에 취해 소리 지르고 싶었다. 나는 하인 뱅상의 자리인 마부석에 앉아 있었고 남편은 모리스와 팡숑과 마차 안에 타고 있었는데 그는 가끔 문밖으로 머리를 내밀고 "너무 멋지다, 세상에 너무 멋져."라고 말하곤 했다.

마침내 교차로에서 잔과 에메가 오는 것을 볼 수 있었고 우리는 잠시 뒤 격하게 서로를 껴안았다. 그들 방 옆에 우리 방도 잡았다.

아주 기본적인 것만 갖추고 있는 방들은 터무니없이 비쌌다. 작은 마을, 아니, 오두막들은 모두 거친 대리석으로 되어 있었다. 개천들은 수정처럼 맑았고 눈이 녹으면 매번 수리해서 모든 것이 깨끗했다. 방들은 모두 행색이 누추한 사람들로 꽉 차 있었다. 그곳은 가구가 딸린 큰 호텔이었다.

오늘 아침, 눈을 뜨자마자 나는 창으로 달려갔는데 너무 좋았다! 우리는 이제 평지로 나온 것이다. 그럼 어젯밤에 본 산들은 어디로 갔지? 폭음을 내며 쏟아지던 폭포수들은? 너무나 희고 짙게 내려오던 안개로 피레네산맥의 밑부분이 가려져 있었다. 안개는 이상하게 흩어지며 조금씩 올라왔는데 평원인 우리 지방에서 가벼운 커튼이 조용히 들려 올라가는 듯 흩어지던 모습과는 달랐다. 짙은 안개의 장막이 몇 개로 갈라지거나 작은 틈들로 구멍이 났다.

코트레는 낮은 분지 속에 있는 마을이어서 그곳에서 지평선은 우리 눈 아래가 아니라 우리 머리 위로 보였다. 안개가 찢긴 곳 사이로 보이는 오두막과 나무와 가축과 작은 평원들은 정말 놀라웠는데 마치 공중에 걸린 그림 같았다. 풍경들은 공간 속에 꿈처럼 던져져 있었다. 짙은 안개는 자리를 옮기며 한 풍경을 감추고 곧 다른 풍경을 보여주었다. 작은 오솔길, 암석, 분지 등 그것은 정말 믿을 수 없는 광경이었다. 마침내 모든 것이 다 거두어지고 깨끗해지자 하늘이라고 생각한 것은 구름이었고 땅이라고 생각한 곳은 짙은 안개였다.

*** 씨는[6] 열정적으로 사냥을 한다. 그는 영양과 독수리를 잡는다. 그는 새벽 2시에 일어나 밤이 돼서야 돌아온다. 부인은 불평을 한다. 언젠가는 아내도 삶을 즐기는 날이 올 거라는 것은 짐작도 못하는 것 같다.

---

6 〔역주〕 상드의 남편을 말한다.

코트레

완벽한 사랑을 꿈꾸는 남편이라면 일부러 계속 부인 곁을 떠날 핑계를 만들지는 않을 것이다. 어쩔 수 없이 중대한 일로 부인 곁을 떠날 수밖에 없을 때 남편이 표현하는 더 깊은 사랑은 둘의 사랑을 더 생생하고 단단하게 할 것이다. 아쉬움 속에 서로 떨어져야 하는 경우는 사랑을 더 자극하는 법이니까. 하지만 어느 한쪽에서만 열심히 상대와 떨어져 있으려 한다면 그것은 다른 상대에게는 헌신에 대한 큰 철학적 교훈을 얻게 한다. 그것은 아주 좋은 교훈이지만 너무 냉혹한 교훈이다!

결혼은 사랑하는 연인들에게는 아름다운 것이고 성인들에게는 유용한 것이다. 하지만 성인이나 연인이 아닌 사람들 말고 사랑도 모르고 성인도 될 수 없는 데면데면한 보통 사람들이 있다. 결혼은 사랑의 최종 목표이다. 만약 결혼에 사랑이 더는 없다면 나머지는 희생뿐이다. 희생이 뭔지를 아는 자에게는 아주 잘된 일이다. 그런데 그것은 흔하지 않은 마음이며 지성의 조각이다.

그런 희생에는 속물들이 좋아하는 보상이 있다. 세상 사람들의 인정, 매일의 안정된 생활, 뜨뜻미지근한 신앙생활 아니면 돈, 그러니까 오락거리들과 실크, 사치 같은 것들. 또 어떤 것들이 있는지 나는 모른다. 하지만 수천 가지 사소한 것들이 행복하지 않다는 것을 잊게 해준다.

그러니 이제 모든 것이 분명하다. 왜냐하면, 대다수 사람은 속물이니까. 그런 속물적인 취향에 만족하지 못하는 것은 특이한 소수자에 속한다. 성스러운 위대한 영혼의 힘과 무감각한 속물들의 편리한 얼빠

짐 사이에 중간은 없다. 만약 그 중간이 있다면 그것은 절망뿐이다.

하지만 누가 뭐라든 우리가 간직해야 할 따듯하고 좋은 천진난만함
이 있다! 뛰고, 말을 타고 달리고, 그저 웃고, 건강이나 인생에 대해
아무 걱정도 하지 않는 것! 에메는 나를 많이 야단친다. 그녀는 우리
가 멍하게 모든 걸 잊고 산다는 걸 이해하지 못한다. 그녀는 말한다.
"뭘 잊는다는 거야?"
"알게 뭐야? 다 잊는 거지, 무엇보다 우리가 존재한다는 것부터 잊
는 거지."

결국, 모리스는 아프고 나도 아프다. 나는 더는 살 수 없다. 아니면
너무 많이 살았거나. 아무것도 즐길 수가 없다. 모리스는 나았고, 나
는 미칠 것만 같다. 남편은 르로이 가족과 가바르니에 갈 계획을 세
우고 있다. 나도 가고 싶다가, 안 가고 싶다가, 또 가고 싶다.

세상에 여기서 기분 좋은 일도 있다. 나는 조에를 아주 좋아하게
되었다. 에메는 나의 그런 마음을 되돌리려고 애를 쓰지만 말이다.
조에는 나처럼 즐거운 친구다. 하지만 에메는 내가 귀부인들과 사귀
길 원한다. 그녀는 그 부인들에게 푹 빠져 있는데 내 눈에는 다 심술
궂은 여자들로 보였다. 사람들은 그날 저녁 내게 〈자, 나의 기억을
위해Ebben, per mia memoria〉를 노래하라고 했는데 나는 그 곡을 노래하
기가 싫었다. 내가 노래를 할 줄 아나? 내가 이 산양과 독수리의 고
장인 코트레로 파리에서처럼 파티나 가려고 온 것인가? 아니, 나는
눈과 급류와 신이 허락한다면, 곰을 보러 온 것이다. 어느 날 나는

한 100걸음쯤 멀리서 곰을 한 번 본 적이 있다. 놈은 우리를 아주 경멸하듯 바라보고 있었다.

나는 아주 우울한 기분으로 그곳을 떠났다. 에메가 안 좋은 말을 했기 때문이다. 아이를 갖기 위해 이곳에 왔다고 모두에게 말하는 ***라는 어떤 부인이 있었는데, 나는 그런 말은 모든 사람에게 하기에는 그리 정숙지 못한 말이란 생각을 하고 있었다. 그런데 그 여자가 내가 남편 없이 말을 타는 것은 잘못된 일이라고 말했다는 것이다. 이 말은 사실도 아니다. 남편은 앞서 가고 있었고 나는 그가 가는 곳을 따라가는 중이었으니까.

내 생각에 에메가 좋아하는 사람들에게 난 별로 호감이 가지 않는 사람인 것 같았다. 그런데 호감을 느끼지 못하는 건 나도 마찬가지다. 그러니 그것에 대해서는 왈가왈부할 필요도 없다. 그런 사소한 것들은 다 잊고 각종 질투와 모략이 난무하는 그 세계에 가까이 가지 말아야 한다. 잔은 늘 천사였다. 그녀의 언니도 그랬다. 사교계에 대한 생각에는 좀 대립되기도 했지만. 어쨌든 이모 말처럼 다 지나갈 것이다.

이모! … 이모 생각을 해요. 이모는 얼마나 좋은 사람인지! 늘 유쾌하고! 늘 이런 재미있는 말을 하셨지요.

"다 그런 거야, 다 그런 거지, 고양이를 때려서 뭘 어쩌겠니!"

이모는 무슨 일에나 항상 이 말을 하셨지요. 아! 그 말이 맞는다면 좋겠어요!

코트레에서 뤼즈까지는 다른 어디보다 아름다웠다. 피에르피트에서 코트레까지 오면서 보았던 그런 아름다움이었지만 더 어둡고 더 거칠고 더 무서웠다. 지옥 다리의 심연은 몸을 던지고 싶게 만들었다. 엄청난 급류는 미친 듯한 소리를 내며 빠르게 휘돌아갔다.

뤼즈

우리는 1층의 열린 창문으로 생소뵈르의 무도회를 보았다. 좀 더 장식이 되긴 했지만 코트레에서 본 것만큼이나 우스웠다. 항상 팀파논을 기본으로 하는 무도회의 거친 음악은 지방 분위기인 것 같았는데 그것에 대해서는 아무도 신경 쓰지 않았다. 바이올린 주자들이 연주하는 콩트르당스7 춤곡들도 깨갱거렸다. 화장하고 잔뜩 꾸민 예쁜 부인들과 멋진 신사들이 위장병과 류머티즘에 대해 수다를 떨고 있었다.

솔직히 뤼즈에서 가바르니 사이에서는 아무것도 본 게 없다. 원시적 혼돈 그 자체였고 지옥이었다. 격랑은 '타르타르족 트럼펫의 쉰 소리'였다. 8 지드레 정원의 동굴은 거대하게 자연적으로 만들어진 베르사유의 아폴론 동굴 같았다. 단지 아폴론만 없었는데 그게 더 나아 보였다. 마르보레산은 어떻게 말로 표현할 수가 없다. 거대한 바위와 눈과 얼음으로 된 빙벽이 둘러친 곳에서 우리는 1,200피트쯤 되는 수

7　18세기 프랑스에서 유행한 사교춤을 말한다. 4~8쌍의 남녀가 4분의 2 박자 또는 8분의 6박자로 명랑하게 추는 춤으로, 본래는 영국의 민속 무용이었다.

8　〔역주〕 이탈리아 시인 타소(Tasso)가 쓴 〈해방된 예루살렘〉(Gerusalemme liberata)에 나오는 시구. rauco suon della tartarea tromba.

직의 폭포수에 젖었다. 눈으로 된 다리 위로는 잘 보이지도 않아 정확히는 모르겠지만 목동들과 가축들의 카라반 같은 것이 지나가고 있었다. 놀라운 것은 너무나 많았다. 위험 같은 건 생각하지도 못했다.

남편은 누구보다 용감했다. 그는 어디든 갔고 나는 그를 따랐다. 그는 나를 돌아보며 야단쳤다. 그는 내가 유독 유난을 떤다고 했다. 정말 그랬다면 나는 목을 매달고 싶었을 것이다. 나는 몸을 돌려 나를 따라오는 조에를 보았다. 나는 그녀에게 그녀야말로 유난스럽다고 말했다. 조에가 웃었고 남편은 화를 냈다. 하지만 폭포수가 거대한 진정제가 되어 우리 모두는 곧 화를 풀었다.

어떤 사람들은 무서워했고 어떤 사람들은 춥다고 했다. 장사를 하는 어떤 남자는 작은 경작지로 나뉜 계곡을 카드에 비유했다. 보르도에서 온 아주 예쁘고 고상한 여자 하나가 갑자기 높고 강한 소리로 "오! 뱃속이 울고 있네요!"라고 했다. 배고프다는 소리였다. 그녀의 남편은 반대로 설사로 고생하고 있었다. 짐꾼들 자리에 앉은 *** 양은 의자를 매우 불편해했고 28킬로미터를 뛰어온 짐꾼들도 설사 그들 뱃속에 그 망할 놈의 술 석 잔을 마시지 않고 출발했다고 해도 상태가 안 좋기는 마찬가지였다. 물에 젖어 배고픔을 참으며 하는 이 이상한 산책은 모든 것을 야전병원처럼 만들어 버렸다.

나는 예쁘고 사랑스러운 *** 양을 돌보기 위해 남았다. 그래서 내 마음대로 마르보레산을 경탄하며 유난을 떤다는 말을 듣지 않아도 되었다. 조에도 한숨을 쉬며 말했다.

"혼자 있을 수도 없고 제대로 생각하는 사람들과도 함께할 수 없는 건 정말 끔찍해. 이런 기막힌 장관, 세상에 하나밖에 없는 경관을 보러 오는 건 정말 대단한 일인데 그저 이 사람 저 사람 비위를 맞추고 쓸데없는 소리만 듣고 있어야 하다니!"

더 기막힌 것은 겨우 도착하자마자 바로 떠나야 한다는 거였다. 머물 집도 없었고 폭이 2~3피트 밖에 안 되는 절벽 위 길을 28킬로미터나 더 가야 하는 거였다. 그곳은 말들도 밤에는 가려고 하지 않는 곳이었다. 게다가 날이 지면 끔찍한 추위가 찾아왔다. 달려오느라 흘린 땀이 마르기도 전에 이가 덜그럭거렸다.

나는 그날 밤에 당장 코트레로 돌아가고 싶었다. 모리스는 이틀 동안 계속 하녀와 뱅상과 있어도 될 정도로 다 낫지 않았다. 나는 아침에 뤼즈에서 말을 하나 빌려 놓았다. 말은 사나웠지만 최고였다. 조에와 나는 앞서서 출발했다. 그리고 곧 안내원과 카라반을 지나쳐 갔다. 우리는 너무나 환상적인 길들을 달렸다. 조에의 용기는 대단했고 나도 흥분해서 그녀만큼 달렸다. 우리는 다른 사람들보다 30분쯤 먼저 카오스라 불리는 곳에 왔다. 그리고 우리는 잠시 쉴 틈이 있었다. 조에가 말했다.

"오 세상에, 이제 우리 둘뿐이네. 너무 행복하다! 우리 맘대로 유난을 떨어 보자고, 경치 구경하며 맘껏 감탄해 보자."

조에는 감탄했는데 정말 그럴 만했다. 그렇게 열정적이고 관대하고 똑똑한 천성이 나는 좋았다. 우리는 카라반이 오는 소리가 들리자 다시 출발했다. 그리고 또 자유롭게 우리끼리 대화할 수 있게 되면 속도를 늦췄다. 우리가 무슨 이야기를 했었지? 아! 우리가 잃어버린 아름다운 것들! 사랑이니 결혼이니 종교니 우정이니 뭐니 간에 …. 그녀는 마침내 이렇게 결론 내렸다.

"아무 생각도 없이 사는 사람들보다 우리는 조금 더 머리가 좋고 생각이 많은 것 같다. 우리한테는 안 된 일이지!"

나는 생소뵈르를 떠나며 나 스스로 최선을 다하기도 했지만 어쨌든 내 목을 부러뜨리지 않고 잘 달려온 멋진 말과도 헤어졌다. 나는 다른 말로 바꿔 타고 밤에 144킬로미터를 달려 코트레로 돌아갔다. 그리고 모리스가 천사처럼 자는 것을 보니 더는 아프지도 않았고 작은 다툼 같은 것들도 다 잊었다. 하지만 에메는 가끔 내게 화를 냈다. 그녀는 사교계에 관심이 많았지만 가지 못했고 나는 더는 거기에 관심이 없었기 때문이다. 하나님 감사하게도 말이다!

많은 사람이 방문했다. 다시 볼 사람들도 아니니 참 어이없고 지루하기만 한 행동이었다. 우리는 앙기앵 공작의 미망인인 콩데 공작 부인의 방문을 받았다. 그녀는 젊지도 예쁘지도 않았고 자태도 별로였다. 단지 시골 사람들이 바라는 지방의 후원자로서의 너그러움을 사람들은 자랑스러워했다. 그럴 이유도 없는데 말이다.

포이 장군도 왔다. 그는 아팠다. 나는 혼자 그를 만났는데 그는 아주 창백하고 힘이 없고 우울하고 지쳐 있었다. 사람들은 그가 곧 죽을 거라고 했다.

나처럼 어중간하게 학자로 알려진 사람의 미망인인 룅포르 부인도 아주 예쁜 조카를 데리고 왔었다.

또 다른 학자인 마장디도 말레를 통과해 산길을 탐험하고 왔다. 그는 오다가 얼어 죽을 뻔했는데 그의 안내인이 잠깐 정신이 어떻게 돼서 그를 빙산 가운데 두고 온 것이다.

우리는 곰과 야생 영양을 먹고 살았다. 하지만 우린 그들을 보지는 못했다. 그런데 어느 날 고브 호수를 지나며 우리는 영양을 보고 잡으려고 했지만 놈은 우리를 우습게 생각했다.

코트레(일기 계속됨)

스페인 다리와 스리지 폭포, 고브 호수, 비뉴말 빙산은 정말 굉장했다! 하지만 그 모든 곳을 빨리 지나쳐야 했다. 들르는 곳마다 적어도 한 달은 살아야 할 것 같았다. 아무도 모르게 친한 친구들과만 말이다. 모든 것이 너무 아름다웠고 매혹적이었고 황홀했다. 처음 보는 풍경에 모두들 정신을 잃고 취했지만 서둘러 그곳을 지나쳐 다른 곳으로 가야 했다. 그리고 또 도착하자마자 다시 다른 곳으로 돌아가야만 했다. 나는 대체 어디다 머리를 둬야 할지 몰랐다. 항상 내 계획에 쫓겼고 안내원 찾기에 급급했고 자연의 장관 앞에서 늘 목말라했다.

그렇다면 혹시 실컷 보고 나면 나중에는 지루해할까 하는 생각도 들었지만, 그것은 불가능할 것 같았다. 평지에 사는 우리에게 이 생동감 넘치는 대자연이 주는 흥분감은 너무나 치명적이었다. 잘 모르겠지만 어쨌든 나는 그때 피곤하면 할수록 더 계속 돌아다니고 싶었다. 몸을 움직인다는 것이 나는 열정적으로 좋았다. 매번 기침을 하고 숨이 찼지만 괴로워했던 것 같지는 않다. 사실 혼자 있을 때 고통스러웠던 적이 있었다.

어느 날 라바트 정원 뒤쪽의 바위들 사이를 산책하는 중이었는데 갑자기 너무나 끔찍한 위경련이 시작됐다. 그럴 때 나는 풀밭 위에 누워야만 했다. 그때 세탁장으로 가던 어떤 여자가 내가 돌들 사이로 들어가는 것을 보고 나를 따라와 그곳은 뱀이 있으니 위험하다고 했다. 하지만 몸이 죽을 것처럼 아픈 나에게는 아무 소리도 들리지 않았다. 그래도 나는 내게 호의를 베풀려는 그 여자를 위해 있는 힘을 다해 그녀를 따라 세탁장까지 갔다. 그리고 그녀가 빨래를 두드리고 짜는 모습을 보았다. 그녀는 겨우 알아들을 수 있는 불어로 말하면서 내가 평생을 보내고 싶은 이 지방에서 사는 것이 너무 불행하고 이곳의 삶은 끔찍하고 고통스럽다고 했다.

산사람들은 모두 겨울을 아주 끔찍하게 생각한다. 그들에게 여름은 너무나 짧아서 그것을 즐길 시간도 없다. 내 친구인 바주앵 사람들도 이곳을 전혀 즐기지 못했다. 그들은 말 그대로 목욕하고 마시는 게 다였다.

나는 에메의 병이 뭔지 몰랐다. 그녀는 분명히 아팠지만 나보다는 반도 안 아픈 것 같았고, 만약 음료수 같은 걸 많이 마시지 않고 산책을 열심히 한다면 힘을 낼 수 있을 것 같았다. 하지만 그녀의 아버지는 늙고 엄격했고, 딸들은 완전히 아버지의 포로가 되어 아무것도 즐기지 못하고 보지도 못하고 단지 건강상 필요한 짧은 산책을 할 뿐이었는데 그것이 오히려 병을 지속시킬 것 같았다. 하지만 그들은 나를 죽게 할 것만 같은 여기 의사 처방대로 내가 고분고분 말을 듣지 않으니, 내가 곧 죽을 거라고 생각했다. 이곳의 의사는 내가 그의 말을 듣지 않는다고 매우 화를 내고 있었다.

나는 여행 중과 여행 후에 피레네산맥에 대해 많은 글을 썼다. 지금 내가 이곳에 옮겨 쓴 것들은 내 수첩에 아주 솔직하게 처음 쓴 글들이다. 하지만 이후 많은 작가들에게 나타나는 현상이 내게도 나타났다. 내가 처음 쓴 글을 그대로 두지 않고 문장을 고치는 것이다. 그런데 고친 문장들은 너무 어색하고 잔뜩 멋을 부리고 있다. 하지만 그런 문장들은 고심 끝에 찾아낸 것들이다. 피레네산맥으로부터 멀어진 후 나는 내가 받은 그 생생한 감동들이 사라질까 두려웠다. 그래서 나는 그 느낌들을 고정시킬 단어와 문장을 찾았다. 너무 지나치지 않도록 조심하면서 말이다. 과거에 대한 나의 감동에는 한계가 없으니 나는 일부러 좀 과장하기도 했다.

　또 그때는 작가가 되려는 생각이 분명치 않았을 때니, 내가 쓴 것에 만족할 수도 없었다.

　이 일기들은 내가 잊었던 것들을 생각나게 했는데 그것은 바주앵가의 만딸과 나 사이에 약간의 견해차가 있었다는 것이다. 우리는 습관이 다른 만큼 서로 생각도 매우 달랐다. 에메는 완벽하고 독특한 아이였다. 그녀는 사교계에서처럼 우아하게 꾸며진 거라면 뭐든 좋아했다. 이름들, 예의범절, 재주, 귀족 명칭 등 ···. 하지만 그런 것에 별 관심이 없는 나는(분명히 나는 그랬다.) 모든 것이 헛되다고 생각했다. 그리고 나는 보다 시적인 은밀함과 단순함을 찾았다. 하나님 덕분에 나는 그것을 조에에게서 찾을 수 있었다. 그녀는 정말 좋은 아이였고 나처럼 감정도 풍부한 아이였다. 에메가 계산적이라면 그녀는 낭만적이었다. 제인이 몽상가이고 조심하는 타입이라면 그녀는 외향적이었다. 나는 그런 다양한 성격들을 좋아했지만 불행하게도 에메나 제인과 친할 수는 없었다.

물 치료법을 따르지 않는 것이 내 생각에 맞는 것 같았다. 그러니까 엄청나게 힘든 물 치료를 한 후에 미라처럼 몸을 감싸고 이동식 의자 속에 파묻혀 명령대로 내 방으로 가 오전 내내 있어야 한다면 나는 미치거나 대놓고 반항할 것 같았다. 그런 식으로 치료받았다면 이런저런 방문들 후에 나는 아이도 피레네산도 볼 수 없었을 것이다.

그래서 나는 치료 같은 건 다 생략하고 내가 좋아하는 사람들을 만났다. 조에의 가족은 우리 집 바로 건너에 있었고 길도 넓지 않았다. 그래서 우리는 창문을 통해 대화할 수 있었고 하루에도 수십 번씩 왔다 갔다 할 수 있었다.

우리는 8월 말에 코트레를 떠났다. 이른 시기부터 짙어지는 안개와 차가워지는 날씨 때문이었다. 목욕하러 온 사람들도 갔고 아직 떠나지 않은 몇몇 사람들은 이제 혼자 조용히 풍경을 좀 감상하려니 모든 것이 어두운 안개로 가려진 것을 보고 분개했다. 내가 '혼자 조용히'라고 말한 것은 단지 관광객들이 없다는 말이다. 왜냐하면, 그때 산골에는 엄청나게 시끄러운 이동이 있기 때문이다.

그 시기는 여름 동안 가축들과 석 달을 보낸 목동들이 산에서 평원으로 내려오는 때였다. 그래서 사람들과 야생에서 자란 가축들이 줄을 지어 끊임없이 내려왔는데 그 이동은 정말 장관이었다. 햇볕에 그을려 프랑스인이라기보다는 아랍인 같은 튼튼한 목동들은 떼를 지어 걸어갔는데 형형색색의 옷을 입고 그들의 짐을 실은 작은 말이나 나귀를 타고 있었다. 짐이라야 덮을 것과 노끈들과 체인들 그리고 크게 빛나는 구리 항아리인데 그 안에는 유제품들이 들어 있었다. 그들 뒤로는 소, 양, 염소, 송아지 그리고 닭들이 떼를 지어 따라왔다. 대부분이 산 위에서 태어난 것들이라 아직 목동들 말고는 사람을 본 적이 없어 오두막을 지나가며 모두 겁에 질려 있었다. 그들은 좁은 길에서는 땀을 흘리며 절망적으로 울어 댔는데 그 대열 속에 휩쓸리는 것은 위험했다. 이 긴 행렬 중간에는 피레네의 큰 개들 그러니까 송곳니가 엄청난 맹수과의 엄청난 개들이 있었는데 그들은 마치 순수 혈통의 황소처럼 머리, 목, 어깨와 뒤쪽의 균형이 맞지 않았다. 뒤쪽은 잘 달리기 위해 사라진 것 같았다. 이 몰로스 개들의 짖는 소리는 낮고 깊었다. 그리고 밤에 이 개들이 내 창문 아래로 지날 때 그들이 짖는 소리는 화강암 위를 서둘러 뛰어가는 무거운 가축들 발소리와 함께 아주 이상하고 사납게 울렸다.

산 위의 목동들의 삶을 나는 신성한 꿈처럼 상상했다. 나는 데샤르트르가 내게 설명하던 시구들을 떠올리곤 했다. *O fortunators!* … 그러니까 "오, 시골 사람들이 그들의 행복을 안다면 얼마나 행복할까!"

웅장한 산속에서 정신도 자연 풍경도 그렇게도 아름다운 계절에, 폭풍이 몰아치는 산속에서 그렇게 혼자 고독하게 지내는 것, 혼자 아니면 비슷한 사람끼리 하나님 앞에 사는 것, 늑대나 곰이나 온갖 위험과 사나운 폭풍 속에서 육체노동을 하며 마치 자신도 동물들처럼 용맹하고 힘차게 사는 것, 오래도록 혼자 생각하고 하늘의 별을 묵상默想하며 광야의 신비로운 소리를 듣는 것, 그러니까 모든 창조물들과 혼연일체가 되어 가장 아름다운 것을 소유하는 것, 그것이 젊은 시절 수녀가 되려는 꿈 다음에 늘 내가 오래도록 꿈꾸던 이상이었다.

나는 수녀원 친구인 이자벨라 클리포드가 내게 해준 스위스 이야기와 오벨랜드의 산장에서 양치기 소녀가 되고 싶다던 그녀의 꿈을 떠올렸다. 나는 목동이 되고 싶었다. 넓은 가슴과 강하고 야성적인 다리를 가지고 마치 사람들을, 보고 듣는 것을 잊은 듯이 생각에 잠겨 신중하게 지나가는 그런 목동. 나는 노새에 아이와 이불 하나와 책 몇 권, 그러니까 나를 행복하게 하는 나의 모든 재산을 올려놓고 1년에 석 달을 시상이 가득한 산속 은둔처에 숨어 살고 싶었다.

하지만 그곳에 나의 가슴과 나의 생각도 가져가고 싶었다. 그들 중 늙은 신부 같은 목동들은 성경책을 공부하고 오래된 찬송을 불렀다. 내 눈에 그들은 위대한 시처럼 보였다. 하지만 그들은 자신들의 삶의 신비로운 감미로움을 어렴풋하게만 느끼는 것 같았다. 그리고 그들의 말에 따르면 성경책은 광야 속으로 추방된 권태로움과 두려움으로부터 그들을 지켜주었다. 나에게는 성경에 관한 묵상들은 반대로 이 명상적 삶을 더 깊이 묵상할 수 있게 하는 것이었을 것이다. 그리고 나의 기도는 한탄스러운 애원이 아니라 영원한 찬양일 것 같았다. 지금도 그 생각은 여전하다. 찬양은 나의 모든 기억의 흔적 속에서 늘 재발견되고 그것은 길고 순진한 장황설로 가득한 내 일기 속 글들의 한결같은 결론이기 때문이다.

우리는 산을 떠나기 전에 바녜르 드비고르 지역을 보기를 원했다. 피레네산맥의 능선 입구를 나오며 우리는 산언덕과 넓은 계곡에서 여름이 불타는 것을 보았다. 바녜르의 열기는 견디기 힘들었다. 자연 속에도 더 이상 나를 사로잡았던 위대함도 신비함도 없었다. 그리고 그곳은 그저 환락의 도시였다. 많은 영국 사람들과 호사스러운 집들,

화려한 말들을 자랑하는 파티, 공연 등 세상의 소음으로 가득했다. 그곳은 더는 나의 관심사가 아니었다. 모리스가 찬란한 태양과 그 모든 혼란스러움을 잘 견뎠지만 우리는 그곳에 며칠만 머물렀다.

네라크로 가는 길로 들어서기 전에 우리는 되도록 천천히 가려고 노력했다. 생각보다 열기가 뜨거워서 아이가 아플까 걱정됐기 때문이다. 남편과 나는 바네르에서 다시 만난 코트레의 친구들 중 한 명과 함께 아주 재미있는 여행을 했다. 그 사람은 우리에게 루르드 동굴에 관해 이야기했다. 그곳은 너무 힘들어 여행객들이 잘 가지 않는 곳이었다. 그렇지만 우리는 한번 가 보고 싶어졌다. 우리는 말을 타고 루르드에서 점심을 먹고 안내원을 동행하고 동굴 쪽으로 갔다. 들어가는 곳은 그리 마음에 들지 않았다. 우리는 바위 위를 한 명씩 기어올라야 했다. 공간이 충분하긴 했지만 어둠 속에서 아무것도 보이지 않는 상태에서 그것은 매우 두려운 일이었다.

하지만 이 지하세계 속에서 몇 시간을 산책하는 것은 정말 매혹적인 일이었다. 길은 때로는 좁아져서 답답했고 때로는 횃불이 있어도 잘 보이지도 않았다. 보이지 않는 격류가 땅속 깊은 곳에서 우르릉거리며 흘렀다. 공간들이 이상하게 겹쳐 있고 동굴은 끝을 알 수 없었다. 그러니까 끝이 보이지 않는 심연 속으로 동굴은 계속됐고, 힘찬 물소리가 사납게 울려 퍼졌고, 생쥐들이 질겁하며 도망가고, 주랑과 궁륭과 엇갈린 길들로 이뤄진 환상적인 도시가 자연의 변덕스러움을 다 껴안고 깊이 파인 채 세워져 있었다. 그러니까 그곳은 지질의 거대한 경련 같았다.

동굴은 상상하기에는 아주 좋은 여행지였지만 육체적으로는 끔찍한 곳이었다. 하지만 우리는 그런 생각은 하지 않았다. 우리는 모든 곳을 들어가 보고 싶었고, 항상 새로운 곳을 발견하고 싶었다. 우리가 약간 미친 사람처럼 굴어서 안내원도 우릴 두고 가겠다고 협박할 정도였다. 우리는 마치 단테의 지옥처럼 심연 위로 솟아오른 좁은 길을 걸었고, 때로는 정말 내려가 보고 싶은 곳도 있었다. 남자들은 진짜로 구불구불한 통로를 굴뚝 청소부처럼 내려갔고 나도 우리들의 스카프로 묶은 줄을 따라 앞에서부터 끝까지 한 사람씩 그들을 따라갔다. 하지만 곧 멈춰야 했는데 더는 발을 디딜 곳도 없고 더 늘릴 스카프도 없었기 때문이다.

우리는 이슬비가 내리던 날 뿌연 달빛 아래 말을 타고 떠나 바녜르에 새벽 2시에 도착했다. 나는 피곤하기보다는 흥분된 상태였다. 잠에 든 나는 그 공포심을 다시 느끼고 있었다. 동굴에서의 나는 웃으며 용기를 낼 생각만 했는데 꿈속에서의 지하 도시는 너무나 두려운 곳이었다. 모든 것이 부서져서 내 위로 덮쳐 왔다. 나는 수천 피트 되는 줄에 매달려 있었는데 그 줄이 갑자기 끊어지고 나는 혼자 더 깊은 곳으로 떨어졌다. 그리고 계속 내려가며 수천의 좁은 길들과 구석구석을 땅속 끝까지 헤매고 다녔다. 나는 식은땀을 흘리며 깼다가 다시 잠이 들면 또 다시 다른 곳을 여행하며 더 뜨거운 열기 속에 있었다.

바녜르에서 네라크까지는 아무런 기록도 없다. 이렇게 선입견 때문에 지나간 지방이 많이 있었다. 나는 그런 곳들은 방문하지 않았다. 피레네산맥은 몇 년 동안 나를 흥분시켰고 마치 꿈처럼 나를 취하게 했다. 나는 밤낮으로 그곳을 생각하며 몽상에 잠겼다. 한가로이 내가 그렇게도 빨리 지나쳤지만 너무나 완벽하고 분명히 마음속에 각인된 그 황홀하고 어마어마한 경치 속에 빠져 있었다. 나는 그 모든 세세한 것을 다 기억할 수 있었다.

11. 나의 살롱

시아버지의 성城인 기유리성은 정면에 5개의 십자형 유리창이 있는 집인데 마치 파리 근교의 별장 같은 모양이었고 가구도 남프랑스의 별장처럼, 그러니까 매우 검소하게 꾸며져 있었다. 게다가 마을 사람들도 소박하고 좋았다. 그곳은 처음에는 형편없게 보였지만 곧 적응할 수 있었다. 황폐한 사막이 있는 이곳에서 가장 좋은 계절인 겨울이 오자 버섯에 뒤덮인 소나무와 코르크 떡갈나무 숲은 신비한 마법의 세상 같았다. 반면에 비로 단단해지고 싱그러워진 대지는 봄의 식물들로 뒤덮였는데 프랑스 북쪽 지방에서는 봄에 볼 수 없는 식물들이었다. 가시금작화가 만발하고 바이올렛이 흩뿌려져 있고 이끼들이 잡목림들 아래 깔려 있었고, 늑대들이 울고 산토끼들이 뛰놀며 콜레트가 노앙에서 도착하고 숲속에서는 사냥 소리가 울려 퍼졌다.

나는 이곳의 사냥이 너무 좋았다. 사치스럽지도 않고 장비들이나 의상을 자랑하려는 허세도 없고 무슨 알지도 못하는 전문용어들도 쓰지 않고 붉은 옷을 입지도 않으며 무슨 운동입네 하는 허풍도 없었다. 그것은 정말 내가 좋아할 수 있는, 그러니까 사냥을 위한 사냥이었다. 친구들과 이웃들이 하루 전날 도착해서 가능한 한 많은 은신처를 막도록 한다. 해가 뜨면 출발해서 오를 수 있을 만큼 산을 오른다. 말은 다리만 튼튼하면 다른 것은 아무것도 필요치 않았는데 때로 넘어져도 대수롭지 않게 생각했다. 모래에 덮인 뒤얽힌 나무뿌리들은 아무리 미리 조심해도 피할 수가 없었다. 그래서 사람들은 미리 짐작하고는 부드러운 모래 위로 떨어졌다 다시 일어서곤 했다. 그런데 나는 한 번도 떨어진 적이 없다. 운이 좋았던 건지 콜레트의 직감이 좋았던 것인지는 모르겠다.

사람들은 아무 때나 사냥을 했다. 근처를 잘 아는 농부들인 밀렵꾼들도 자신들의 개들을 데려왔다. 그 개들은 겉으로는 순박해 보였지만 아마추어들이 데려온 개들보다 능수능란했다. 나는 겸손하고 신중한 페루닌 씨를 기억하는데 그는 만날 때마다 항상 자신의 세 마리 '한 커플과 반'을 데려왔었다. 그는 조용히 가면서 보일 듯 말 듯 만족스러운 미소를 띠며 아주 또렷한 말로 "Aneim, ma tan belo!"라고 소리쳤는데 aneim은 '용기를 내서 가자'라는 뜻으로 이탈리아어 animo에서 온 말이고, tan belo는 다리가 짧고 꼬인 암캐의 이름이었다. 녀석은 개들 중 여왕으로 끝까지 지치지 않고 민첩하게 추격하는 대단한 녀석이었다. 녀석은 제일 먼저 찾아내고 제일 나중에 물러섰다.

우리는 숫자가 많았지만 숲이 광활해서 흩어지지 못하고 산 중턱을 일렬로 걸을 수밖에 없었던 피레네산맥에서와는 달랐다. 나는 페루닌이 자기 개들에게 부는 작은 피리 소리를 들으며 혼자 길을 잃어버릴 걱정 없이 갈 수 있었다. 가끔 나는 나무 아래서 그가 자기가 사랑하는 개를 "오! 나의 땅 벨로! 오! 나의 기특한 녀석!"이라 부르며 엄청 칭찬하면서 스스로 잘난 척하는 것도 들었다.

시아버지는 유쾌하고 친절했다. 화를 내기도 했지만 온유했고 섬세했고 또 공정했다. 나는 평생을 기꺼이 이 사랑스러운 노인분과 함께 지낼 수 있을 것 같았다. 그리고 분명 우리 사이에는 어떤 가정불

화도 없을 것 같았다. 하지만 나는 나를 보호해주는 사람과는 오래 살 수 없도록 저주받은 것인지 시아버지와도 오래 함께할 수 없었다.

가스코뉴 사람들은 매우 좋은 사람들이었다. 거짓말도 하지 않고 시골 사람들이 다 그렇듯 허풍도 없었다. 그들은 똑똑했지만, 규율 같은 것도 별로 없었고 태평하고 선량하고 자유롭고 정도 많고 용기 있었다. 부르주아들은 교육이나 교양적인 면에서 우리 마을 사람들 보다 훨씬 수준이 낮았지만 훨씬 더 유쾌하고 서로들 관계도 더 좋은 것 같았고 마음도 더 열려 있었다. 그곳에서도 마을 사람들의 쑥덕공 론이 많았지만 우리 마을보다는 덜 악의적이었고 내가 생각하기엔 아 예 악의가 없는 것 같았다.

나중에 가서야 그 지방 사투리를 알아듣게 되어 초반에는 자주 보 지는 못했지만 농부들은 우리 마을 농부들보다 더 행복하고 더 독립 적으로 보였다. 기유리를 둘러싸고 있는 사람들은 모두 다 넉넉하게 살았고 한 번도 도움을 청하러 오는 사람을 보지 못했다. 오히려 그들 은 남작님과 자신들이 대등하다고 생각하는 것 같았다. 하지만 아주 공손하고 예의범절에는 깍듯했으며 남작님을 보호하는 듯한 느낌도 받았다. 마치 존경하는 이웃에게 서로 잘하려는 듯 말이다. 사람들은 남작님께 늘 많은 선물을 가져왔고 겨울에는 그들이 선물로 가져온 닭이나 사냥 고기들로 살았다. 그것은 팡타그뤼엘적인 식사 교환이 었다. 그러니까 이 지방은 망뒤세 여신의 나라인 것이다.

햄과 속을 가득 채운 영계, 기름진 거위, 살찐 오리, 송로버섯, 조 와 옥수수로 된 과자들이 파뉘르주가9 있던 섬에서처럼 풍성했다. 그 리고 겉으로 보기에 초라해 보이는 기유리는 텔렘 수도원의 부엌처럼

128

귀족이든 천민이든 살이 찌지 않고는 나가지 못하는 곳 같았다.

그런데 그것이 나와는 전혀 맞지 않았다. 기름으로 된 소스들은 내게 독약과 같았다. 그래서 나는 종종 사냥에서 돌아와 배가 너무 고플 때도 밥을 먹지 못했다. 그 결과 나는 몸 상태가 나빠졌고 눈에 띄게 야위어 갔다. 수많은 멧새와 비둘기들이 새장에 가득한데도 말이다.

가을에는 보르도로 하이킹을 나갔다. 남편과 나는 조에의 시골집이 있는 라브레드까지 갔다. 그때 나는 아주 슬픈 일이 있었는데 조에는 아주 용기 있고 우정 어린 말로 나를 위로해주었다. 완전히 절망에 빠진 순간에 나를 구해준 그녀의 영특하고 똑 부러진 말은 이후로도 몇 년간 내게 영향을 미쳤고 지금까지도 나를 진정시키는 역할을 하고 있다. 나는 몽테스키외가 심었다는 큰 떡갈나무들 아래를, 솔직히 그 철학자에 관한 생각이 아닌 다른 열정적인 생각들과 재미있는 몽상을 하며 걸었고 피곤으로 기진맥진해서 기유리로 돌아왔다. 하지만 마음은 평온했다.

하지만 말장난을 좀 하자면 《법의 정신》이[10] 내가 새로운 삶을 받아들이는 데 있어 새로운 정신을 일깨워준 것은 사실이다.

보르도로 가기 위해 가론강을 따라 내려왔다가 네라크로 돌아가기 위해서 그 강을 거슬러 올라가는 것은 너무 멀었다. 또 나는 모리스를 3일만 못 봐도 병이 날 지경이었다. 수녀원에서 헬렌이 한 말과 코트

---

9 〔역주〕 프랑수아 라블레의 소설 〈팡타그뤼엘〉에 나오는 인물이다.
10 〔역주〕 몽테스키외의 저서이다.

레에서 에매가 한 말은 내 머릿속에 박혀서 나의 모성애는 오랫동안 괴로워하며 때로 말도 안 되는 끔찍한 생각이나 예감에 사로잡히곤 했다. 어느 날 저녁에는 라샤트르의 친구 집에서 저녁을 먹고 있었는데 갑자기 노앙 집이 불타고 모리스가 불꽃 한가운데 있다는 상상이 들었다. 나는 바보 같다는 소리를 들을까 부끄러워 아무 말도 하지 않고 내 말을 불러 서둘러 전속력으로 집을 향했다. 그리고 집이 조용히 건재한 것을 보고는 내 눈을 의심했다.

어쨌든 조금이라도 더 빨리 오기 위해 보르도에서는 육로로 왔다. 당시에는 길도 많이 없고 있어도 아주 불편했다. 우리는 카스텔잘루에 밤 12시에 도착했다. 끔찍한 합승마차에서 내렸을 때 나의 하인이 우리의 말을 가져온 것을 보고 안심했다. 이제 남은 길은 16킬로미터뿐이었다. 하지만 시골에서 인적도 없는 한밤중에 너무나 험하고 소나무가 빽빽한 숲길을, 그것도 낮에 만나도 무서운 스페인 강도가 득실대는 위험한 곳을 몇 킬로미터 가야 하는 거였다. 생명체라곤 늑대들뿐이었다. 어둠 속을 걸어가야 했기에 그놈들은 조용히 우릴 따라왔다. 남편은 자기 말이 불안해하는 기색을 알아차리고는 나에게 앞으로 가라고 하면서 콜레트가 겁먹지 않도록 조심하라고 했다. 내 오른쪽으로 번들거리는 두 눈이 보였는데 놈들은 곧 왼쪽으로 갔다.

나는 남편에게 물었다.

"몇 놈이나 돼요?"

"두 놈뿐인 것 같아. 하지만 더 올 수도 있으니 잠들면 안 돼요. 꼭 깨어 있어야 해."

나는 너무 피곤했는데 그것은 내게 정말 필요한 경고였다. 나는 잔뜩 긴장하면서 갔고 새벽 4시쯤 아무 사고 없이 집에 도착했다.

소나무나 코르크나무 숲에서 그런 일은 흔했다. 이 숲이나 저 숲에서 양치기가 늑대가 나왔다고 소리치는 일 없이 지나는 날은 하루도 없었다. 그 양치기들은 피레네의 양치기보다는 시적이지 못하지만 조각난 망토와 소총을 삽처럼 들고 있는 그들의 모습도 독특했다. 그들의 깡마른 검은 개들도 그리 특별해 보이지 않았지만 산속 개들만큼이나 용맹스러웠다.

기유리에도 한동안 아주 좋은 양치기 개가 있었다. 피공은 평야와 산에 사는 개의 잡종이었는데 용맹할 뿐 아니라 늑대들이 있는 곳에서는 영웅적이었다. 녀석은 밤에 혼자 나가 숲속의 늑대들을 일부러 건드려 아침이면 쇠가 삐쭉삐쭉 박힌 무시무시한 목걸이에 늑대의 살점이나 가죽 조각을 단 채 돌아오곤 했다. 하지만 어느 날 저녁, 세상에! 사람들은 녀석에게 쇠 목걸이를 다시 달아주는 것을 잊었는데 놈은 저녁 사냥을 나갔다가 돌아오지 못했다.

이 지방의 겨울은 다른 곳보다 더 혹독했다. 가론강과 그 지류들이 범람하면 우리는 꼼짝없이 갇혀 버렸다. 그러면 굶은 늑대들은 아주 대범해졌다. 놈들은 어린 개들을 다 잡아먹었다. 집은 완전 들판 위에 지어져서 뜰에 울타리를 친 곳도 없었다. 그래서 이 짐승들은 우리 창 바로 아래에서 울곤 했다. 어느 날은 한 놈이 밤에 1층에 있는 우리 집 문을 갉아먹고 있었는데 소리가 아주 크게 들렸다. 나는 방에서 책을 읽고 있었고 남편은 옆방에서 자고 있었는데 나는 피공이 들어

오려고 하는 줄 알고 유리문을 열고 피공을 불렀다. 막 겉문을 열려고 하는데 잠이 깬 남편이 내게 소리 질렀다.

"아니야, 아니야, 늑대야!"

이런 일은 허다해서 남편은 다른 베개를 베고 다시 잠들고 나도 다시 책을 집어 들었고 늑대는 여전히 방문을 갉아먹고 있었다. 놈은 단단한 문을 많이 먹을 수는 없었지만 자기의 흔적을 남기려는 듯 갉아댔다. 우리를 해치려는 생각은 없었던 것 같다. 아마도 녀석은 어린 개들처럼 아무거나 갉아 자기 이빨을 날카롭게 만들려는 어린놈 같았다.

어느 날 해 질 무렵, 시아버지가 집에서 2킬로미터 정도 떨어진 곳에 있는 친구들을 보러 갔는데 가는 중에 늑대 한 마리를 만났다. 그런데 늑대는 곧 두 마리, 세 마리가 되고 순식간에 14마리가 되었다. 하지만 아버님은 크게 신경 쓰지 않았다. 늑대들은 공격하지 않고 아버님을 따라왔다. 녀석들은 말이 놀라 아버님을 떨어뜨리거나 아니면 말이 비틀거려 넘어지길 기다리고 있었다. 그럴 때 빨리 다시 일어서지 못하면 놈들에게 죽은 목숨이었다. 아버님은 그런 경우를 잘 아는 말을 타고 아주 조용히 계속 길을 갔다. 그런데 이웃집 문 앞에 멈춰서 벨을 누르려 하자 14마리의 늑대 중 하나가 말의 허리 쪽으로 뛰어올라 아버님 외투의 끝자락을 물었다. 아버님이 가지고 있는 거라곤 채찍뿐이었다. 그래서 아버님은 놈들을 두려워하지 않으며 채찍을 휘둘렀다. 그리고 땅으로 뛰어내려 놈들 코앞에서 망토를 세게 흔들려고 했는데 놈들은 걸음아 날 살려라 하고 도망가 버렸다. 그러는 중에 철문이 아주 천천히 열리더니 마침내 크게 열린 문을 보고 안심했다고 하셨다.

시아버님의 이 얘기도 아주 오래전 이야기였다. 내가 이야기를 하는 그 시기에 아버님은 통풍痛風이 너무 심해 말에 오르고 내리려면 두 장정이 도와야 했다. 하지만 아버님이 밤색 얼룩무늬에 흰 갈기가 있는 작은 말 위에 있을 때, 뚱뚱한 겉옷과 올리브색의 긴 각반 그리고 바람에 날리는 흰 머리에도 불구하고 여전히 용맹스러웠고 부드럽게 말을 모는 모습은 우리 누구보다 더 능숙하셨다.

시골길에 있는 스페인 강도들 얘기를 했는데, 그들은 원래 카탈루냐 사람들로 피레네산 속의 유목민들이었다. 어떤 이들은 일용직 노동자처럼 일감을 찾으러 오기도 했는데 겉모습은 그래도 믿음이 가는 사람들이었다. 어떤 이들은 근처의 야생 들판에서 자기들 염소 떼를 먹이기 위해 떼로 몰려왔다. 그런데 그들은 자주 숲 근처에서 머물곤 했는데 그들의 가축은 주변에 많은 해를 끼쳤다. 하지만 그들과의 협상은 어려웠고, 그들은 아무 말 없이 조금 물러나 거리를 두면서 새총을 쏘거나 능란하게 막대기를 던져 앞으로 그들을 방해하지 말라는 뜻을 전했다. 사람들은 그들을 아주 무서워했다. 지금도 그런지는 알 수 없지만 몇 년 전까지도 그런 일은 계속되었으며 그 싸움에서 주인들이 다치거나 죽은 일도 있었다.

어쨌든 그들은 내가 피레네산맥에서 동경했던 그 산사람들과 같은 종족이었다. 그들은 아주 신실한 사람들이었는데 자신들의 가축이 우리 땅을 차지하게 하는 데 어떤 종교적 권리를 믿고 있었을까? 어쩌면 그들은 이 거대하고 메마른 땅을 하나님이 그들에게 주신 최초의

땅이라고 믿으며 땅 주인들의 침범으로부터 그곳을 지킬 의무가 있다
고 생각하는지도 모른다.

어쨌든 기유리는 늑대와 강도들의 지방이었지만 우리는 평화롭고
즐겁게 살았다. 그곳에서 사람들은 자주 만났다. 근처의 크고 작은
땅 주인들은 아무것도 하지 않았다. 아니 아무것도 하지 않는 것을 취
미로 여기며 그들은 산책과 사냥을 하고 서로의 집에 모여 식사를 하
며 지냈다.

코르크는 이 지방의 엄청난 수입원이었다. 이곳은 프랑스에서 유
일하게 코르크나무가 번성한 곳이었다. 그리고 질적인 면에서 스페
인보다 훨씬 우수해서 아주 비싸게 팔렸다. 그래서 시아버님이 작은
헛간에 묶인 코르크 껍질 더미들을 가리키며 이렇게 말했을 때 너무
놀랐다.

"올해에 수확한 거란다. 400프랑 들여서 2만 5천 프랑의 수익을 올
리지."

코르크 떡갈나무는 여름에는 크고 흉측한 나무였다. 잎은 뻣뻣하
고 생기도 없었다. 나무 아래는 너무 그늘져서 그 아래에서는 모든 식
물이 자랄 수 없었다. 사람들은 코르크로 만드는 그 껍질을 흰 살이
나올 때까지 벗겨서 나무는 늘 벗겨지고 흉측한 모습을 하고 있었다.
방금 껍질이 벗겨진 것은 핏빛 붉은 색을 띠었고 다른 것들은 다시 껍
질이 생기며 갈색이 되었는데, 마치 불길이 이 거대한 거인을 허리까
지 삼킨 듯 검게 탄 색이었다. 반면에 겨울에는 영원한 푸른색을 띠는
축복을 받았다. 숲에서 내가 정말 무서워했던 것은 검은 반점이 있는

수많은 돼지 떼였는데 놈들은 도토리 전쟁을 벌이며 날카롭고 야만적인 소리를 지르며 마구 돌아다녔다.

코르크 떡갈나무는 돌볼 필요가 전혀 없었다. 잎을 자르지도 가꾸지도 않았다. 자리를 잡고 나면 겉으로 보기에 메마른 모래땅에서도 20~30년 잘 자라 껍질을 벗기기 좋은 상태가 된다. 그리고 나이가 들면서 껍질의 질은 더 좋아지고 더 빨리 새로운 껍질이 만들어진다. 왜냐하면, 그때부터 10년마다, 필요할 때마다 몸통과 껍질을 분리하는 작업을 하기 때문이다. 그러면 나무는 스스로 자연적인 현상으로 일꾼들을 도와주는데, 일꾼들이 껍질과 살 사이에 작은 도구를 밀어넣기만 하면 나무는 정말로 두 부분으로 크게 나뉘게 되고 거기서 코르크 껍질을 쉽게 수확할 수 있게 된다. 그런데 그런 작업이 얼마나 잔인하게 보였는지 모른다. 하지만 그 이상한 나무들은 하나도 고통스러워하는 것으로 보이지 않았고 그렇게 주기마다 껍질이 벗겨지면서도 200년을 자랐다.[11]

큰 소나무들은 코르크나무보다 재미없었다. 매끈한 껍질들과 모두 똑같이 위로 솟은 기둥 같은 모양, 똑같이 둥글고 커다란 머리 위로 솟아올라 그 아래 빽빽한 그늘을 만들고 진액이 흐르는 그 모습은 오래 길을 가는 사람들을 우울하게 할 뿐이었다. 시아버지의 표현에 의

---

11 코르크의 매상은 단지 마개를 만드는 것에만 있지 않다. 그것을 만들기 위해서는 자투리 조각들만 쓰면 된다. 코르크는 편편하게 펴서 말아서 판자처럼 수출된다. 그리고 러시아의 모든 부잣집에서는 그것을 벽과 벽걸이 양탄자 사이에 붙인다. 그러니까 그것은 아주 비싼 고가품인 것이다. 왜냐하면 아주 적은 지역에서만 자라기 때문이다.

하면 그 사람들에게는 오직 "습지의 오렌지 나무를 세는" 즐거움밖에는 없다. 하지만 반대로 꾸불꾸불하고 물결치는 작은 오솔길들 사이사이로 보이는 어린나무들과 거대한 고사리과 식물들 아래로 재잘대며 흐르는 작은 개천들, 그리고 망망대해처럼 푸르고 드넓은 땅을 향해 있는 석회질로 된 숲속 빈터들이 있다. 그리고 과거의 거대하고 멋진 장원牆垣들은 이 지방 특유의 작은 현대식 가옥들과 비교되어 더 커 보였다.

어쨌든 120킬로미터나 떨어져 있는 피레네산맥이 갑자기, 조금 다른 분위기이긴 하지만, 루비로 레이스가 장식된 은빛 분홍의 벽처럼 지평선 위에 솟아났다. 그것은 한마디로 좋은 기후 조건 아래서 보는 흥미로운 풍경이었다.

우리는 매주 2킬로미터쯤 떨어진 곳에 있는 매우 로맨틱하고 장엄한 생트라유성城에 가서 아름답고 사랑스러운 영주 부인 뤼지냑 공작 부인을 만났다. 라히르는 좀 더 멀었다. 뷔제에서는 가론강의 멋진 평원에 있는 보몽 가족이 큰 성에서 아직도 행해지고 있는 여러 모임에 우리를 초대했다. 숲을 가로질러 우리 집에서 두 걸음 떨어진 곳의 로가레이가에서는 착한 오귀스트 베르테가 매일 놀러 왔다. 또 그라몽과 트랑크레옹과 사람 좋은 의사 라르노드도 왔다. 네라크에서는 레스피나스와 다스트와 다른 좋은 친구들이 왔는데 모두가 사랑스럽고 친절하고 여자든 남자든 모두가 나를 좋아해주었다. 쾌활하고 젊은 친구들이나 나이든 사람들이나 사려가 깊고 어떤 차별도 하지 않았고 의견 대립도 없었다. 나는 그 지방에 대해 너무나 따뜻하고 사랑스러운 추억만 간직하고 있다.

나는 네라크에서 르프랑 드퐁피냥 부인이 된 사랑하는 친구 파넬리를 보고 싶었지만 그녀는 툴루즈나 파리나 다른 어디에 있었다. 그래서 역시 매력적인 자매 아메나만 볼 수 있었다. 나는 그녀와 수녀원에 관한 즐거운 이야기를 나누었다.

우리는 보르도에 가서 나머지 겨울을 보냈다. 그곳에서 우리는 코트레 연못에서 만났던 좋은 친구들을 다시 만났다. 또 남편의 삼촌과 숙모들과 사촌들과도 인사를 나누었다. 모두가 기품 있고 내게 친절했다.

나는 매일 사랑하는 조에와 그녀의 형제들을 만났는데 하루는 모리스 없이 혼자 그 집에 있을 때였다. 남편이 갑자기 들어와 창백한 얼굴로 "죽었어요!"라고 소리쳤다. 나는 그게 모리스라고 생각하고 바닥에 주저앉았다. 남편의 말을 마저 들은 조에는 내게 빠르게 소리쳤다. "아니, 아니 시아버님이!"

엄마들이란 참 잔인한 인간들이다. 나는 갑자기 기쁨으로 가슴이 요동치는 것을 느꼈다. 하지만 그것은 잠깐 스친 생각이고 나는 정말로 시아버지를 사랑해서 눈물을 쏟았다.

우리는 그날 당장 기유리로 출발했다. 그리고 보름 정도를 뒤드방 부인과 보냈다. 우리는 그녀가 이틀 전에 위의 통증으로 죽은 남편 방에 있는 것을 보았다. 그녀는 20년 동안 남편과 함께 살았던 그 방을 떠나지 않고 있었다. 그 방에는 침대 두 개가 나란히 놓여 있었다. 그 모습은 너무나 안쓰럽고 숭고해 보이기까지 했다. 내가 보기에 그것은 사랑하는 사람의 죽음에 대한 고통의 모습이었지만 두려움이나 거부감 같은 것은 없었다. 나는 진심으로 뒤드방 부인을 안아주었다. 그리고 그 옆에서 하루 종일 울었다. 그리고 눈물 한 방울 흘리지 않고 여전히 차분한 부인에게 놀라지도 않았다. 오히려 나는 너무 큰 고통으로 눈물까지 마르게 됐다고 생각했고 눈물을 흘릴 수도 없을 만큼 지독하게 고통받고 있다고 생각했다. 하지만 그것은 억눌린 감정에 대한 잘못된 상상이었다.

뒤드방 부인은 냉정한 사람이라기보다는 냉정해진 사람이었다. 분명히 너무나 좋았던 배우자를 사랑하고 그리워했지만, 그녀는 마치 코르크나무처럼 너무 두꺼운 껍질을 가지고 있었다. 그리고 그 껍질은 외부와의 접촉에서 그녀를 지켜주었다. 단지 그 껍질은 너무나 견고해서 결코 떨어지는 법이 없었다.

그렇다고 그녀가 사랑스럽지 않다는 건 아니다. 그녀의 겉모습은 우아했고 철저한 자기 관리로 그 우아함을 유지했다. 하지만 그녀는 아무도 사랑하지 않았다. 자기 외에는 누구에게도 관심이 없었다. 그녀는 굴곡 없고 깡마르고 각진 몸에 넓은 어깨와 예쁜 얼굴을 가지고 있었다. 그녀는 믿음을 주는 인상이었지만 그것이 그녀의 전체를 다 말해 주는 것은 아니었다. 그녀의 마르고 거친 손과 마디가 굵은 손가락 그리고 큰 발은 그녀가 아무 매력도, 어떤 여운도 없는 사람이며 애정을 주고받지도 못하는 사람이란 걸 느끼게 했다. 그녀는 거의 병적이라고 할 수 있었는데 스스로 그 병을 세심하게 지속하고 있었고 그로 인해 점점 더 허약해져 갔다. 그녀는 겨울에는 치마를 14개나 입으며 몸을 풍성하게 보이고 싶어 했지만 성공하지 못했다. 그녀는 작은 약들을 수천 개 먹었고, 움직이는 건 한 달에 하루 정도 날씨가 아주 마음에 들 때 집 밖을 몇 걸음 걷는 게 다였다. 그녀는 거의 말을 하지 않았고 그것도 거의 죽어 가는 소리로 말해서 사람들은 약한 사람을 동정하듯 본능적으로 그녀에게 몸을 기울이며 그녀의 말에 집중했다.

하지만 그녀의 미소에는 신랄함과 간악함이 묻어났다. 그래서 어느 때는 형언할 수 없는 충격을 받곤 했다. 그녀의 칭찬에는 늘 작은 가시가 있었고 뭔가를 빈정대는 투였다. 만약 그녀가 많이 배웠다면 그녀는 정말 나쁜 인간이 되었을 것이다. 하지만 나는 그녀가 사실상 나쁜 사람이라고는 생각하지 않는다. 건강하지 못하고 용기가 없어서 내면적으로 메말라 간 것뿐이다. 추위와 더위를 견디고 그녀의 육체에 어떤 문제라도 일으킬 수 있는 외적인 요소들을 이기기 위해 너무나 조심하다 보니 정신적으로, 또 감정적으로 생각하는 것까지 조심스러운 것이다. 그녀는 단지 남들보다 좀 더 긴장하고 좀 더 신경을 쓰고 있는 것뿐이다. 그녀가 불같이 화를 낼 때면 우리는 그 허약했던 몸이 왕성한 기운을 되찾고 그 죽어 가던 목소리가 날카롭게 쩌렁쩌렁 울리는 것을 보고 놀라기도 했다.

내 생각에 그녀는 자기 일을 처리할 수 없는 사람이었다. 그런데 이제 자신이 집안과 재산을 관리해야 한다고 생각하자 두려움과 불안으로 이기적으로 변했고, 그녀는 자연적으로 비정하고 위선적인 탐욕가가 되었다. 황량한 시간이 지루해 그녀는 차례차례로 자신의 친구들과 남편의 친구들과 친척들을 곁으로 불러들였다. 그리고 그들의 우정을 이용만 하고 그들 중 누구와도 함께 살지 못하면서, 자기도 잘 알지 못하는 몇몇의 상속자들에게 재산을 나누어주며 그들을 속이는 것을 즐겼다. 그리고 30년 동안 성실하고 정성스럽게 자신에게 헌신한 늙은 하인들의 돈도 착복했다.

그녀 자신은 부자였고 입양한 아이도 없으니 자기 남편의 아들에게 적어도 아버지 재산의 일부는 줄 거라고 나는 생각했다. 하지만 천만의 말씀이었다. 그녀는 오래전부터 유언을 통해 이 작은 재산이 모두자기 소유임을 확실히 했고, 더욱이 그 재산을 다 차지하기 위해 유언장을 다시 쓰려고까지 했는데 남편에게는 다행스럽게도 그것은 법이그녀에게 허락한 것까지 박탈하는 위법이었다.

미리 아버지의 유언에 대해 알고 있었던 남편은 그의 상황이 전혀달라지지 않은 것에 놀라지 않았다. 그는 후에 조금이라도 재산을 받을까 해서 새 엄마에게 모든 면에서 순종적이었고 최선을 다해 애정을 표현했다. 하지만 그것은 멍청한 생각이었다. 그녀는 그를 조금도사랑하지 않았고 자신의 임종도 보러 오지 못하게 하고 단지 그녀가도저히 뺏을 수 없는 것만 그에게 남겨주었을 뿐이다.

이 가엾은 여자는 나를 향해서는 할 수 있는 모든 나쁜 행동을 다했다. 하지만 나는 항상 그녀를 가엾게 생각한다. 나는 돈은 많은데자식이 없는 사람만큼 불쌍한 사람이 없다고 생각한다. 그런 사람은자신을 둘러싸고 있는 모두가 자신에게 관심을 두고 있다고 생각하며자신에게 다가오는 모든 사람이 자신의 관심을 받길 원한다고 생각한다. 그래서 본능적으로 이기주의자가 되지만 그것이 너무 지나치게되면 결국 메마르고 쓰디쓴 운명을 보상으로 받게 된다.

우리는 보르도로 돌아간 다음 5월에 기유리로 다시 왔다. 그런데 그때는 그곳이 별로 좋아 보이지 않았다. 부드러운 모래땅은 건기에는 너무 가벼워져서 조금만 걸어도 모래바람을 일으켜 다 마실 수밖에 없었다. 우리는 여름을 노앙에서 보냈다. 그리고 이때부터 1831년까지는 짧은 공백기라고 할 수 있겠다.

이제 모든 것이 결정적으로 자리를 잡았고 우리 결혼생활의 미래도 결정되었다. 그러니까 겉으로 보기에 자기 집에서 검소하게 그리고 이리저리 다니지 않고 늘 한군데서 사는 것이 삶의 지혜 같았다. 하지만 이리저리 돌아다니는 생활과 여러 사람을 만나는 것이 더 나았을지도 모른다. 노앙은 기유리보다 더 우아하고 즐겁다는 그 자체로 진정한 은둔처이다. 하지만 사실은 더 고독하고 우울한 곳이다. 사람들은 모여서 웃고 떠들지만 마음 깊은 곳은 모두가 우울하고 심각하다. 이는 날씨와 주변 사람들과 환경 탓이기도 하다. 베리 사람들은 심각하다. 혹시 예외적으로 활달하고 다혈질인 사람이 있다면 그는 곁에 있는 사람들을 견디지 못하고 스스로 고향을 떠나 버린다. 아니면 고향에 남아 있는 것이 저주받은 것인 양, 영국 사람들처럼 비통하게 술과 방탕에 몸을 던진다.

사실 우리는 생각보다 영국 사람들과 피가 더 많이 섞여 있다. 가스코뉴 사람들이 조금 취할 정도면 베리 사람들은 이미 취해 있다. 가스코뉴 사람들이 취해서 더는 마실 수 없을 때 베리 사람들은 완전히 고주망태가 되어 바보처럼 쓰러질 때까지 계속 마셔 댄다. 이 저속한 단어를 쓸 수밖에 없는 이유는 이곳 사람들이 술 취한 꼬락서니를 표현할 수 있는 말이 그것뿐이기 때문이다. 이곳은 질 나쁜 와인이 너무 많다. 하지만 사람들의 과격한 행동을 보면 운명적으로 멜랑콜리하고 냉정한 우리 지방의 기질도 묵과할 수 없다. 그런 기질은 겉으로 폭발하지 못하고 바보처럼 모든 것을 꾹꾹 누른다.

가정을 비참하고 절망적으로 만드는 그런 몇몇 술주정뱅이들을 제외한다면 이곳 사람들은 대체로 착하고 현명하다. 하지만 좀 냉정해서 다정한 사람들은 드물다. 사람들은 자주 만나지 않는다. 농업 기술도 발달하지 않아 농사일은 힘들고 많은 인내를 요하는데 결국 수확물은 주인이 다 가져간다. 남프랑스보다 생활비도 비싸서 화려하게 손님을 초대하는 일도 드물다. 무엇보다 긴 겨울 동안은 이동이 너무 힘들고 느려서 모든 일이 더욱 힘들고 정신마저 마비되는 것 같았다.

20년 전에도 상황은 마찬가지였다. 길들도 더 많지 않았고 사람들은 더 집에만 틀어박혀 있었다. 주민도 많고 개간지도 많은 이 아름다운 시골은 완전히 음울한 곳이 되었고 남편은 해가 지자마자 별로 많지도 않은 농부들의 일하는 소리마저 끊기는 시골의 정적에 놀라고 가슴 서늘해했다. 그곳에는 늑대도 울지 않고 어떤 노랫소리도 웃음소리도 없었다. 목동의 외침도 사냥꾼들의 소리도 없었다. 모든 것이 평화로웠지만 모든 것이 정적 속에 있었다. 모든 것이 쉬고 있는 듯했지만 모든 것이 죽어 있었다.

나는 이곳을 항상 좋아했다. 이 자연과 침묵. 나는 그것을 매력적이라고 좋아했을 뿐 아니라 기꺼이 받아들였다. 설사 위험에 처하는 일이 있어도 자연과 침묵을 흔들어 깨운다면 대가를 치러야 했다. 하

지만 남편은 공부나 명상 따위에는 취미가 없었다. 가스코뉴에서도
그는 천성적으로 그리 즐거운 사람은 아니었다. 그의 엄마는 스페인
사람이었고 아버지는 스코틀랜드의 러 가문이었다. 깊이 생각하는
것은 그를 나처럼 슬프게 하지는 않았지만 그를 화나게 했다. 그는 남
프랑스에 어울리는 사람이고 베리는 그를 답답하게 했다. 그는 오랫
동안 베리를 싫어했다. 하지만 이곳의 즐거움을 한 번 맛보고 그 습성
에 길들자 그는 이곳을 마치 제2의 고향처럼 생각했다.

나는 곧 사람들과의 관계를 좀 더 넓혀야겠다는 생각이 들었다. 할
머니가 아프실 때, 또 내가 없는 동안 모든 관계들이 너무 소원해졌
다. 나는 어릴 적 친구들을 불렀는데 그들은 대체로 남편의 마음에 들
지 않았다. 그는 다른 친구들을 사귀었다. 솔직히 말해 남편 친구들
의 어떤 점은 마음에 들어 나는 그들을 받아들였고 또 남편과 내가 다
좋아할 만한 친구를 멀리서 찾았다.

제임스와 그의 멋진 아내인 사랑하는 앙젤 엄마가 와서 두세 달 머
물렀다. 그다음 그들의 자매인 생테냥 부인이 딸들을 데리고 왔다.
큰딸인 펠리시는 천사 같았다.

말뤼스가 사람들도 왔다. 제일 어린 아돌프는 마음이 정금正金 같은
아이였는데 우리 집에 있는 동안 내내 아팠다. 우리는 오빠와 함께 블
루아성까지 그를 데려다주었고 오래된 성을 구경했다. 성은 병사나
화약고로 쓰이고 있었고 군인들에 의해 파손된 채 방치되어 있었다.
군인들로 부산하고 시끄러웠지만 수천 마리의 새들이 군인들 거처에
머물고 있었다. 가스통 도를레앙의 건물에는 부엉이와 올빼미의 분
비물로 된 퇴석층이 너무 두꺼워 들어갈 수도 없었다.

나는 그 거대한 건물만큼 아름다운 르네상스 건축물을 본 적이 없었다. 완전히 버려지고 황폐한 곳이라고 해도 말이다. 이후 나는 그곳이 복구되고 내벽이 둘리고 멋지게 젊어진, 그러니까 시간과 무관심으로부터 다시 재발견된 모습을 보았지만 처음 그곳에 갔던 새벽, 카트린 드메디치가12 숙명적으로 만든 천문대天文臺의 돌 틈에서 노란 비단 꽃을 따며 느꼈던 그 이상하고 심오한 느낌은 다시 느낄 수 없었다.

1827년 우리는 몽도르 샘에 보름 정도 머물렀는데 나는 넘어져 다리를 삐어 오랫동안 고생했다. 모리스도 함께 갔는데 이제는 개구쟁이가 되어 난리를 치며 장난을 하면서도 그 큰 눈으로 자연을 주의 깊게 바라보고는 했다.

피레네보다는 작고 그리 대단하지 않았지만 오베르뉴는 멋진 지방이었다. 모든 것이 신선했고 아름다운 강과 멋진 곳들이 많았다. 전나무들도 큰 산들의 가문비나무들만큼이나 멋졌고 그곳보다 덜 거대한 폭포수들도 감미로운 소리를 내며 떨어졌다. 폭풍이나 산사태의 영향을 받지 않은 땅에도 꽃들이 만발했다.

위르쉴이 우리 집에 여자 집사 격으로 왔는데 오래 있지는 못했다. 남편과 잘 맞지 않았기 때문이다.

---

12 〔역주〕이탈리아 메디치 가문 출신으로, 프랑스의 앙리 2세와 결혼해 종교전쟁 중 신교도들을 수천 명 학살한 성바르텔레미 대학살 사건을 일으킨 여왕이다. 아들 셋을 왕으로 만들려 했지만 결국 신교도 사위인 앙리 4세가 왕위에 올라 종교 자유를 선포한다. 말년에 이 블루아성에서 머물다 죽었다.

그녀는 남편에 관해 미리 말해주지 않은 것에 대해 나를 원망하며 떠났는데 내가 달리 어쩔 수 없었다는 것을 알고는 다시 잘 지내게 되었고 그 우정은 이후 변한 적이 없다. 그녀는 라샤트르에서 아주 좋은 남편을 만나 행복하게 살고 있었는데 어린 시절부터 50여 년 동안 내가 아무 탈 없이 평생 잘 지낼 수 있었던 유일한 친구이다.

1827년의 선거는 프랑스의 저항 운동이 얼마나 크고 대중적인가를 말해주는 선거였다. 빌렐 장관의 증오심이 자유주의자들과 귀족이든 부르주아든 나폴레옹주의자들을 뭉치게 했다. 우리 시골 사람들은 그런 싸움에는 상관하지 않았다. 단지 공무원들만이 장관에 맞섰다. 하지만 모두는 아니었다. 사촌 오귀스트 드빌뇌브가 투표하기 위해 블랑에서 라샤트르로 왔다. 그는 높은 고위직이었지만(그는 여전히 파리시 재정관이었다.) 남편과 그의 친구들처럼 뒤리 뒤프렌 씨를 뽑는데 뜻을 같이했다. 그는 우리 집에서 며칠 머물면서 나와, 그를 할아버지라고 부르는 모리스에게 아주 따뜻하게 대해주었다. 그래서 나는 그가 전에 내게 큰 상처를 준 것을 용서했다. 그는 예전 일은 생각지도 못하고 있는 사람처럼 내게 정말 아버지처럼 잘해주었다.

베르트랑 장군과 친척인 뒤리 뒤프렌 씨는 아주 원칙론적인 공화주의자였다. 그는 아주 올곧고 정직하고 정도 많고 친절한 사람이었다. 나는 그런 옛 사람을 좋아했다. 여전히 공포시대의 우아함을 간직하고 고대 그리스적인 사고와 습성을 지닌 사람. 그의 짧게 자른 가발과 은단추는 그의 모습을 더 활기차고 품위 있게 했다. 그의 몸가짐도 남달랐는데 그는 정말 기분 좋은 자코뱅이었다.

남편은 당시 정부에 강하게 맞서면서 항상 시내에 나가 있었다. 그는 모임 장소를 만들고 싶어 집을 하나 빌려서는 그곳에서 무도회와 격식 있는 파티soirée를 열었다. 이러한 모임은 뒤리 뒤프렌이 당선된 후에도 계속되었다.

하지만 이런 우리의 모임은 아주 우스운 스캔들을 만드는 계기가 되었다. 라샤트르에는 여전히 두세 개의 사교계가 남아 있었는데 그들은 서로 어울리려고 하지 않았다. 1등급, 2등급, 3등급으로 나누는 기준은 명확하지 않았고 더욱이 교양이 있고 없고 하는 식의 기준도 매우 모호했다. 군청과 대립하고 있었음에도 불구하고 나는 페리니 부부와 아주 친하게 지내고 있었다. 그들은 아주 사랑스럽고 젊은 부부였는데 나는 이웃 사람 중 그들과 제일 친하게 지냈다. 그들 또한 살롱을 열었는데 그들로서는 다소 의무적인 일이었다. 우리는 함께 초대를 너무 복잡하게 하지 말자는 데에 의기투합했고 같은 초대 리스트를 공유했다.

그래서 나도 그들에게 나의 초대 리스트를 보냈는데 거기에는 모든 계층의 사람들이 포함되어 있었다. 당연히 리스트 안에는 내가 잘 알지 못하는 사람들까지 정말 모든 사람이 들어 있었다. 하지만 정말 기막히게도! 내가 너무나 당연하게도 사랑하고 존중해 마지않는 몇몇 가정이 라샤트르의 귀족과 부르주아들 사이에서는 2등급, 3등급으로 밀려나 있었다. 그래서 이 높으신 분들이 신분이 낮은 사람들과 만나면 화를 내고 분개하며 자기들처럼 처신하지 않는 군수의 거만함을 욕해댔는데, 사람들의 말이 그것은 '같은 바구니에 달걀을 모두 담은 것'에 대한 그들의 경멸을 나타내기 위한 것이었다.

> 다음 주에/ 펀치가 준비되고
> 부인들은 빛나고/ 춤추는 바닥에도 윤기가 나네.
> 초대받은 세 명이 초라한 깃을 달고 나타나자
> 사람들은 '브라보'를 외치지만!
> 아무도 몰래 무도회를/ 군청으로 옮기네.

그날 저녁 뒤테이유와 함께 쓴 이 시는 몇 마디 말로 그 심각한 사건을 진실하게 이야기하고 있다. 다시 읽으면서도 이 노래는 시골 사람들의 습성을 정말 잘 표현했다는 생각이 들어 계속 사람들이 읊어도 좋겠다는 생각이 든다. … 라샤트르에서 말이다! 이 시의 제목은 '무도회 행정 혹은 철학자 군수'였다. 여기 처음 두 문단은 당시 사건을 잘 요약해준다.

> 라샤트르 사람들/ 이 작은 땅에 사는
> 귀족, 부르주아, 평민들이여.
> 경멸을 배우세요.
> 철학공부에 빠진 한 청년이
> 혼란스러운 정신에 예의범절을 잊어버렸다고
> 부르주아들은 화를 냅니다. //
> 마을에서/ 몇몇 사람들은/ 교활한 정치인을 쳐내고
> 스스로 자유주의자라 하면서/ 귀족을 비웃는 반쪽 주민들에게만

무도회를 열어주며/ 마치 그곳에서는 미사에 가는 것처럼

모두가 올 수 있다는 듯이/ 흐뭇해합니다.

결국 이 시는 비극을 불러왔다. 페리니가의 벽난로 주변에서 만들어진 이 시는 사실 우리 둘만 알고 있어야 했다. 하지만 뒤테이유는 참지 못하고 그 시를 읊어 댔고 사람들은 그것을 다시 베꼈다. 그래서 결국 모든 사람 손에 들어간 시는 폭풍을 몰고 왔다. 내가 그것에 대해 완전히 잊고 있을 때 사람들이 나를 무서운 눈으로 바라보는 것을 느꼈고 내 주변에서 욕하는 소리를 들었다. 그것은 친구 페리니 부부가 분노의 벼락을 내 머리에 친 결과였다. 마을의 마당발들은 결코 내게 예의를 차리지 않겠다고 페리니 부부에게 맹세했다. 페리니는 어리석은 생각에 화가 나서 살롱을 닫아 버렸다.

하지만 나는 내 살롱을 열었고 사교계 2류 사람들은 더 늘어났다. 이것은 1등급 사람들에게는 아주 좋은 교훈이 되었다. 왜냐하면, 나는 공직자도 뭐도 아니었기에 그들을 무시할 권리가 있었기 때문이다. 하지만 그들의 원한은 신분 낮은 사람들과 한두 번의 식사를 함께해야 했던 것 때문만은 아니었다. 게다가 그 1등급 사람들 중에는 아주 괜찮은 친구들도 있는데 그들은 등급을 무시하려는 음모에 대해 빈정거렸고 대놓고 나의 정당성을 비난했다. 그러나 내 살롱에는 사람이 너무 넘쳐 숨이 막힐 지경이었고 완전히 뒤죽박죽되어 1류 귀족 부인들이 2류들과 '물리네'라 불리는 춤을 추며 함께 손을 잡을 수밖에 없었다.

어떤 점잖은 사람들은 이런 북새통을 못마땅해했지만 나는 그들이 이런 나의 3등급 살롱에 와준 것을 영광으로 생각하며 겸손하게 감사

를 표했다. 사람들은 파문을 외쳤지만 부활의 빵과 포도주를 더 많이 마셨다. 이것은 작은 과두寡頭정치에 의한 계급사회가 무너지는 작은 신호탄이었다.

1828년 9월 나의 딸 솔랑주가 노앙에서 태어났다. 의사는 아이에게 이미 옷을 다 입히고 머리에 장밋빛 리본까지 단 후 내가 잠든 다음에야 왔다. 나는 너무나 딸을 원했지만 모리스가 내게 준 것 같은 기쁨은 맛보지 못했다. 나는 딸아이가 죽을까 두려웠다. 왜냐하면, 내가 너무 놀라는 바람에 아이를 조산했기 때문이다. 나의 조카인 레옹틴이 그 전날 악몽을 꾸었는지 계단으로 달려 나와 엄마를 부르며 비명을 질러 나는 그 애가 계단을 굴러 크게 다친 줄로만 알았다. 그런데 갑자기 그때 진통이 시작되었고 다음 날 겨우 아기 모자와 다행히 다 만들어놓은 아기 옷만은 준비할 시간이 있었다.

보르도에서 온 친구들 중 하나가 새벽에 내가 거실에 혼자 앉아 아기 배내옷을 접고 있는 것을 보고 놀라던 기억이 난다. 완성되지 못한 배내옷들은 아직 바구니 속에 조각조각 있었다. 그는 내게 말했다.

"뭐 하는 거예요?"

"세상에, 보았군요. 생각보다 빨리 오려는 누군가를 위해 서두르는 거예요."

자기 딸 때문에 전날 밤 내가 크게 놀란 것을 본 오빠는 정신이 말 짱할 때는 나를 너무나 위해 미친 듯이 달려가 의사를 데려왔다. 하지만 의사가 왔을 때는 모든 것이 끝난 뒤였고, 오빠는 아이가 살아 있는 것을 보고 미친 듯이 기뻐했다. 오빠는 나를 껴안고 아이가 예쁘고 건강해서 잘 살 거라며 위로했다. 하지만 나는 며칠이 지나 아이가 괜찮아진 다음에야 마음을 놓을 수가 있었다.

말을 너무 빨리 달린 오빠는 배가 고파 식사를 하기 시작했고 2시간 후에나 술에 취해 왔다. 그리고 내 침대 다리에 앉으려다가 방 한가운데 엉덩방아를 찧고 넘어졌다. 나는 여전히 매우 예민한 상태였는데 그 모습을 보고 미친 듯이 웃어 댔다. 오빠도 뭔가를 둘러댈 말을 애써 찾으며 이렇게 말했다.

"그냥 술에 좀 취한 것뿐인데 그게 어때서? 오늘 아침 너무 놀라고 걱정했는데 이제 모든 것이 다 잘돼 정말 행복하고 기뻐서 술에 취한 거지. 그러니까 내가 제대로 앉지 못한 건 포도주 때문이 아니라 너에 대한 애정 때문인 거지."

나는 그런 아름다운 변명을 들으며 그를 용서하지 않을 수 없었다.

그다음 겨울은 노앙에서 지냈고 1829년 봄에는 남편과 아이들 둘을 데리고 보르도에 갔다. 솔랑주는 젖을 뗐고 오빠인 모리스보다 더 튼튼했다.

가을에 나는 페리괴에 가서 펠리시 몰리에와 함께 지냈다. 그녀는 베리의 친구들 중 한 명이다. 그리고 간 김에 보르도까지 내려가 조에를 만났다. 그런데 길에서 감기가 들어서 오는 동안 굉장히 아팠다.

마침내 1830년 5월 나는 모리스와 함께 노앙에서 파리를 빠르게 다녀왔다. 그다음 몇 번의 파리행에서 남편과 함께였는지는 잘 기억이 나지 않는다. 한 번은 매우 나빠진 나의 건강 체크를 위한 거였는데 브루세 선생님은 내게 심장 혈관병이라고 했고, 랑드레 보베 선생님은 폐결핵이라고 했다. 로스탕 선생님은 아무 병도 없다고 했다.

상드의 아들 모리스와 딸 솔랑주.
모리스는 들라크루아의 화실에서
그림을 배웠고 연극에도 관심이
많았으며 여러 소설을 출간했다.

이 몇 번의 짧은 여정이 있기는 했지만 1826년에서 1831년까지 나
는 계속 노앙에 있었다고 할 수 있다. 그때까지는 권태로움과 심각한
우울증이 있기는 했지만 정신적으로 아주 좋은 상태에 있었다. 그런
데 그 후부터 모든 것의 균형 감각이 깨져 버렸다. 어디론가 떠나야
할 필요를 느끼자 나는 망설이지 않고 그것을 행동으로 옮겼고 남편
도 나를 도와주었다. 나는 딸아이와 함께 파리에 가서 살기로 했고 석
달마다 노앙에 와서 3개월을 지내기로 했다. 그리고 모리스가 학교에
들어갈 때까지 나는 아주 정확하게 이 일정을 지켰다. 모리스는 2년
전부터 우리와 함께 있던 가정교사에게 맡겼는데 그는 그때부터 나의
가장 믿을 수 있고 가장 완벽한 친구가 되었다. 그는 단지 아이의 가

정교사였을 뿐 아니라 친구이며 형이며 엄마였다. 그래도 모리스와 떨어져 1년의 반을 못 본다는 것은 너무 힘든 일이었다.

그 무기력했던 시간에 대해 짧게 이야기하고 지나가야 할 것 같다. 기억할 것이 없어서라기보다 너무나 내면적인 일들이어서 나는 내 개인적인 것들을 모두 지우고 내 주변 사람들의 이야기만 하려고 한다. 어떤 사람들에 대해서는 내게도 그럴 권리가 있다고 생각한다.

다시 과거로 돌아가지 않기 위해, 하지만 내 삶에서 흘러가 버린 그 몇 년이 내게 준 결과에 대해 짧게 설명하기 위해 나는 1831년 겨울, 작가가 되기 위해 파리에 왔을 때의 상황에 관해 이야기해 보겠다.

12. 홀로서기

그 몇 년간이 내게는 수십 년은 된 것 같았다. 나는 같은 고민을 하며 몇백 년은 산 것 같은 느낌이다. 그때 나는 겉으로만 유쾌한 척하는 것, 전혀 소통 없는 가족관계, 그리고 시끄럽고 술 취한 사람들 속에서의 고독감으로 지쳐 있었다. 특별히 심각한 불평거리는 없었지만 설사 있었다고 해도 스스로 외면했을 것이다. 나의 가엾은 오빠와 그 주변 사람들의 방탕한 생활에 대한 나의 반응도 그들을 겁줄 정도는 아니었는데 그것은 관대해서가 아니라 본능적으로 타인을 존중하는 마음에서 우러나온 것이다.

나로서는 관대하기 위해 최선을 다했다. 허튼소리를 하고, 피곤하게 하고, 시끄럽고, 병적이고, 혐오스런 행동을 해도 나는 웃으려고 노력했고 화가 나는 농담을 해도 그러려니 했다. 하지만 사람들이 점점 외설스러워지고 저속해지고, 한동안은 나의 충고 앞에서 숙연해지고 뉘우치던 나의 가엾은 오빠마저 거칠고 못된 사람이 되자 나는 귀를 막고 최대한 아무 대응 없이 나의 작은 방에 칩거해 버렸다.

그곳에서 나는 밖의 소란스런 소리들을 견뎌낼 수 있었다. 그것은 종종 아침 6~7시까지 계속됐다. 나는 아픈 할머니 옆에서 밤에 일하는 것에 아주 익숙했는데 이제는 병자는 아니지만 헛소리를 들어줘야 할 환자들이 생긴 것이다.

그래도 정신적인 고독감은 깊고 절대적이었다. 아직도 여린 영혼과 꽃다운 젊음은 의무감으로 희생해 버린 삶 대신 정열 가득한 꿈으로 채워지지 못하면 치명적인 상태에 빠져들었다. 보이지 않더라도 어떤 대상, 항상 대화하며 모든 꿈과 생각을 이야기하고 겸손하고 아름다운 마음으로 플라토닉한 열정을 쏟을 수 있는 대상, 있는 그대로도 대단한 존재이지만 내가 인간을 뛰어넘는 완벽함으로 치장할 수 있는 그런 존재, 그러니까 1년에 단 며칠이나 혹은 몇 시간 내 앞에 나타나는 한 사람, 나처럼 낭만적이고 나의 종교에 대해서도 겁내지 않으며 내 사고에도 불안해하지 않는 그런 사람, 그런 존재가 이 현실 세계 속에 유배된 나를 위로하는 유일한 것이었다.

나의 신앙은 여전히 그대로였고 근본적인 것은 전혀 바뀐 것이 없다. 과거의 형식은 사라지고 없었다. 마치 우리 시대에 철학과 명상의 계몽시대가 사라진 것처럼 말이다. 하지만 믿음의 영원한 교리, 선하신 하나님, 영혼 불멸, 천국의 삶에 대한 소망이 모든 시험과 모든 논쟁과 가끔 일어나는 절망적인 의혹들을 견디게 해주었다. 이른바 독실한 신자인 체하는 사람들은 내가 작가가 되자마자 내게 원칙이 없다고 나무랐다. 왜냐하면, 그들이 신성하게 여기려 하는 제도들을 내가 너무나 인본주의적인 눈으로 바라보았기 때문이다. 또 정치인들은 정치인대로 편협하고 일관성 없는 정책으로 나를 무신론자로 몰아붙였다. 위선적이고 광적인 신도들에 따르면 맹목적이거나 겁쟁이가 아니면 모두가 원칙이 없다는 말일까?

나는 나와 뜻이 다른 사람들에게 나를 변명하기 위해 지금 이 글을 쓰는 것이 아니다. 나는 본능에 따라 자연스러운 감정으로 내게 마음을 열고 나의 생각에 확신을 더해 줄 사람들을 위해 쓴다. 내가 뭐라도 도움을 줄 수 있는 사람들은 그런 사람들뿐이다. 다른 사람들이 내게 줄 수 있는 상처에 대해 나는 늘 둔감하다.

　인류의 평안을 위해 내가 꼭 진리를 찾거나 잃어버릴 필요는 없다. 세상에서 사는 동안 방황한다고 해도 다른 누군가가 다시 찾을 테니까. 내가 할 수 있고 해야만 하는 것은 단지 나의 신앙을 고백하는 일이다. 그것이 누군가에게는 부족하고 또 누군가에게는 과하게 보일지라도 말이다.

　종교 예식에 대한 논쟁을 시작하는 것은 외적 숭배의 문제로 지금 여기서 다룰 문제가 아니다. 지금 나는 왜 내가 예배로부터 매일 멀어졌으며 또 다시 자연스럽게 그것을 받아들이려 애썼는지, 또 왜 나의 이성적 생각이 그것을 거부하던 날부터 외적 예배를 분명하고 단호하게 거부했는지를 말하려는 것이 아니다. 그것은 내 삶에서 중요한 종교적 관점이 아니다. 그런 것은 내게 고민도 아니며 불안감도 아니다. 내게 있어 진짜 신앙의 문제는 어릴 적부터 더 고차원적인 것이었다. 하나님, 그의 영원성, 완전성은 병적으로 우울한 경우가 아니면 의심해 본 적이 없었다. 지적인 학문에 빠졌던 예외적 시간은 영적 삶에 포함시킬 수 없다.

　노앙에서나 수녀원에서나 내가 빠져들었던 것은 우리 인간의 영혼과 우리가 하나님이라고 부르는 우주의 영혼 사이에 존재하는 관계에 대한 뜨겁고 고독하지만 끈질긴 추적이었다. 내가 세상으로부터 의식적이건 아니건 떨어져 있고 또 몽상에 빠지기 쉬운 나의 천성이 세상의 영향권으로부터 완전히 벗어나 있고, 한마디로 세상 사람들이 사는 방식과 생각보다 훨씬 고차원적 도덕률에 따라 살고 싶었기 때문에 하나님 안에서 내 삶의 수수께끼를 풀고 나의 진정한 소명의 의미를 찾으며 나의 가장 깊은 내면의 감정들을 아는 것은 너무나 중요한 일이었다.

신성함을 인간의 생각에 따라 눈물을 펑펑 쏟으며 하는 기도가 아니라 하나의 맹목적이고 숙명적인 법칙으로 생각하는 사람들, 그러니까 풀 수 없는 문제와 정신의 영원한 대화로 생각하는 이들은 사람들이 말하는 신비주의에 빠지게 될 것이다. 신비라고? 그렇다. 인간들 유형은 그리 다양하지 않은데 나도 아마 그 유형에 속할 것이다. 순수한 이성을 따를 것이냐 개인적인 계산을 따를 것이냐 혹은 내 판단을, 아니면 다른 사람들의 판단을 따를 것이냐는 내게 달린 문제가 아니다.

내가 찾고 싶은 것은 나와 남 사이의 문제가 아니라 인간들 사이의 허망한 생각들 그 너머 나를 넘어서는 곳에 있는 진실의 힘, 즉 내가 계속 생각하고 논쟁하고 탄식할 수 있는 어떤 변하지 않는 존재이다. 오랫동안 나는 내가 정한 기도 습관 때문에 매우 힘들어했었다. 기도문은 알다시피 내 마음대로 했으니 그게 힘든 것이 아니라 문제는 내 정신이었다. 하지만 하나님에 대한 생각이 점점 커져 가고 내 생각도 점점 완벽해져 가면서 이제 하나님께 무슨 말을 해야 하고 무엇을 고마워해야 하며 뭘 구해야 하는지를 알게 되자 나는 예전의 뜨거움, 눈물, 열정과 그리고 신념을 되찾았다.

그래서 나는 내 안에 신비스러운 신앙을 감추고 누구와도 논쟁하지 않았으며 그저 다른 사람들이 그것에 대해 따지고 조롱하는 것을 내버려 두고 듣지 않으면서 그런 말에 한순간도 흔들리지 않았다. 이 고요하던 신앙이 이후 어떻게 흔들리게 되었는지는 다시 이야기하겠다. 하지만 그것도 나 자신의 뜨거움 때문이었지 다른 사람의 영향 때문은 아니다.

나는 내 생각에 대해 교만함을 가지고 있지도 않았고 누구도 내가 교만할 거라고 생각하지 않았다. 몇 년 후 내가 내 안의 정신적 갈등을 풀어 나간 책 《렐리아》와 《스피리디옹Spiridion》을 썼을 때 가장 친한 친구들은 깜짝 놀라서 내게 대체 언제 어느 때에 그런 신앙과 두려운 심연의 나락 사이 아슬아슬한 길을 지나갔는지 물었다.

말가쉬는 《렐리아》를 읽은 후 내게 이렇게 말했다.

"이게 무슨 악마 같은 소리지요? 대체 언제 이런 생각을 한 거지요? 왜 이런 책을 쓴 거지요? 이 책은 대체 어디에서 온 거며 어디로 향해 가는 거지요? 당신은 몽상가이고 나는 당신이 근본적으로는 굳건한 신앙을 가진 자라고 믿었지요. 나는 당신이 그런 거대하고 비밀스러운 의문들을 푸는 것을 그렇게 중요하게 생각하리라고는 의심해 본 적도 없었고, 모든 감정 문제가 그 대단한 질문들로 귀착되리라고는 생각지도 못했지요. 당신은 적어도 나보다는 그런 문제에 대해 덜 고민할 거라고 생각했으니까요.

내가 이 책을 좋아한다고 사람들은 놀려요. 아마도 이 책을 좋아해서는 안 되는지도 모르지요. 하지만 이 책 때문에 가슴이 벅차 나는 잠을 이룰 수가 없네요. 어떤 좋은 신이 당신을 축복해서 나를 이렇게 흔들어 깨우게 했지요? 그런데 대체 《렐리아》의 작가는 누구인가요? 당신인가요? 아니. 그는 하나의 환영幻影이며 당신을 조금도 닮지 않앉어요. 어떻게 그렇게 유쾌하게 춤을 추고 곤충을 좋아하고 말 맞추기 놀이를 좋아하고 바느질도 잘하고 잼도 그렇게 잘 만드는 당신이 그런 글을 쓸 수가 있나요? 아마도 우리는 당신을 잘 몰랐고 당신은 엉큼하게 당신의 몽상들을 숨긴 모양이에요. 하지만 어떻게 그렇게 아무도 모르게 그 많은 것을 생각하고 그 많은 질문을 떠올리고 그 많은 번뇌들을 그저 삼킬 수가 있었나요?"

그래서 나는 파리에 왔다. 다시 말해 내 삶의 새로운 국면이 시작된 것이다. 내 나름대로 추상적 문제들에 집중했지만 현실에 대해서는 너무나 무지하고 무심한 상태로 말이다. 나는 그런 것은 알고 싶지도 않았다. 나는 점점 더 무관심해지는 사람들 사이의 모임에서 어느 편도 들지 않았다. 나는 사회를 개혁할 생각도 없었고 그런 야망을 가질 만큼 잘 알지도 못했다. 물론 그런 무관심과 게으름은 잘못된 일이었지만 혼자 떨어져 아무 생각 없이 살아온 사람에게는 어쩔 수 없는 일이었다.

정통 가톨릭에 대해 마지막으로 한마디 하자면, 예배를 드리지 않는다는 것에 대해 간단히 언급하고 지나가면서 마치 내가 일반적인 종교 문제를 가볍게 처리하는 것처럼 보이겠지만 사실은 그렇지 않다. 이야기하고 판단하는 것은 둘 다 쉽지 않은 일이다. 특히나 너무 자주 다른 이야기들로 독자들을 지루하게 하고 싶지 않을 때는 말이다.

그러니 결론적으로 간단히 말해서 예배의 필요성은 내가 판단할 일이 아니며, 지금은 그것을 거부하기보다는 인정하는 것이 더 좋다고 생각한다는 말만 하고 싶다. 다만 요즘 사람들은 현대 철학자들의 주장에 따라 정치적으로 이 문제에 있어 완전한 관용의 원칙을 말하는

데, 나 또한 그렇게 내 마음에 들지도 않고, 내 생각과 기도의 영감을 자유롭게 하지도 못하고 대신할 수도 없는 그런 형식에 구속받지 않을 권리가 있다고 생각한다. 그러니 이 경우에선 신앙을 지키기 위해 형식적인 예배가 필요한 사람이 있는 반면 같은 목적을 위해 완전히 혼자여야만 하는 사람도 있다는 것을 생각해야 한다.

하지만 입법자가 고려해야 할 심각한 도덕적 문제가 있다.

과연 인간이 혼자 숨어서 신을 숭배하는 것이 더 나을까 아니면 정해진 형식을 따르는 것이 더 나을까? 나는 기도나 함께 찬양하는 행위, 또 함께 장례를 치르며 애도하는 행위, 그리고 유아 세례나 살면서 해야 하는 원칙적인 행위들 속에서 사회적으로 우리가 정한 제도나 약속들로는 도저히 대체할 수 없는 엄청나게 신성한 무언가를 본다. 그런 제도들이 보여주는 정신은 너무 의미 없고 자연스럽지 못해서 많은 경우 사람들은 그 제도를 신성모독적인 행위로 여긴다. 신중함이나 계산적인 생각, 그러니까 비겁하고 위선적인 생각으로 예배에 임하는 것이 좋다는 말은 아니다. 내게는 습관적인 예배가 더 나쁜 신성모독 같지만 어떻게 모든 예배가 그렇게 타락하지 않도록 할 수가 있겠는가?

나의 세대에서는 열심히 그 방법을 찾았고 지금도 찾고 있다. 나는 그 이상은 더는 알 수 없다. 13

---

13 몇 년 전에 나는 토론의 자유를 허락하는 국가 종교 그리고 이 토론에서의 원칙적인 규칙을 기꺼이 받아들이려고 한 적이 있었다. 솔직히 나는 그때부터 신앙의 태

왜 나는 한창 젊은 시절 그렇게도 좋아했던 고독에 더는 빠져들지 않았을까? 거기에 대해 그동안 설명하지 않았지만 사실 너무나 잘 이야기할 수 있다.

부재하는 존재, 그러니까 눈앞에 없는 존재라고도 할 수 있으며 내 삶에 있어 세 번째로 중요한 존재(그러니까 하나님과 그와 나)는 숭고한 사랑이라는 비인간적 갈망에 지쳐 있었다.[14] 너그럽고 다정한 그는 그것을 말하지 않았다. 하지만 그의 편지는 점점 뜸해지고 그의 표현들은 내 기분에 따라 더 생생하거나 더 냉정해져 갔다. 그의 열정은 뜨거운 우정이나 편지를 주고받는 것보다 다른 것을 요구했다. 하지만 그는 신앙적인 맹세를 했었고 나는 그 맹세가 지켜지지 않으면 관계를 끊을 생각이었다. 그런데 그는 다른 곳에서 만날 수 있는 기쁨과 쾌락을 포기하겠다는 맹세는 하지 않았다.

도가 달라진 것 같다. 나는 속으로 절대적인 교리를 인정하지 않았다. 하지만 에밀 드지라르댕이 사회주의 활동을 통해 개인적 자유의 권리를 너무나 지나치게 주장하는 모습을 보았고, 나는 어릴 적부터 절대적으로 하나님을 부정할 권리를 준다면 어떻게 그런 정신적 자유가 한계를 넘지 않게 할 수 있을지 그 방법을 찾게 되었다. 내가 '찾는다'고 하는 것은 말도 안 되는 소리다. 어떻게 혼자 그런 것을 찾을 수 있겠는가? 단지 의심할 뿐이고 나는 오히려 '기다렸다'고 하는 편이 나을 것이다. 문제는 훌륭한 사람들의 집단적인 생각들을 통해 시간이 지남에 따라 분명해졌고 눈에 보이는 이견이 있지만 그것은 집단적으로 이루어졌다. 단지 인내심을 갖고 기다리면 밝혀졌다. 문제 해결을 늦어지게 하는 것은 단지 우리가 살면서 진리의 어떤 한 형태만이 옳다고 우기는 교만한 열정이었다. 그런 열정을 갖는 것은 좋지만 어느 때까지는 "나는 모르겠다."라는 태도를 취하는 것도 좋다.

14 [역주] 이 모호한 이야기는, 피레네 여행 중 만났던 오렐리앙 드세즈라는 인물과 관련된 것이다. 둘은 편지로 플라토닉한 사랑을 나누었다.

나는 나 스스로가 그에게 아주 끔찍한 굴레가 되거나 아니면 일시적인 정신적 놀이에 지나지 않는다고 느꼈다. 나는 그 정신적 놀이를 너무 쉽게 생각하고 있었는데 후에 내가 잘못 생각했다는 것을 알았다. 하지만 나는 그의 감정을 무시하고 그의 운명을 위태롭게 하는 일을 끝내 버린 것을 크게 칭찬받을 일로 생각했다. 나는 침묵과 고통 속에서 그를 오랫동안 계속 사랑했다. 그리고 이후에는 편안하고 감사하는 마음으로 그를 생각했다. 나는 그와의 관계를 아주 진지한 우정과 서로를 존중하는 관계로만 생각했다.

내 결심이 선 이상 더 이상의 설명도 비난도 없었다. 내가 대체 뭘 불평할 수 있단 말인가? 내가 뭘 주장할 수 있는가? 어떻게 내가 그 아름답고 선한 영혼을 괴롭히고 앞날이 창창한 그의 미래를 더럽힐 수가 있겠는가? 게다가 결별의 순간은 오는 법이다. 그러니까 첫 걸음을 뗀 사람은 잔인하거나 불행해지는 한이 있어도 더는 질문을 받거나 고민을 들어줘서는 안 된다. 나도 그가 그렇게 되길 원치 않았다. 그는 괴로워해서는 안 되는 사람이었다. 적어도 그 사람은.

그리고 나는 그를 흥분시키는 위험을 감수하며 그의 존경으로부터 멀어지고 싶지도 않았다. 자존심을 여자의 제일의 의무 중 하나로 생각하는 게 맞는 것인지는 모르겠지만 나는 불타는 정열 같은 것을 경멸할 수밖에 없는 사람이었다. 그런 일은 하늘에 대한 위험한 반항처럼 여겨졌다. 진정한 애정을 줄 수 있는 유일한 존재인 하늘을 향해 말이다. 노예의 영혼처럼 무엇엔가 사로잡힌 영혼과 다툴 필요도 없었다. 인간에게는 자유를 허락하고 영혼은 비상飛翔해야 하며 신에게는 그로부터 나오는 불꽃을 돌려줘야만 했다.

이 조용한 이별, 하지만 상대는 알지도 못하는 결별 후에 나는 외부적인 어떤 것으로도 방해받지 않고, 변하지 않을 그런 삶을 살려고 노력했다. 하지만 그것은 불가능한 일이었다. 내 작은 방은 더는 나를 원치 않았다.

그래서 나는 할머니의 오래된 규방閨房에서 살기로 했다. 왜냐하면, 그곳은 문이 하나이고 또 어떤 구실로도 통과할 수 없는 곳이었기 때문이다. 나의 두 아이들은 큰 방을 차지했다. 나는 그 아이들의 숨소리를 들을 수 있어서 아이들이 잘 자는지도 살필 수 있었다. 이 규방은 아주 작았고 온통 내 책들과 식물도감들과 나비, 돌들(나는 배우지는 않지만 늘 자연사에 관심이 많았다)로 가득 차서 침대 하나 놓을 자리가 없었다. 그래서 대신 해먹을 걸었다. 또 책상처럼 열리는 서랍장을 책상으로 사용했다.

그런데 귀뚜라미 한 마리와 친해져서 오랫동안 함께 지냈었다. 녀석은 내가 주는 빵을 먹었는데 다른 것을 주면 죽을까 봐 늘 아주 하얀 살만 골라주었다. 귀뚜라미는 내가 글을 쓰는 동안 내 종이 위에 와서 빵을 먹고는 자기가 좋아하는 곳에 가서 노래를 불렀다. 때때로 녀석은 내가 쓴 글 위를 걸을 때도 있었는데 나는 녀석이 마르지 않은 잉크를 먹을까 걱정되어서 쫓아내기도 했다. 어느 날 저녁 녀석이 움직이는 소리가 들리지 않고 오지도 않아서 나는 온 방을 찾아다녔는데 결국, 십자 창과 나무 창틀 사이에서 녀석의 뒷다리 두 개만을 발견하게 되었다. 녀석이 들락날락하는지 나는 몰랐었는데 하녀가 창문을 닫으며 녀석을 뭉개 버린 것이다.

나는 녀석의 슬픈 시체를 독말풀 꽃 속에 장사 지내고 마치 성물처럼 오래 간직했다. 하지만 이 작은 사건이 내게 어떤 감정을 불러일으켰는지, 어떻게 녀석의 죽음과 함께 나의 시 같던 사랑들이 동시에 끝나 버렸는지 말로 표현할 수 없다. 나는 곧 그것을 시로 쓰고 싶었다. 그게 위로가 된다는 말도 들은 적이 있었다. 하지만 〈다정했던 한 영혼의 삶과 죽음〉이라는 출판되지 않았고 앞으로도 출판할 생각이 없는 글을 쓸 때 나는 여러 번 눈물을 쏟았다. 이 작은 귀뚜라미 소리는 마치 내 가정의 행복을 노래하는 소리, 적어도 마지막 감미로운 환상처럼 나를 위로했는데 이제 나 모르게 그 모든 행복을 가지고 날아가 버린 소리 같다는 생각이 들었다.

귀뚜라미의 죽음은, 그러니까 노앙에서의 삶이 끝났음을 알리는 상징적 사건이었다. 나는 다른 생각을 하기 시작했고 내 삶의 방식을 바꾸었다. 밖으로 나갔고 가을 동안 많은 곳을 돌아다녔다. 빛을 보지 못했지만 소설 같은 것도 끄적여 봤는데 다시 읽어 보고는 아무런 가치도 없다는 생각을 했다. 하지만 그것이 그나마 내가 잘할 수 있는 것이었고 그보다 더 못한 글을 쓰면서도 먹고사는 사람도 있을 것 같았다. 나는 내가 글을 아주 빨리, 쉽게 그리고 오랫동안 힘들어하지 않고 쓸 수 있다는 것을 알았다. 내 머릿속에 마비된 채로 굳어 있던 생각들은 글을 쓰며 펜 끝에서 깨어나고 이어져 갔다. 많은 생각을 곰곰이 하고 살아온 덕에 나는 우연히 본 많은 것들로부터 많은 것을 관찰하고 많은 것을 깨달을 수 있었다. 그래서 나는 인간 속성에 대해 많이 알고 잘 그릴 수 있었다. 그리고 솔직히 말해 내가 할 수 있는 작은 일들 중에 문학이야말로 내가 직업으로 성공할 수 있는 일이며 먹고살 수 있는 길이었다.

　처음에 이런 설명을 했을 때 몇몇 사람들은 '글쎄!'라고 소리쳤다. 그들은 과연 시적 영감이 그런 많은 생각에서 나올 수 있을까 하며 의문을 품었다. 그렇다면 내가 그렇게도 이상을 찾아 헤맨 것이 결국, 먹고살기 위한 것이었다는 말인가?

　나는 이후로도 오래 그 생각을 했다. 결혼 전에 내 삶, 그러니까 작은 재산, 아무것도 하지 않아도 되는 자유, 농부들이나 하인들이나 다른 사람들에게 명령할 수 있는 권리. 그러니까 비록 작고 별 볼 일 없는 것이기는 했지만 유산 상속자이며 영주로서의 내 역할은 내 취향에 맞지도 않았고 내 논리와 내 천성에 맞지 않는 일이었다. 나를 자신의 가난으로부터 떼어 놓으려 했던 가난했던 나의 엄마에 대해 다들 알고 있을 것이다. 그 일은 내 작은 머리와 내 가엾은 가슴속에 큰 상처를 주었다. 그래서 나는 마음속 깊은 곳에서 오랫동안 유산을 거부하고 노동 없는 안락함을 거부했다.

　이런 낭만적인 생각에 빠져 살다 결혼 초기에는 남편을 만족시키기 위해 그가 원하는 주부가 되려고 생각했다. 나는 한 번도 가사가 싫은 적이 없었다. 나는 구름 위에서 결코 내려올 수 없는 그런 숭고한 인간은 아니었다. 분명 나는 구름 위를 헤매며 살았지만 분명히 그렇기 때문에 더더욱 가끔은 땅을 밟아야 했다. 나 스스로 요동치는 삶에 완전히 사로잡혀 지칠 때면 나는 화가 난 파뉘르주가 바다 한가운데서 했던 말을 소리치고 싶었다.

　"배추를 심는 자는 얼마나 행복할까? 한 발은 땅을 딛고 다른 발은 옆에 있는 도낏자루만큼 떨어진 곳에 디디고 있으면 되니!"

그런데 그 두 발 사이에 있는 도낏자루, 정작 내가 필요로 하는 그 도낏자루를 나는 찾을 수 없었다. 나는 나의 행위를 설명하기 위해 배추를 심는 것만큼이나 단순하고 분명하면서도 논리적인 이유가 필요했다. 사람들의 충고에 따라 많은 것을 아끼기 위해 노력해 봤지만 이기적이지 않고는 알뜰해질 수가 없다는 것을 깨달을 뿐이었다. 땅에서 많은 것을 얻기 위해, 땅의 문제들을 해결하기 위해 더 열심히 노력하면 할수록 땅이 가져다주는 것은 없었고 그마저 삽질할 땅도 거의 없는 자들은 두 팔로 먹고살 수도 없다는 것을 알게 되었다. 월급은 너무 형편없었고 일거리도 안정적이지 못했으며 육체적으로도 지치고 병들기 일쑤였다.

남편은 비인간적인 사람이 아니었고 나의 지출을 일일이 간섭하지도 않았다. 하지만 한 달이 지난 후 내 구좌를 보고는 내게 나의 수입이 내가 마음대로 써대는 것을 감당하기에는 반도 안 된다며 흥분해서는 나도 같이 감정이 북받치게 만들었다. 그리고 그런 식으로는 노앙에서 살 수 없다고 했다. 그 말은 사실이었다. 하지만 나는 내 휘하에 있는 사람들의 편의를 엄격하게 줄일 수도 없었고 또 내 휘하에 있지 않은 사람들의 필요를 거부할 수도 없었다. 나는 내게 주어진 충고에 맞서지는 않았지만 어떻게 해야 할지 알 수 없었다. 나는 흥분도 잘하고 한없이 너그럽기도 했는데 사람들은 그것을 알고 때로는 그런 나를 이용하기도 했다.

내가 집안을 관리하는 일은 1년 만에 끝나 버렸다. 나는 1만 프랑을 넘게 써서는 안 된다는 명령을 받았다. 나는 1만 4천 프랑을 썼는데 잘

못한 아이처럼 어쩔 줄을 몰랐다. 나는 집안 살림살이를 관리하는 데서 손을 뗐고 다른 사람이 그 일을 맡았다. 나는 내 지갑을 양도했고 결혼 계약 때 나의 치장을 위해 약속된 1,500프랑까지도 포기했다. 나는 그렇게 많은 돈이 필요하지 않았다. 그리고 집안 살림살이에 대한 나의 권리를 주장하기보다 그저 입을 다물고 있는 것이 더 좋았다. 이때부터 1831년까지 나는 동전 한 닢도 가져 본 적이 없다. 나는 남편에게 물어보지 않고는 공동의 지갑에서 100수도 꺼내본 적이 없다. 그리고 결혼 후 9년이 되던 해 내 빚을 좀 청산해 달라고 남편에게 부탁했을 때 내 빚은 500프랑이었다.

지금 나는 구속당했고 탐욕 때문에 고통을 받았다는 말을 하려고 이런 소리를 하는 것은 아니다. 남편은 구두쇠도 아니었고 뭘 거절하지도 않았고 그럴 필요조차 없었다. 나는 남편이 정해 놓은 것 외에는 원하는 것도 없었고 되레 어떤 책임도 지지 않아서 만족했다. 나는 남편에게 전적으로 모든 권한을 다 일임하고 아무것도 간섭하지 않았다. 그래서 남편은 나를 무슨 어린 학생처럼 취급했고 말 잘 듣는 아이에게 화낼 필요도 없었다.

지금 이렇게 자세히 설명하는 이유는 작은 독방에서 무조건적인 복종과 침묵 그리고 빈곤까지 말 그대로 노앙에서의 이 수도승 생활이 결국 내게 나 스스로 살아가고 싶다는 생각을 불러일으켰음을 말하고 싶어서다. 나는 내가 아무짝에도 쓸모없는 인간이라는 것이 괴로웠다. 가난한 사람들을 달리 도울 길이 없어서 나는 시골 사람을 위해 의사를 자청했고 무료로 하는 진료는 나를 피곤으로 무너지게 했다. 돈을 절약하기 위해 나 스스로 약을 만들어야 해서 집에 돌아오면 고약이나 시럽을 만드느라 녹초가 됐다. 그래도 나는 일하는 데 진력내지 않았다. 꿈은 꿔 봐야 아무 소용도 없었으니까. 하지만 속으로 생각하길 내 돈이 조금 있다면 나는 병자들을 좀 더 잘 돌볼 수 있을 테고 치료방식도 더 좋아질 것 같았다.

게다가 비인간적인 노예 상태는 자유를 꿈꿀 수 있는 경우에만 받아들일 수 있는 법이다. 그런데 나는 남편의 노예가 아니었다. 나는 마음대로 책을 읽을 수 있고 약을 제조할 수 있었다. 하지만 어떤 상황에서 나는 뭔가에 구속되어 있었고 남편도 나를 해방시켜줄 수 없었다. 만약 내가 달을 달라고 하면 그는 웃으며 이렇게 말했을 것이다.

"살 수 있는 돈만 있다면 사다 줄게!"

또 만약 내가 중국에 가 보고 싶다고 하면 이렇게 말했을 것이다.

"돈이 있다면, 노앙이 그 돈을 줄 수만 있다면 얼른 중국으로 가요!"

그래서 나는 예술가로서의 행복을 위해, 꼭 해야만 하는 자선을 위해, 또 읽고 싶은 책을 사기 위해, 혹은 일주일 동안 여행을 가거나 가난한 친구에게 작은 선물을 하거나 하여튼 뭐든 간에 간섭과 핀잔을 듣지 않고 쓸 수 있는 적은 돈을 어떻게 하면 마련할 수 있을까를 여러 번 고민했다. 별건 아니지만 적어도 천사나 짐승이 아닌 인간이라면 하고 살아야 하는 것들이었다. 우리 사회처럼 너무나 가식적인 사회에서는 돈 없이는 정말 아무것도 할 수 없는 비참한 상황에 처할 뿐이었다. 무책임한 사람은 일종의 노예와 같았다. 그것은 마치 금치산자禁治産者처럼 수치스러운 일이었다.

속으로 나는 언젠가는 더는 노앙에 살 수 없을 거란 생각을 했다. 그리 심각한 것 같지는 않았지만 상황은 점점 더 악화하고 있었다. 우선 오빠를 쫓아 보내야만 했다. 오빠는 재정상태가 좋지 않아서 돈을 아끼기 위해 우리 집에 와서 살았다. 그리고 비록 술주정뱅이이기는 하지만 내가 여전히 우정을 나누고 있는 또 다른 사람도 있었다. 그 사람도 오빠처럼 3~5일에 한 번씩 바람이 불었다 하면 온 마음과 정신을 다 팔아 버릴 사람이었다. 모든 것을 미쳐 돌아가게 하는 더러운 바람이 불고 있었다. 술을 마실 수밖에 없는 진상들이 있었고 일단 마시고 나면 제일 나쁜 건 술이라는 것을 알게 된다. 착한 주정뱅이처럼 최악은 없다. 화를 낼 수도 없기 때문이다.

오빠는 술에 취하면 감상적이 되었다. 나는 오빠가 술에 취해 밤새도록 내 곁에서 우는 소리가 듣기 싫어 내 작은 방에 칩거했다. 그것도 어느 정도 주량을 넘지 않았을 경우고 넘으면 친구 목을 조르려고 하는 때도 있었다. 가엾은 이폴리트! 멀쩡할 때는 얼마나 사랑스럽고 술에 취하면 얼마나 끔찍한지! 하지만 그가 어떤 사람이든, 그의 망나니 같은 행동들과 눈물들과 성질들은 어찌나 견디기 힘들었는지 차라리 내가 떠나면 떠났지 그를 내보낼 수는 없었다. 그리고 그의 아내도 우리와 함께 살고 있었는데 그 가엾고 착한 아내는 참으로 운 좋게도 건강이 너무나 약해 일어서 있기보다는 침대에 누워 있는 시간이 더 많았다. 늘 잠에 빠져 주변에서 무슨 일이 벌어지는지도 몰랐다.

이런 정신없는 주변 환경에서 나도 벗어나고 나의 아이들도 벗어나게 하기 위해, 또 언젠가 내가 당연히 요구할 수 있는 내 몫을 포기하면 남편도 나를 떠나보낼 거라는 생각에 나는 뭔가 작은 일거리를 만들어 보기도 했다. 먼저 번역을 해 볼까 했지만 시간이 너무 많이 걸리고 또 조심스럽고 신경도 많이 써야 했다. 연필이나 수채화 초상화도 몇 시간씩 시도해 보았는데 나는 비슷하게는 잘 그리지만 도대체 독창적인 뭔가가 부족했다. 바느질도 해 보았는데 빠르게는 했지만 섬세하지 못했고 기껏해야 하루에 10수 정도를 벌 수 있었다. 양장점을 생각할 때는 작은 밑천도 없어 가게를 열지 못했던 엄마도 생각났다.

4년 동안 나는 제대로 된 것은 하나도 하지 못한 채 이 일 저 일에 손을 대 보면서 뭔가 할 수 있는 일을 찾기 위해 노력해 보았다. 그리고 한 번은 그것을 찾았다고 생각했다. 담뱃갑이나 나무 상자 안 시가 주머니 같은 곳에 작은 꽃이나 새들을 아주 작게 그려 장식하는 일이었다. 꽤 재주가 있어서 한번은 파리에 잠깐 갔을 때 칠하는 사람으로부터 엄청난 칭찬을 받은 적도 있다. 나는 만든 것을 그 사람에게 가져갔다. 그가 그게 다냐고 물어 그렇다고 대답하며 그의 반응을 기다렸다. 그는 작은 장식들을 손목시계 장식으로 팔아 보겠다고 했다. 며칠 후에 그는 시가 주머니에 80프랑 준다는 것을 거절했다는 말을 했다. 나는 아무 생각 없이 100프랑은 받아야 한다고 했는데, 속으로는 100수에 내놔도 아무도 사지 않을 거란 생각을 했다.

나는 지루 상점의 직원들을 찾아가서 내 물건들을 보여 주었다. 그들은 내게 다른 물건들, 부채나 차 상자들이나 다른 상자들도 만들어 보라고 하면서 밑천도 대주겠다고 했다. 그래서 나는 파리에서 많은 재료를 가져왔는데 이런저런 것을 시도하느라 눈이 빠지게 많은 시간과 노력을 허비해야 했다. 어떤 상자들은 기적적으로 성공했지만 어떤 것들은 칠하는 중에 다 망가졌다. 또 이런저런 사고로 일도 느려져 결국, 허비한 시간과 망가진 물건들 때문에 처음에는 너무 비싼 값을 치러야 했다. 그래서 빌린 돈까지 생각하니 도저히 남는 게 없을 것 같았다. 그래도 나는 고집스럽게 계속했는데 다행히 그런 유행이 끝나 버려 나는 실패의 쓴잔을 마시기 전에 일을 끝낼 수 있었다.

그리고 나도 모르게 스스로를 예술가라고 느끼고 있었다. 진짜 예술가가 될 수 있다고는 한 번도 생각해 본 적이 없지만 말이다. 파리에 잠깐 머물 때 하루는 미술관에 들어간 적이 있었는데 물론 그때가 처음은 아니었다. 하지만 나는 항상 그림을 감상하는 게 아니라 그저 쳐다볼 뿐이었고, 내가 잘 모른다고 생각해서 몰라도 뭔가를 느낄 수 있다는 생각조차 못했다. 그런데 이상하게 마음이 움직이기 시작했다. 나는 그다음 날도 또 다음 날도 다시 가 보았다. 그리고 그다음 여행 때도 모든 걸작품을 하나하나 다 알고 싶은 마음에, 또 작품의 소재나 종류에 따른 분류 외에 서로 다른 유파들에 대해 알기 위해 나 혼자 몰래 미술관을 가곤 했다. 그리고 문을 열자마자 들어가서는 문을 닫을 때까지 있다 나왔다. 나는 뭔가에 취한 듯 티치아노와 틴토레토와 루벤스의 그림 앞에서 못 박혀 있었다.

먼저 나를 사로잡은 것은 현실을 시적으로 그린 플랑드르파의 그림이었다. 그다음 나는 점점 더 왜 이탈리아 르네상스 그림들이 그렇게 사랑을 받는지도 알게 되었다. 그게 왜 그렇게 아름다운지를 내게 말해 줄 사람이 없어서 새로운 것을 발견할 때마다 나의 감탄은 점점 더 늘어 가고 나는 그림 앞에서 음악에서와 같은 기쁨을 맛볼 수 있다는 것이 놀라웠다. 나는 대단한 분별력이 있는 것도 아니었고 미술에 조예가 깊지도 않았다. 특히 미술은 어떤 예술보다 특별한 재능과 교육 없이는 아름다움을 느끼기가 쉽지 않은 분야였다. 그런데 나는 그림 앞에서 무슨 말을 해야 하는지를 알 것 같았다.

"내가 보는 대로 판단하는 거지, 두 눈이 있으니 보면 되는 거고." 라고 하는 말은 정말 건방진 사람들의 말이다. 나는 그래서 아무 말도 하지 않는다. 또 나와 천재적인 작품 사이에 어떤 차이점이 있는지나 아니면 어떤 비슷한 점이 있는가도 자문하지 않는다. 나는 명상에 빠지고 압도되고 새로운 세상으로 인도된다. 밤에는 눈앞으로 대단한 이미지들이 지나간다. 그 형상들은 어떤 힘을 지니고 있다. 육체적 힘이나 건강을 상징하는 거라도 말이다. 잘 그린 그림 속에서 우리는 삶이 뭔지를 느낄 수 있다. 그런 그림들은 종종 일그러진 현실이나 감동 어린 시선으로 그림을 바라보는 사람들 속에 감춰져 있거나 유랑하던 것들을 표현해 준다. 그것은 천재의 감정을 통해 새로 구성되는 자연의 스펙터클이다. 그 앞에서 어떤 비평적인 방해나 어떤 개인적 자만심도 없이 순수한 마음으로 그것을 바라볼 수 있는 사람들은 얼마나 운이 좋은 사람들인지!

우주가 내 앞에 열리고 있었다. 나는 동시에 현재와 과거를 보았다. 나는 동시에 고전파이기도 하고 낭만파이기도 했다. 예술가들 사이에서 뭐라고 떠들며 싸우든 말이다. 나는 진짜 세상이 내 환상 속 환영들과 머뭇거리는 내 시선을 통해 떠오르는 것 같았다. 내가 그 존재조차 모르던 어떤 무한의 보물을 정복한 것만 같았다. 나는 그게 뭔지도 모르겠고 뜨거워지고 나른해진 내 정신을 짓누르는 것에 뭐라 이름 붙일 수도 없었다. 하지만 나는 열에 들뜬 채 미술관에서 나와 먹는 것도 잊어버리고 이 길 저 길 어디를 가는지도 모른 채 헤매 다니다 갑자기 오페라 〈마탄의 사수Freischütz〉나 〈기욤 텔Guillaume Tell〉을 보러 갈 시간이 된 것을 깨닫곤 했다.

나의 계획과 나의 감정만 앞세우며 아무것도 배우고 있지 않았다는 것을 다들 짐작할 것이다. 나는 역사와 소설만 읽었다. 나는 악보를 보며 곡을 해석하고 신문에는 그저 눈길을 한 번 주고 정치적인 대화에는 일부러 귀를 닫았다. 친구 네로는 진짜 학자이며 과학 분야에서는 정말 털끝까지 예술가였다. 그는 내게 식물학을 가르치려고 했었다. 하지만 그는 하얀 쇠 상자를 들고, 나는 어깨 위에 모리스를 데리고 들판을 함께 뛰어다닐 뿐이었고 나는 겨자나무만 좋아했다. 겨자나무에 대해서도 별로 공부하지 않아서 그냥 그것이 십자화과에 속하는 것만 알 뿐이지만 말이다. 나는 그런 구분 대신 안개를 금빛으로 물들이는 태양이나 꽃 위를 나는 나비들, 그리고 나비들을 따라가는 모리스를 보며 무료함을 달랬다.

나는 보는 것마다 한꺼번에 다 알고 싶어 했다. 네로 선생님에게 물어보면 모든 것을 너무나 잘 알고 있었다. 하지만 선생님께 내가 배운 것은 그저 식물의 겉모습이 아름답다는 것뿐이었다. 정확한 과학적 이론들을 이해하는 건 나의 더딘 기억력으로는 무리였다. 그것은 나의 잘못이었다. 나의 '말가쉬', 나는 네로를 그렇게 불렀는데, 그는 정말 대단히 잘 가르치는 선생님이었고 나는 아직 배울 수 있는 나이였다.

INDIANA

PAR

G. SAND.

1

PARIS
J.-P. ROBET, LIBRAIRE-ÉDITEUR,
18, RUE DES GRANDS-AUGUSTINS.
HENRI DUPUY, IMPRIMEUR,
11, RUE DE LA MONNAIE.
1832

'조르주 상드'라는 필명으로
처음 출간한 작품인, 장편소설
《앵디아나》 초판본 표지(1832년).

그는 나에게만 아주 쉽고 일반적인 것을 가르쳤고 그 덕분에 이후 혼
자서 많은 공부를 할 수 있었다. 일단 나는 식물의 역사를 멋진 언어
로 요약하는 것들부터 배우기로 했다. 이런 먼 여행 이야기들은 내게
열대 세계에 관한 눈을 열어주었다. 나는 소설 《앵디아나》를 쓸 때
그가 일드프랑스에 대해 이야기해준 것들을 다시 생각했다. 그리고
그가 써준 노트들을 그대로 베끼지 않기 위해 소설 장면에 맞게 표현
들을 좀 변형시킬 수밖에 없었다.

문제는 단순했다. 소설가가 되려고는 했지만 아무 재능도 없고 특별히 공부한 것도 없고 겉으로 보기에 다채로운 삶의 기억도 없고 세상사에 대한 깊은 이해도 없으니 나는 어떤 야망도 없었다. 야망이란 자기 자신에 대한 믿음에서 오는 것인데 나의 잔재주를 믿을 만큼 어리석지는 않았다. 내가 잘 아는 분야는 이런 거였다. 감정에 대한 이해, 어떤 인물들에 대한 풍자, 자연에 대한 사랑, 그리고 이렇게 이름 붙일 수 있다면 시골에서 사는 가족들이 살아가는 풍경 등이었다. 이것으로 시작은 충분했다. 나는 속으로 이렇게 생각했다.

'살아가면서 나는 더 많은 사람을 보고 더 많은 일을 겪게 되겠지. 나는 내 삶의 반경을 넓힐 것이고 많은 것을 보게 될 것이고 또 사람들이 역사소설이라고 하는 그런 소설부터 쓰기 시작하면서 자세한 역사도 공부할 것이고, 이미 고인이 된 사람들의 생각도 이해할 수 있게 되겠지.'

이제 돈을 벌 결심, 그러니까 내가 꿈꾸던 1천 에퀴의 정기적인 수입을 벌 결심이 섰지만 그것을 선포하고 실행에 옮기는 데는 3일이 걸렸다. 남편은 내게 1,500프랑의 연금을 줘야 했고, 또 나는 딸을 데려가겠다고 했다. 또 1년에 두 번 3개월씩 파리에 가 있겠다고 하면서 매달 250프랑씩을 달라고 했다. 그것은 어려운 일이 아니었지만 그는 내가 제풀에 단념할 거라고 생각했다.

같은 생각을 가지고 있던 오빠는 내게 말했다.

"네가 한 달에 250프랑으로 아이 하나를 데리고 파리에서 살겠다는 거냐! 웃기는 소리지, 너처럼 닭 한 마리가 얼마인지도 모르는 아이가 말이야! 아마 보름이면 넌 빈손으로 돌아올 거야. 네 남편은 약속한 돈 외에는 한 푼도 주지 않을 테니 말이다."

나는 대답했다.

"좋아요. 한 번 해 보지요. 파리에 있는 집을 일주일만 빌려주고, 내가 집을 얻을 때까지 솔랑주를 좀 봐 주세요. 내가 곧 데리러 올 테니까요."

내 결심을 어떻게든 막아 보려는 사람은 오빠뿐이었다. 아마도 오빠는 내가 나의 집을 싫어하는 것에 대해 뭔가 죄책감을 느끼고 있는 것 같았다. 오빠는 암암리에 자기도 모르게 내 심정을 아는 것 같았다. 올케 언니는 더 잘 이해했고 내 편을 들어주며 나의 용기를 응원했고 나를 믿었다. 언니는 이것만이 결정적으로 고통스러운 어떤 결말을 피하거나 늦출 수 있는 유일한 방법이라고 생각하는 것 같았다.

딸아이는 아직 아무것도 이해하지 못했다. 모리스도 만약 오빠가 내가 오래 떠나 있을 것이며 어쩌면 돌아오지 않을지도 모른다고 열심히 설명해주지 않았다면 아무것도 모르고 있었을 것이다. 아마 그렇게 하면 아이가 너무 슬퍼해서 나를 떠나지 못하게 할지도 모른다고 생각한 것 같았다. 아이의 눈물로 내 가슴은 찢어지는 것 같았다. 하지만 결국, 아이를 잘 달랬고 굳은 약속을 했다.

나는 뤽상부르와 장관 고소 사건15 얼마 후에 파리에 도착했다.

---

15 〔역주〕 파리를 탈출하려던 몇몇 장관이 뤽상부르궁에 갇힌 정치적 사건이다.

13. 파리에서 여성 작가로 산다는 것

이야기하기 전에 먼저 짚고 넘어갈 것이 있다.

나와 관련된 것을 이야기할 때 그게 뭐든 바꿔서 얘기하고 싶지 않기 때문에 분명히 미리 말하지만, 나는 차라리 입을 다물면 다물었지 내 삶의 여정들을 잘 정돈하거나 미화하고 싶지는 않다. 나는 친구들에 대해서도 내가 그들의 비밀을 가지고 있다고 생각하지 않는다. 나는 친구들과의 관계 속에서 항상 진지했기 때문에 항상 솔직했고 또 친구들은 모두 나를 존경해 주었다. 하지만 일반 사람들에 대해서는 내 가까이 있었던 사람들의 과거를 모두 다 밝힐 권리가 내게 있다고는 생각지 않는다.

나의 침묵은 관대함과 존중을 의미한다. 아니면 망각 혹은 경의敬意의 표현인데 그리 분명하게 생각해 본 적도 없다. 아마 여러 가지 생각이 합쳐졌을 것이다. 그래서 나는 내가 이런저런 것을 이야기하는 사람들에 대해 좋은 생각도 나쁜 생각도 하지 말았으면 하는 것이다.

나의 모든 애정은 진지했지만 나는 나도 모르게 아니면 기꺼이 그 애정 때문에 깊은 상처를 받았다. 주변 사람들 눈에 나는 너무 일찍 아니면 너무 늦게 대처했다. 또 내가 왜 그런 결심을 했는지 그 이유를 알고 모르는 것에 따라 내가 틀리다거나 혹은 옳다고 얘기했다. 이런 내적인 갈등이 독자들에게는 별로 흥미를 불러일으킬 만한 내용이 아닌 데다가, 내 주변 사람들의 생각대로 남들에 대해 이야기하면 사실과 미묘하게 다를 수 있다. 왜냐하면, 내 입장에서 다른 사람들을 희생시킬 수 있으니 말이다.

하지만 사실을 정확하게 말하기 위해, 내가 나의 쾌락을 위해 어떤 경우 정의롭지 못했다고까지 말할 수가 있을까? 그런 경우 아마도 나는 거짓말을 하게 될 텐데 거기에 속을 사람이 있을까? 사람들은 모두 알고 있다. 가족 간의 싸움이건 의견 대립이건 이권 다툼이건 마음의 상처 때문이건 아니면 감정적 대립이건 원칙에 대한 싸움이건 항상 상호 간에 잘못이 있는 법이고 어떤 일에도 둘 다의 입장이 있는 법이다. 정열의 프리즘을 통해 사람들을 바라보니 냉철한 이성적 판단으로 그들을 생각했던 것은 잘못된 거였다. 그들이 내게 원했던 것은 약간의 친절함뿐이었는데 나는 확실히 그런 것이 부족했다. 어쨌든 그래서 나는 정말 그들이 크게 화를 내는 것을 잘 이해할 수 있다. 처음 결별의 순간이 오면 사람들은 모욕감에 정신을 번쩍 차리게 된다. 그리고 마음을 진정하게 되면 좀 제대로 판단하게 된다. 그래서 누구건 나는 그들을 묘사하고 싶지 않다. 나는 관심도 없이 그저 지나가는 사람들의 호기심을 만족시키기 위해 그들의 모습을 그릴 수는 없다. 그들이 어둠 속에 있다면 그런 특권을 누리도록 내버려 두면 좋겠다. 만약 그들이 유명인사라면 그들 자신이 스스로를 묘사할 것이다. 그래서 자신을 정확하게 그리기 위해 동시대를 살아가는 사람들의 삶을 설명하는 그런 슬픈 일은 하고 싶지 않다.

함께 살아가는 사람들! 내 생각에 우리는 그들을 그저 살아가게 해 주어야 한다. 오래전부터 사람들은 누군가를 우스운 사람으로 조롱하는 것을 치명적인 무기로 생각했다. 그렇다면 그들의 행동을 비난하거나 약점을 까발리는 것은 얼마나 더 치명적일 것인가! 지금 내가 말하는 경우보다 더 심각한 경우, 시간이 지남에 따라 비난이 점점 더 상스럽게 왜곡되고 커져 가는 것을 보았다. 나는 그것을 알고 잘 관찰하긴 했지만 내 소설 속 인물로도 그들을 이용하지는 않았다. 사람들은 나의 이런 관대한 상상력을 비난했다. 내 머릿속에 어떤 장애가 있다면 내 마음속에도 어떤 장애가 있어서 나는 현실 속에서 추한 것을 재확인하고 싶지 않은 것 같다. 그래서 나는 진실을 말해야 하는 이 글에서 그것을 드러내지 않을 것이다. 비록 다 보여주는 것이 더 이롭다는 생각이 들더라도 만천하에 악인을 공개적으로 매다는 것은 나쁜 방식이며, 사람들 앞에서 회생할 희망을 잃은 사람들은 자기 자신과도 화해할 노력을 하지 않게 될 테니까.

그리고 나는 용서할 것이다. 내게 죄를 지은 사람들이 만약 다른 이유로 회개한다면 나는 그들을 축복할 준비가 되어 있다. 사람들은 그렇게 행동하지 않는다. 대중들은 저주하고 돌을 던진다. 나는 나의 적들을 (나는 이 말을 쓰고 싶지 않고 적합한 것 같지도 않지만) 대중에게 내어 주고 이성적이지도 않고 어떤 종교적 긍휼도 없는 사람들의 희생물이 되게 하고 싶지는 않다.

그렇다고 내가 아무 잘못도 없는 성녀聖女라는 말은 아니다. 여러 번 얘기하지만 여러 사람과의 다툼에서 분명 내 잘못도 있었을 것이다. 내가 정당하지 못했을 수도 있고 원래 결정을 잘 못하는 사람들이 그렇듯 갑작스럽게 매몰찬 결단을 내렸을 수도 있고, 흥분해서 이상한 상상을 하는 사람들이 저지르듯 잔인한 대비를 했을 수도 있다. 일이 일어나는 순간에 지금 내가 말하는 그런 관대함이 항상 내 감정을 지배했던 것도 아니다. 나는 상대편도 모르게 나의 고통에 대해 불평했을 수도 있고 여러 일에 불만을 가졌을 수도 있다. 하지만 결코 사람들이 생각하듯 계산적으로 냉정하게 혹은 원한이나 증오라는 비겁한 감정의 포로가 되어 사람들을 묘사한 적은 없다. 나는 이런 일은 가장 순수하고 가장 진지한 사람들이 한다는 취지에서도 하고 싶지 않다. 바로 정치적 취지 말이다. 나는 천성적으로 그런 행정적인 일은 하지 못한다. 그리고 나는 소심함이나 성격적인 유순함 때문에 그런 전쟁판에 들어가지 않으려고 계속 고집을 피웠지만 만약 내가 직접 관련되는 일이 있다면 나도 어떨지는 알 수 없는 일이다.

어떤 일들은 그냥 자서전에 안 쓰면 되지 않느냐고 쉽게 말해서는 안 된다. 그렇지 않다. 그것은 쉬운 일이 아니다. 말도 안 되는 이야기나 정신 나간 비방들을 그냥 내버려 둘 결심을 반드시 해야 하기 때문이다. 나는 이 이야기를 시작하며 그런 결심을 했다. 그래서 이 책의 제목을 《회고록》이라고 하지 않고 《내 생애 이야기》라고 했다. 다시 말해 어떤 사람들의 이야기는 쓰지 않을 수 있도록 말이다. 그래서 설사 어떤 경우에 누군가가 내 삶을 좀 빗나가게 한 적이 있다 해도 나는 그것에 대해 말하고 싶지 않다. 내가 그 일로 감내하거나 잊어버린 것들을 꺼내고 싶지 않아서, 아니면 스스로 그랬건 남들한테 욕을 먹어서건 간에 내게 이런저런 행위를 한 사람들을 다시 만인 앞에서 재판받게 하고 싶지 않아서이다. 이리저리 방황하고 헤맨 적은 있었지만 적어도 나는 내가 당연히 해야만 했을 행위를 일부러 취하지 않았던 것, 또 같은 얘기지만16 법적 권리를 행사하지 않았던 것을 지금에 와서 아주 큰 위안으로 삼고 있다.

지난번에 얼마 전 출판된 장 자크 루소의 미발표 글들을 모은 책을 받았다. 17 나는 《고백록》의 서문에 해당하는 이 글을 보고 적이 충격 받았다.

　　"어떤 사람들과의 관계에 대해 나에 대해 쓸 때만큼이나 자유롭게 써야 할 것 같다. 그들과의 관계를 얘기하지 않는다면 나에 대해서도 제대로 말할 수 없기 때문이다. 침묵한다는 것은 내가 말해야만 하는 진실을 왜곡하는 것이기에 혹여나 내가 내 이야기에도 하지 않는 어떤 조작을 다른 사람들에게 하리라고는 생각지 말기 바란다."

　　내 생각에는 설사 장 자크 루소라고 할지라도 완전히 개인적인 이유로 동시대의 다른 사람들을 그대로 노출시킬 권리는 없는 것 같다. 그런 일은 꼭 대중의 저항감을 자극하기 마련이니까. 내 생각에는 그에게 친절했던 바랑스 부인의 세세한 잘못을 드러내 그녀의 이미지를 손상시키기보다 그녀에 대한 루소 자신의 경박함과 배은망덕함을 자책했더라면 더 좋았을 거란 생각이 든다. 그랬더라면 사람들은 그가 변심한 것에도 뭔가 이유가 있었을 것이고 그가 은혜를 저버린 것에도 변명의 여지가 있었을 거라고 느꼈을 것이다. 또 그가 보여준 아량

16　그렇다. 이것은 같은 얘기다. 때로 사람들은 그저 관대함이라는 이유로 자기의 권리를 주장하지 않는 때가 있다. 나는 자주 그랬는데 아마도 나약함 때문이었던 것 같다. 그런데 그 결과가 결코 다른 사람에게 좋은 것은 아니었다. 벌을 받지 않으면 그들은 더 악해지고 더 죄를 짓게 되고 더 불행해졌다. 그러니 싸움에서 냉정하게 법적 권리를 주장하는 것이 지혜로운 일이다. 그리고 스스로에게 이렇게 말할 수 있어야 한다. "관대한 행동이 다 옳은 것은 아니야."

17　〔역주〕 알프레드 드부지(Alfred de Bougy)가 편집한 책을 말한다.

만큼 큰 아량을 가지고 그를 품어줄 수도 있었을 것이다.

7년 전 나는 이 책의 첫 페이지에 이렇게 썼다.

"요컨대 사람은 더불어 살아가는 존재이기 때문에 혼자만의 잘못이란 있을 수 없다. 모든 잘못에는 원인이 되는 사람이나 공범이 있기 마련이고 자기 자신을 비난하려면 함께 연루된 다른 이들 또한 비난할 수밖에 없다. 그래서 때로 우리는 우리를 공격하는 적을 비난하기도 하고 또 우리를 두둔하는 친구를 비난하기도 한다. 루소에게 일어난 일이 바로 이런 일이었는데 그것은 명백히 옳지 않은 것이었다."

맞다. 그게 잘못이었다. 7년 동안 일하면서 대중적인 혹은 개인적인 선입견과 부딪히면서 나는 많은 생각을 하게 됐고 또 많은 실험도 해 보았다. 그리고 이제 나는 나 자신과 내 일과 마주 서서 그때와 같은 신념, 같은 믿음을 재확인할 뿐이다. 개인적인 고백들은 설사 그것이 어떤 고해이건 아니면 자기 합리화이건 간에 공개적으로 발표하게 되면 다른 사람들의 양심과 명예에 대한 폭력이다. 그것은 완전한 진실도 아니며 그렇게 해서 진실이 되는 것도 아니다.

이런 생각으로 나는 계속 써나가려고 한다. 나는 내 기억 속에 도움이 될 만한 것, 또 그들에게 유용한 것을 끄집어내고 있다. 그리고 이런 생각에서 나는 기꺼이 내 기억을 헤집어 보는 수고를 하고 있다.

이제 나의 삶은 좀 더 활동적이 되어 많은 일과 사건들로 채워지게 된다. 그 일들을 시간순으로 기록하는 것은 불가능하다. 그래서 나는 보다 더 중요한 것들부터 기억해 볼 요량이다.

나는 거처할 곳을 찾았고 곧 생미셸강 가에 있는 큰 건물의 지붕 밑 방에 살기 시작했다. 건물은 다리 끝 광장 모퉁이 시체 보관소 맞은편에 있었다. 방이 두 개인 아주 깨끗한 집이었는데 발코니에서는 센강이 흐르는 게 보이고 거대한 노트르담과 생자크 라부슈리 성당 그리고 생트샤펠 성당 등을 내려다 볼 수 있었다. 그러니까 하늘과 물과 신선한 공기와 제비들과 지붕 위로 보이는 숲들을 볼 수 있었다. 그래서 나는 복잡한 도시 파리에 있다는 생각이 들지 않았다. 복잡한 도시는 내 취향에도 내 수입에도 맞지 않았다. 오히려 나는 과거의 도시, 빅토르 위고가 묘사한 시적이고 풍광이 있는 그런 파리에 사는 것 같았다.

내 기억에 그때 1년 임차료는 300프랑쯤 됐다. 5층 계단은 정말 힘들었다. 나는 계단을 올라가는 것에는 젬병이었다. 하지만 어쩔 수 없었고, 무거운 딸아이를 안고 올라야 하는 경우도 자주 있었다. 하녀는 없었다. 아주 깨끗하고 착한 문지기 아줌마가 한 달에 15프랑씩 받고 집안일을 도와주었다. 식사는 하루 2프랑을 주고 깨끗하고 정직한 작은 식당에서 가져오게 했다. 빨래나 다림질은 손수 했다. 그래서 내가 받는 연금으로만 살 수 있는 방법을 터득했다.

가장 힘든 것은 가구를 사는 일이었다. 사람들이 생각하듯 화려한 것은 없었다. 나는 돈을 빌려야 했고 결국엔 다 갚았다. 이 집이 아무리 작고 보잘것없는 곳이라고 해도 한 번에 모든 것을 다 갖출 수는 없었다. 그래서 솔랑주를 노앙의 성에서 (파리의 집과 비교해서 말이다) 이 빈곤한 곳으로 데려와 어려움 없이 잘 살도록 하기 위해 파리와 노앙을 오가며 몇 달을 보내야 했다. 모든 것이 조금씩 갖추어지고 내가 확실하게 그 아이를 데리고 살 수 있게 됐을 때부터 나는 뤽상부르 공원에 아이를 산책시키러 갈 때 외에는 집에만 처박혀 있었고 밤에는 아이 옆에서 글을 썼다. 그런데 행운의 여신이 나를 도운 것인지, 어느 날 발코니에서 물푸레나무 화분을 손질하고 있는데 이웃 여자와 알게 되었다. 그녀는 우리보다 잘살았는데 발코니에서 오렌지 나무를 키우고 있었다. 그녀는 남편과 함께 사는 바두로 부인이었는데 초등학교 선생님이었고 15살 되는 아주 착하고 얌전한 금발머리의 딸도 있었다. 그 애는 솔랑주를 아주 잘 돌보아주었다. 이 좋은 이웃은 비좁은 집과 늘 똑같은 놀이에 진력이 난 솔랑주가 그 집으로 개인 레슨을 받으러 오는 다른 아이들과 놀 수 있게 했다. 그래서 아이는 그곳에서 살 수 있었을 뿐만 아니라 행복했다. 그리고 그 착한 이웃 사람들은 아이를 위해 모든 배려와 사랑을 퍼부어주었다. 결코 내게 어떤 보상도 바라지 않으면서 말이다. 그들의 직업을 생각한다면 보수를 받는 일은 너무나 당연했음에도 말이다.

그때까지, 그러니까 내 딸이 나와 함께 파리에 있기 전까지 나는 너무 힘들고 너무 비정상적인 삶을 영위했었다. 하지만 결국 나는 내 목표를 이루고야 말았다.

나는 예정된 생활비를 넘기고 싶지 않았고 돈을 빌릴 생각도 하지 않았다. 나의 유일한 빚이었던 500프랑, 만약 뒤드방 씨가 갚아주지 않았다면 얼마나 힘들었을지! 그가 기꺼이 갚아주긴 했지만 내가 그 일로 병이 나서 다 죽게 되어 할 수 없이 고백했기 때문이었다. 나는 일거리를 찾았지만 구할 수 없었다. 이제 곧 내가 어떻게 글을 쓸 기회를 얻게 됐는지 이야기할 것이다. 나는 생미셸강 가의 카페와 가게에도 작은 초상화를 그린 시계를 놓아 두고 있었다. 하지만 실제적인 소득은 없었다. 문지기 아줌마를 제대로 그리지 못해 근처에서는 실력이 없다고 평판이 나 있었으니까.

책을 읽고 싶었지만 책도 없었다. 게다가 겨울이었는데 장작의 숫자를 세어야 하는 형편에 방을 가지고 있다는 것은 너무 돈이 많이 드는 일이었다. 그래서 나는 마자린 도서관에 자주 갔는데 어찌나 추웠던지 차라리 노트르담 성당 탑 위에 가는 편이 더 나을 것 같았다. 전에는 잘 몰랐지만 추위를 잘 타는 체질이었던 나는 정말 견딜 수가 없었다. 근처 테이블에 미라처럼 꼼짝하지 않고 만족한 듯 앉아 있는 인부들이 있었는데 그들은 코가 퍼렇게 얼어 가는 것도 느끼지 못하는 것 같았다. 나는 그런 무감각함이 너무나 부러웠다. 나는 그들이 앉았다가 용수철처럼 벌떡 일어나는 것을 보았는데 그것은 마치 자신들이 나무가 아님을 보여주려는 것처럼 보였다.

또 나는 촌티를 벗어 버리고 싶었고 당시 파리 사람들이 어떤 생각을 하며 어떻게 꾸미고 사는지 알고 싶었다. 그럴 필요가 있었고 호기심도 많았다. 아주 유명한 것 말고 나는 현대 예술에 대해서는 문외한이었고 특히 공연에 목말라 있었다.

가난한 여자에게 이 모든 것이 불가능하다는 것은 잘 알고 있었다. 발자크는 "파리에서는 적어도 2만 5천 프랑의 연금이 있어야 여자로 행세할 수 있다."고 했다. 여성의 우아함에 대한 이 말도 안 되는 소리가 예술가가 되려는 여자에게는 진리였다.

어쨌든 나는 베리에서 온 젊은 친구들을 많이 만났다. 파리에서 나처럼 가난하게 사는 어릴 적 친구들은 그래도 흥미 있는 정보에 빠삭

했다. 문학계나 정치계나 연극계나 미술계의 분위기, 또 클럽이나 길거리 예술 등, 그들은 모든 것을 보고 다니며 온 파리를 헤집고 다녔다. 나도 그들만큼이나 다리가 튼튼했고 베리 사람 특유의 작고 튼튼한 발을 가지고 있어서 아무리 험한 길이라도 투박한 나막신을 신고 잘 걸을 수 있었다. 하지만 파리의 울퉁불퉁한 돌길에서 나는 마치 빙산氷山 위의 배 같은 신세였다. 약한 구두는 이틀이면 다 부서졌고 나막신을 신고는 넘어지기 일쑤였다. 나는 치마를 잘 들고 다니지도 못했다. 나는 늘 진흙투성이가 되어 지치고 아팠다. 작은 물방울무늬가 있는 벨벳 모자는 말할 것도 없고 구두와 옷은 너무나 빨리 망가져 버렸다.

파리에 오기 전에 나는 이런 것들에 대해 잘 알고 있었다. 그래서 3,500프랑의 연금을 가지고 너무나 우아하고 문제없이 살고 있는 엄마에게 물어본 적이 있었다. 이런 끔찍한 날씨에 일주일에 6일을 방 안에 처박혀 있으면서 인간처럼 입고 살려면 어떻게 해야 하느냐고. 엄마는 이렇게 말했다.

"지금 이 나이에 나 같으면 문제없지. 하지만 내가 젊고 네 아빠가 가난했을 때 아빠는 나를 남자아이처럼 입히려고 했단다. 이모도 그랬지. 우리 두 부부는 극장이건 광장이건 온 데를 걸어 다녔지. 그러면 생활비를 반은 줄일 수 있었어."

이 생각은 일단 재미있고 천재적인 발상처럼 보였다. 어릴 적에도 남자아이처럼 입었었고 데샤르트르와 사냥할 때도 남자 옷과 각반을 입곤 해서 나는 그게 그리 새롭지도 놀랍지도 않았다. 당시 유행도 도움이 됐다. 남자들은 신발 굽까지 내려오는 프로프리에테르라 불리는 각진 르댕고트를18 입었는데 어찌나 풍성하던지 오빠는 노앙에서 그것을 입을 때 웃으면서 이렇게 말하곤 했다.

"진짜 멋지지 않니? 요즘 유행이야. 정말 편하지. 재단사는 군용박스를 놓고 재단을 하고 군대 안에서는 모두가 대만족이지."

그래서 나는 두꺼운 회색 감으로 통짜 르댕고트와 바지와 같은 천의 조끼를 만들었다. 모직으로 된 회색 모자를 쓰고 넥타이까지 매니 영락없는 대학 초년생이었다. 게다가 부츠가 주는 기쁨은 말로 다 할 수 없었다. 나는 오빠가 젊은 시절 처음 이것을 신었을 때 그냥 신고 잔 것을 따라 할 수도 있을 정도였다. 굽에 쇠를 박은 부츠는 인도 위에서 튼튼했다. 나는 파리의 이쪽에서 저쪽까지를 날아다녔다. 세계 일주라도 할 수 있을 것 같은 기분이었다. 게다가 내 의상도 두려운 것이 없었다.

나는 언제든 달려 나갔다 돌아올 수 있었고, 극장의 바닥에도 앉을 수 있었다. 아무도 나를 쳐다보는 사람도 없었고 의심하는 사람도 없었다. 나는 편하게 입었을 뿐 아니라 여성스럽지도 않아서 아무도 나를 의심하지 않았다. 나의 옷차림도 촌스럽고 평범해서(평소처럼 늘 멍하니 얼빠진 모습) 누구의 시선도 끌지 않았다. 여자들은 변장하는 데 서툴렀다. 무대 위에서조차도 말이다. 여자들은 날씬한 몸매와 작고 귀여운 발과 우아한 자태와 아름다운 두 눈을 감추고 싶어 하지 않기 때문이다. 그런데 중요한 건 바로 이거다. 들키지 않으려면 특히

---

18 〔역주〕 redingote. 승마복에서 유래한 코트다. 주로 상반신이 꼭 맞고 단퍼짐이 있는 코트를 말한다.

시선이 제일 중요하다. 또 누구의 시선도 끌지 않고 쉽게 슬쩍 들어갈 수 있는 방법과 플루트 같은 높은 소리로 주의를 끄는 게 아니라 낮게 울리는 소리로 말하는 방식이 있다. 이외에도 남자로 알게 하려면 여자로 보이지 않으려는 게 습관이 되어야 한다.

극장 입석에 나 혼자 간 적은 없었다. 거기에는 다른 좌석보다 교양 없는 사람들이 많이 있을 뿐만 아니라 돈을 받고 오는 아니면 돈을 받지 않고 오는 박수 부대들이 항상 싸움을 벌이기 때문이다. 처음 몇 번의 공연에서는 더 시끄러웠는데 나는 그런 남자들과 싸울 힘이 없었다. 그래서 나는 베리 친구들 그룹의 한가운데 있었고 그들은 나를 보호해주었다. 그런데 하루는 조명 가까이 앉아서 아무 생각 없이 진짜로 하품을 하고 말았다. 박수 부대들은 나를 적으로 간주하고 싸움을 걸어왔는데 그때 나도 모르게 화난 얼굴로 험악한 표정을 짓고 있어서 만약 내 친구들이 그 박수 부대들을 제압할 만큼 많지 않았다면 나는 아마 맞아 죽었을 것이다.

그런 시간이 그리 길지는 않았던 것 같은데 몇 년은 그렇게 살았다고 한다. 그래서 10년쯤 뒤에 풋내기인 내 아들이 그곳에 갔을 때 사람들은 그 애를 나로 오인하곤 했고 그 애는 그것을 재미있어 했다. 이제 1831년에 있었던 몇몇 이야기들을 기억해 보려고 한다.

나는 앙시엔 코미디가에 있는 팽송 씨 식당에서 저녁을 먹곤 했다. 친구 중 하나가 나를 '마담'이라고 불러서 팽송 씨는 자기도 그래야 한다고 생각했다. 그래서 나는 그에게 "아니에요. 이건 비밀인데 '므슈'라고 불러주세요."라고 말했다. 다음 날 나는 변장을 하지 않고 갔는데 그는 나를 므슈라고 불렀고, 나는 그를 나무랐다. 그는 변장한 내 모습에 따라 제대로 말할 줄을 몰랐다. 그가 므슈라고 부르는 데 익숙해지면 나는 여자 옷을 입고 갔고, 마담이라고 부르는 데 익숙해질 즈음에는 남장을 하고 갔다. 아! 너무나 정직하고 친절한 팽송 아저씨! 그는 손님들의 친구였다. 그래서 손님들이 돈이 없으면 외상으로 해줄 뿐 아니라 때로는 자기 돈을 주기도 했다. 나는 그렇게 신세진 적은 거의 없지만 그가 보여준 친절과 믿음에 늘 감사하는 마음이다.

플라네는 작은 베리 사람들의 모임을 가지고 있었는데, 우리는 그 모임에서 매달 얼마 안 되는 돈을 내고 가서 신문을 읽거나 어느 정도 난방이 된 곳에서 일할 수 있었다. 어느 날 내가 그를 보러 갔을 때 친구들 중 느베르 지방에서 온 에밀 폴트르라는 처음 보는 사람이 들어왔고 우리는 이런저런 대화를 나누었다. 그다음 날 나는 팽송 식당에서 여자 옷을 입고 플라네와 식사를 하고 있었는데 폴트르가 들어왔다. 그래서 나는 플라네에게 그를 가까이 불러 혹시 그가 나를 알아보는지 보자고 했다. 그가 알아보지 못하는 것 같자 플라네는 혹시 조심하느라고 그러는가 싶어 그에게 어제 그 소년의 이름을 아느냐고 물으니 그는 이렇게 말했다.

"아니 몰라요. 누구예요?"

"라샤트르에서 온 아이에요."

"아주 기분 나쁘고 똑똑한 척하는 아이더군요."

"왜요? 무슨 바보 같은 소리라도 하던가요?" 하고 나는 물었다.

"아니요. 그게 아니라 그 나이에 비해 너무 아는 것이 많더군요. 내가 15살이었다면 아마 플라네의 생각이 틀렸다고 몇 번 얘기했을 거예요. 하지만 그런 말은 하지 않았지요."

나는 웃을 수밖에 없었다. 그는 나를 놀라서 바라보더니 갑자기 너무나 당황해하며 "아 부인, 죄송합니다! 그 젊은이가 동생이군요. 너무나 두 분이 닮았네요. 제가 무슨 소릴 한 건가요. 그는 너무나 점잖은 청년이었어요. 단지 좀 건방진 것뿐인데, 젊어서 그런 거겠지요."

그리고 그는 자리를 뜨며 플라네에게 말했다.

"어쨌든 제가 실수한 것 같군요. 부인이 절 욕하실 것 같네요."

그러자 플라네는 내 허락을 받고 그 두 사람이 같은 사람이라고 말하며 그를 안심시키려고 했다. 그는 믿지 못했고 뭔가에 홀린 듯 화를 냈다.

이후 우리는 친구가 되었다. 그는 아주 점잖고 순수한 사람이었고 신중하고 학식도 높았다.

그런데 진짜 코미디 같은 일은 들라투슈의 《스페인 여왕》 초연初演 때였다.

그때 나는 작가가 준 표가 있어서 회색 르댕고트를 입고 발코니 자리에서 점잔을 빼고 있었다. 위쪽에는 르베르 양이 앉아 있었는데 그녀는 곰보 자국이 있는 예쁘고 유명한 배우였다. 그런데 그녀가 아주 멋진 부케를 앞에 놓고 있다가 내 어깨 위로 떨어뜨리고 말았다. 하지만 나는 그걸 바로 주워줄 수가 없었다. 그러자 그녀는 아주 위엄 있는 목소리로 내게 말했다.

"여봐요. 젊은이 내 부케 좀 주워주세요! 어서요!"

나는 짐짓 못 들은 척했다. 그러자 옆자리에 앉아 있던 어떤 노인이 부케를 주우러 몸을 내밀며 내게 말했다.

"젊은이, 너무 무례하군. 내가 젊은이 나이라면 그렇게 무심하지는 않을 텐데."

그리고 그는 부케를 르베르 양에게 전해주었다. 그러자 그녀는 깜짝 소리를 지르며 "아 정말, 롤리나 씨군요?"라고 말하고 두 사람은 새 연극에 관한 이야기를 주고받았다. 나는 '지금 옆에 있는 이 사람은 고향 사람이니 그를 본 적은 없지만 날 알아볼 수도 있겠군.' 하고 생각했다. 롤리나 씨는 우리 고향에서 처음 나온 변호사였다.

그가 르베르 양과 대화를 하는 동안 오케스트라 석에 있던 뒤리 뒤프렌 씨가 내 자리로 인사를 하러 왔다. 내가 남장한 것을 전에도 본 적이 있었던 그는 롤리나 씨의 빈 자리에 앉았다. 내 기억에 그는 라파예트 씨 이야기를 하며 내게 소개해주겠다고 한 것 같다. 롤리나 씨가 자리로 돌아오자 두 사람은 작은 소리로 뭔가를 속삭였다. 이후 우리 고향의 하원의원인 뒤프렌 씨는 젊은이에게는 너무나 과하게 공손한 태도로 내게 인사하며 자리를 떴다. 다행히 변호사는 그걸 잘 보지 못했고 앉으며 내게 말했다.

"우리가 같은 고향 사람인 것 같군요. 방금 간 우리 고향 하원의원이 당신이 아주 대단한 젊은이라고 하네요. 죄송합니다. 저는 아주 어린 사람인 줄 알았어요. 지금 몇 살이지요? 15살? 16살?"

나는 말했다.

"우리 저명하신 변호사님은 연세가 어떻게 되실까요?"

그는 웃으며 대답했다.

"오, 나요! 나는 70이 넘었지요."

"변호사님도 저처럼 그 나이로 보이지 않네요."

그는 내 대답이 마음에 든 모양이었다. 그리고 우리는 대화를 시작했다. 내가 여자로서도 별로 아는 것은 없지만 적어도 보통 학생보다는 더 많이 알고 있어서 롤리나 씨는 나의 학식에 큰 충격을 받고 매번 "정말 놀랍군요! 놀라워요!"라고 소리쳤다. 연극은 머리를 때리는 강렬함과 멋진 장면들과 몰리에르식의 천재적 위트도 있었지만 갑자기 끝이 나 버렸다. 분명 줄거리와 몇몇 서툰 표현들이 시대착오적이었다. 더욱이 젊은이들이 너무 낭만적이었다. 사람들은 "동지"라는 제목의 글에서 들라투슈를 '플레이아드'라고[19] 불렀는데 이것은 그에게 너무나 치명적인 상처를 주었다. 아마도 나만 극장에 남아 있었던 것 같다. 나는 들라투슈도 낭만적인 것도 좋아했으니까.

휴식시간 내내 나는 그 초로의 변호사와 이야기를 나누었다. 그는 연극의 좋은 점과 나쁜 점을 아주 잘 판단하고 있었다. 그는 대화하는 것을 좋아했는데 다른 사람들의 말을 듣기보다는 자기 말을 들어주는 것을 더 좋아했다. 자기 말을 잘 들어주자 그는 나를 매우 친근하게 대하며 내 이름을 묻고는 자기를 보러 오라고 했다. 나는 아무 이름이나 둘러댔고 모르는 이름이라며 놀라는 그에게 베리에서 보자고 약속했다. 그는 내게 다음과 같이 말하며 대화를 끝냈다.

"뒤프렌 씨가 틀린 말을 한 게 아니군요. 당신은 정말 대단한 젊은이예요. 하지만 고전에 대한 지식은 좀 부족한 것 같네요. 당신 부모

---

19 〔역주〕롱사르(Ronsard), 뒤벨레(Du Bellay) 같은 16세기 시인 집단을 말한다. 이들은 자신들의 작품을 통해 프랑스어를 더욱 더 새롭고 완벽하게 만들기를 원했다.

님이 당신을 집에서 교육했고 당신은 일반 교육을 받지 않았고 받을 생각도 없었다고 했지요. 나는 당신이 아주 좋은 교육을 받았다고 생각합니다. 당신은 예술가이고 생각이나 감정이나 당신 나이의 누구보다 잘 알고 있는 것 같아요. 당신이 능숙하게 사용하는 언어로 볼 때 언젠가 당신은 글로 크게 성공할 것 같다는 생각이 드네요. 하지만 꼭 고전 교육을 받도록 하세요. 그것을 대신할 것은 없습니다. 나는 자식이 12명인데 아이들을 모두 학교에 보냈지요. 아이들 중 당신만큼 판단력이 출중한 아이는 없지만 다들 아주 좋은 직업을 수행하기에 충분한 능력들을 갖추고 있지요. 당신은 예술을 할 사람이니 다른 건 필요가 없겠지만요. 그래도, 만약 당신이 예술에 실패한다면 당신은 일반 교육을 받지 않은 것을 후회하게 될 거예요."

나는 이 친절한 분이 내 변장에 속지 않은 것 같다는 생각이 들었다. 그러면서 내가 내 역할을 하는 걸 즐기고 있다는 느낌이 들었다. 이것은 꼭 가장 무도회장에 있는 것 같았다. 그래서 남자 역할을 하는 게 하나도 힘들지 않았는데 나중에 그가 전혀 의심이 없었다는 것을 알고는 깜짝 놀랐다.

그 다음해 뒤드방 씨는 롤리나 씨의 아들인 프랑수아 롤리나를 소개했다. 노앙에서 며칠 머물기 위해 초대한 사람이었다. 나는 그에게 그의 아버지에게 《스페인 왕비》의 처음이나 마지막 공연 중에 함께 즐거운 대화를 나누었던 작은 청년에 대해 아는지 물어봐 달라고 했다. 롤리나는 대답했다.

"네! 정말로 아버지께서는 언젠가 일반 교육에 대해 대화했던 것을 말하셨지요. 아버님은 요즘 젊은이들의 해박한 지식과 생각하는 방식에 놀라셨다고 했어요. 누구보다 마치 작은 박사처럼 모르는 것이 없고 또 라틴어도 그리스어도 모르고 법도 의학도 공부해 본 적이 없는 어떤 청년에게 정말 놀랐다고 하셨지요."

"당신 아버님은 그 작은 박사 청년이 여자일 거라는 건 생각해 본 적이 없으셨나요?"

"혹시 당신이!" 롤리나는 소리쳤다.

"맞아요!"

"아버님이 온갖 추측을 하고 당신이 어느 집 자식일까 수소문했지만 정말 그건 상상도 못 했네요! 아버님은 여전히 놀라 계속 찾고 계시지요. 저는 진실을 말씀드리고 싶지가 않네요. 당신에 대해 사실을 말하지 않고 아버님을 만나게 할 수 있다면 좋겠네요."

"그렇게 하세요! 하지만 그는 나를 알아볼 수 없을 거예요. 저를 제대로 쳐다보지 않으셨으니까요."

이 생각은 틀린 생각이었다. 롤리나 씨는 내 얼굴을 너무나 유심히 보았기 때문이다. 그가 나를 보았을 때 그는 후들거리는 두 다리로 일어나 소리쳤다.

"오! 내가 정말 바보였네요."

그때부터 프랑수아와 나는 20년 지기 친구가 되었다. 이야기가 좀 과거로 돌아가야 하겠지만 이 인물에 대해 그리고 그의 가족에 관해 이야기하려고 한다.

프랑수아의 아버지인 롤리나 씨는 고전 교육을 강조하기는 했지만 머리부터 발끝까지 예술가인 사람이었다. 대단한 변호사들이 다들 그렇듯이 말이다. 감정과 상상력이 풍부한 사람이고 시詩에 미쳐 있으며 그 자신도 시인이고 천사처럼 선하지만 열정적인 낭비가여서 12명의 자식들을 위해 미친 듯이 재산을 모아도 자기도 모르게 다 탕진해 버린 사람이었다. 그는 자식들을 우상화했고 버릇없이 만들었지만 도박을 할 때는 자식마저 잊고 계속 잃고 따고 하면서 나중에는 남은 목숨까지 포기해 버렸다.

이 사람처럼 젊고 생동적인 할아버지는 없었다. 센 술을 마셔도 절대 취하는 법이 없었다. 젊은이들과 노래하고 떠들면서도 결코 비웃음을 사지도 않았다. 너무나 천진스럽고 진솔한 마음 때문이었다. 모든 예술에 열정을 가지고 있고 천재적인 기억력과 놀라운 감식안을 가진 그는 베리가 나은 최고의 명사 중 한 명이었다.

많은 자식을 교육시키는 데 그는 아무것도 아끼지 않았다. 장남은 변호사고 둘째는 선교사, 셋째는 학자, 넷째는 군인, 그리고 나머지는 아들이나 딸이나 다 예술가이거나 교수였다. 내가 특히 친한 사람은 프랑수아와 샤를 그리고 마리 루이즈였다. 마리는 1년 동안 내 딸의 가정교사이기도 했다. 샤를은 대단한 능력가이고 멋진 목소리를 가지고 있고 성격이나 생각하는 것도 아주 매력적이었지만 좀 교만하고 자기 생각에 빠져 대중들과 잘 어울리지 않았고 러시아에 못 박혀 살며 계속 대단한 사람들에게서 교육받았다.

프랑수아는 일찍 자신의 공부를 끝냈다. 22살 때 변호사가 되어 샤토루에 왔다. 그의 아버지는 자신의 사무실을 내주며 그에게 큰 재산을 물려줬다고 생각하고 아들의 능력과 그가 가진 고객들이라면 가족을 충분히 먹여 살릴 거라고 생각했다. 결론적으로 롤리나 씨는 아무것도 걱정하지 않고 그저 웃고 놀다 죽었는데 모든 가족이 모은 재산들보다 더 많은 빚을 남기고 죽었다.

프랑수아는 이 무거운 짐을 베리 사람 특유의 우직함으로 견뎌 냈다. 상상력이 풍부하고 감수성이 예민했던 그는 아버지처럼 예술가였지만 진지한 철학자였는데 22살 때부터 명예로운 일을 한답시고 그의 모든 인생과 뜻과 능력을 삭막하기만 한 일에 쏟아부어야 했고 그래서 엄마와 11명의 형제자매들이 삶을 살아 갈 수 있게 해야 했다. 그가 이렇게 자기를 희생했으며 결코 좋아할 수도 없고 설혹 성공해도 기쁘지도 않을 자신의 직업을 혐오하고, 답답하고 스스로 노예 같다고 느끼고 쓸데없는 일거리들로 괴로워하면서 미래도 없는 삶에 대해 고민하고 또 그놈의 빚을 갚느라 고통스러워한다고는 아무도 짐작조차 하지 못했다. 그의 어둡고 생각에 잠긴 듯한 얼굴에 그런 근심과 피로함이 쓰여 있었지만 말이다.

원래가 과묵하고 사심 없는 표정의 프랑수아는 자신을 드러내 보이는 때가 드물었다. 하지만 그는 너무나 분명하고 요령 있고 또 모든 것을 꿰뚫어 보는 눈을 가지고 있는 사람이었다. 단둘이만 있게 되어 즐거운 마음으로 편하게 장난을 칠 때면 그는 정말 기발한 천재였다. 그가 거의 미치광이처럼 무게를 잡으며 하는 말들에 나는 웃음을 터뜨리지 않을 수 없었다.

하지만 내가 여기서 그의 선함과 순진무구함과 고고한 영혼이 품고 있는 보석 같은 지혜를 다 표현할 수는 없다. 나는 그의 이러한 점을 처음 보자마자 알아보았고 그것 때문에 진정한 우정을 간직할 수 있었다. 그리고 그와의 우정을 내 인생의 가장 소중한 축복 중 하나로 꼽는다. 너무나 큰 자기희생과 가족을 위한 영웅적 헌신을 보여준 그에 대한 나의 존경과 인정 외에도 둘만의 특별한 공감과 생각의 일치, 그러니까 우리 사이의 특이한 동질감은 우리 두 사람에게 그렇게도 바랐던 완전한 우정을 꿈꿀 수 있게 했다. 성스러움과 평온함으로 인간적인 모든 감정을 뛰어넘는 그런 우정의 감정 말이다.

남자와 여자 사이에서는 남자들 관계에서는 볼 수 없는 감정들이 문제를 일으키곤 한다. 때때로 나이든 남성이 우리에게 보여주는 충실한 우정은 과거에 끝나 버린 뜨거운 사랑에 대한 향수일 수도 있다. 정숙하고 신중한 여자는 빨리 이 위험스러운 상황을 벗어난다. 자신 안의 그런 비밀스럽고 내밀한 감정을 함께 나누지 않는다고 상대를 나무라는 남자는 우정을 나눌 가치가 없는 사람이다. 그런데 나로 말하자면 대체적으로 이런 관계 속에서 별 문제없이 행복했던 사람이다.

사람들이 종종 비웃는 나의 낭만주의적 성향에도 불구하고 나는 천성적으로 진짜 아름다운 영혼을 구별할 수 있고 그들과 우정의 관계를 지속할 수 있다. 내게는 여성스러운 교태 같은 게 전혀 없었을 뿐 아니라 교양이 있는 여자들조차 전혀 경계심을 갖지 않을 도발적 행동에 대해서도 혐오감을 갖고 있어서 우정의 관계에서 연애 감정으로 괴로워한 적은 거의 없다. 또 우정의 관계에서 설혹 그런 연애 감정을 발견하게 된다 해도 무례하고 불쾌하다는 생각은 들지 않았다. 왜냐하면, 그런 사랑은 진지하고 존경스러운 감정이었으니까.

처음 만날 때부터 지금까지 나를 형제처럼 보아준 친구는 프랑수아 롤리나 한 명뿐이 아니다. 하지만 나는 모두에게 뭐라 설명할 수 없지만 롤리나에게 제일 큰 애정을 갖고 있다는 것을 숨기지 않는다.

어떤 사람들은 나를 존경하는 마음으로 섬겨주었고 어떤 사람들은 어릴 적 추억 때문에 더 소중한 관계였다. 그들 또한 나에게 마찬가지였다. 하지만 롤리나와는 또 다른 관계였다. 우리 관계가 25년밖에 안됐지만 그저 습관적으로 만난 것이 아니라 특별한 관심을 가지고 만난 관계이기 때문이다. 이것은 내가 즐겨 말하는 몽테뉴식의 우정이다.

"사람들이 왜 그를 좋아하느냐고 자꾸 물으면 나는 설명할 수 없다. 굳이 대답하자면 그가 그이고 내가 나이기 때문이다. 그리고 어떤 설명을 하건 그것 이상의 뭔가가 있다. 단지 말할 수 있는 건 우리 관계 속에 뭐라 설명할 수 없는, 운명적으로 뭔가 연결된 그런 느낌이 있다는 것이다. 우리는 만나기 전부터 서로를 찾았던 것 같다. 그것은 이성적인 노력에 의한 것이 아닌 감정적으로 연결된 느낌이다. … 우리가 처음 만났을 때 우리는 서로에게 매료되었고 서로를 너무나 잘 이해할 수 있었고 서로에게 너무 빠져서 그때부터 우리 둘보다 더 가까운 사이는 없었다. … 너무 늦게 시작 돼서 … (우리의 지성은) 허비할 시간이 없었고 주기적으로 지속되는 우정처럼 조심스럽고 오랜 대화를 나눌 필요도 없었다."

젊을 때부터, 그러니까 어릴 때부터 나는 이상적인 우정을 꿈꿔 왔고 이 같은 옛 사람들의 위대한 우정을 갈망하고 있었다. 그런 우정에서는 변태적인 것도 발견할 수 없었다. 하지만 이후 키케로가 "이것은 사랑인가 우정인가?"라고 말하듯 우정에도 왜곡과 병적인 것이 있다는 것을 알게 되었다. 나는 진정한 영웅이 타락하고 야만적일 수도 있단 걸 인정해야만 했다! 그리고 모든 것을 다 읽을 수 있는 나이가 되었을 때 아킬레우스와 파트로클로스20 그리고 아르모디우스와 아리스토지톤의21 이야기를 알게 되고는 정말 혐오감을 넘어 슬픔에 잠길 수밖에 없었다. 이런 실망감을 준 것은 분명 몽테뉴의 우정에 대한 글 때문이었다. 그리고 그때부터 너무나 고귀하고 너무나 열정적인 그 부분, 너무나 높은 도덕으로까지 승화되는 그 남성들 간의 성스런 표현은 내 영혼에만 적용될 수 있는 일종의 신성한 율법이었다.

하지만 나는 몽테뉴가 여자에 대해 다음과 같은 경멸적인 말을 했을 때는 깊은 상처를 받았다.

"솔직히 말해, 여자들에게 흔히 있는 자아도취 같은 성향은 신성한 관계 속에서의 소통과 화합에는 적합하지 않다. 그런 성향은 너무나 꽉 묶어서 이런 지속되는 매듭은 견뎌낼 수 없을 것 같다."

오르메송의 정원에서 몽테뉴를 묵상하며 나는 여자라는 것이 종종 수치스러웠고 솔직히 모든 철학책을 읽을 때마다, 종교 서적 안에서조차 여자에게 적용되는 이런 정신적 열등감은 나의 자존심을 상하게 했다. 그래서 나는 속으로 이렇게 소리쳤다.

'그렇지 않아! 우리 얼굴을 보고 당신들이 우리를 어리석고 경박하다고 하는 것은 당신들이 강요했던 나쁜 교육의 결과일 뿐이지, 당신들 스스로가 그런 것을 더 악화시키는 악순환을 계속하고 있는 거야. 우리도 남자와 같은 좋은 조건 속에 함께 놓아주길 바라. 둘 다 순수하고 진지하고 강한 의지를 갖도록 교육해 봐. 그러면 당신들은 둘 다

---

20 〔역주〕〈일리아드〉에 나오는 동성애자 커플이다.
21 〔역주〕아테네의 두 독재자로, 동성애 관계였다.

같은 창조주의 손에서 나온 것을 알게 될 테니까.'

그리고 나 자신을 돌아보니 나는 무기력했다가도 금방 다시 활기차지곤 했다는 것, 그러니까 근본적으로 여자의 몸이지만 기질적으로는 변화무쌍하다는 것을 깨닫게 되었다. 그리고 내가 우연히 다른 여자들과 다르게 교육받은 것이 나를 바꾼 거란 생각이 들었다. 그래서 약한 뼈가 피곤함을 더 견디게 되었고, 정신은 데샤르트르의 금욕주의적인 이론 혹은 다른 크리스천들의 고행을 보고 나의 천성적인 약점들을 극복할 수 있었던 것 같다.

또 나는 유치한 치장들에 대해서도 생각해 보았는데 단지 남자들을 만족케 하려는 그런 불순한 의도의 몸치장이 아니라도 내게는 그런 것에 대한 생각 자체가 없다는 생각이 들었다. 그러니까 나는 도덕주의자 철학자들이 경멸하고 불신하는 그런 여자가 아니었다. 나의 영혼에는 미에 대한 갈망과 진실에 대한 목마름이 있다. 하지만 다른 여자들처럼 몸도 약하고 예민하고 공상적이고 유치한 감상에 잘 빠지고 한없이 약한 모성애를 지닌 여자이기도 하다. 그런데 그렇다고 해서 이런 것이 창조적인 일과 가정에서 열등한 조건이 될 수 있을까? 사회 속에서는 아주 인내하며 즐겁게 모든 것을 감내할 수 있을 것 같다. 대체 어떤 남자가 여성들의 그런 추락한 권위를 되찾아주는 데 오로지 신의 생각만을 기준으로 삼으며 비밀스럽게 우리들의 영웅이 되어줄 수 있을 것인가?

여자가 남자와 다르고 마음cœur과 정신l'esprit은 하나의 성을 가지고 있다는 것도 분명히 알고 있다. 그 반대 되는 것은 매우 예외적인 경우이다. 하지만 만약 우리의 교육이 필요한 과정을 거쳤더라면 (남자의 교육과 같아서는 안 된다고 생각한다.) 여자들은 삶 속에서 더 예술적인 시인이 될 수 있을 것이고 남자는 그들이 하는 일에 대해 그럴 것이다. 사람들이 조화롭게 사랑하게 해주는 고귀한 매력이 근본적으로 서로 다른 것을 어떻게 정신적인 열등감으로 치부할 수 있을까?

지금 나는 사회주의를 주장하는 것이 아니다. 이런 근본적인 질문을 고민할 당시 나는 사회주의가 뭔지도 몰랐으니까. 나중에 내가 무엇 때문에 그 위선적인 생각, 이른바 해방이라는 것을 받아들이지 않았는지 설명할 기회가 있을 것이다. 내 생각에 그들이 말하는 그 해방이라는 것에는 여성의 진정한 본성과 고귀한 운명에 대한 논리가 결여된 것으로 보였다. 나는 비밀스럽게 혼자서 철학적으로 생각해 본다. 진짜 철학은 너무 위대해서 진짜 신이 우리를 언약의 하늘 아래 받아들인 것처럼 우리 여자를 동등하게 받아들일 수 없을 거라는 생각에는 동조할 수 없다.

나는 여자도 얼마든지 도달할 수 있는 남성적 미덕을 마음에 품으면서 항상 순진한 호기심을 가지고 추구할 수 있는 힘이 있는지 자문하곤 한다. 엄격성, 사심 없음, 신중함, 일에서의 참을성 같은 남자만의 힘을 실제 행위를 할 때 배운 대로 열심히 받아들이려고 해도 안 되는 건지 자문해 보았다. 나는 나 스스로가 믿을 수 없고 허황되고 수다스럽고 게으르다고 생각되지 않았다. 그래서 나는 왜 몽테뉴가 형제처럼 소중한 친구 라보에티에처럼 나를 사랑하고 존중해주지 않았는지 의심스러웠다.

그가 꿈꾸는 완전한 몰입, 하지만 남자와 여자 사이에서는 결코 우정, 사랑의 이름으로 하나가 될 수 없는 그 몰입에 대해 쓴 문장을 깊이 생각하면서 나는 오랫동안 사랑에 있어서의 뜨거운 설렘이나 질투가 우정이 가지는 신성한 평온과 양립할 수 없다는 것을 믿었었다. 그래서 롤리나를 만났을 때 나는 사랑 없는 우정을 찾았었다. 폭풍 같고 한탄스러운 모든 감정의 동요들을 잊을 수 있는 성소나 피난처처럼 말이다. 당시 나를 둘러싸고 있었던 형제처럼 따뜻하고 헌신적인 우정에 대해서도 그 귀중함을 모르는 바 아니다. 하지만, 우연히도 여자든 남자든 예전의 친구들은 모두 나를 잘 알 수 있는 나이가 아니었고 나를 잘 이해할 수 있는 나이도 아니었다. 어떤 친구는 너무 젊었고 어떤 친구들은 너무 나이가 많았다.

나보다 몇 살 어린 롤리나도 이런 점에서 나와 다르지 않았다. 극단적인 인생의 피로가 그를 이미 절망 가운데 밀어 넣었지만 여전히 이상을 향한 보이지 않는 열정이 그를 살아 있게 하고 흥분시키고 있었다. 그 힘든 현실의 무게 아래에서도 말이다. 너무나 강렬하게 모순적인 삶, 차가운 얼음 아래 불타는 혹은 이미 꺼져 버린 재 아래 타고 있는 그런 열정이 나의 상황과도 맞아떨어졌고 우리는 서로에게서 자신의 모습과 철학적 관점에서의 자기 모습을 볼 수 있다는 것에 놀랐다. 생활 습성은 표면의 문제일 뿐이지만 우리는 서로 교제를 이어 가며 너무나 비슷하게 모든 것들을 쉽게 처리해서 마치 원래 그래 왔던 것만 같았다. 분석하기 좋아하고 판단에는 조심스럽고 결정하지 못하고, 최고의 선을 갈망하고, 또 대부분의 남자들의 삶을 지배하고 또 으레 삶 가운데 있기 마련인 열정이나 취향이 없는 것. 반대로 끝없는 몽상가이며 깊이 괴로워하다가 또 갑작스럽게 즐거워하고, 순진한 마음에 야망도 없으며, 다른 사람이라면 명예와 돈을 위해 이용하려 들었을 기회가 있어도 왕자와 같은 게으른 환상에만 빠져 있는 것, 또 아무리 대단한 것이라고 해도 우리에게는 하찮아 보이고 전혀 대단해 보이지 않을 때 그저 팔짱을 끼고 있으며 승리에 찬 만족을 느끼는 것, 그러니까 우리는 같은 기질에 같은 약점을 가지고 있었고 어떤 것에 대해서는 의욕적이고 어떤 것에 대해서는 시큰둥한 것까지 모든 것이 닮아 있었다.

하지만 우리는 어쩔 수 없이 일할 수밖에 없는 사람들이었다. 발과 손이 묶인 채 우리는 거부할 수 없이 끊임없이 일하고 있었다. 어쩔 수 없이 받아들인 의무에 못 박힌 채로. 그 외에 그의 생동감 있고 재치 있는 성격은 종종 내게 용기를 북돋아주었다. 롤리나는 내게 설교하기보다는 항상 모범을 보여주었는데 그게 얼마나 큰 영향을 주는지조차도 몰랐다. 그와 함께 그리고 그를 위해 나는 진실하고 신성한 우정의 관계를 맺을 수 있었다. 그러니까 몽테뉴와 같은 그런 특별하고 완전한 우정 말이다. 그것은 우선 낭만적인 계율 같은 것이어서 한순간도 그 성스러운 영혼의 매듭이 풀어진 적은 없었다. 한 번도 우리 둘 사이의 믿음에 대해 의혹도 가져 본 적도 없었다. 한 번도 서로 간에 다른 선입견이나 주장으로 우리가 서로 다른 사람이란 생각을 해본 적도 없었다. 우리는 두 사람이지만 하나의 영혼으로 사는 존재였다.

우리 둘 모두는 삶 속에서 다른 관계들, 그러니까 실제 삶에서 더 밀착된 애정의 관계가 있었지만 그것으로 우리 두 마음이 맺고 있는 영적 하나 됨을 제거할 수는 없었다. 이렇게 평온하고 천국같이 하나 된 마음속에는 우리의 깊은 영혼을 질투하게 하고 불안하게 할 그 어떤 것도 없었다. 우리 둘 중 한 사람이 좋아하는 사람은 둘 모두에게 성스럽고 귀중한 존재로 좋은 관계를 맺었다. 결국, 이 우정은 마치 아름다운 기사도 소설에서처럼 고귀했다. 누구도 강요하지 않았지만 우리 스스로가 고귀한 마음을 품고 있었고 두 사람의 뜨거운 우정으로 맺은 계약은 마치 종교적 언약 같았다. 근본적으로 서로에 대한 존경이 바탕이 되어 서로 간에 인정받을 필요도 없었고 만약 둘 중 한 사람이 악이나 범죄에 빠진다 해도, 이 땅 어딘가에 결코 자신을 버리지 않을 순수하고 성스러운 영혼이 존재하고 있음을 믿을 수 있었다.

한번은 친구 중 한 명이 그를 너무나 심하게 욕했던 기억이 난다. 터무니없는 소리여서 나는 그저 어깨를 으쓱하고 말았다. 하지만 사람들이 그에 대해 나쁜 편견을 가진 것을 볼 때면 나는 참지 못하고 이렇게 말할 수밖에 없었다.

"그래, 그렇다고 해도 그게 그 사람이라면 나는 아무 상관없어요."

그보다 더 사람들에게 노출된 삶을 사는 나로서는 그보다 더 비난받을 때가 많았으니 아마도 그는 나보다 더 그런 태도를 보여야만 했을 것이다. 내 친구 중 어느 누구와도 그에 대한 개인적 의견이나 개인적 사실을 놓고 토론을 벌인 적은 한 번도 없다. 보통 사람들에게는 우정에도 어떤 권리나 의무가 있겠지만, 무한한 신뢰 속에 그런 권리 같은 것도 생각지 않고 행복하게 서로를 믿으며 그런 의무감마저 사라져 버릴 때 거기에 위대하고 이상적인 우정이 존재하는 것이다. 나는 그런 이상적인 것이 필요했다. 그 모든 것을 잊어버릴 수 있는 그런 우정 말이다.

하지만 지혜롭게 시적詩的 이상과 현실 사이를 떠다니는 여러분들,

그러니까 지금 내가 조금이라도 도움이 되는 글을 써주려고 하는 여러분들은 잠시 인내심을 가지고 이 이야기의 결론을 기다려 보시기 바란다.

그렇다. 우린 영혼의 아름다운 감정을 미화시켜야 하고 그것을 높이 평가하기를 두려워해서는 안 된다. 영혼의 모든 필요를 우리를 이기적으로 만드는 필요들과 혼동해서는 안 된다. 이상적 사랑 … 그것에 대해 아직 나는 말한 적이 없는데, 아직은 때가 아닌 것 같다. 이상적 사랑은 우리가 품을 수 있는 가장 신성한 감정을 함축하게 될 것이다. 하지만 그것은 이상적 우정에 견줄 수 없다. 사랑은 두 사람 모두에게 이기적이다. 왜냐하면, 끝없는 만족을 원하기 때문이다. 하지만 우정은 그런 사사로운 것이 없다. 우정은 모든 즐거움이 아니라 모든 고통을 나눈다. 우정은 현실과 자기 이익과 이 삶의 쾌락에 뿌리를 두고 있지 않다. 완벽하지 못한 상태로라도 그것은 어떤 형태로든 사랑보다 더 드물다. 그러면서도 우정은 흔해 보인다.

'친구'라는 이름은 너무나 흔해서 사람들은 200명쯤 되는 사람들을 내 친구라고 부른다. 좋고 믿을 수 있는 사람들을 사랑하고 사랑해야만 한다는 점에서 그것은 남용이라고 할 수 없을 것이다. 내 말을 믿길 바란다. 우리 가슴은 충분히 넓어서 많은 애정을 품을 수 있고 더 많은 정성과 헌신을 쏟으면 마음이 더 넓어지고 강해지고 따뜻해지는 것을 알 수 있다. 본성적으로 마음은 신성하다. 마음이 약해지고 죽을 것 같을 때마다 그런 무거운 고통은 우리에게 영원한 생명이 있음을 증명해 준다. 그러니 어떤 흠 없는 호감을 가지고 서로 교감하는 것을 두려워하지 말자. 그리고 관대한 정신을 찾는 따뜻하고 고통스러운 감정들을 그저 견뎌내자.

하지만 특별한 우정 또한 숭배해야 할 무엇이다. 그리고 한 명의 친구, 그러니까 완벽한 한 명의 친구, 그를 위해서 나 스스로 완벽해지고 싶을 만큼 사랑하는 그런 친구, 너무나 성스러운, 또 그에게도 나 자신이 성스러울 수 있는 그런 친구 없이도 괜찮다고 생각해서는 안 된다. 우리의 제일 큰 목표는 우리 안에 우리를 갉아먹는 악, 곧 나의 자기중심적 자아를 제거하는 것이다. 당신은 곧 알게 될 것이다. 누군가를 위해 좋은 사람이 되는 데 성공한 사람은 곧 이 세상 모두를 위해 더 좋은 사람이 된다는 것을. 이상적 사랑을 찾는다면 이상적 우정이 그것을 받아들일 수 있는 마음을 멋지게 준비해줄 것이다.

14. 필명 '조르주 상드'

이런 고상한 감정들로부터 다시 아까 이야기하던 문학 소년의 이야기로 돌아오는 것이 너무 큰 거리감을 주지 않으리라고 생각한다. 나는 그 시간을 그저 나의 소년시대 정도로 부르고 싶다. 물론 이렇게 우스운 모습으로 대처하는 데는 당시 남아 있던 귀족적 관습들도 한 몫을 했다. 그런 차림새로 나는 남자처럼 행세하며 그때까지도 여전히 촌스러운 시골 여자였던 내게 현실 사회가 결코 허락하지 않았던 구석구석을 다른 남자들처럼 충분히 볼 수 있었기 때문이다.

당시 나는 예술과 정치를 바라보고 있었다. 역사책 속에서 이런저런 원인과 결과를 가지고 보는 것이 아니라 직접 사회 속에서 살아 있는 인간들이 만들어내는 소설과 역사를 바라보고 있었다. 나는 복도에서 무대에서 객석에서 혹은 바닥 자리에서, 그러니까 볼 수 있는 모든 사회 구석구석에서 그 광경들을 보고 생각했다. 나는 여러 계층이 모이는 공간을 모두 가보았다. 클럽에서 아틀리에로, 카페에서 허름한 골목집까지. 내가 관계하지 않은 곳은 살롱뿐이었다. 나는 장인들과 예술가들을 이어주는 중간 세계를 알고 있었다. 하지만 그들이 만나는 곳에는 많이 가지 않았다. 나는 가능하면 되도록 그들의 파티에 참여하지 않았다. 그것은 너무나 지루한 일이었을 뿐 아니라 그런 파티들의 이면을 너무나 잘 알고 있어서 더는 알고 싶은 것도 없었다.

후원자들은 항상 틀린 생각으로 예술가들의 소명을 모욕하려 든다. 그들은 당시에 그리고 이후에도 내가 악에 대한 호기심을 가지고 있다고 말했다. 그것은 정말 비겁한 거짓말이다. 나는 그들에게 이 말만 하고 싶다. 어떤 시인도 고의로 자신의 존재와 생각과 자신의 시선조차 더럽히지 않는다고, 특히 그 시인이 여성이라면 그것은 배가 된다.

이런 이상한 습관을 나중에 숨기려고도 했지만 그런 변화가 즉각적으로 나의 안정된 삶을 뒤흔들어 놓을 것을 생각하지 않을 수 없었다. 남편도 알고 있었지만 거기에 대해 어떤 비난도 방해도 하지 않았다. 엄마와 이모도 마찬가지였다. 그래서 나는 내 운명에 대해 나 혼자 모든 것을 규정지었다. 하지만 다른 환경에서 나는 더 심한 비난을 맞닥뜨려야만 했다. 솔직히 나는 나를 노출하고 싶지 않았다. 나는 선택을 통해 어떤 우정이 진정한 것이며 어떤 것이 추문을 만들어낼 것인지 가늠해 보고 싶었다. 처음에 나는 사람들이 별로 관심 갖지 않을 그런 관계들을 많이 맺었다. 그리고 거기에 나는 인생의 어떤 의미도 부여하지 않았다. 정말 좋아하는 사람인데 나를 욕할 것 같은 사람은 조용히 관계를 끊었다. 속으로 "만약 나를 사랑한다면 달려오겠지. 만약 그렇게 하지 않으면 잊어버려야지. 하지만 과거의 추억으로 항상 그들을 그리워할 거야. 우리 사이에 상처 줄 해명 같은 것은 없으니까. 그 어떤 것도 우리의 순수한 애정 어린 추억을 더럽힐 수 없어."라고 생각하면서 말이다.

사실 내가 왜 그들을 욕할 것인가? 그들이 나의 목적, 나의 미래, 나의 생각을 알 수나 있었을까? 그들이, 아니 나 자신조차 돌아갈 배를 불태우며 내가 어떤 능력이 있는지 얼마나 많이 인내해야 하는지 알았을까? 나는 아무에게도 나의 수수께끼 같은 생각을 한 마디도 해본 적이 없고 또 나 자신도 그것을 분명히 발견하지 못하고 있었다. 그래서 내가 글을 쓰겠다고 말할 때 그것은 정말 농담처럼 웃으며 나 자신과 모든 이에게 비웃듯 한 소리였다.

  그러다 운명적으로 일이 시작되었다. 그것은 거역할 수 없는 운명이었고 나는 거기에 나를 던졌다. 무슨 위대한 운명은 아니다. 나는 항상 어떤 종류의 야망도 꿈꾸는 사람이 아니었으니까. 그것은 자유로운 정신과 시적 고독을 실현할 수 있는 운명의 시작이었다. 이 사회에 대해서 내가 원하는 것은 제발 내가 자유롭게 매일의 빵을 얻도록 해주고 그 외에는 나를 잊어주는 거였다.
  어쨌든 나는 마지막으로 파리에 있는 가장 소중한 친구들을 만나보기로 했다. 나는 수녀원에 가서 몇 시간을 보냈다. 그곳 사람들은 모두 7월 혁명으로 야기된 일들로 정신이 없었다. 학생들도 없어서 물질적인 어려움에 수녀원은 당황한 것 같았다. 그래서 나는 내 일에 대해 어렵지 않게 침묵하면서 사랑하는 엄마 앨리시아 수녀님을 잠깐 보았을 뿐이다. 그녀도 정신없이 바쁘게 일을 처리하고 있었다. 헬렌 자매는 은퇴했고, 풀레트는 함께 뜰을 산책하며 빈 교실과 침대도 없는 기숙사 방, 조용한 정원을 보여주었다. 그리고 매번 "정말 큰일이야! 정말로!"라는 말을 되뇌었다.
  내가 있을 때 있던 사람은 몇몇의 수녀들과 마리 조제프 하녀뿐이었는데 명랑하고 쾌활한 하녀가 오히려 그 바쁜 사람들 가운데 내게 가장 살가웠다. 내 생각에 수녀들은 진정 가슴으로 사랑할 수 없거나 사랑해서는 안 되는 것 같았다. 그들은 하나의 생각으로만 살았고 그 생각을 지켜줄 외적인 조건만을 중요하게 여겼다. 흔들리지 않는 질서와 완전한 안전이 필요했고 묵상을 방해하는 모든 것은 끔찍한 사건이거나 너무나 큰 위기였다. 외부의 우정 같은 것은 그들에게 아무 의미도 없었다. 인간적인 것은 다른 사람과는 다른 그들의 삶의 방식에 조금이라도 도움이 될 때만 의미 있는 것이었다. 나는 수녀원에서 어떤 이상이 주변 상황에 따라 흔들리는 것을 보고 더는 수녀원을 그리워하지 않기로 했다. 공동체 생활에서는 모든 것이 정지해 있었고 7월의 대포 소리도 그 평화를 깨뜨릴 수 없었다. 22

내 머릿속 한편에는 어떤 이상이 숨어 있었고 그것을 실현하기 위해서는 단 며칠이면 충분했다. 나는 길을 걸으면서도, 빙판 위를 걸을 때도, 어깨가 눈에 덮이고 손을 주머니에 넣고 때로는 뱃속이 텅 비었을 때도 머릿속은 꿈과 멜로디와 색과 형상과 빛과 공상으로 가득했다. 나는 숙녀도 아니었고 그렇다고 신사도 아니었다. 길거리에서 사람들은 내가 바쁜 사람들에게 방해물인 것처럼 나를 밀치고 갔다. 사실 아무 할 일도 없는 나로서는 아무 상관없었다. 아무도 나를 몰랐고 아무도 나를 쳐다보지 않았고 아무도 내게 말을 걸지 않았다. 나는 수많은 군중 속에 작은 한 원소元素였을 뿐이다. 아무도 라샤트르에서처럼 "저기 오로르 부인

---

22 하지만 성소 안에서 그들은 마음속에 화산을 감추고 있었다. 그리고 나는 이 글을 쓰면서 헬렌 자매가 오래전에 수녀원을 떠나 풀레트까지 데리고 영국으로 갔다는 것을 알게 되었다. 풀레트는 영국에서 50년 동안 칩거생활을 하다가 그렇게도 사랑스럽고 사랑받던 그녀, 수도원의 받침돌이며 궁륭의 머릿돌 같았던 그녀는 모든 자매들과 인연을 끊고 멀리 떠나 죽었다. 그렇게도 편을 들었던 헬렌과도 사이가 틀어져서 말이다!

이 가네! 항상 같은 옷을 입고 같은 모자를 쓰네."라고 말하지 않는다. 아니면 노앙에서처럼 "저기 말 위에 앉은 주인마님이 있네. 저렇게 앉은 것을 보면 머리가 좀 정상이 아닌 게 분명해."라는 말도 하지 않는다. 파리에서는 아무도 나에 대해 생각하지도 않고 나를 쳐다보지도 않는다. 그래서 사람들의 수군거림을 피하기 위해 서두를 필요도 없다. 나는 "대체 무슨 말도 안 되는 생각을 하는 거예요?"라는 소리를 듣지 않고 마음껏 아무도 모르게 소설을 쓸 수 있다. 그것은 골방에서 쓰는 것보다 나았다. 그래서 나는 르네처럼, 하지만 그처럼 슬프지 않고 아주 만족스러운 심정으로 '인간들의 사막' 속을 걷고 있다고 말할 수 있을 것 같았다.

속으로 더는 그 철창을 넘지 않으리라 다짐하면서 나는 마지막으로 추억을 반추하고 음미하려는 듯 수녀원과 모든 추억의 장소를 구석구석 살펴본 다음 그곳을 나왔다. 나는 그곳에 나의 가장 성스러운 사랑을 분노 하나 없는 신성한 상태로, 구름 한 점 없는 창공처럼 남겨 두고 왔다. 만약 다시 방문한다면 아마도 나는 내면의 생각과 계획들과 나의 종교적 태도에 대해 의문을 품을 것 같았다. 나는 논쟁하고 싶지 않았다. 싸우기에는 너무 존경스러운 분들이었고 나는 그들로부터 단지 조용한 축복만을 받고 싶었다.

수녀원에서 돌아와서 나는 소중한 부츠를 다시 신고 드뷔로의 팬터마임을 보러 갔다. 도시와 근교의 젊은이들에게 하루에 두 번씩 하는 아주 특이한 공연이었다. 젊은이들은 이 공연에 열광했다. 베리 사람들 모임의 물주인 돈 많은 귀스타브 파페는 바닥 자리에 앉은 사람들에게 보리설탕을 사주었고, 끝나면 모두 배가 고파 우리 중 서너 명을 데리고 '방당지 드부르고뉴'라는 식당으로 갔다. 그리고 갑자기 그는 드뷔로도 초대하겠다는 생각을 했다. 전혀 알지도 못하면서 말이다.

그는 다시 극장으로 들어가서 대기실로 쓰고 있는 지하 방에서 피에로 의상을 막 벗고 있는 그를 발견하고는 팔짱을 끼고 데려왔다. 드뷔로는 아주 매력적인 사람이었다. 그는 샴페인은 한 모금도 마시지 않으려고 했는데 자기 연기를 위해서는 머릿속이 조금도 방해받지 않고 평온해야 한다는 것이 그의 지론이었다. 나는 그렇게 진지하고 그렇게 사려 깊고 자기 예술에 대해 그렇게 신념 있는 예술가는 본 적이 없었다. 그는 자신의 일을 너무나 사랑했고 너무나 겸손한 태도로 소중하게 말했다. 그는 무뎌지지 않기 위해 끊임없이 연구하며 또 연구했다. 그렇게도 많이, 아니 지나칠 정도로 많은 공연을 하면서도 말이다. 그는 자신의 날씬한 외모나 자신만의 독특한 체형이 예술가들이나 순진한 사람들 마음에 들까 안 들까를 고민하지 않았다. 그는 자신의 만족을 위해, 자신의 환상을 실현하기 위해 일했고 너무나 즉흥적인 그 환상들은 상상할 수 없는 노력과 함께 미리 연구되고 또 연구되었다.

나는 그의 말을 아주 주의 깊게 듣고 있었다. 그는 억지로 포즈를 취하지 않았고 나는 비록 어릿광대라 해도 그에게서 어떤 예술가 정신, 장인이라 불리기에 충분한 그런 정신을 보았다. 쥘 자냉은 이 예술가에 대해 아주 작은 논문을 얼마 전 발표했는데 그것은 드뷔로의 재능에 대해 어떤 감흥도 일으키지 못했었다. 내가 드뷔로에게 자냉 씨의 칭찬 글에 만족하느냐고 물으니 그는 이렇게 대답했다.

"감사한 일이지요. 저를 위한 그의 의도는 좋았고 그것으로 제 명

성에도 도움이 되었지요. 하지만 그가 말한 것은 예술이 아니고 저의 생각도 아니지요. 자냉 씨가 말한 드뷔로는 제가 아니에요. 그는 나를 이해하지 못했어요."

나는 이후로 드뷔로 씨를 몇 번 더 보았다. 그럴 때마다 항상 그 거리의 어릿광대에게 존경과 경외심을 품었다. 그것은 그의 신념과 노력에 대한 경외심이었다.

나는 12~15년 뒤에 그의 자선공연에 간 적이 있었는데 마지막 순간 그는 무대 밑으로 떨어지는 사고를 당했다. 다음 날 나는 그의 안부를 물으러 사람을 보냈는데 그가 직접 별일 아니라고 말하며 다음과 같은 사랑스러운 편지를 보내왔다.

"어떻게 더 고마움을 표현할 길이 없는 것을 용서해주시기 바랍니다. 제 펜이 제가 연기하는 목소리 없는 사람의 목소리 같네요. 하지만 저의 마음만은 제 표정처럼 진실하답니다."

며칠 뒤 그 대단한 사람, 그 진정한 예술가는 사고 후유증으로 삶을 마감하게 되었다.

수녀원 방문 이후 내게는 끊어야 할 것이 또 있었다. 마음으로가 아니라 내 삶에서 말이다. 나는 친구인 잔과 에메를 보러 갔는데 사실 에메는 내가 선택한 친구는 아니었다. 그녀는 내가 별로 마음에 들지 않을 때는 아주 차갑고 냉정하게 대했다. 하지만 그녀가 잔의 소중한 자매라는 것 외에도 그녀에게는 좋은 장점들이 많았다. 아주 고상한 지성과 올바른 정신, 또 천성적으로 선한 아이는 아니었지만 공평함에서 나오는 관대함 등으로 나는 그녀를 좋아했다. 잔에 대해서는 그 부드러움과 겸손하고 천사 같은 강인함을 그때나 지금이나 마음속에 간직하고 있다. 그것은 마치 엄마와도 같은 그런 사랑이었다.

이 두 사람은 모두 결혼했다. 잔에게는 건강한 아이가 하나 있었는데 그녀는 크고 검은 눈망울로 아주 취한 듯 그 아이를 바라보고 있었다. 그녀가 행복한 것을 보고 나도 행복했다. 나는 애정을 가지고 아이와 엄마를 안아주며 곧 다시 오겠다고 했지만, 속으로는 다시 가지 않겠다는 결심을 했다.

나는 내 스스로 한 약속을 지켰고 스스로를 칭찬했다. 이 젊은 두 상속녀들은 백작 부인이 되어 귀족들의 세상, 그러니까 나처럼 사는 것을 냉소적으로 바라보는 그런 세상 속에 살고 있었다. 그들은 내가 내 멋대로 하는 생각들을 일종의 파문破門으로 여겼다. 언젠가는 그들에게도 그들의 판단이 틀렸음을 알게 될 날이 올 것이다. 지금 나는 그런 사람들과 싸우지도 욕하지도 않지만 그들 스스로 자신들의 잘못된 신념이나 생각과 싸우게 될 날이 올지도 모른다.

아마도 잔의 마음속에는 여전히 우리의 영웅적이었던 우정이 남아 있을 것이다. 하지만 사람들은 그것을 나무랄 것이고 그녀를 너무나 사랑하는 나로서는 그녀에게 그런 슬픔을 줄 수가 없었다. 그녀의 삶에 그 어떤 작은 문제라도 말이다. 그런 질투나 이기적인 생각은 아예 내 머릿속에 존재하지 않았다. 그리고 앞에 닥친 어떤 상황을 받아들이는 데 있어 나름 분명한 소신이 있었다. 그리고 나의 태도는 너무나 확고했다. 솔직히 나는 세상의 규칙이란 것에 큰 충격을 받았고 그것으로부터 은근슬쩍 도망치고 있는 중이었다. 그래서 나는 그 규칙들이 나의 다름을 알게 되면 즉시 나를 파문시킬 것을 알고 있어야 했다. 그쪽 세계는 아직 나의 다름을 몰랐다. 나는 미스터리하다고 여겨지기에는 아직 너무나 알려지지 않은 존재였다. 파리는 커다란 함선艦船 사이에 수천의 작은 배들이 떠다니는 바다였다.

하지만 어떤 우연한 계기로 나는 원하지 않는 거짓말을 하거나 원하지 않는 질책을 받아야 하는 때도 있었다. 질책을 무시하면 곧 관계가 차가워지고 그다음은 관계가 깨졌다. 이것이 내가 결코 받아들일 수 없는 거였다. 정말 자존심이 강한 사람들은 공공연하게 그런 일을 자행하지는 않았고 애정이 있는 사람들은 그런 일로 상처를 주지는 않았지만 관계를 이어가는 게 불가능하단 것을 미리 경고했다.

나는 슬퍼하지 않고 나의 아지트, 나의 유토피아로 돌아왔다. 분명 어떤 아쉬움과 좋은 추억을 남겨 두고 왔지만 그런 결별에 더는 마음을 두지 않는 것이 위안이 되었다.

시어머니인 뒤드방 남작부인과는 우리 라탱 구역에서 하는 식으로 말하자면 약간 얼버무린 감이 있었다. 그녀는 내게 왜 남편도 없이 파리에 오래 머무느냐고 물었고, 나는 남편이 그것을 좋아한다고 말했다.

"그런데 네가 책을 출판한다는 게 사실이니?"

"네, 어머니."

그녀는 소리쳤다.

"세상에! 어떻게 그런 생각을!"

"네, 어머니."

"참 맹랑한 일이네. 우리 성을 그 책 표지에 쓰지 않으면 좋겠구나."

"아니, 결코 그럴 위험은 없을 거예요."

그리고 다른 설명은 없었다. 얼마 후 시어머니는 남프랑스로 떠났고 이후로 다시는 만나지 않았다.

출판된 책 표지에 쓸 이름에 대해 나는 생각해 본 적이 없었다. 모든 상황을 고려할 때 나는 계속 내 이름을 숨기기로 했다. 첫 번째 작품은 내가 쓴 후 '쥘 상도Jules Sandeau'가 모든 것을 다시 고쳐 썼다. 그래서 들라투슈는 그 책에 '쥘 상드Jules Sand'라는 이름을 붙여주었다. 이 작품을 보고 다른 출판사 사장은 내게 같은 이름으로 또 다른 작품을 부탁했다. 나는 노앙에서 《앵디아나》를 썼고 같은 이름으로 책을 내려고 했다. 하지만 '쥘 상도'는 겸손한 마음으로 자신이 전혀 관여도 하지 않은 작품에 자기 이름을 쓰길 원치 않았다. 이것은 출판사 사장의 생각과 달랐다. 이름은 단지 책을 팔기 위한 수단일 뿐이었는데 그 이름이 벌써 약간의 입소문을 타고 있었으니 그 이름만 고수하려 했다. 들라투슈는 생각 끝에 문제를 단번에 해결했다. '상드'는 그대로 두고 나만이 사용할 다른 이름을 찾기로 했다. 나는 즉시 '조르주George'라는 이름을 골랐다. 그것은 베리 사람이란 뜻이었다. 사람들에게 낯선 '쥘'이나 '조르주'라는 이름은 형제나 사촌쯤 되는 것 같기도 했다.

이 이름은 내게 잘 맞았고 《장밋빛과 하얀빛Rose et blanche》의 실제 작가인 '쥘 상도'는 자신의 이름을 완전히 되찾기를 원했다. 그래야 내 덕을 보지 않을 거라는 게 그의 설명이었다. 당시 그는 아주 젊었고 우아할 정도로 겸손했다. 이후 그는 자신만의 이름으로 자신의 많은 재능을 증명했다. 그리고 나는 들라투슈의 머리에서 나온 코체부Kotzebue의 암살자 이름을 고수했고 그 이름은 독일에서 유명세를 타 그곳으로부터 편지를 받을 정도였다. 독일 사람들은 내가 더 성공하

려면 '칼 상드'와 친족 관계임을 밝혀 보라고 성화였다. 독일의 젊은
이들이 그 젊은 광신주의자에 대한 공경심을 가지고 있고 그 죽음까
지도 아름답게 생각하고 있다는 것을 알고 있었지만 그런 신비주의자
의 단도를 상징하는 이름을 사용하고 싶지는 않았다. 과거에 그런 비
밀 조직에 대해 상상해 본 적은 있지만 그것은 단지 단도 이야기까지
일 뿐이고 혹시 내가 '상드'라는 이름을 고수하거나 내 주위 사람들이
나를 그렇게 부르는 것이 무슨 정치적인 암살을 암시하기 위한 거라
는 생각은 잘못된 상상이다. 그것은 나의 종교적 원칙도 아니고 혁명
적 감각도 아니다. 비밀 결사대 같은 것은 우리 시대나 우리나라에서
는 그리 좋은 인상을 주는 것도 아니었다. 그런 사건들의 결과는 단지
폭군 정치일 뿐인데 나는 결코 그런 폭군적 원리를 받아들일 수 없다.

만약 내가 정말 유명해질 거라고 생각했다면 나는 필명筆名을 바꿨
을 수도 있다. 하지만 《렐리아》로 모든 언론이 나를 비난하기 전까지
나는 그저 그런 글쟁이들 사이에서 이름도 없이 지낼 수 있으리라고 생
각했다. 하지만 나도 모르게 더는 그렇게 있을 수 없게 되고 또 사람들
이 나의 모든 작품과 그 필명을 신랄하게 공격하는 것을 보고 나는 그
이름으로 계속 작품을 썼다. 쓰지 않는 것은 비겁자 같았기 때문이다.
그리고 지금 나는 이 필명을 쓰고 있다. 비록 사람들은 이 이름의
반은 다른 작가의 이름이라고들 하지만 말이다. 그것은 우선, 내가
계속 말하지만, 그의 이름이 출판된 책 표지를 더럽히지 않을 만큼 그
가 충분히 재능 있는 사람이어서 친구들 사이에서도 아무 불평하는
소리가 들리지 않았기 때문인데, 이 이름은 정말 들라투슈의 아주 우

연한 공상으로 만들어진 이름이다. 또 나 자신으로서도 그 시인, 그 친구를 내 필명의 대부로 삼는다는 것을 영예롭게 생각한다. 내가 사용하려고 생각했던 가문의 이름 뒤드방은 (남작 부인은 항상 '드'를23 떼어서 쓰려고 했는데24) 대중 예술로 불명예스러워지기에는 너무나 빛나고 소중한 이름이라고 생각하고 있었다.

사람들은 나의 모든 미래였던 《앵디아나》 원고와 당시 나의 전 재산이었던 1천 프랑 사이에서 어눌하고 아무 생각 없던 나에게 그런 세례명을 준 것이다. 그것은 하나의 계약이었고 당시 가난한 시인이었던 나와 그런 나의 고통을 위로해주는 겸손한 뮤즈 사이의 새로운 혼약이었다. 신은 내가 운명적으로 받아들이려는 것에 방해되는 것을 모두 치워주셨다. 이 혁명의 세계에서 이름 하나가 대체 뭐란 말인가? 그것은 아무것도 하지 않는 자들에게는 하나의 숫자였으며 일하며 투쟁하는 자들에게는 하나의 상호이며 신조일 뿐이었다. 내게 주어진 것은 바로 오직 나 혼자만의 노동으로 만들어낸 거였다. 결코 누구의 노동도 착취하지 않았으며 한 페이지도 어느 누구에게서 취하거나, 사거나 빌린 것도 아니다.

지난 20년 동안 내가 벌었던 70~80만 프랑은 지금 하나도 남아 있지 않다. 그리고 20년 전처럼 지금도 나는 작은 동전 하나 남길 수 없는 이 작업을 지켜주는 이 이름으로 하루하루 먹고살고 있다. 그러니

---

23 〔역주〕'드'는 귀족을 나타내는 것으로 원래 붙여서 쓰는 뒤드방에서 '드'를 떼어 씀으로 남작 부인은 이름을 더 귀족적으로 만들려고 했다는 뜻이다.
24 그녀는 항상 자신의 성이 O'Wen에서 유래한 것처럼 말하고 싶어 했다.

나를 비난할 사람은 없을 거라고 생각한다(나는 단지 나의 의무를 다했을 뿐이니까). 나는 아주 자랑스럽고 평온한 마음으로 내 영혼을 그리고 내 영혼에 생명을 불어넣어 준 이 이름을 결코 바꾸고 싶지 않다.

글쓰기에 대한 이야기를 하기 전에 몇 가지 하고 싶은 이야기가 있다. 나의 남편은 가끔 파리에 날 보러 오곤 했는데 그때 우리는 같은 집에서 지내지 않았고 그가 우리 집에 와서 저녁을 먹고 함께 공연을 보러 가거나 했다. 남편도 이렇게 서로 부딪힐 일도 없이 독립적으로 생활하는 것에 만족하는 것 같았다.

또 내가 집으로 돌아가는 것이 그에게 좋을 것 같지도 않았다. 어쨌든 나는 내가 없는 동안 집안에서 일어나는 모든 일에 대해 비난하거나 뭐라 해서도 안 된다는 생각을 하고 있었다. 사실 내가 집에 있어야 될 필요도 없었다. 나는 더는 노앙을 내가 관여할 곳으로 생각하지 않았다. 아이들 방과 내 구석 방은 중립지역으로 내가 거처할 수 있는 공간이었고 혹시 마음에 들지 않는 것이 많이 있어도 나는 말할 수도 없었고 말하지도 않았다. 나는 나 스스로에게 허락한 그런 임무 태만에 대해 누구를 원망할 수도 없었다. 어떤 친구들은 내가 그렇게 해서는 안 되고 처음부터 그 원인에 대해 싸웠어야 한다고 한다. 그런 말들은 이론적으로는 맞는 말이지만 현실은 이론적으로 생각하는 것과 너무나 다르다. 나는 순전히 나를 위한 일로는 싸우지 못했다. 나는 나의 감정이나 내 생각에는 아주 충실하지만 그것이 단지 나만을 위한 문제일 때는 마음이 약해져서 단념해 버리곤 하는데 그 이유는 아주 단순했다. 그러니까 내가 다른 사람들에게 희생하라고 하는 그 즐거움을 대신할 무언가를 줄 수 있을까 하는 단순한 생각에서였다. 만약 그럴 수 있다면 나는 싸울 권리가 있었다. 하지만 아니라면 그런 내 행동은 편파적이고 불법적인 것으로 생각되었다.

누군가의 감정이나 취향을 비난하거나 바꾸려고 하려면 자기 취향과 다르다는 것 말고 좀 더 심각한 이유가 필요했다. 하지만 우리 집에서 아이들이 고통스러워해야 할 것은 아무것도 없었다. 솔랑주는 나를 따라갈 것이고, 모리스는 내가 없을 때 좋은 가정교사인 쥘 부쿠아랑과 함께 있을 것이었다. 이 일을 계속할 수 없게 하는 것은 아무것도 없었고 그렇게 생각할 것도 없었다.

그런데 생미셸강 가에 솔랑주랑 처음 자리를 잡았을 때 나는 원래 움직이기 싫어하는 천성적인 내 습성을 다시 찾아야 할 필요도 있었지만 생활이 너무나 비극적이고 어두워서 좀 후회스러운 감이 들기도 했다. 콜레라가 처음에는 우리 동네 주변을 덮치더니 점점 더 빠르게 접근해 오면서 우리 건물을 한 층 한 층 올라오기 시작했다. 우리 건물에서 6명이 죽었고 겨우 우리 집 앞에서 기세가 꺾였는데 마치 우리가 너무나 약한 먹이라 비웃는 듯했다.

내 주변에 있는 고향 친구 중에는 이 끔찍한 병에 걸린 사람은 없었다. 그것은 불행을 부르는 것 같았고 또 실제로도 아무 이유 없이 불행을 몰고 왔다. 우리는 서로서로에 대해 불안해했지만, 우리 자신에 대해서는 그렇지 않았다. 또 쓸데없이 걱정하지 않기 위해 우리는 매일 뤽상부르 공원에서 아주 잠깐이라도 만났고 한 명이라도 보이지 않으면 그의 집으로 달려갔다. 우리 중 누구도 약하게라도 콜레라에 걸린 사람은 없었다. 누구도 먹는 것을 조심하거나 전염병을 피할 뭔가를 하지도 않았는데 말이다.

창문 아래로 끊이지 않고 장례 행렬이 이어지면서 생미셸 다리를 건너는 것은 정말 끔찍한 광경이었다. 어떤 날들은 '타피시에르'라고 불리는 이삿짐 마차가 가난한 사람들의 영구차가 되어 연이어 지나가기도 했다. 그런데 더 끔찍한 건 무슨 짐짝처럼 쌓여 있는 시체들이 아니라 장례차 뒤에 따르는 부모도 친구도 하나 없이, 단지 마부만 말들에게 욕을 하며 채찍질로 속도를 내면 행인들은 그 끔찍한 행렬을 피해 도망가고, 분노한 노동자들은 마치 병에 걸리지 않는 주술처럼 하늘을 향해 주먹을 날리는 모습이었다. 또 그런 무서운 행렬이 지나가고 나면 잠깐 흥분했던 멍청한 인간들이 허탈하게 아무 생각 없이 행동하는 것을 보는 거였다.

나는 아이 때문에 도망갈까도 생각해 봤다. 하지만 모든 사람이 이동하거나 여행하는 것이 더 위험할 거라고 했다. 그리고 내 생각에도 만약 나도 모르게 떠나는 순간 병균이 옮는다면 그것을 노앙으로 가져가지 않는 것이 좋겠다는 생각이 들었다. 노앙까지는 아직 전파되지 않았고 또 그곳까지는 전파되지 않을 것 같았다.

그리고 이제 아무것도 우리를 지켜주지 못한다는 불안감으로 우리는 각자 스스로 알아서 처신했다. 나와 나의 친구들은 콜레라가 부자들보다는 가난한 사람들에게 더 잘 감염된다고 생각했다. 그렇다면 우리가 가장 위험하니 자신들이 특별히 저주받았다고 생각하고 절망적 상황에 분노하는 저 노동자들처럼 우리도 각자 이 현실을 나름대로 알아서 대처해 나가자는 생각을 주고받았다.

이런 흉흉한 분위기 가운데 생메리 수도원의 정치적 사건이 터졌다. 나는 하루를 다 보내고 솔랑주와 뤽상부르 공원에 가서 아이는 모래놀이를 하고 나는 조각상의 넓은 기단 뒤에 앉아서 아이를 보고 있었다. 파리 어디선가 큰 소요가 일어나고 있다는 것은 알고 있었지만 그렇게나 빨리 우리 동네까지 올 줄은 몰랐다. 너무 정신이 팔려 산책하는 사람들이 모두 빠져나가는 것도 몰랐다. 군대의 장전 소리를 듣고 아이를 데리고 가는데 그 큰 정원에 여자라고는 아이를 안은 나뿐이었다. 또 부대의 긴 줄이 쳐져 있었다. 나는 엄청난 혼란 속에서 집 쪽으로 가는 길로 들어서며 작은 골목길을 찾았다. 그것은 호기심에 찬 군중들의 물결이 덮칠까 두려워서였는데 그들은 큰 무리를 지어 성급하게 달려가다가는 갑자기 패닉 상태가 되어 넘어지곤 했다. 가는 길마다 잔뜩 겁먹은 사람들은 "가지 마세요. 돌아와요, 돌아와! 군대가 와서 발포할 거예요."라고 소리 질렀다. 제일 위험한 것은 상인들이 행인들을 다치게 할까 봐 서둘러 문을 닫는 일이었다.

솔랑주는 정신을 잃고 무서워 울기 시작했다. 강변에 도착했을 때 모두 다른 방향으로 도망쳤다. 나는 밖에 있으면 위험하다는 생각에 계속 앞으로 전진했다. 그리고 뒤에서 무슨 일이 일어나는지도 모르고, 또 그런 거리의 폭동을 본 적도 없기 때문에 아무 두려움도 없이 재빨리 우리 집으로 들어갔다. 그 뒤에 일어날 일에 대해서는 상상조차 하지 않았다. 일단, 놀라움과 두려움으로 광기狂氣에 사로잡힌 군인들은 이 싸움에서 힘없고 무력한 사람들이 만날 수 있는 가장 위험한 존재가 되어 있었다.

놀라운 일도 아니다. 도시에서 일어나는 끔찍하고 대단한 사건들을 보면 사건의 주역들과 그것을 바라보는 군중들은 바로 옆에서 무슨 일이 벌어지는지도 모른 채 각자 죽음이 무서워 달리면서 서로 죽일 위험에 처하게 된다. 태풍을 일으켰던 생각은 이런 사실보다 그리 주목할 일은 아니다. 그리고 실제 사건이 어떻든 교양 없는 대중들에 의해 사건은 수천의 거짓 뉴스로 전해진다. 군인들도 역시 서민들이다. 훈련을 받는다고 생각이 깨이는 것도 아니다. 그리고 군인들이 스스로 서민들의 봉사자라고 생각한다면 그 생각을 바꾸길 명령한다. 그들의 대장은 학살을 부추기고 마찬가지로 폭동의 주동자들도 같은 방식으로 민중을 선동한다. 양쪽에서 뇌관을 터뜨리기 전에 끔찍한 소문들과 기막힌 중상모략들이 돌아다니고 그들은 상상 속에서 죽음의 카니발을 공상하며 몸서리친다.

나는 내가 그 한가운데에 있었던 사건에 대해 논평할 생각은 없고 단지 나의 개인적 경험만을 쓰려고 한다. 우선 나는 가엾은 아이를 달랠 생각만 했다. 아이는 두려움으로 병이 날 지경이었다. 나는 아이에게 노앙에서 아빠와 이폴리트 삼촌이 보여주었던 쥐 쫓는 소리라고 거짓말을 했고, 마침내 아이는 진정되어 총소리가 울리는 사이에서 재울 수 있었다. 나는 내 침대의 매트리스로 아이 방 창문을 막아 혹시 들어올지도 모를 총탄에 대비했고 어둠 속에서 무슨 일이 벌어지는지 알고 싶어 발코니에서 밤을 지새웠다.

거기서 어떤 일이 벌어졌는지는 다 알 것이다. 17명의 반란군이 오텔디외를 점령했고 수비대 대장이 밤에 그들을 급습해 루이 블랑이 《10년의 역사》에서 한 말에 의하면 "그중 15명은 갈기갈기 찢겨 센 강에 버려졌고 나머지 2명은 길에서 잡혀 목이 졸려 죽었다."

나는 어둠 속에서 그 끔찍한 장면을 보지 못했지만 거친 군중들 소리와 끔찍한 헐떡거림은 들었다. 그리고 곧 죽음의 침묵이 공포에 지쳐 자고 있던 도시에 퍼졌다.

멀리서 희미하게 들리는 소리들은 어딘가 알 수 없는 곳에서 계속 저항하고 있다는 것을 말해주었다. 아침에 사람들은 낮에 먹을 양식들을 찾기 위해 다닐 수 있었다. 낮 동안은 모두 집 안에 있어야 했다. 정부의 병력 무기들을 보고 사람들은 죽기를 작정한 한 줌의 반란자들을 제거하기 위한 것임을 의심치 않았다.

이런 영웅적 행위로 새로운 혁명이 일어날 수도 있었다. 제국은 라이히슈타트 공작을 위해, 왕국은 보르도 공작을 위해 그리고 공화국은 시민들을 위해서 말이다.25 모든 계파들은 늘 그렇듯 사건을 대비하며 그것으로 이득을 취했다. 하지만 그 이득이라는 것이 바리케이드 위에서의 죽음이란 게 밝혀졌을 때 도당들은 사라졌고 그런 승리를 보고 경악하는 파리의 면전에서 하나의 영웅적 순교가 되었다.

6월 6일, 꼭대기 층에 있던 나의 아파트에서 두렵고 엄숙한 광경을 보았다. 교통도 금지되었고 군인들이 모든 다리와 근처 모든 길 입구를 지켰다. 오전 10시부터 '형 집행'이 끝날 때까지, 강변은 텅 비고 쏟아지는 태양 볕에 마치 죽은 도시 같았다. 마치 콜레라가 마지막 주민을 데려간 것처럼 말이다. 출구를 지키는 병사들은 다들 얼이 빠진 것

---

25 〔역주〕이 시기는 입헌군주제 시기로 세 부류의 사람들이 새로운 혁명을 꿈꾸고 있었다. 즉, 나폴레옹의 제정을 따르는 자와 다시 예전의 왕정을 부활시키려는 자 그리고 실패한 공화국을 다시 세우려는 자들이었다.

같았다. 난간을 따라 움직이지도 않고 돌처럼 굳어서 말 한마디 없이 미동도 하지 않고 음울하고 고독한 자세를 취하고 있었다. 살아 있는 것이라곤 없었다. 이 특별한 날에 말이다. 고요함에 무서운 듯 제비가 재빠르게 물 위를 불안스레 날 뿐이었다. 그런 침묵이 몇 시간 동안 계속됐다. 단지 노트르담 성당 꼭대기의 명매기와 독수리들의 외침 소리만이 정적을 깼다. 그러다가는 갑자기 당황한 새들은 오래된 탑 속으로 들어갔다. 군인들이 다리 위에 다발로 묶여 빛나던 소총들을 다시 든 것이다. 그들은 교대하는 기병들을 위해 길을 열어주었다. 어떤 이들은 분노로 하얗고 어떤 이들은 지치고 피투성이였다.

집에 격리되어 있던 사람들은 시청 너머에서 벌어질 장면이 보고 싶어 다시 창문과 지붕에 나타났다. 불길한 소리들이 들리기 시작했다. 작은 불꽃들이 처음에는 간헐적으로 곧 규칙적으로 조종弔鐘을 울렸다. 발코니 끝에 앉아서 솔랑주가 밖으로 나오지 못하게 막으며 나는 모든 공격과 반격을 세어볼 수 있었다. 곧 대포가 터졌고 시청 쪽에서 오는 들것들이 다리를 넘치게 채우고 핏자국을 남기는 것을 보고 나는 봉기가 매우 심각하다는 걸 직감했다. 하지만 곧 공격이 약화되었고 공격에서 물러난 자들의 수를 셀 수 있을 정도였다.

그리고 다시 정적이 흘렀다. 사람들은 지붕에서 내려와 거리로 나왔다. 집의 문지기들과 과장된 몸짓의 집주인들은 승리감에 차서 "끝났다!"고 서로를 향해 소리쳤다. 승리자들은 소동이 잠잠해지기만을 지켜보고 있었다. 왕은 강변을 산책했고 부르주아와 파리 근교 사람들은 길목에서 서로 친하게 형제애를 나누고 있었다. 부대는 품위 있고 진지했다. 그들은 순간 제2의 7월 혁명이 일어났다고 생각했다.

며칠 동안 광장과 생미셸강 변에는 넓은 핏자국들이 있었다. 그리고 시체보관소는 시체들로 넘쳐 났는데 시체들의 겹쳐진 머리들은 창문 앞에 마치 무슨 흉측한 돌들을 쌓은 것 같았다. 그리고 시체보관소에서 흘러나온 피가 아치 아래로 빨리 흘러들어가 강과 섞이지 않았다. 냄새는 너무나 역겨웠다. 솔직히 말해서 자랑스럽게 죽은 죄수들뿐 아니라 불쌍하게 죽은 군인들에게도 애통함이 느껴져 나는 보름동안 아무것도 먹을 수 없었다. 고기를 볼 수 있었던 것도 한참 후였다. 6월 6일과 7일 잠이 깼을 때 늦은 봄바람과 함께 집으로 올라오던 그 강렬하고 뜨거운 푸줏간 냄새를 잊을 수가 없다.

나는 가을 동안 노앙에서 보내면서 그전에 《앵디아나》를 썼던 작은 책상에 코를 박고 《발랑틴Valentine》을 썼다.

겨울은 너무나 추워서 예산을 초과해 땔감을 때지 못하면 글은 쓸 수도 없을 거라는 걸 알았다. 들라투슈는 자기 집을 떠났는데 그의 집도 강가에 있지만 3층이고 창문은 남쪽 정원을 향해 있었다. 그 집은 더 넓고 안락하고 또 나는 전부터 프로이센식의 벽난로를 꿈꾸고 있었다. 그는 내게 집을 양도했고 나는 말라케강 변에서 살게 되었다. 그리고 곧 중학교에 보내기 위해 남편이 데려온 모리스와 살게 되었다.

이렇게 작가로서의 삶이 시작되었고 생활도 어느 정도 틀이 잡혀갔다. 그런데 이렇게 되기까지 내가 했던 몇몇 시도들에 대해서는 아직 설명하지 않은 것 같다. 그래서 이제부터 내가 맺었던 관계들과 내가 품었던 희망에 대해 이야기해 보려고 한다.

15. 들라투슈, 발자크

당시 파리에 있던 베리 출신의 문학 지망생 세 명, 즉 펠릭스 피아 트와 '쥘 상도'와 나는 또 다른 베리 출신 인사인 들라투슈 씨의 지도 하에 있었다. 이 스승님은 우리와 관계를 맺을 수밖에 없었고 또 본인 스스로도 우리와 친하게 지내고 싶어 했다. 그래서 우리는 그를 우리 의 아버지처럼 생각하며 한 가족처럼 지냈다. 하지만 그의 까다롭고 의심 많고 우울한 성격 탓에 그의 선하고 관대하고 따뜻한 마음씨는 늘 가려져 있었다. 그는 우리 세 사람이 좀 소원해진 다음 우리 세 명 과 차례로 사이가 틀어졌다.

나는 들라투슈가 죽은 후 고인에 대한 추모글에서 그의 좋은 점과 나쁜 점들을 자세히 묘사한 적이 있다. 그의 약점을 이야기하는 중에 도 나는 내가 그에게 감사해야만 하는 것들, 또 그가 죽기 전까지 그 와 나누었던 생생한 우정의 시간을 잊지 않았다. 그의 병, 그러니까 그의 불안증과 병적 염려증, 한마디로 그의 염세주의厭世主義는 타고 난 것이며 무의식적인 것이었다. 이것은 그 스스로 자신의 위대함과 고뇌를 우아하고 힘찬 단어들로 피력하고 있는 그의 편지 한 부분만 인용해도 알 수 있는 일이다. 나는 그가 살아 있는 동안에도 이미 그 에 대해 존경과 애정을 가지고 글을 쓴 적이 있다. 나는 그를 비난해 본 적이 없다. 만약 그가 빠르게 허물어져 가는 순간 그가 얼마나 이 유도 없이 건강 염려증으로 고통스러워했는지 직접 보지 않았다면 나 는 내가 그를 싫어할 수 있다고는 생각지도 못했을 것이다.

내가 그를 공정하게 대했기 때문에 그도 내게 공정하게 대해주었다. 그러니까 그가 아버지처럼 팔을 벌려주기만 하면 나는 그가 수천 번이나 자기 기분에 따라 뉘우쳤다 울었다 하면서 화를 내고 못되게 대하고 했던 것들을 다 잊고 그에게 달려갔다.

어떤 짧은 글에서 내가 썼던 것처럼 그의 성격이나 나와의 개인적인 친분에 대해 다 쓴다면 이 글의 흐름을 벗어나야 할 것 같다. 지금껏 여러 번 그래 왔고 또 그런 일은 피할 수 없는 것 같기도 하지만, 사람들이나 모든 일에 대한 이야기는 애정을 가지고 잘 말하려는 사람들의 회상으로 완성될 필요가 있는 것 같다.[26]

하지만 매 걸음마다 다른 길로 빠지지 않기 위해 나는 《앵디아나》와 《발랑틴》을 출판할 당시에 있었던 우리 사이의 관계에 대해 이야기해 보려고 한다.

내가 글을 쓰려고 한다는 것을 처음 말한 것은 나의 오래된 친구 뒤리 뒤프렌이었다. 그는 나를 라파예트 씨에게 소개하고 싶어 했다. 예술계에 많은 친분을 갖고 있던 라파예트 씨의 마음에 들어 친구가 되면 나를 그 세계에 들어가게 해줄 거라고 생각하면서 말이다. 하지만 나는 라파예트 씨를 좋아하긴 했지만 거절했다. '파파'(토론장의 기병들이 토론이 끝난 후 복도에서 우리 지방 국회의원을 찾을 때 부르는 이름)가 가끔 나를 데리고 토론회에 가곤 해서 그의 토론회에도 참석한 적이 있었다. 하지만 그때 나는 너무나 아무 존재도 아니어서 그 대단

---

26 또 이것은 살아 있는 사람에 대한 예우이기도 하다.

한 자유주의자의 리더에게 가까이 갈 수도 없었다.

또 나는 문학적으로 내게 충고해줄 수 있는 사람이 필요했던 거지, 그냥 의지하고 기댈 사람이 필요한 게 아니었다. 무엇보다 나는 내가 정말 자질이 있는지 알고 싶었다. 그럴 능력이 정말 있는지 그것이 걱정이었다. 뒤리 뒤프렌은 노앙에서 내가 1789년의 이민 귀족에 대해 쓴 글을 몇 쪽 읽어주자 천진난만하게 나를 대단한 작가처럼 생각해주었다. 하지만 그가 공평하기보다는 내게 아부한다는 의심을 지울 수 없었다. 게다가 그의 관심은 오직 정치적인 것뿐이었는데 그것은 내가 제일 관심 없는 분야였다.

그를 보니 친구들은 일부러 감동하는 척하는 것 같았는데 나는 선입견 없이 나를 판단해줄 사람이 필요했다. 그래서 나는 이렇게 말했다.

"그렇게 높은 데서 찾지 마세요. 너무 유명한 사람은 이런 시시한 일로 시간을 허비하지 않을 테니까요."

그래서 뒤리 뒤프렌은 동료 중 한 명인 케라트리 씨를 소개했는데 그는 소설 몇 편을 쓴 사람으로 세밀하고 엄격한 판단을 할 거라고 생각됐다. 나는 《보마누아르의 마지막》이란 소설을 읽었는데 저항에 대해 쓴 아주 재미없는 글이었지만 용기에 대한 낭만주의적 취향을 느낄 수 있는 작품이었다. 또 이상한 영국식 헌신과 낭만주의적인 탈선 그리고 젊은 생각과 구태의연한 생각들이 엉켜 있는 몇몇 문장들도 감동적이기는 했다. 나는 파파에게 말했다.

"당신의 대단하신 동료분은 정신 나간 사람 같아요. 그의 책 같은 거라면 나도 쓸 수 있을 것 같아요. 하지만 잘 쓰지 못해도 판단은 잘

할 수 있겠지요. 작품이 나쁘다고 작가까지 바보는 아닐 테니 케라트리 씨를 만나보도록 하지요. 그런데 내가 사는 곳은 다락방이고 그는 늙고 결혼도 했다니 만날 수 있는 시간을 말해주면 내가 그의 집으로 가기로 하지요."

다음 날 아침 나는 케라트리 씨와 아침 8시에 만나기로 했다. 정말 이른 아침이었다. 나는 큰 눈을 두리번대며 정말 바보 같은 모습으로 그를 찾았다.

케라트리 씨는 나이보다 더 늙어 보였다. 흰 머리로 가려진 그의 얼굴은 아주 존경스러운 모습이었다. 그는 아주 예쁜 방으로 나를 안내했다. 거기에는 하늘하늘한 핑크빛 실크로 된 발 덮개 아래 누워 있는 매력적인 여자 한 명이 있었다. 그녀는 내가 입은 모직 옷과 진흙 묻은 신발을 한심하게 바라보면서 앉으라는 말도 하지 않았다.

나는 허락도 없이 벽난로 쪽에 자리 잡고 앉으며 처음 만난 사람에게 따님이 어디가 아프냐고 물었다. 나는 시작부터 아주 멍청한 질문을 한 것이다. 노인네는 아르모리크 사람 특유의 거만한 태도로 그녀가 자기의 부인이라고 대답했다. 그래서 나는 말했다.

"아, 네, 저의 농담이었어요. 그런데 편찮으신 분을 제가 방해하는 것 같네요. 그러니까 몸을 조금만 덥히고 가겠습니다."

"잠깐만요. 뒤리 뒤프렌 씨가 당신이 글을 쓰고 싶어 한다고 해서 내가 당신과 그에 대해 이야기하겠다고 약속했는데요. 솔직히 말해 여자는 글을 써서는 안 되지요."

"생각이 그러시다면 우린 대화할 것이 전혀 없네요. 케라트리 부인과 제가 이렇게 이른 아침부터 그런 말씀을 듣기 위해 일찍 일어날 필요도 없었는데 말이지요."

나는 화를 내기보다 그 상황이 너무 우스워 아무 일 없는 듯 집을 나왔다. 케라트리 씨는 현관까지 따라 나오며 나를 붙잡고 여성의 열등함에 대한 이론을 계속 얘기했다. 아무리 뛰어난 여자라도 좋은 작품(그러니까 분명 《보마누아르의 마지막》 같은 작품을 말하는 것 같다.)을 쓴다는 것은 불가능한 일임을 이해시키려고 했다. 내가 아무 대꾸도 반박도 없이 나오려 하자 그는 마지막으로 영웅적인 장황설을 끝내려는 듯, 문을 열려는 나에게 다음과 같이 말했다.

"내 말을 믿어요. 책을 쓸 생각은 말고 아이를 만드세요."

이 말에 나는 폭발하고 말았다. 나는 웃음을 터뜨리며 그의 면전에서 문을 쾅 닫으며 이렇게 말했다.

"세상에, 그런 명언은 당신에게 어울리니 당신이나 그렇게 하시죠."

나중에 들라투슈는 이 재미난 이야기를 하면서 마지막 내 답변을 좀 손봤다. 그리고 그는 이렇게 말하라고 했다.

"당신이나 할 수 있으면 그렇게 하시지요."

하지만 나는 그렇게 못된 사람도 똑똑한 사람도 아니었고 게다가 그의 작은 아내가 천사처럼 천진난만한 모습으로 거기 있었다. 나는 소설 같은 크리살의[27] 억지 지론을 재미있어 하며 집으로 돌아왔다. 그리고 나는 그 사람 같은 소설은 결코 쓸 수 없을 것 같은 생각이 들었다. 《보마누아르의 마지막》의 주제가 어떤 성직자가 죽었다고 생각하고 땅에 묻으려고 했던 여자를 성폭행하는 것이라는 사실은 모두

---

27 〔역주〕 몰리에르의 *Les Femmes savantes*에 나오는 남성우월주의자의 이름이다.

가 다 알고 있는 바이다. 하지만 공평하게 하자면 작품 속에는 아주 아름다운 문장들도 많다는 것도 말해야 할 것 같다.

뒤리 뒤프렌은 내 이야기를 듣고 눈물을 글썽이며 웃었다. 동시에 그는 화가 나서 그 영국 동료를 격렬하게 공격했다. 나는 그를 진정시키기 위해 이제부터는 출판사 사장 같은 사람을 만나기 위해 아침 시간을 희생하지 않겠다고 말해 주었다.

그래서 뒤프렌은 더는 들라투슈를 만나러 가는 것에 반대하지 않았다. 그동안 그는 이것을 극렬하게 반대했다. 내가 편지 한 장만 쓰면, 들라투슈는 이름만 듣고도 고향 사람인 나를 만나줄 것이 분명했다. 나는 그의 가족과 남들이 모르는 관계를 가지고 있었다. 그는 뒤베르네의 사촌이었고 그의 아버지는 우리 아버지와도 아는 사이였다.

들라투슈는 나를 초대했고 마치 아버지처럼 나를 맞아주었다. 펠릭스 피아트를 통해 케라트리 씨와의 사건을 이미 알았기 때문에 그와 반대되는 이론을 아주 독특하고 교묘하고 기발하게 이야기했다. 하지만 그는 내게 다음과 같이 말하기도 했다.

"하지만 허상을 쫓아서는 안 됩니다. 문학으로 돈을 벌려는 것은 허상이에요. 지금 당신에게 말하고 있는 나도, 수염이 난 우월한 남자임에도 불구하고, 따지고 보면 글쟁이로 1년에 1,500프랑을 벌 뿐이지요."

"1,500프랑이라고요!" 나는 소리쳤다.

"제가 1,500프랑을 더 벌 수 있다면 나는 아주 부자라고 생각할 것이고 그렇게만 된다면 나는 하나님한테나 남자한테나 아무것도, 수

염조차도 요구하지 않을 거예요!"

그는 웃으며 답했다.

"당신이 그렇게 생각한다면 문제는 간단하네요. 1,500프랑을 버는 것이 그렇게 쉬운 일은 아니지만 만약 당신이 처음에 조금 인내할 수 있다면 불가능한 것도 아니지요."

그는 내가 쓴 어떤 소설을 하나 읽었는데 얼마 후 나는 그 책을 태워 버렸기 때문에 제목도 내용도 생각나지 않는다. 그는 냉정하게 정말 못 쓴 글이라고 했지만, 내게 좀 더 잘 쓸 수 있어야 된다고 하면서 언젠가는 잘 쓸 수 있을 거라고 했다. 그리고 그는 다음과 같이 말해 주었다.

"인생을 알기 위해서는 좀 더 살아 봐야 해요. 소설은 인생을 글로 쓴 예술이지요. 당신은 타고난 예술가적 면모가 있지만 현실을 너무 모르고 꿈만 꾸고 있어요. 시간과 경험을 갖고 인내하며 조금만 진정하고 기다려 보세요. 곧 이 슬픈 충고자를 만날 수 있을 테니. 운명의 가르침을 따르며 시인으로 남아 있으려고 애를 써보세요. 그 외에 다른 할 일은 없습니다."

그리고 내가 엄마로서 많은 어려움이 있는 것을 보고 그는 만약 자신의 작은 신문사에서 편집 일을 할 수 있다면 한 달에 40~50프랑을 주겠다고 했다. 피아트와 상도는 이미 그 일을 하고 있었는데, 그것은 평균 이상의 보수였다.

들라투슈는 〈르 피가로〉지를[28] 사들였다. 그리고 벽난로 옆에서

---

28 당시 〈르 피가로〉지는 구독자도 별로 없는 아주 작은 잡지사였다(1874년의 노트).

기자들이나 이런저런 방문자들과 대화를 나누며 자기 혼자 신문을 만들어 나갔다. 매력적이기도 하고 우습기도 한 방문자들은 존경스러운 사장님을 위해 뭔가 도움이 되고자 했지만 그는 아파트 벽난로 한 귀퉁이에 처박혀서 듣지도 대꾸하지도 않았다.

나의 작은 책상과 작은 매트는 벽난로 옆에 있었다. 하지만 나는 내가 하는 일이 뭔지 잘 몰라 그리 열심히 하지도 않았다. 들라투슈는 나를 의자에 앉히기 위해서 거의 내 멱살을 잡다시피 했다. 그는 내게 어떤 주제를 주거나 작은 종이를 주고 글을 끝내라고 하기도 했다. 나는 10장쯤 끄적거리다가 불에 던져 넣곤 했다. 나는 해야 할 말에 대해서는 단 한 마디도 하지 못했다. 다른 사람들은 모두 똑똑하고 활력이 있고 능력 있었다. 사람들은 서로 대화하며 웃었고 들라투슈는 비꼬는 데는 일가견이 있었다. 나는 듣기만 하고 즐기기만 했지만 뭔가 도움이 될 만한 일은 하지 못했다. 그리고 한 달 후 나는 12프랑 50상팀인가 15프랑을 월급으로 받았는데, 너무 과분한 액수였다.

들라투슈는 아버지처럼 자상했는데 우리와 같이 지내며 어린아이처럼 젊어진 것 같았다. 어느 날 우리는 팽송 식당에서 그에게 저녁을 대접하고 라탱 거리를 가로질러 달빛 아래 멋진 산책을 한 적이 있었다. 그때 어딘가로 가기 위해 그가 부른 마차가 우릴 뒤따라오고 있었는데 그는 미친 듯이 떠들어대는 우리 일행과 헤어지지 못해 밤 12시까지 마차를 따라오게 하고 있었다. 그는 우리의 말을 듣다가 20번도 넘게 마차를 탔다 내렸다 했다. 우리는 목적지도 없이 걸으면서 이것이 가장 즐겁게 산책하는 법이라고 했고 그도 그것을 즐기는 듯했다.

우리에게 아무런 저항도 하지 않았으니 말이다. 마차의 마부는 우리의 희생양이 되어 이 불행한 상황을 묵묵히 참고 있었다.

그리고 내 기억에 도대체 왜 그랬는지 어떻게 해서 그랬는지 모르지만 생트주느비에브에서 텅 빈 길을 마차가 느리게 가고 있었기 때문에 우리는 마차의 발판을 내려놓은 채로 한 줄로 마차를 가로질러 가기 시작했다. 그리고 우린 괴상한 투로 놀려대는 노래를 부르기 시작했다. 나는 그게 왜 그렇게 재미있었는지 또 들라투슈도 왜 그렇게 웃어댔는지 모르겠다. 아마도 이때가 평생 처음으로 자기 자신이 바보처럼 보였던 때가 아닌가 싶다. 피아트는 마치 동네의 모든 가게에 세레나데를 불러주려는 듯 이 가게 저 가게를 다니며 "야채가게 아저씨는 장미 한 송이라네!"라는 노래를 불렀다.

들라투슈가 그렇게도 유쾌해 보인 것은 그때 한 번뿐이었다. 왜냐하면 그는 천성적으로 너무나 냉소적이어서 그의 마음속 깊은 곳에 있는 우울감은 모든 즐거움을 죽음과 같은 슬픔으로 바꿔 버렸기 때문이다. 그는 다른 사람들이 소리를 지르며 앞으로 달려갈 때 뒤에서 내게 팔을 내밀며 말했다.

"참 저들은 행복하기도 하지! 붉은 물만 마셔도 저들은 취하네! 젊음이란 얼마나 좋은 포도주인지! 아무 이유도 없이 웃을 수 있다는 건 얼마나 좋은 것인가! 아! 이렇게 이틀만 아무 생각 없이 즐길 수 있다면! 하지만 곧 자신들이 즐거워하는 것이 뭔지, 누구인지 알게 되면 더는 즐거워할 수가 없지. 그러면 울고 싶어 질 거야."

들라투슈의 제일 큰 슬픔은 늙어 가는 일이었다. 그는 그것을 받아들일 수가 없어서 늘 이렇게 말하곤 했다.

"50살은 없어. 25살이 두 번 오는 거지."

그렇게 나이에 저항했지만 그는 나이보다 더 늙어 보였다. 아픈 몸에 그리 조바심을 내니 더 아팠다. 그래서 때로 아침에 자주 화를 내곤 했는데 그러면 나는 아무 말 없이 그를 피하곤 했다. 그러면 곧 나를 부르거나 찾아오곤 했지만 결코 사과는 하지 않았고 다정하고 애정 어린 말로 자기가 준 슬픔을 녹여주었다.

그가 갑자기 돌변하는 이유에 대해 나중에 물었을 때 사람들은 그가 나를 사랑했지만 사랑받을 수 없어서 질투했고 또 그것을 알아주지도 않으니 상처 입어서 그랬던 거라고 했다. 그건 사실이 아니다. 뒤리 뒤프렌 씨가 내게 여러 번 주의를 주었기 때문에 나는 곧이곧대로 다른 사람들보다 더 그와 거리를 두었기 때문이다. 나는 그렇게 믿고 있었지만 어쨌든 나의 이 무심한 마음은 그를 동요시켰던 것 같기도 하다. 그리고 곧 나는 우리 리더의 질투는 온전히 정신적인 것으로 나이 성별을 불문하고 누구든 가까이 오는 사람을 향한다는 것을 알게 되었다.

그는 천성적으로 질투가 많은 스승이며 친구였다. 내가 어느 소설에서 묘사했던 포르포라처럼29 말이다. 그는 일단 어떤 논리, 어떤 예술적 재능을 파악하게 되면 다른 사람들의 생각은 감히 근접도 못하게 했다.

---

29 〔역주〕 조르주 상드의 소설 《루돌슈타트 백작 부인》(*The Countess of Rudolstadt*)의 등장인물이다.

발자크를 조금 아는 친구가 나를 발자크에게 한 명의 '뮤즈'라기보다는 그를 경탄해마지않는 시골서 온 여자로 소개했다. 그것은 사실이었다. 당시 발자크는 아직 걸작들을 내놓기 전이었지만, 나는 그의 새롭고 독창적인 글 솜씨에 아주 충격을 받고 있었다. 나는 그를 내가 배워야 할 진정한 스승으로 생각했다. 발자크는 들라투슈와는 다른 방식으로 내게 매력적이었다. 마찬가지로 대단한 사람이었지만 성격이 모나지 않고 공명정대했다. 사람들은 그가 자기애가 강한 사람인 것을 알았지만 구구절절 너무나 옳은 소리라 모두 그를 용서했다.

하지만 때로는 지나칠 때도 있었다. 그는 자기의 작품에 관해 대화 중 미리 말해주기를 좋아했고 짧은 부분들을 읽어주길 좋아했다. 순진하고 착한 아이처럼 충고를 구했지만 결코 그 대답을 듣지는 않았고 때로는 자기의 우월함을 고집하기 위해 그 말들을 이용하기도 했다. 그는 결코 가르치려 하지는 않았고 오직 자기 자신에 대해서만 이야기했다. 단 한 번 그는 라블레에 대해 이야기하기 위해 자기 이야기를 잊은 적이 있기는 하다. 그때 나는 아직 라블레가 누군지 몰랐다. 발자크는 너무나 경이롭고 대단하고 명철해서 우리는 그를 떠날 때는 늘 "그래 분명 그는 자신이 꿈꾸는 것을 실현할 거야. 그는 자기 자신을 너무나 잘 알아서 정말 자기만의 것을 만들어낼 수 있을 거야."라고 말했다.

그는 카시니가의 관측소 가까이에 있는 건물 2층에 작고 밝은 집에서 살고 있었다. 내가 발자크를 통해 에마뉘엘 아라고를 알게 된 것도 그 집에서였다. 아직 어린애였던 그는 곧 나의 남동생이 되었다. 나는 그와 금방 친해졌고 마치 그의 할머니가 된 것 같았다. 그는 아직 어려서 1년만 지나도 옷소매 밖으로 팔이 나올 정도였다. 하지만 벌써 소설 한 권과 깊이 있는 희곡 하나를 쓰고 있었다.

어느 날 발자크는 《나귀 가죽La Peau de chagrin》이 성공한 후 자기 집이 싫어 옮기고 싶어 했다. 하지만 그는 생각을 바꾸고 시인의 집이었던 자신의 집을 후작 부인의 규방閨房처럼 변신시키기로 했다. 그리고 어느 날 실크와 레이스로 된 벽 위의 거울을 보러 오라며 우릴 초대했다. 나는 너무나 우스웠다. 나는 그가 그런 허황한 사치스러움을 필요로 할 거라고는 진지하게 생각해 본 적이 없었다. 그런 것들은 단지 지나가는 공상 속 물건들이라고만 생각했다. 하지만 내 생각이 틀렸었다. 그 상상의 물건들은 그의 삶의 광기狂氣가 되었다. 그것을 만족시키기 위해 그는 종종 기본적인 안락함마저 포기했다. 그렇게 살기 시작하면서 그는 하찮은 것들을 위해 모든 것을 희생했다. 그는 은장식이나 중국 도자기를 위해 스프와 커피도 포기할 정도였다.

그의 눈을 즐겁게 하는 그런 조잡한 물건들을 간직하기 위해 그는 여러 가지 희한한 방식들을 생각해 내기까지 했는데, 환상에 빠진 예술가 그러니까 금을 꿈꾸는 아이는 머릿속으로 요정의 궁전에서 살았다. 그는 고집스럽게 현실 속에서 꿈속의 물건들을 간직하기 위해 모든 고통과 걱정 근심들을 감내했다.

유치하지만 용기 있게 모든 잡다한 것들을 갈망했지만 그는 결코 명예를 추구하지는 않았다. 그는 겸손할 정도로 진지했고 허풍스러울 정도로 과장이 심했다. 자기 자신만큼이나 남을 믿었고 너무나 외향적이고 너무나 선하고 광적이며 내면의 지적 성소聖所에서 자신의 작품을 완전히 지배했다. 정절에 대해 냉소적이고 불만으로도 취할 수 있고 일에 있어서는 너무 지나치게 절제할 줄을 모르면서 다른 열정들은 억누를 수 있었다. 너무나 계산적이며 동시에 너무나 낭만적이었다. 신뢰하면서도 의심이 많아서 너무나 대조적이고 수수께끼 같은 사람이었다. 젊은 날 발자크는 그랬다.

그때부터 그는 도저히 설명할 수 없는 사람으로 생각되었다. 자기 자신에 대한 너무 치열한 연구, 또 그것으로 다른 친구들까지 정죄定罪하는 것에 사람들은 너무 피곤해했다. 그리고 그런 관찰은 그때까지 사람들의 흥미를 끌지 못하고 있었다. 사실 당시 실력 있는 많은 평론가들은 발자크의 천재성을 부정했었다. 아니 적어도 그가 대단한 작가가 되리라고는 생각지 못했다. 특히 들라투슈가 제일 그랬다. 그는 발자크를 끔찍하게 혐오했다. 발자크는 한때 그의 학생이었다. 그런데 발자크도 그 이유를 모른 채 둘은 생살을 베듯 결별했다. 들라투슈는 자신의 원한에 대해 어떤 이유도 대지 못했다. 발자크는 내게 종종 이렇게 말했다.

"조심해요! 어느 날 아침 아무 이유도 모른 채 그의 원수가 돼 있는 걸 알게 될 테니까."

내 생각에 들라투슈는 발자크를 중상모략하고 있었다. 하지만 발자크는 그에 대해 연민과 애정을 가지고 말했다. 그러나 발자크가 그렇게 친밀했던 사이가 돌이킬 수 없게 돼 버렸다고 믿은 것은 잘못이었다. 시간이 흐르면서 얼마든지 회복될 수도 있었으니까.

어쨌든 당시는 아직 때가 아니었다. 나는 들라투슈에게 둘 사이를 화해시킬 말들을 했지만 아무 소용없었다. 처음에 그는 내 말을 듣고 펄쩍 뛰면서 소리쳤다.

"그럼 그를 봤다는 거야? 만났다는 거야? 그럼 이제 너랑도 끝이야!"

나는 그가 나를 창문 밖으로 던질 줄 알았다. 하지만 곧 진정했다가 다시 화를 냈다가 다시 돌아와서는 자기가 성질을 내봐야 아무 소용도 없는 것을 알고 결국, 모든 것을 인정하는 것으로 끝이 났다. 하지만 내가 문학하는 사람들과 새롭게 만날 때마다 그는 똑같이 화를 냈고 관심도 없는 사람들조차 그가 소개하지 않았는데 내가 알게 된 경우 모두가 적이었다.

나는 나의 글쓰기에 대해 발자크에게 거의 얘기하지 않았다. 그는 그런 것은 생각지도 않았고 또 내가 뭔가를 할 수 있는 능력이 있는지조차 알려고 하지 않았다. 나는 그에게 어떤 충고도 받으려고 하지 않았고 그랬다 해도 그는 자기 혼자만 알고 있겠다고 했을 것이다. 그리고 이것은 어떤 이기심에서라기보다는 겸손함에서 오는 거였다. 왜냐하면, 그는 겉으로는 대단하게 말했지만 늘 특유의 겸손함을 잃지 않았기 때문이다. 나는 그것을 이미 놀라움을 가지고 바라보고 있었다. 그리고 그는 이기적인 면도 있지만 어떤 희생과 관용의 정신도 갖고 있었다.

그와의 대화는 즐거웠다. 너무 말이 많아 나같이 대답도 잘 못하고 대화의 주제도 잘 바꾸지 못하는 사람에게는 좀 피곤하기도 했지만 말이다. 하지만 그의 영혼만은 대단히 고요했다. 나는 어떤 경우에도 그가 어두운 것을 본 적이 없다. 그는 그 거대한 배를 가지고 생미셸 가의 모든 집을 숨을 헐떡이면서 기어 올라와 계속 웃고 떠들어 댔다. 그는 나의 테이블 위의 종이들을 집어 들어 보고는 뭐든지 좀 알아내고 싶어 했다. 하지만 곧 그가 쓰고 있는 작품 생각이 나면 자기 이야기를 시작했는데, 나는 그것이 오히려 내게 교육적이란 생각이 들었다. 들라투슈는 절망적인 질문을 해대면서 나의 공상을 방해하기만 했기 때문이다.

어느 날 저녁 발자크 집에서 이상한 저녁 식사를 하고 있었는데 내 기억에 음식은 삶은 고기와 메론과 튀긴 버섯이었던 것 같다. 그때 발자크가 새로 산 아주 멋진 실내 가운을 입고 나오면서 마치 어린 소녀처럼 즐거워하며 우리에게 그것을 자랑했다. 그리고 그 옷을 그대로 입고는 촛대를 들고 뤽상부르 공원까지 우리를 배웅하겠다고 했다. 시간은 이미 늦었고 거리에는 아무도 없었기 때문에 그가 돌아오다 살해될지도 모른다고 내가 이야기하자 그는 말했다.

"만약 강도를 만나면 그들은 내가 미친 사람이라 생각하고 무서워하거나 아니면 나를 어느 나라 왕자로 생각해서 받들겠지."

그날 밤은 너무 아름다웠다. 그는 정말로 조각된 은도금 촛대에 초를 켜서 들고 우리와 함께하며 아직은 구입하지 않은 네 마리의 아랍 말에 대해 얘기했다. 그는 그 말들을 결코 가져 본 적이 없지만 잠깐 동안은 가지고 있었다고 굳게 믿고 있으면서 곧 그 말들을 갖게 될 거라고 했다. 만약 우리가 가만히 내버려 두었다면 아마도 그는 파리 끝까지 우리를 데려다주었을 것이다.

나는 다른 유명인사는 알지도 못했고 또 알고 싶지도 않았다. 발자크와 들라투슈의 생각과 감정과 논리들이 얼마나 달랐던지 만약 세 번째 스승이라도 있었다면 내 머리는 거의 돌아버렸을 것이다. 당시 나는 뭔가 도움을 청하기 위해 쥘 자냉을 만난 적이 있었는데 비평계 쪽 사람을 만난 것은 그때가 처음이었다. 또 나와 관련된 일을 부탁하기 위한 것이 아니었기 때문에 편하게 만났던 것 같다. 그는 어떤 가식이나 허풍도 없는 좋은 청년 같았고 필요 없이 자신이 아는 것을 드러내는 사람도 아니었다. 또 글보다는 자기가 키우는 개들에 대해 더 많은 말을 했다. 나도 개를 좋아해서 그 자리가 아주 편했고 모르는 사람과 문학을 주제로 대화하며 더 속 깊은 이야기를 나누었던 것 같다.

들라투슈가 정말 절망적인 사람이란 건 이미 얘기했다. 그는 그 자신에게도 그랬고 자기가 하는 일에 대해서도 그랬다. 가끔 그는 자기가 쓰려는 소설에 대해 이야기할 때가 있었는데 그것은 발자크의 이야기보다 훨씬 더 신중하고 내밀했다. 그는 사람들이 주의 깊게 듣고 있는지에 매우 예민했다. 예를 들어 이야기를 듣는 동안에는 가구를 움직여서도 안 되고 불쏘시개질을 해도 안 되고 재채기를 해도 안 되었다. 그러면 그는 즉시 이야기를 멈추고 아주 예의 바른 태도로 당신이 감기에 걸렸는지 아니면 다리가 아픈지 등을 물었다. 그리고 자신의 소설에 대해 잊은 것처럼 다시 생각해내느라 애를 쓰는 척했다.

그는 쓰는 데 있어서는 발자크보다 훨씬 재능이 모자랐지만, 말로 이야기를 풀어내는 것은 그보다 훨씬 잘했다. 그가 장황하게 이야기하는 것은 대단해 보였지만 발자크가 이상하게 풀어내는 이야기들은 도저히 글로 쓸 수 없는 것처럼 보였다. 하지만 들라투슈의 작품이 막상 출판이 되어 나오면 우리가 들었던 그런 매력과 아름다움은 찾을 수가 없었다. 하지만 발자크는 놀랍게도 그 반대였다. 발자크는 자신이 이야기를 잘 풀어내지 못한다는 것을 알았다. 강렬함이나 번뜩이는 재기가 없어서가 아니라 이야기가 질서 있고 명확하게 전개되지 않아서였다. 그래서 그는 쓴 글을 손에 들고 읽는 것을 더 좋아했다. 하지만 수백 권의 책을 말로 다 한 들라투슈는 거의 읽지 않았다. 혹 몇 페이지라도 읽게 될 경우에도 의도는 알 수 없었고 그를 힘 빠지게 했다. 그는 글을 쉽게 쓰지 못했다. 공포스러운 것에 대해 자신도 풍부한 묘사를 하면서 발자크의 그런 묘사들에 대해서는 아주 경멸적인 욕설을 퍼붓거나 거의 의학적인 비교를 가했다(하지만 월터 스코트만은 예외였다).

나는 항상 들라투슈가 글에는 재능이 없었다고 생각했다. 발자크는 광적으로 이야기를 풀어냈다. 발자크는 말로 모든 것을 풀어냈지만 그 안에 가장 본질적인 부분은 작품을 위해 남겨 두었다. 들라투슈는 겉으로 말로 표현하느라 모든 것이 고갈되었다. 그의 풍부한 상상력들도 모두가 알아듣는 글로 형상화되기에는 충분치 못했다.

게다가 그의 숙명적인 건강 상태가 날개를 펼쳐야 할 순간에 비상飛翔을 막았다. 그는 고뇌에 찬 아름답고 풍부한 시를 쓰는 한편 아무 의미 없는 시도 썼다. 대단하고 독창적인 소설을 쓰는 한편 너무 하찮고 보잘것없는 소설도 썼다. 독설로 가득 찬 독창적인 기사를 쓰는 동시에 어떤 것은 너무나 개인적이어서 이해할 수 없었고 또 대중들의 흥미를 끌지도 못했다. 엘리트가 보여주는 이런 지적 상승과 하강은 그의 변덕스러운 정신질환 상태를 보여주었다.

들라투슈는 남들이 하는 것에 대해 지나치게 신경 써서 스스로를 불행하게 만들었다. 당시 그는 모든 것을 다 읽었다. 신문기자로서 출판되는 모든 것들을 살펴보면서 겉으로는 눈길 한 번 안 주는 척했다. 그리고 아무 편집인에게나 그 책을 다시 주면서 이렇게 말했다.

"약을 삼켜요. 당신은 젊으니 죽지 않을 거예요. 작품에 대해 하고 싶은 말을 하세요. 나는 그게 뭔지 알고 싶지 않으니. "

하지만 사람들이 읽고 난 후 생각을 가져가면 그는 아주 명확한 비평을 늘어놨는데 이것은 그가 제일 처음 약을 먹었으며 쓰고 신맛까지 다 맛보았다는 것을 증명해주었다.

나는 멍청해서 들라투슈가 내게 하는 말을 다 듣지 않았다. 하지만 모든 것에 대한 그의 끊임없는 비판, 다른 사람들과 자기 자신에 대한 분석, 그 모든 비판적이고 때로는 맞는 말들, 결국, 자신과 다른 사람들마저 모두 부정하는 그런 비판들은 이상하게 나의 정신을 슬프게 했다. 또 다른 말들도 모두 역겹게만 느껴졌다. 나는 하지 말아야 할 것들만 들었고 해야 할 것들에 대해선 듣지 못했다. 그리고 나는 자신감을 잃어버렸다.

그런데 나는 들라투슈가 나를 막은 것이 결과적으로 나를 도와준 것에 대해 감사하게 생각했고 지금도 감사하게 생각한다. 당시 문학계에는 이상한 바람이 불고 있었다. 젊은 시절 천재적인 빅토르 위고가 보여준 황당한 표현들은 젊은이들을 취하게 만들었고, 복고시대의 구태의연한 표현들을 지루하게 만들었다. 이제 사람들은 샤토브리앙을 더 이상 낭만주의자로 생각하지 않았다. 그는 기껏해야 그가 충동질한 사나운 입맛을 만족시켜준 새로운 스승에 불과했다. 결코 그의 제자로 받아들여지지도 않았으며 본인들도 그 사실을 너무나 잘 아는 젊은 무리들은 자기들끼리 도당을 지어 스승을 넘어 스승을 어딘가 처박아 버리고 싶어 했다. 모두 불가능한 제목이나 혐오스러운 주제를 찾았고 이런 황당한 분위기 속에서 재능이 있는 자들조차도 유행을 따라 이상한 낡은 옷을 입고 진흙탕 싸움 속으로 뛰어들었다.

나도 다른 학생들처럼 그랬다. 스승들이 그런 나쁜 모델을 보였으니까. 그래서 나도 내 능력 밖에 있는 괴상한 것들을 흉내 내 보려고 했었다. 당시 이런 이상한 대재앙에 대해 저항하던 비평가들 중에 들라투슈는 양편에서 아름다움과 선함을 추구한다는 점에서 양식 있는 편에 속했다. 그는 빈정거림으로 혹은 진지하게 내가 그 비탈길로 미끄러져 들어가는 것을 막아주었다. 반면에 그는 동시에 나를 해결할 수 없는 어려움 속으로 던져 버렸다. 그는 내게 이렇게 말했다.

"남을 모방하지 말아요. 오직 당신 생각만 쓰세요. 당신의 삶을 보고 당신의 마음을 보세요. 그리고 당신의 느낌을 말해요."

그리고 대화를 하다가도 그는 이런 말을 하곤 했다.

"당신 감정은 너무나 절대적이고 당신 성격은 너무나 유별나요. 당신은 세상이 어떻게 돌아가는지 사람들이 어떤지를 전혀 모르는군요. 당신은 다른 사람들처럼 살지도 생각하지도 않아요. 당신 머리는 정말 텅 빈 것 같네요."

나는 속으로 그의 말이 옳다고 생각했다. 그리고 노앙으로 돌아와 차 상자나 스파Spa의 담배 곽이나 만들려고 생각했다.

결국, 나는 아무 계획도 희망도 구상도 없이 그저 내 기억 속에서 배운 것이나 본 것들을 생각해 내면서 《앵디아나》를 쓰기 시작했다. 나는 다른 사람들이 하는 방식을 따라 하려고도 하지 않았고 주제를 정하거나 인물을 묘사하는 데 나 자신을 참고하지도 않았다.

사람들은 《앵디아나》가 바로 나이며 내 이야기라고 한다. 그것은 전혀 그렇지 않다. 나는 많은 종류의 여자들을 등장시켰다. 그리고 만약 사람들이 내가 사는 방식이나 생각을 알게 된다면 결코 내가 그렇게 여성스러운 사람이 아니란 걸 알게 될 것이다. 소설의 여주인공은 내게서 찾기에는 너무나 낭만적이다. 나는 내가 그렇게 예쁘지도 그렇게 사랑스럽지도 또 성격이나 행동이 그렇게 시적일 만큼, 또 그렇게 흥미로울 정도로 일관적이지도 않다고 생각한다. 만약 나를 미화시키고 내 삶으로 드라마를 만들었다면 나는 그런 결말에 이를 수도 없었을 것이다. 나 자신의 모습이 떠오를 때마다 경직되었을 테니 말이다.

예술가가 자기 자신을 그리고 자기 자신에 대해 말해서는 안 된다는 말이 아니다. 만약 사람들이 모르게 할 수 있는 능력이 있다면 또 실제로 너무 잘나서 결코 우스꽝스러워질 염려가 없다면 대중에게 보이기 위해 자신에게 시詩의 화환花環을 씌워주면 줄수록 더 잘 할 수 있을 것이다. 하지만 나로 말할 것 같으면 어떤 이상적인 여성이 되기에는 너무나 뒤죽박죽인 사람이었다. 만약 내가 내 마음속에 있는 진지한 생각들을 보이려고 했다면 나는 정열적인 크레올인30 앵디아나의 삶이 아니라 수도승 알렉시스(《스피리디옹》이란 지루한 소설의 주인공)의 삶과 같은 이야기를 했을 것이다. 또 내가 내 삶의 다른 국면, 그러니까 어릿광대와 즐거움과 이상한 장난을 찾는 나의 다른 모습을 그렸다면 나는 정말이지 그에게 상식적인 말도 행동도 할 수 없게 했을 것이다.

---

30 〔역주〕 식민지 태생의 백인을 말한다.

처음 글을 쓰려고 했을 때 나는 어떤 문학적 이론도 없었다. 지금도 소설을 쓰려고 손에 펜을 쥐었을 때 그런 생각은 하지 않는 것 같다. 하지만 나도 모르게 본능적으로 어떤 이론을 갖게 되는 것은 어쩔 수 없다. 그리고 보통 나는 저절로 그 이론을 따라가게 되고 계속 그 이론을 생각하며 글을 써나간다.

이 이론에 따르면 소설은 분석하는 작업이 아니라 시적 작업이다. 진실임 직한 상황들과 진실하고 사실적인 인물들이 소설에서 중심이 되는 감정을 그리는 하나의 인물 주변에 얽혀 있어야 한다. 이 인물은 주로 사랑의 정열을 함축하는 인물이다. 대부분의 소설은 사랑이야 기이기 때문이다. 그런 이론이 정립되면 이제 그 사랑, 그 인물을 이상화시켜서 자기 자신이 열망하고 있는 모든 힘이나 자기가 경험했던 모든 고통을 주저하지 말고 그에게 주어야 한다. 하지만 어떤 경우라도 우연한 사건들로 인물을 망쳐서는 안 된다. 인물은 죽거나 승리해야만 한다. 작가는 주저하지 말고 그에게 아주 예외적인 삶, 속물들과 다른 힘, 인간의 한계를 뛰어넘는 매력과 고통을 주어야 하고 때로 사실 같아 보이지 않는 위험도 감수해야 한다.

한마디로 그것은 중심이 되는 감정의 이상화理想化라고 할 수 있다. 소설가는 기술적으로 그것을 어떤 상황과 사건들 속에서 돌출시켜야 한다. 만약 그가 소설을 쓰고 싶은 거라면 말이다.

이 이론이 맞는 것일까? 나는 그렇다고 생각한다. 하지만 꼭 절대적이지 않고 절대적일 수도 없다. 발자크는 시간이 지나면서 자신의 힘 있고 다채로운 생각을 통해 사실적인 묘사와 사회 비판과 인간 자체를 표현하기 위해 이상화를 희생시킬 수도 있다는 것을 내게 이해시켜주었으니까.

발자크는 다음과 같은 말로 이 생각을 깔끔하게 정리해주었다.

"당신은 그래야만 하는 인간을 찾지만 나는 있는 그대로의 인간을 그리지요. 정말 우리 두 사람의 생각은 다 옳아요. 이 두 개의 길이 같은 목표를 향하고 있으니까요. 나도 역시 예외적인 인물들을 좋아합니다. 나도 그중 한 사람이고요. 하지만 나는 나의 속물적인 면을 더 부각시키고 싶어요. 그리고 꼭 필요한 경우가 아니라면 그것을 결코 희생시키지 않지요. 당신은 관심이 없지만 나는 그런 속물적인 것에 더 흥미가 있어요. 나는 그것을 과장하고 역으로 그것을 이상화하지요. 그 추함과 무지함을 말이에요. 나는 그들의 뒤틀린 모습을 더 두렵고 그로테스크하게 그립니다. 당신, 당신은 모를 거예요. 당신에게 악몽을 꾸게 할 것 같은 사람이나 사물은 아예 보지도 않으려는 것도 잘하는 겁니다. 아름답고 예쁜 것을 이상화하는 것은 여자의 일이지요."[31]

발자크는 어떤 경멸감이나 모멸감을 숨기며 이야기하지는 않았다. 그는 형제처럼 진지했고 여자를 너무나 이상화해서 혹시 케라트리의 이론을 들은 것이 아닌가 하는 의심이 들 정도였다.

그 광활하고 결점 없는 정신, 너무나 다채로운 정신으로 소설에 있어 독보적 존재인 발자크, 우리 사회를 그리는 데 있어 그 누구와도 비교할 수 없는 발자크가 어떤 절대적인 시스템을 인정하지 않는다는 것

---

31 〔역주〕 이 부분은 프랑스 문학에서 낭만주의와 사실주의를 구별해주는 매우 탁월한 분석이 아닐 수 없다.

은 천만번 지당한 일이었다. 내가 찾아보려 해도 그는 내게 자신의 이론에 대해 밝히지 않았지만 섭섭하지는 않았다. 그 자신도 몰랐을 테니까. 그도 자기 나름으로 더듬거리며 찾아가고 있었다. 그는 모든 것을 다 시험해 보았고 자기처럼 모든 것을 포용할 수 있는 정신에는 모든 종류의 주제, 모든 다양한 방식들이 다 좋다는 것을 알았고 이를 증명했다. 그는 가장 강력하다고 생각하는 것은 더욱 발전시켰고 예술가들의 주제나 방식에 어떤 틀을 씌우려는 비평가들의 잘못된 생각을 비웃었다. 이런 실수들은 대중들까지 실수하게 만드는데 대중들은 이런 되는대로의 이론이 한 개인의 생각일 뿐이며 어떤 관점에 대해 반대하는 것은 단지 자신의 독창성을 드러내 보이기 위한 거란 걸 모른다.

우리는 하나의 예술작품에 대여섯 개의 비평들이 서로 모순되는 것에 대해 놀라지 않을 수 없다. 그 비평은 모두 자기만의 경기방식과 자기만의 정열과 자기만의 독특한 취향을 가지고 있다. 그래서 그들 중 둘, 셋이 합의하에 어떤 규칙을 정하게 되면 그들이 쏟아 내는 여러 가지 칭찬과 예술적 충고는 그 어떤 기존의 규율로도 통제할 수가 없다. 32

이런 것을 제외한다면 자유롭게 비평할 수 있다는 것은 참 다행이다. 만약 예술에 오직 하나의 학파, 하나의 교리만 존재한다면 어떤 모험이나 새로운 시도도 없을 테니 예술이란 것은 사라져 버릴 것이다. 인간은 항상 고통스럽게 절대적 진리를 찾아간다. 그것에 대한 어떤 느낌 때문에. 하지만 그는 개인적 차원에서는 결코 그것을 발견

---

32 〔역주〕 작품에 대해 가하는 어줍잖은 문학 비평에 대한 상드의 정확한 혜안이 아닐 수 없다.

할 수 없을 것이다.

진리란 우리 인류 모두의 힘을 합친 집단적 행위로도 찾기 힘든 무엇이다. 그런데도 인간은 참 이상하고 숙명적으로 누군가 능력 있는 자가 그 진리를 찾으려 시도하면 그것을 금하고 기존에 가진 것만을 보게 만드는 실수를 범하고 있다. 자유에 규제를 가하는 것, 그 자체가 인간적 교만의 폭정과 폭압에 양분을 제공하는 것이다. 얼마나 슬픈 광기狂氣인가! 사회가 그런 것에서 벗어날 수 없다면 예술만이라도 그런 것에서 해방되고, 인간의 삶을 완전히 독립된 영감 속에서 영위할 수 있게 해준다면!

영감靈感이란 뭐라 정의하기 힘들지만 초인간적인 것으로, 또 하늘로부터 내려받는 중요한 어떤 것으로 간주해야 한다. 영감이란 예술가들에게는 크리스천들에게 있어서의 성령과 같은 것이다. 기독교 신자에게 하늘로부터 성령이 내려올 때 그것을 받지 못하게 한다는 것은 상상할 수 없는 일이다. 그런데도 이른바 비평가라고 하는 자들은 예술가들에게 영감을 받지도 말고 그것을 따르지 말라는 억지를 부리기도 한다.

지금 나는 전문적인 비평가들을 얘기하는 것이 아니고 특정 몇몇 사람들에 대해 하는 말도 아니다. 나는 사회적이고 보편적인 편견과 싸우고 있다. 사람들은 예술이 어떤 투쟁의 길을 가길 원한다. 그래서 하나의 방식이 마음에 들면 한 세기 동안 모두가 이렇게 소리친다. "같은 것으로 해주세요. 그것만이 좋아요!"

불쌍한 풋내기들이여! 처음에 반항의 외침으로 시작된 그들의 투쟁은 곧 또 하나의 폭군이 되어 또 다른 정당하고 모두가 열망하는 그런 새로운 혁신을 깔아뭉개게 될 때까지 끔찍하게 싸우다 죽게 될 것이다.

나는 항상 '영감'이란 단어가 참으로 '야심만만한' 표현이라고 생각했다. 항상 제일 선두에 있는 천재들에게만 적용될 수 있으니까. 꼭 성공해야만 의미가 있는 거라고 한다면 나는 감히 그 말을 나 자신에게 쓸 수 없을 것 같다. 그렇지만 겸손하고 교양 있는 사람들의 얼굴을 붉히지 않을 하나의 단어가 있어야 할 것이다. 예술에 사로잡힌 영혼이 느끼는 다소간 충만하고 다소간 생생하게 느껴지는, 일종의 은혜 같은 것을 표현할 단어 말이다. 겸손한 예술가라면 모두가 영감의 시간을 갖고 있을 것이다. 하늘의 술은 금잔金盞 속에서나 토기 잔 속에서나 마찬가지로 소중할 것이다. 단지 어떤 잔은 그것을 순수하게 간직하고 어떤 잔은 그것을 변질시키거나 스스로 깨질 것이다. 크리스천의 성령은 혼자 숙명적으로 움직이는 것이 아니다. 인간의 영혼이 그것을 마치 땅이 신성한 씨앗을 받아들이듯 받아들여야 하는 것이다. 영감도 이와 다르지 않다. 그러니 그 말을 있는 그대로 받아들이기로 하자. 이는 결코 오만한 표현은 아닐 것이다.

《앵디아나》를 시작할 때 나는 이전 글쓰기 때는 경험해 보지 못했던 아주 강렬하고 특별한 감정에 사로잡혔었다. 하지만 그 감정이란 행복하기보다는 고통스러운 감정이었다. 나는 단숨에 썼다. 어떤 구상, 그러니까 문자 그대로 어떤 식으로 써 가야 할지도 모른 채 또 어떤 사회 문제를 내가 건드리게 될지도 모른 채 그냥 써 나갔다. 나는 생시몽주의자가 아니었고 그런 적도 없었다. 물론 그들이 말하는 어떤 사상, 또 그들 중 어떤 사람들에게 깊이 공감한 적이 있는 것은 사실이지만 말이다. 하지만 당시 나는 그들을 알지 못했고 그들로부터 어떤 영향도 받은 것이 없었다.

나는 단지 내 안에서 거칠고 잔인한 인권 유린에 대한 너무나도 분명하고 타오르는 공포를 느끼고 있었다. 나는 그런 것을 겪지 않았었고 또 겪고 있지도 않았다. 내가 얼마나 자유를 즐기며 살고 있었는가를 다들 알 테니 그렇게 말할 수는 없을 것이다. 그러니 《앵디아나》는 사람들이 말하듯 내 삶의 고백이 아니다. 그것은 어떤 한 남편에 대한 불만을 토로한 것이 아니다. 그것은 보편적인 폭압에 대한 항거였다. 그것을 폭군 같은 한 남자로, 한 가정에서 일어나는 싸움으로 그린 이유는 내가 단지 사람들이 살아가는 모습을 그리는 소설을 쓰려는 생각 말고 다른 야망이 없었기 때문이다. 그래서 소설이 끝나고 쓴 서문에서 나는 그것을 위해 어떤 제도를 만드는 것까지 가는 데에는 좀 소극적인 태도를 보이고 있었다. 나는 오직 내가 아는 것에만 충실했고 그 이상 아는 척하지는 않았다. 단지 비평가들이 더 많은 의미들을 끄집어내 주었고 내게 문제를 더 면밀히 생각해 보도록 해주었다.

그러니 나는 이 작품을 어떤 치밀한 구상하에 쓰지 않았고 단지 내 감정에 이끌려 썼을 뿐이다. 이 감정이란 깊은 생각 속에 차근차근 쌓여 오다가 어떤 계기가 되어 문이 열리자 폭발적으로 터져 나온 것이다. 그런데 그 출구가 너무나 좁아서 격한 감정 속에서 글과 싸우던 6주 동안의 투쟁은 너무나 신선한 정신적 경험이었다.

하지만 주어진 어떤 것에 치열하게 몰두하려고 하면 나의 가엾은 코랑베는 항상 날아가 버렸다. 그것은 어떤 틀에 갇히기에는 너무나 예민한 존재였다. 겨우 책을 끝내고 나서 나는 나의 일상적인 공상의 파도를 다시 찾고 싶었다. 그러나 그것은 불가능했다! 내 글 속의 등장인물들은 서랍 속에 갇혀서 그곳에 조용히 있고 싶어 했다. 코랑베와 매일 나를 기분 좋게 흔들어 깨우는 수천의 존재들이 다시 내 곁에 나타나서 살아 있는 그림처럼 투명한 베일 뒤에서 들릴 듯 말 듯한 음성을 내 귓전에 속삭이길 바랐지만 그것은 헛수고였다. 그런 감미로운 환상은 영감의 전신쯤 되었다. 그들은 잔인하게도 잉크병 속 깊숙이 숨어서 내가 용기를 내서 찾지 않으면 더는 나오지 않았다.

평생을 따라다니다 갑자기 졸지에 사라져 버린 이 반쯤의 최면 상태에 대해 나는 할 말이 많다. 하지만 이 챕터에서 여기에 대해 이미 너무 길고 장황하게 이야기한 것 같다. 그래서 기억도 잘 나지 않는 아주 어릴 때부터 '코랑베'(아무 의미 없는 이름으로 꿈속에서 우연히 만들어진 음절의 조합이다)라고 불리는 환상 속 주인공으로부터 시작된 수천 개의 글로 하나의 소설을 시작했다는 것, 그리고 이 인물은 어린 시절 몇 년 동안 내가 만들어 낸 신이었고 한동안 나의 신앙이었으며 숭배의 대상이었다는 말만 하고 싶다.

수녀원에서 내게 몰아친 가톨릭의 불길로 나는 코랑베를 잊어버렸지만 무슨 우상숭배 같은 두려움으로 내친 것은 아니다. 왜냐하면, 내 공상 속에서 존재하는 이 창조물이 천사와 같은 시적 감수성으로 예수님과 같은 신성神性에 열광할 준비를 하게 해준 것이니까. 내가 모든 열정으로 마음속에 품은 것은 예수님이었고 코랑베는 어린 시절 교회에서 보다 더 인간적이고 효과적으로 내게 하나님을 해석해준 존재로 굳게 믿고 있다.

만약 코랑베가 정치에 관여했다면 잔인한 러시아가 죽어 가는 폴란드를 삼키게 하지는 않았을 것이다. 만약 이 사회에 관여했다면 강한 자들에게 약한 자들이 당하도록 내버려 두지 않고 부자들의 변덕에 가난한 자들의 몸과 마음이 휘둘리도록 하지 않았을 것이다. 그러니까 그는 교황보다 더 크리스천 같은 존재였다.

내가 좀 철이 들었을 때 나는 코랑베를 다시 제자리로 돌려보내 주었다. 다시 말해 코랑베를 나의 상상 속에서 다른 공상들 사이로 밀어 넣어 버렸다. 하지만 그는 늘 중심을 차지하고 있었고 그를 중심으로 전개되는 모든 이야기는 다시 근본적인 이야기로 이어졌다.

나 스스로 글을 쓰려고 할 때 이런 공상들의 갑작스런 공격으로 이야기 구성이 무너져 수많은 소설들이 완성되지도 못하고 사라져 버렸는데, 여기에는 나름의 독특한 규칙이 있었다. 그러니까 전지전능하지는 않지만 초자연적 능력이 있는 한 신비한 인물이 모든 이야기 속에 나타나고 이야기를 멈추게 하고 또 자기도 모르게 그것을 다시 시작하게 하는 거였다. 그것은 참으로 편리했다. 하지만 나 외에 다른 사람들, 곧 대중들은 이해할 수 없는 일이란 걸 나는 알았다. 그래서 뭐든 인간사를 이야기하려면 사람들이 이해할 수 있는 행위를 줘야 하고 또 우연에 의해서건 운명적이건 간에 사람들이 이해할 수 있는 해결책을 주어야만 했다. 그래서 그렇게 했지만 나는 그것이 너무나 슬퍼서 몇 년 동안 대중들에 대해 깊은 혐오감을 가지고 있었다. 나는 그것을 순진하게도 몇몇 사람들에게 용기를 내서 이야기해 봤지만 사람들은 나의 고통스럽고 진지한 이 이야기를 무슨 가식처럼 받아들이는 것을 보고 곧 입을 다물고 말았다.

지금 나는 되도록 냉정하게 이 이야기를 하려고 하는데 시적 영감은 정말로 영혼의 성소 속에 있으며 결코 그곳으로부터 나오지 않는다고 말한다면 누가 나를 믿어주고 이해해줄까? 나와 비슷한 영혼을 가진 사람이라면 어쩌면? 이제 이게 다. 지루해할지 모를 독자들을 위해 나는 여기서 코랑베와 나의 계속되는 공상적 이미지들을 단지 하나의 심리 현상이라고 주저 없이 말하겠다. 왜냐하면, 그것은 정말이루 말로 표현할 수 없이 매력적인 것이며 천상의 순수함을 지닌 것이며 나의 이성조차 그것을 두려워하지 않기 때문이다.

사실 어린 시절을 제외하고 나는 그런 환상이 내 머릿속 밖에서 나타나는 거라고 생각하고 싶지는 않았다. 나는 내가 공상의 왕국에 사로잡혀 있는 것을 완벽하게 알고 있었다. 나의 의지가 아니라 나의 변덕스러운 마음을 반영해주는 그런 공상 말이다. 그래서 나는 어떤 정신병이 나은 것이 아니라 그 반대로 어떤 능력을 잃어버렸다고 생각했다. 그런 능력이라는 것이 해로운 것인지도 모르겠다. 신체적으로 조금만 균형을 잃어버려도 상상의 존재들이 사는 경치나 낙원에 대한 우스운 환영들이 어둡고 끔찍한 것으로 변해 버렸다. 그러면 나는 그런 것들이 다 현실인 것처럼 믿을 수도 있었겠지만 그런 생각은 들지 않았는데, 알게 뭔가? 어떤 괴로움이 너무 지치도록 오래 지속되면 이성도 지치게 마련이니까.

이런 식으로 나는 어떤 존재들을 떠올릴 때 그들이 자기들 마음대로 생각지도 않았던 모습으로 깨어나는 걸 볼 수 있는 능력이 있었는데 이 능력은 내가 소설 속에 논리적으로 어떤 존재들을 의식적으로 깨우려 하면 마비되어 버렸다. 나는 내가 불러낸 존재들을 떠나 다른 집단으로 갈 수도 없었고 그들을 끄집어 낸 장소로부터 다른 끝없는 상상의 장소로 갈 수도 없었다. 그렇지만 나는 앵디아나와 랄프가 이 세상의 끝에서 다른 끝으로 여행하는 것을 막을 수 없었다. 그래서 그들의 마지막 오아시스에 대해 지리적 실수를 했을 수도 있다. 하지만 상관없는 일이다. 실제 사실에 대해 나는 너무 무지하니까!

하지만 어느 정도 이성적이어야 한다는 것, 이해할 수는 없지만 그 래야만 한다는 필요성은 얼마 후 내가 전폭적으로 모든 것을 받아들이자 또 다른 종류의 기쁨이 되었다. 나의 등장인물들은 다른 식으로 나타나기 시작했다. 그들은 더는 방구석에 떠다니지 않았고 정원이나 숲속을 지나쳐 가지도 않았다. 하지만 눈을 감으면 나는 그들을 좀 더 분명하게 볼 수 있었고 그들의 말소리도 내 귀에 이상한 웅얼거림으로 들리는 것이 아니라 더 분명하게 각인되었다. 그들이 꿈속에 나타날 때는 나를 지루하게 할 뿐이었다. 하지만 책상에 (골방의 작은 책상) 앉아 있을 때는 그들은 내 종이 위에 나타나 이런저런 말을 걸기도 하고 움직인다. 여전히 갑작스럽고 강압적인 매력적인 모습으로 말이다. 하지만 전처럼 다정하고 전처럼 지속적이지는 않다. 왜냐하면, 내가 펜을 놓자마자 사라져 버리기 때문이다. 하지만 내 생각에는 더 강력하고 멋지다.

또 다른 도저히 설명할 수 없는 현상이 있는데 내가 첫 번째 작품을 끝내자마자 그것이 내 기억 속에서 사라진다는 거다. 내가 완성하지 못한 수많은 소설에서처럼 그렇게 사라진 것이 아니라 단지 희미하게 보일 정도가 되었다는 의미다. 그래서 나는 그 인물들과 그들의 열정과 이야기의 상황들을 좀 더 구체화하는 습관을 들이면 기억들을 조금씩 고정할 수 있을 거라고 믿었다. 하지만 그렇지 않았고 나의 머리가 내가 하던 작업 속 존재들을 즉시 묻어 버리는 이 망각행위는 더 잦아지고 더 커져만 갔다. 만약 내 작품들을 진열대 위에 올리지 않는다면 아마도 나는 그 제목들까지 다 잊어버릴 터였다. 만약 몇 주 전부터 다시 보지 않은 내 작품들 반쯤을 누가 내게 읽어준다고 해도 나는 두세 개의 중요한 이름 말고는 그것이 내 작품인 것을 알아보지 못할 것이다. 나는 사소한 거라도 내가 글을 썼던 상황은 떠올릴 수 있지만 정작 내가 쓴 것은 기억하지 못한다. 그리고 내가 처했던 그 상황들을 떠올리면 나는 책이 성공했는지 실패했는지는 말할 수 있다. 하지만 만약 사람들이 내 작품들을 들이대며 내 의견을 묻는다면 아마도 나는 모르겠다고 할 확률이 높다. 그리고 아마도 나는 그 작품들을 다시 읽고 대답을 생각해야 할 것이다.

그러니 내 작품에 대해 내가 많은 말을 할 거라고 기대하지 말기 바란다. 내 의견을 말하려면 또다시 읽어야 할 테니까. 거의 15년 전부터, 그러니까 사람들이 내 작품들을 읽고 논하는 것을 보았던 때부터 나는 작품을 다시 잘 다듬어서 주기 위해 무진 노력을 했다. 하지만 한두 작품을 제외하고 나는 재작업을 할 수가 없었다. 에너지가 고갈되고 작품이 가지고 있는 형식을 어떤 식으로 다시 손봐야 할지도 알 수 없어서 만약 조금이라도 뭔가를 고쳐야 한다면 나는 다 고쳤을 것이다. 내가 내 작품을 연극으로 올리려고 생각했을 때 나는 대화의 한 대목도 생각할 수 없었다. 그래서 나는 인물들을 변형시키고 수정했다. 무대가 원하기도 했지만 그들을 다시 그리는 것이 불가능했기 때문이다.

이런 이야기들을 다 말해야 할지 솔직히 잘 모르겠다. 나는 나에 대해 말하고 싶지는 않고 더욱이 그것이 다른 사람들과 어떤 유대감을 갖지 않으면 더더욱 말하고 싶은 생각이 없다. 많은 예술가가 스스로 예술가적 본성을 자각하고 있다는 것은 대단한 일이다. 하지만 나는 아주 특별한 어떤 것을 말하기가 두렵다. 마치 내가 특별난 사람인 양 말이다. 차라리 내 어린 시절 꿈들을 말하는 것이 덜 당황스럽다. 왜냐하면, 모든 어린아이는 다 예술가들이고 아무리 냉철한 사람이라도 현실적인 삶을 살기 전에는 다소간 시인이었을 테니 말이다. 나는 너무 오랫동안 어린아이였고 너무 늦게 성숙해서 이성적으로 생각하기 시작한 것도 한참 후였다. 나는 이성적으로 생각하기 위해 한참을 헤맸지만 결국 그 많은 시간과 경험에도 불구하고 은밀하게 순진한 이상을 품고 있어서 뭐든 계산적으로 분석하고 이용한다는 것이 매우 불편했다.

세상 사람들, 그러니까 예술가가 아닌 사람들은 보통 어떤 환경이나 조건 속에서 예술가들이 작품 활동을 하는지 궁금해 한다. 그런 호기심은 좀 유치하다. 그리고 나로서는 사람들을 결코 만족시킬 수가 없었다. 그런 질문을 벗어나려면 예의 없이 거짓말을 한다고 생각했으니까. 솔직히 그런 질문은 너무나 어렵고 이상하게 물어봐서 나는 못 들은 척하거나 이렇게 답한다.

"모르겠어요."

예를 들자면 내 소설을 처음 읽은 어떤 영국 여자는 크게 뜬 눈으로 웃음 지으며 이렇게 물어봤다.

"소설을 쓸 때 무슨 생각을 하세요?"

"오, 부인! 제 소설을 생각하지요."

"오! 그럼 소설을 쓸 때는 다른 것은 생각할 수가 없다는 건가요? 너무 힘든 일이네요!"

더욱이 그 영감이라는 것은 너무나 변화무쌍해서 구체적인 외형을 찾으려 하면 할수록 실체를 더 찾을 수 없게 된다. 많은 유명한 예술가들은 작업할 때 이상한 습관들을 가지고 있다. 발자크는 그것에 더 몰두하고 사람들도 적극 도와준다. 나는 여러 번 환한 대낮에 다른 사람들과 함께 어떤 흥분할 만한 것도 없이 어떤 특별한 복장도 하지 않고 어떤 고통스럽고 유치한 짓도 하지 않고 그저 해맑은 눈으로 웃으며 화사한 낯빛으로 글을 써서 발자크를 많이 놀라게 한 적이 있다.

사람들은 말하길, 엄청난 양의 커피와 술과 마약이 필요한 예술가들이 있다고들 한다. 나는 그 말을 잘 믿지 않는다. 만약 그들이 말짱한 정신이 아니라 취한 상태에서 작품 활동을 즐긴다면 나는 정말 그런 작품을 창작할 수 있었을지 의심스럽다. 상상의 작업이란 그 자체로 흥분되는 일이어서 나는 우유나 청량음료만으로도 그것을 키우기에 충분하다고 생각한다. 바이런적인 흥분제는 필요 없다. 나는 술 취한 바이런이 좋은 시를 쓴다고 믿지 않는다. 영감은 통음痛飮난무亂舞의 한가운데에서도 영혼을 사로잡지만 고요한 숲속에서도 우릴 사로잡는다. 하지만 그것에 형식을 입히려면 우리는 홀로 책상에 혹은 연극 무대 위에서 자기 자신에게 완전히 몰두해야만 한다.

5부

작가의 삶에서
나만의 삶으로

1832~1850

Histoire de Ma Vie

1. 빌로즈, 〈양세계 평론〉

《앵디아나》가 세상에 나올 즈음 나는 여전히 생미셸강 변에서 딸아이와 살고 있었다. 그리고 책 출판을 준비하는 사이에 《발랑틴》을 썼고 《렐리아》를 쓰기 시작했다. 그러니까 《발랑틴》은 《앵디아나》가 나온 뒤 두세 달 후에 나왔다. 이 책도 노앙에서 썼고 나는 규칙적으로 6개월 중 3개월을 노앙에서 보냈다.

들라투슈는 내 다락방까지 힘들게 올라와 처음으로 《앵디아나》를 읽었다. 편집장 에르네스트 뒤피가 방금 보낸 책이었는데, 나는 막 책 위에 들라투슈 이름을 쓰려던 참이었다. 그는 책을 들고 이리저리 살펴보고 호기심 어린 눈으로 돌려 보면서 그날따라 더욱더 불안하고 냉소적인 태도를 보였다. 나는 발코니에 있었다. 나는 책을 빼앗고 다른 이야기를 하려고 했지만 그럴 수도 없었다. 그는 책을 읽고 싶어 했고, 읽으면서 매 페이지마다 소리를 질러댔다.

"아! 맨날 뻔한 그 소리가 그 소리야, 발자크류군! 아류일 뿐이야, 대체 뭘 쓴 거야? 발자크라니 대체 어쩌려는 거야?"

그는 책을 손에 들고 발코니로 와서 한 글자 한 글자 가리키며 내가 발자크의 방식을 모방했다고 욕했다. 그는 내가 발자크와 나 자신까지 뛰어넘어야 성공할 수 있다고 했다.

나는 모방하려고도 또 피하려고도 하지 않았기에 그의 비난이 너무 억울했다. 나는 죄인처럼 책을 가져간 나의 재판관께서 그 책을 끝까지 다 읽기만 기다렸다. 다음 날 잠에서 깼을 때 이런 쪽지를 받았다.

조르주, 나의 잘못된 행실을 정중히 사과하고 싶어요. 당신 앞에 무릎을 꿇습니다. 어제저녁 나의 무례를 잊어주세요. 지난 6개월 동안 당신에게 했던 잘못을 용서해주세요. 당신의 책을 읽으며 밤을 새웠어요. 오, 나의 아이여, 난 당신이 얼마나 자랑스러운지!

나는 아버지에게 받는 것 같은 그런 칭찬이 내가 받을 수 있는 유일한 영예라고 생각했다. 그리고 편집장에게서 그렇게도 빨리 반응이 올 거라고는 생각지도 못했다. 그는 바로 내게 《발랑틴》을 주문했기 때문이다. 신문들은 모두 'G. Sand'를 향한 칭찬일색이었다. 분명 여성의 손을 빌려 작가가 여기저기서 섬세한 감정을 그리고는 있지만, 문체와 흐름이 너무나 남성적이어서 남성임이 분명하다는 투로 썼다. 모두가 케라트리 씨처럼 말하고 있었다.

이런 말에 나는 별로 개의치 않았지만 '쥘 상도'에게는 상처가 됐다. 전에 한 번 말한 것처럼 이 성공으로 그는 자기 이름을 완전히 되찾기로 하고 우리는 스스로 실행할 수 없다고 판단한 공동 작업을 포기하기로 하였다. 공동 작업이란 단지 서로 간의 신뢰와 좋은 관계가 필요할 뿐만 아니라 아주 특별한 능력과 적절한 방식을 필요로 한다. 우리 두 사람은 작업을 나눠서 하기에는 서로가 너무 미숙했다. 한 번 시도해 본 적 있었는데 각자 상대가 한 작업을 모두 다시 고쳐서 결국 작품은 페넬로페의 누더기가 되었다.

4권으로 된 《앵디아나》와 《발랑틴》이 팔리면서 거의 3천 프랑을 벌게 되었고, 나는 빚을 조금 갚고 하녀도 하나 두었으며 생활도 좀 편해지게 되었다. 뷜로즈 씨가 막 사들인 〈양세계 평론〉 잡지사에서는

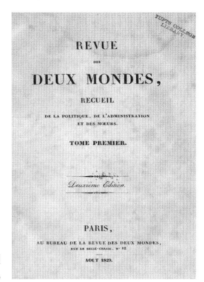

19세기 문학논쟁의 중심에 있었던
잡지 〈양세계 평론〉 1829년 초판 표지.

내게 중편을 써 달라고 했다. 그래서 나는 그 잡지를 위해 〈메텔라〉
와 또 다른 뭔가를 써 주었다.

〈양세계 평론〉은 당시 대단한 엘리트 작가들이 참여하는 잡지였
다. 두세 명을 제외하고는 출판인, 시인, 소설가, 역사가, 철학자,
비평가, 여행가 등으로 이름을 날리는 사람들이 뷜로즈의 손을 거쳐
갔다. 그는 똑똑한 사람이었는데 자신을 거의 드러낼 줄 모르고 겉으
로는 매우 딱딱해 보이지만 내면은 아주 섬세한 사람이었다. 그는 그
렇게 까다롭지 않아서 스스로 제네바 태생의 야만적인 고집불통이라
고 농담하기도 했다. 그는 기분이 나쁘지 않을 때는 사람들이 짓궂게
놀리는 것을 그저 허허 웃으며 넘기기도 했지만 설득하고 지배하는
데는 일말의 양보도 없었다.

그는 10년간 내 돈줄을 쥐고 있었다. 우리 예술가에게 노예와 같은

시간을 견뎌야만 자유의 시간을 얻게 해주는 이 줄은 우리에게는 생명 줄과 같았다. 오랜 이해관계 속에서 나는 만 번도 더 넘게 뷜로즈를 저주했다. 결별할 만큼 그를 분노하게도 했었다. 고집, 막무가내, 엉큼함, 폭군 같은 행동에도 불구하고 가끔 모든 무뚝뚝한 사람이 그렇듯 정말 진실하고 감상적인 때가 있었던 그는 정말 나의 불쌍한 데샤르트르 선생님과 닮은 구석이 있었다. 그래서 나는 그렇게도 오랫동안 못된 성격과 순진한 우정이 뒤섞인 그런 사람을 참아낼 수 있었다.

우리는 헤어졌고 소송도 걸었었다. 나는 서로 간 어떤 손해도 없이 나의 자유를 되찾았고, 그가 고집부리지 않았다면 아마 소송 없이도 그런 결론에 도달했을 것이다. 얼마 후 그의 품에서 죽은 아들을 애도하기 위해 그를 다시 보았다. 아주 훌륭한 그의 부인은 가장 힘든 순간 나를 불렀다. 나는 우리의 싸움도 잊은 채 그들에게 손을 내밀었다. 그 후 나는 그 일을 기억하지 않았다. 모든 우정은 가끔 흔들리고 불완전할지라도 이해관계를 넘어 한 번 화낸 뒤에는 불화를 잊게 하는 어떤 끈끈함이 생기기 마련이다. 그런데 우리는 우리가 사랑하는 사람들을 싫어한다고 믿는다. 불화의 산맥이 우리를 그들에게서 갈라놓는다. 하지만 우리가 그 산을 넘기 위해서는 한마디면 충분하다. 뷜로즈의 한마디, "아! 조르주 너무 힘들어요!"라는 말 한마디는 모든 숫자와 재판 과정의 모든 것을 다 잊게 만들었다. 그 또한 어느 날 내가 우는 것을 본 뒤 나를 비난하지 않았다. 그 후 여러 번 뷜로즈를 상대하는 싸움에 합류해 달라는 청을 받았지만 나는 거절했고 그것을 그에게 떠벌린 적도 없다. 비록 〈양세계 평론〉이 계속 내게 내가 그 잡지와 일했을 때만 괜찮은 작품을 썼었고 결별 후에는 …. 세상에나! 순진한 뷜로즈 씨! 다 괜찮아요!

그런데 괜찮지 않은 것은 뜬금없이 화가 폭발한 들라투슈였다. 발자크 때문에 시작된 위기감은 영문도 모르게 어느 날 아침 터져 버렸다. 〈양세계 평론〉이 그전에 나를 극찬하는 기사를 썼는데 그는 그 기사를 가져온 귀스타브 플랑슈를 싫어했다. 내가 아직 그 잡지사에서 일하기 전이니 기사는 나와 아무 이해관계도 없어서 나는 아주 편한 마음으로 그것을 받아들였다. 그것이 들라투슈에게 상처를 준 걸까? 그런 것 같아 보이지는 않았지만 그는 올네에 살고 있으면서 파리에 자주 오지도 않았다. 나는 그가 화난 것을 알아채지도 못했는데 그가 소개해 준, 시골에서 그와 가까이 살고 있는 라로슈푸코 씨를 통해 그가 내 욕만 한다는 말을 들었을 때도 그를 찾아가 볼 처지가 못 됐었다. 들라투슈는 내가 명예욕에 취해 있고 진정한 친구들을 버렸고 그들을 경멸하며 오직 문학계 사람들과만 어울리고 자신의 충고도 저 버렸다며 비난했다. 그의 비난에 맞는 것이 하나도 없었기 때문에 나는 그것이 습관적인 그의 변덕이라고 생각했다. 그래서 편지보다 더 정성스럽게 그의 화를 풀어주기 위해 나는 곧 출간하게 될 작품 《렐리아》를 그에게 헌정했다.

그런데 그는 그것을 오해하고 자신에 대한 복수로 여겼다. 대체 뭐에 대한 복수란 걸까? 나는 내가 귀스타브 플랑슈를 본 것을 그가 용서하지 못한 거라고 생각했다. 그래서 나는 플랑슈에게 들라투슈가 아주 잔인하게 쓴 기사에 그의 편을 드는 듯한 글을 써 달라고 부탁했다. 아마도 플랑슈가 당시 리더로 있었던 낭만주의 세나클을 향한 과격한 공격에 답글을 부탁했던 것 같다. 어쨌든 귀스타프 플랑슈는 내가 들라투슈의 좋은 점들을 말하자 마음이 움직여 아주 선하고 존중심까지 갖춘 편지를 마치 젊은이가 나이 든 분께 말하듯 써서 보냈는데 들라투슈는 이것에 더 흥분해서 답장도 보내지 않았다. 그리고 그는 계속해서 나와 어울리는 사람들을 비난했고 내게 등을 돌리도록 부추겼다.

결국, 그는 친하게 지내던 5~6명 되는 친구들 중 2명을 데려가 버렸다. 그중 한 명은 나중에 용서를 구하러 왔고, 다른 한 명은 나중에 들라투슈에게 짓밟히는 걸 내가 구해주었다. 하지만 나는 나의 가엾은 들라투슈에 대해 잘 알고 있었다. 적당히 넘어가지 못하는 그의 너무나 과격하고 쓰디쓴 분노에서 어떤 것은 인정하고 어떤 것은 내쳐야 하는지를 나는 잘 알고 있었다.

내게 그렇게 화를 내고 2년도 안 됐을 때 들라투슈가 베리에 사는 그의 사촌인 뒤베르네 부인을 방문하기 위해 왔었다. 그런데 사실은 나를 너무나 보고 싶어 하는 그 사촌과 그의 아들인 내 친구 샤를의 간청 때문에 온 것이었다. 그는 결정할 수가 없었다. 그래서 그는 자신의 소설 중 한 권에서 나에 대한 감사를 표했다. 그는 내가 더는 글을 쓸 수 없을 정도로 심하게 내 욕을 했던 것은 기억하지 못했다. 우정의 상처를 아물게 할 수 있는 것은 결코 칭찬이 아니다. 나는 칭찬 같은 것은 신경 쓰지 않고 필요하지도 않았다. 나는 결코 친구가 나를 대단한 작가로 여겨주길 요구하지도 않았다. 단지 나를 변치 않는 마음으로 대해주길 바랄 뿐이었다.

나는 그가 직접 다가와주길 바랐고, 1844년 그가 망설임 없이 한 부탁을 내가 기꺼이 들어주는 것으로 우리 관계는 회복되었다. 나는 두 팔 벌려 아이처럼 다루기 힘들지만 정다운 나의 오랜 친구를 받아들였다. 그리고 그는 그때부터 진정한 보석 같은 마음을 함께 나누며 과거를 모두 잊게 해주었다.

　　그것보다 더 큰 근심은 아들아이의 중학교 입학이었다. 나는 정말 초조하게 아이가 내 곁에 있을 날을 손꼽아 기다리고 있었다. 아이도 나도 중학교라는 곳이 어떤 곳인지 몰랐다. 나는 공교육을 비난하고 싶지는 않다. 하지만 아들아이는 그런 군대 같은 규율과 엄격한 규칙에 잘 적응할 수 없는 아이였다. 게다가 거기에는 엄마 같은 따뜻한 보살핌도 없고, 주변 환경에 시적인 어떤 것도 없고 사색할 것도, 생각의 자유도 없었다. 나의 가엾은 모리스는 천생 예술가였다. 아이는 그런 기질을 타고났다. 나와 함께 그렇게 생활하면서 자신도 모르게 아주 독립적인 생활을 해 왔었다. 아이는 다른 아이들처럼 중학교에 들어가는 것을 마치 무슨 축제처럼 생각했다. 다른 곳에서 생활한다는 것 자체가 즐거움이었다. 그래서 나는 그를 앙리 IV 학교에 데려갔다. 아이는 참새처럼 즐거워했고 나도 그런 아이를 보고 행복했다. 학교 교장의 친구였던 생트뵈브는 아이를 특별히 배려해줄 거라고 내게 약속했다. 사감은 아주 좋은 사람이었는데 모리스를 자기 아들처럼 맞아 주었다.

　　우리는 그와 함께 건물을 둘러보았다. 나무도 없는 정원과 삭막한 현대식 건물이 있는 교정, 그리고 슬프게만 들리는 아이들의 노는 소리, 갇힌 죄수 같은 아이들의 시끄럽고 사나운 고함 소리, 선생님들의 우울한 모습, 낙오된 젊은이들은 대부분이 가난의 노예로 희생자 아니면 폭군이었다. 그 모든 것들, 아이들을 다시 수업에 부르기 위한 북소리까지, 그러니까 전쟁에 나갈 사람들의 신경 줄을 흔들어 대기 위해 고안된 전쟁의 악기이지만 정작 아이들을 부르기에는 너무나 한심스럽게 전투적인 그 북소리까지 내 가슴을 미어지게 했고 내 마음을 두려움에 사로잡히게 했다.

나는 몰래 모리스의 눈을 바라보았는데 어떤 놀라움과 내가 느끼는 것과 같은 감정을 볼 수 있었다. 그래도 그는 괜찮아 보였고 또 아버지한테 놀림 받지 않을까 걱정하는 것 같았다. 하지만 헤어져야 할 시간이 왔을 때 그는 나를 껴안았고 눈에는 눈물이 가득했다. 곧 울음을 터트릴 듯하자 사감이 아이를 아버지처럼 안아주었다. 결국, 아이는 내가 울지 않으려고 빨리 그 자리를 떠나려 하자 울음을 터뜨렸고 사감의 품에서 내 품으로 달려왔다. 여기 있고 싶지 않다고 소리치며 말이다.

나는 죽을 것만 같았다. 모리스가 불행한 것을 본 적이 그때가 처음이었다. 나는 아이를 다시 데려가고 싶었다. 남편은 더 강경했는데 분명 그의 말도 틀린 것은 아니었다. 그래서 나를 붙잡고 애원하는 불쌍한 아이에게서 도망쳐 나오는데 계단 아래까지 그 아이의 비명 소리가 들려왔고, 나는 집에 오는 내내 마차 안에서 아이처럼 흐느끼고 통곡했다.

이틀 뒤 아이를 보러 갔다. 아이는 이상하고 우스꽝스럽고 무겁고 더러운 각진 교복을 입고 있었다. 나는 졸업생이 입었던 옷을 신입생이 물려 입는 그런 전통이 여전히 있는지 몰랐다. 그것은 정말 천박한 돈벌이였는데 부모들은 입학할 때 모든 비용을 냈기 때문이다. 나는 그것이 정말 비위생적이며 피부병이 옮을 수도 있다고 불만을 토

로해 보았지만 아무 소용없었다. 또 다른 야만적 관습은 기숙사에 요
강도 없고 용변을 보기 위해 나가는 것도 금지되어 있다는 거였다. 또
학교는 불량 간식을 파는 것을 허용해서 아이들이 병들게 했다.

문제는 또 있었다. 원래 교장은 인간적으로 아주 괜찮은 사람으로
자기 기준에 너무 과한 것은 과감하게 제어하는 사람이었고 그다음으
로 온 사람도 온화하고 상냥한 사람이었다. 그런데 그다음으로 부임
한 현재의 교장 뒤트레이 씨는 마치 무슨 군대 하사처럼 규율을 강요
하고 아이들을 불행하게 만드는 사람이었다. 절대적 권위에 대한 광
적 신봉자인 그는 한 지각 있는 아버지에게 모든 반 아이들이 보는 앞
에서 흑인 하인에게 자신의 아들을 때리도록 명령하게 한 사람이다.
마치 식민지나 모스크바의 군대 진영에서나 볼 수 있는 장면을 연출
하면서 조금이라도 비난하는 경우 잔인한 벌을 받게 된다고 위협하는
것이다. 지금은 그 교장과 그 아이 아버지의 이름도 잊었지만 아들에
게 물어보고 싶지도 않다. 하지만 당시 앙리 IV 학생들은 모두 이 일
화를 잘 알고 있다.

두 번째 방문도 첫 번째처럼 끝났다. 친구들은 내가 너무 예민하다
고 나무랐다. 솔직히 아들아이가 그렇게 벌 받을 짓을 하지 않았는데
도 너무나 폭력적이고 살벌한 벌을 받으며 절망하는 모습을 보며, 로
마나 스파르타의 여인네 같은 감정을 품을 수는 없었다. 그날 사람들
은 나를 음악 연주회에 데려갔다. 혹시 베토벤이 나를 위로해줄까 하
는 생각에서 말이다. 학교에서 돌아오며 너무나 울었기 때문에 내 눈
은 문자 그대로 빨개져 있었다. 그것은 정말이지 이성적으로 보이지
않았고 사실 전혀 이성적이지 않았다. 하지만 이성은 결코 울지 않는

법이다. 우는 건 이성이 하는 일이 아니다. 내장內臟들도 생각하지 않는다. 그것들은 생각하라고 있는 게 아니다.

〈전원 교향곡〉은 전혀 나를 위로하지 않았다. 나는 그저 울음소리를 내지 않으려고 애썼던 기억뿐이다. 그것은 내 인생의 가장 고통스러운 슬픔 중 하나인 것 같았다.

모리스는 숨길 수 없는 나의 슬픔이 점점 더 심해지는 것을 보고 두려워했다. 하지만 그것은 절반의 슬픔일 뿐이었다. 외출하는 날은 또다른 위기였다. 아이는 아침에 즐겁게 와서 떠들며 자유에 흠뻑 취했다. 나는 한참을 아이를 씻기고 머리 손질을 하는 데 보냈다. 왜냐하면, 학교에서 너무나 더러워진 상태로 오기 때문이다. 아이는 산책도 하지 않았다. 오로지 여동생과 나와 나의 작은 방에서 머문다거나, 종이 위에 사람을 그린다거나, 그림을 보거나 자르거나 하는 것만이 아이의 기쁨이었다. 어떤 아이도, 아니 커서 어른이 되어서도 그렇게 가만히 앉아 노는 것에만 몰두할 수는 없었다. 하지만 매 순간 아이는 시계를 보며 "이제 엄마와 있을 시간이 몇 시간도 안 남았네!"라고 말했다. 그리고 시간이 흐를수록 아이의 얼굴은 어두워졌다. 저녁을 먹을 때 아이는 식사하는 대신 울었고 돌아갈 시간이 오면 눈물이 홍수를 이뤄 나는 종종 아이가 아프다는 편지를 쓸 수밖에 없었고 그것은 사실이었다. 어린 시절에는 슬픔과 대항할 수 없는 법인데 모리스의 슬픔은 진정한 향수鄕愁였다.

학교 규칙상 첫 번째 영성체를 준비할 때 나는 아이가 순진하게 교리 공부를 하는 것을 보았다. 나는 정말로 아이가 자신의 인생을 위선적인 종교행위나 혹은 무신론자로 시작하지 않기를 바랐다. 만약 아이가 그런 문제에 당시 많은 사람처럼 냉소적이었다면 나는 내가 어린 시절 교리 공부의 정신만 받아들임으로 종교적 관습을 거부하지 않았다는 말을 해주려고 했다. 그런데 아이는 그런 것에 전혀 회의를 갖고 있지 않았기 때문에 나도 굳이 신앙을 의심하게 하고 싶지는 않았다. 그 나이에 의심을 품기는 어려운 일이었고 아이는 나이보다 더 앞서지도 않았다. 그래서 그는 첫 번째 영성체를 아주 순진하고 감동적으로 받았다.

1833년은 가장 슬픈 해 중 하나였는데 이제부터 그 얘기를 해 보려고 한다.

2. 1833년

1833년은 현실적으로 엄청나게 슬픈 일들의 연속이었다. 그동안 나는 모든 슬픔을 다 겪었다고 생각했지만 그것은 시작에 불과했다. 예술가가 되고 싶었던 나는 결국 그렇게 되었고, 오랫동안 추구해 왔던 목표에 도달했다고 생각했다. 그러니까 물질적 독립과 스스로 내 삶을 영위하려는 목표 말이다. 그런데 나는 전혀 예상치 못했던 족쇄를 내 발에 채운 꼴이 되었다.

예술가가 된다는 것! 맞다, 나는 적든 많든 재산을 소유하고 있는 자들이 갇히게 되는 그 끔찍하고 소소한 걱정거리들로 인한 물리적 감옥에서 자유롭기 위해 예술가가 되길 원했었다. 나는 그 조잡하고, 멍청하고, 이기적이고, 비겁한 시골 사람들의 중상모략에서 벗어나고 싶었다. 그러니까 말도 안 되고, 교만하고, 잔인하고, 신앙적이지도 못하고, 바보 같은 세상의 편견에서 벗어나 살기 위해서 말이다. 또 무엇보다 나는 나 자신과 화해하고 싶었다. 집주인으로서 노동자들의 어깨 위에서 그저 무위도식하며 무용한 인물로 있는 것을 견딜 수 없었다. 만약 땅에 괭이질을 할 수 있다면 어린 시절 데샤르트르가 등을 돌릴 때 내 주위에서 수군대던 "배가 불러 뒷짐만 지고 있는 놈이 열 받게 하네!" 같은 말을 듣는 대신 일을 했을 것이다.

나는 내 시중을 들던 사람들이 피곤하기보다는 게으른 것을 자주 보았다. 그래도 그들의 무기력함이 나의 무위도식을 정당화해 주지는 않았다. 나는 그들에게 조금만치의 노동도 강요할 권리가 없는 것 같았다. 아무 일도 하지 않는 나로서는 말이다. 그러니까 즐거움을 위해 하는 일은 아무것도 하지 않는 것이니까 말이다.

사실 나의 취향을 생각하면 나는 작가를 선택하지도 않고 명예를 좇지도 않았을 것이다. 나는 그저 내 손으로 일해서 먹고 싶었고 그것으로 작은 결실을 이루고 싶었을 뿐이다. 남편과는 도저히 함께 살 수가 없었고 또 상속받은 연금은 남편과 떨어져 살기에는 턱없이 부족했기 때문이다. 내게 허락된 자유를 이행할 수 없게 하는 것이 오로지 약간의 돈뿐이었기 때문에 나는 그 돈이 필요했을 뿐이다. 그리고 결국 그것을 얻게 된 것이다. 그 점에서는 어떤 비난도, 어떤 오해도 없었다.

나는 이름 없이 살고 싶었다. 《앵디아나》를 출판한 후부터 《발랑틴》까지 나는 익명의 작가로 노출되지 않는 것에 어느 정도 성공해서 신문들은 나를 '므슈'라고 불렀다. 그래서 나는 나의 작은 성공이 나의 조용한 삶과 나만큼이나 이름 없는 사람들과 어울리는 데 아무런 영향도 주지 않을 거라고 생각했다. 생미셸강 변에 딸아이와 살기 시작하면서부터 나는 너무나 조용히 칩거했는데 바라는 것이 있다면 좀 더 낮은 층에 살 수 있다면 하는 것과 좀 더 불을 많이 땔 수 있길 바라는 정도였다.

말라케강 변에서 살게 되자 나는 무슨 궁전에 사는 것 같았다. 들라투슈의 집은 내가 떠나온 집과 같은 값이었지만 아주 안락했다. 집은 한낮에도 좀 어둡고 전망도 없고 정원의 나무들이 푸른 커튼처럼 쳐 있고 티티새가 울고 마치 무슨 들판에서처럼 참새들이 재잘거렸다. 그래서 나는 마치 내가 그리던 은둔 생활을 하는 것 같았다. 하지만 세상에나! 곧 나는 휴식을 갈망하게 됐고, 장 자크 루소처럼 고독을 찾아 헛되게 달려가게 되었다.

나는 자유를 지킬 수가 없었고 호기심에 찬 사람들, 할 일 없는 사람들, 모든 부류의 걸인들에게 문을 열 수밖에 없었다. 그리고 곧 1년간 내가 쏟은 시간과 번 돈이 이런 일들을 하루 하는 데도 충분치 못하다는 것을 깨닫게 되었다. 그래서 나는 문을 닫고 칩거했지만 초인종 소리와 하녀의 응대 소리로 작업이 수십 번 중단되는 일과 끝없이 싸워야 했다.

파리에서 예술가들 주변에는 조직적인 구걸 행위가 있었다. 사람들은 오랫동안 그것에 속고 있었고 또 양심상 계속 희생될 수밖에 없었다. 그들은 이른바 비참하게 된 늙은 예술가라는 자들이었다. 가짜 서명들로 가득한 기부금 명단을 들고 이 집 저 집을 다니고 있었다. 또 일이 없는 장인들이나 아이들에게 먹을 것을 주기 위해 방금 마지막으로 가지고 있던 물건을 몽드피에테에[1] 주고 온 엄마들이었다. 또 불구가 된 연극배우나, 출판사가 없는 시인들 혹은 가짜 자선 사업가들이었다. 그중에는 선교사라는 사람들도 있었고 자칭 신부들도 있었다. 모두가 감옥을 피한 떠돌이 범죄 집단이거나 감옥에 가야 할 사람들이었다. 그래도 제일 나은 것은 재능도 없이 허황된 삶을 살다 결국, 알코올 중독으로 비참해진 바보 같은 늙은이들이었다.

---

1   Mont-de-piété. 전당포를 말한다.

처음 나타난 사람 얘기를 아무 생각 없이 들어주다가는 그들 떼거지가 당신을 먹이로 생각하고, 당신을 둘러싸고 당신을 염탐하고 당신이 나가는 시간과 당신이 돈을 받는 날까지 다 알게 된다. 처음엔 조심스레 가까이 왔다가는 또 다른 새 인물이 나타나고 또 다른 새 이야기를 하다가 방문이 잦아지고 곧 만약 도움을 주지 않으면 2시간 후 시체보관소로 가게 될 거라는 편지를 보내온다. 엘리자 메르쾨르와 에제시프 모로의[2] 운명이 모든 시인들의 단골 주제가 되어 그들은 구걸하는 것을 부끄러워하지 않았고 자신은 별을 꿈꾸지 않고 다른 일을 하기에는 너무도 위대한 사람이라고 생각했다.

나는 그렇게 단순한 사람이 아니라 모든 종류의 비참함에 속아 넘어갔다. 하지만 그중에는 진짜도 있고 가짜도 있어 그것들을 구분해 내는 것은 정말 머리를 돌게 할 작업이었다. 대체로 100번에 90번은 구걸하는 사람이 가난한 척하는 사기꾼인지 혹은 진짜 가난한 사람인지 구별할 수 있었다. 정말 고통 속에 있는 사람은 용기도 있고 그럴 정신도 있다 해도 구걸하느니 차라리 죽는 것을 택한다. 그래서 그런 사람을 찾아내야 했고 무슨 수를 써서든 우리의 도움을 받도록 해야만 했다. 그 외 사기꾼들은 우리를 포로로 삼고 우리에게 달라붙어 협박까지 했다.

하지만 그렇게 큰 덕목도 갖추지 않았고 그렇게 크게 악하지도 않은, 침묵의 영웅주의도 모르는 불행한 자들도 있다(불쌍한 인류에게 강요하기에는 정말 잔인한 영웅주의지만). 그들은 계속되는 실패와 거절

---

2 〔역주〕 재능이 있었지만 가난으로 죽은 시인들의 이름이다.

에 무기력해져서 용기가 바닥나고 의욕도 사라진 자들이다. 또 포기와는 또 다른 종류의 영웅주의로 굴욕의 술잔을 마시고 자신의 남편이나 정부나 특히 아이들을 위해 손을 내미는 여자들이 있다. 99명의 파렴치한 야바위꾼들 중 혹시라도 있을 그런 진정한 희생양 중 하나를 배고픔과 절망과 자살로 내몰고 나면 잠도 편하게 잘 수 없다. 이런 폭탄이 내가 겨우 먹고살 만해지자마자 내 인생 위로 날아들었다.

일을 해야만 해서 진실을 알기 위해 다닐 시간도 없었기 때문에 나는 오랫동안 정말 불쌍한 사람에게 도움 주는 것을 거절하느니 차라리 사기꾼 한 명에게 100수를 주는 게 낫다고 쉽게 생각하고 살았다. 하지만 그렇게 하면 할수록 내 주변의 구걸 행위들은 점점 더 조직적으로 커져 갔고 급기야는 내 행동을 후회하게 되었다. 그리고 이후 나는 그들이 말하는 감동적인 이야기들이 모순되고 거짓된 것을 알게 되었다.

어느 날에는 그 끔찍한 얼굴들이 같은 날 동시에 나타나는 때도 있었다. 첫 번째 사람을 거절하니 두 번째가 와서 구걸했지만 거절당하니 세 번째는 오지도 않았다. 그때부터 나는 이들이 모두 한통속인 것을 알았다. 나는 경찰을 불러야 했을 것이다. 나는 진실을 제대로 다 알지도 못했지만 너무 더러운 기분이었다.

하지만 곧 다른 거지들이 나타났는데 그들은 다른 떼거지이거나 아니면 처음 왔던 자들의 후발대였을 것이다. 나는 그들을 수치스럽게 할까 봐 감히 용기 내지 못했던 말을 했다. 증거를 보여 달라고 한 것이다. 몇몇 미숙한 자들은 이런 의심을 받으면 이해한다는 듯이 순진하게 곧 사라졌지만 다른 사람들은 다친 것처럼 흉내를 내고 또 다른 사람들은 아주 분명한 증거라는 듯 그들의 이름과 주소를 주었다. 하지만 그것들은 모두 거짓된 이름이고 주소였다.

한번은 비참한 그들의 거처로 올라가서 배고픔에 말라비틀어지고 상처가 곪은 것을 본 후, 어느 화창한 날 아침 뭔가 도움이 될 것을 들고 그곳을 다시 찾았을 때, 그 아이들은 모두 가난하고 병든 걸 보이기 위해 데려온 아이들로 내 앞에서 울던 여자와는 아무 상관이 없는 아이들이었다는 것을 알게 되었다. 그 여자들은 내가 떠나자마자 아이들을 빗자루로 때리며 문밖으로 내쳐 버렸던 것이다. 한번은 즉시 내 대답을 받지 못하면 에스쿠스처럼 질식사해서 발견되었을 것 같은 한 가난한 시인에게 사람을 보낸 적이 있었는데 문을 아무리 두드려도 그는 죽은 척하고 대답하지 않았다. 그래서 문을 부수고 들어갔는데 그는 소시지를 먹는 중이었다.

하지만 양식 있는 사람들에게 빌붙는 이런 기생충 같은 사람 중에도 진짜 불행한 자들을 만날 수도 있기 때문에 나는 그런 구걸 행위를 완전히 차단할 수는 없었다. 몇 년 동안 오전 몇 시간 사이 사실 확인을 위해 적은 돈을 주고 사람들을 고용한 적이 있었는데, 그들은 나보다는 그래도 덜 속는 것 같았다. 그리고 파리에 살지 않게 되면서부터는 파산했다는 편지들이 프랑스 전역에서 날아왔다.

후원이 필요한 몇몇 시인이나 작가도 있다. 글을 쓰기 위해서는 재능뿐 아니라 후원도 필요했기 때문이다. 또 연극계에 들어가고 싶지만 받아들여지지 못한 여자들도 있는데 그녀들은 사실 연기를 해본 적이 없지만 스스로 주연을 맡아야 할 운명이라고 여기고 있었다. 예술계에서나, 농사일에서나 회계에 있어 아무 일이나 시켜 달라는 몇

몇 젊은이도 있다. 그들은 겉보기에 다 그럴듯해 보인다. 그들을 모르더라도 우리는 그들을 추천해주어야 하고 자기 일인 것처럼 그들에게 답해주어야 한다. 겸손한 사람들은 그들이 교육받은 것이 없고 아무 능력도 없지만 인류애의 관점에서 그들에게 일할 것을 찾아주어야 한다고 한다.

또 만약 우리가 그들의 생각을 출판할 기회를 준다면 사회적 문제를 해결하고 우리 시대의 가난을 몰아내려는 몇몇 노동자도 있다. 그들은 오류가 없는 자들이다. 그들을 의심하는 자는 교만하고 탐욕스러운 이기주의자로 치부된다.

또 몇몇 실패한 소상공인도 있다. 그들은 5~6천 프랑으로 가게를 되찾을 수 있다. 그들은 말한다.

"이것은 당신의 가난이기도 해요! 당신은 좋은 사람이니 나를 거절하지 않겠지요."

또 너무나 천재적인 재능이 있지만 거장들의 질투로 성공하지 못한 화가들, 음악가들도 있다. 돈 때문에 군인이 됐지만 다시 도망치고 싶어 하는 군인도 있고 사인을 해 주면 갖다 팔겠다는 유태인들도 있고, 우리 집에 하녀로 들어와 작가 수업을 받겠다는 여자들도 있다. 내 서랍장에는 기발한 편지들과 대단한 원고들과 연애 소설들과 다른 세상의 오페라 그리고 지구상의 모든 사람을 구할 사회 이론들이 있다. 이들은 모두 마지막에 성공하기 전 작은 도움을 구하고 있고, 두 번 세 번 반복해 보내면서 두 번째에는 상처를 보이지만 세 번째는 협박하기도 한다.

하지만 나는 도저히 읽을 수가 없거나 깨알 같은 글씨로 16장을 써서 보낸 것이 아니라면 거의 모든 편지를 인내심을 갖고 읽는다. 첫 페이지에서 너무나 큰 실수를 발견하거나 너무 큰 거부감이 들지 않으면 모든 철학적이거나 음악적이거나 문학적인 작품들을 계속해서 읽는다.

조금이라도 재능이 있다고 생각되면 따로 놓았다가 답장을 쓴다. 아주 재능 있어 보이면 즉시 대답한다. 이런 일은 그렇게 힘든 일도 아니다. 하지만 나의 시간과 노력을 들이기에는 재능이 보이지 않는 작품들이 너무나 많다. 진정한 재능은 아무것도 요구하지 않는다. 그런 작품들은 그저 순수하게 교감할 뿐이다. 재능은 없지만 정직한 사람들이 원하는 것은 돈이 아니라 칭찬을 통해 격려받는 것이다. 그 아래 그저 재능도 없고 정직하지도 않은 보통 사람들은 출판사나 신문사를 소개해 달라고 한다. 멍청한 사람은 막무가내로 돈과 명예를 내놓으라고 한다!

이런 괴로움에다 심한 욕설로 가득 찬 익명의 편지들도 있다. 나를 다시 성당으로 들어가게 하려는 성자와 성녀들의 냉소적인 편지들이다. 또 예배당을 고쳐주거나 성모 마리아의 옷을 새로 입혀주면 내 영혼을 구원해주겠다는 신부도 있다. 또 모르는 방문자들, 수도사들, 1848년에 직업을 잃은 선생들, 타고난 밀고자들 그러니까 모든 정부에 반기를 드는 멍청한 선동가들, 공화주의자의 집에서 정통 왕조를 지지하거나 혹은 그 반대 행위를 하는 사기꾼들, 떠돌이 예술가들, 불안한 나라에서 모든 정당에게 두들겨 맞고는 결국 도망쳐 온 스페인의 대령과 대장들, 화려하게 장식된 옷을 입고 와서 20프랑을 요구하다 결국 20수만 받고도 좋아하는 반급半給 장교들 ….

결국, 진짜 가난이건 가짜 가난이건 겸손한 사람이건 오만한 사람이건 신념에 찬 떠버리건 아니면 증오심에 가득 찬 떠버리건 정당을 향한 비열한 분노, 경솔함, 광기, 모든 형태의 조속함과 멍청함. 이런 것이 모든 유명한 자들에게 들러붙어 나병처럼 그 대가를 치르게 한다. 사기꾼들은 유명인들을 방해하고 뒤흔들고 지치게 하고 파멸시키고는 결국 죽이게 된다. 만약 그가 "가난도 다 이유가 있다."라고 생각지 않거나 문 앞에 "아무것도 주지 않습니다."라고 써 붙이지 않는 한 말이다. 또 "사기꾼들한테 너무 당했어. 그러니 정말 불쌍한 사람이 좀 굶는다고 해도 어쩔 수 없지" 하면서 편하게 자 버리지 않는 한 말이다.

그냥 호기심에 찬 사람 이야기는 하지 않았는데, 이런 사람들도 종류는 여러 가지다. 이 경우 불쾌한 떼거지들을 피하다가 진정성 있는 사람에게 등을 돌릴 위험도 있다. 이 불쾌한 떼거지에 속하는 사람들이 있었는데 그들은 단지 자기들 기록 노트에 우릴 봤다는 것을 적어 놓기 위해 여행하는 영국 사람들이었다. 그들은 프랑스어를 몰라 영어로 말했고 나는 영어로 말하기에는 너무 많이 잊어버려서 그냥 프랑스어로 대답했다. 그들은 이해하지 못했고 그냥 "오!"라고만 대답하더니 만족해서 갔다. 마차에 타기 직전까지도 혹시 잊어버릴까 수첩과 연필을 손에 들고 대답을 적으려는 사람들이 있는 것을 알기 때문에 나는 때로 똑같이 "오!"라고 대답하거나 그들의 표정이 너무 지루해 보이면 다른 알아듣지도 못할 소리들을 해서 마치 뭔가를 이해한 듯이 장난치곤 했다. 하지만 개중에는 정말 똑똑해서 대화를 나누고 도움을 주는 방문객도 있다.

하지만 악의가 있는 방문객도 있다. 뭔가 내 속마음을 알아내려 왔다가 내가 날씨 얘기만 하면 완전히 적이 되어 가 버리는 사람들이다.

또 집에 들어와 자기가 얼마나 당신에게 중요한 사람인가를 말하며 자신들의 경험과 똑똑한 머리의 도움으로 당신이 좀 더 강해지길 원한다면 지체할 시간이 없다고 뻐기는 사람들도 있다. 그들은 소설의 주제와 인물들 그리고 연극 줄거리들을 제공한다. 한마디로 그들은 아주 씀씀이가 헤픈 부자들로 당신을 생각해서 당신에게 자기 생각을 자선해주러 오는 것이다.

얼마나 많은 종류의 괴상하고, 무례하고, 웃기고, 허황되고, 정신 나가고, 바보 같은 사람들이 모두 인기를 잃을까 전전긍긍하는 불쌍한 예술가들 앞을 마치 열병식을 하듯 지나가는지 사람들은 모를 것이다. 이렇게 해서 얻게 되는 것이 만에 하나 있다고 한다면 그것은 당신이 어떤 작고 진실한 재능을 보고 기쁘게 용기를 북돋아줄 수 있을 때이다. 그런 것을 발견하게 되면 거짓되고 위선적인 많은 사람들을 다 내친 만큼 당신은 그에게 아주 좋은 마음을 가질 수 있다.

그래서 내가 이제 좀 살 만해졌을 때 나는 이중의 실망을 맛보게 되었다. 시간 관리와 돈 관리라는 두 가지에서 독립했다고 생각하는 순간 내 삶은 계속 도발을 당하는 노예 상태로 전락하게 되었다. 주변의 비참한 사람들을 돕기에 나의 일이 얼마나 턱없이 부족한가를 알게 되면서 나는 두 배, 세 배, 네 배로 일을 늘리게 되었다. 그래서 결국, 너무나 작업이 과중해지면서 나는 쉰다는 것, 정신적 긴장을 풀어주는 것을 이기적인 만족을 위한 거라고 자책하기까지 했다. 또한 오랫동안 나 자신에게 노동을 강요하는 것, 또 자선에 있어 어떤 한계를 두지 않는 것은 나의 굳은 신념이었다. 그것은 가톨릭 신앙으로부터 온 것으로 사춘기 시절부터 놀이와 즐거움을 금하고 기도와 명상에 몰두했던 것과 같은 신념이었다.

이렇게 무기력하고 보잘것없는 나의 헌신이 위로받을 수 있었던 것이 대사회 변혁이라는 꿈을 꾸면서부터였다. 나는 다른 많은 사람들처럼 사회적 기반은 파괴할 수 없는 것이며 지나친 빈부 차이를 개선할 유일한 해결책은 개인의 자발적인 희생에 의한 것밖에 없다고 생각했었다. 하지만 이런 개별적 자선 이론에는 헌신적인 사람도 있지만 이기적인 사람도 있었다. 사람들은 완전히 동참하거나 아니면 동참하는 척할 뿐이었다. 아무도 당신이 그 안에 있는지 그 밖에 있는지 알 수 없었다. 물론 종교의 율법은 당신이 주라고, 쓰고 남는 것이 아니라 써야 할 돈을 주라고 말하고 있는 것은 안다. 여론도 자선慈善에 대해 충고한다. 하지만 당신이 기부해야 할 정도와 범위를 강제할 제도적 힘은 없었다. 3 그래서 당신은 사람들을 속일 수도 있고, 신을 저버릴 수도 있고 사람들 앞에서 위선자가 될 수도 있다. 가난은 개개인의 양심적인 도움에 기댈 뿐이다. 그래서 순진하고 용기 있는 자들이 너무 지나친 자선으로 무너져 버리는 한편, 냉정하고 계산적인 사람들

---

3   그렇다고 강제적인 자선이 사회적 해결책이라는 말은 아니다. 이제 곧 여기에 대해 설명하게 될 것이다.

은 돕는 일을 자제하고 착한 사람들에게 불가능한 짐을 지우게 된다.

그렇다, 불가능한! 만약 한 줌의 착한 기부자가 세상을 구하고 강제적인 노동과 한계가 없는 희생으로 가난을 충분히 없애고 또 가난이 만들어내는 악을 모두 사라지게 할 수 있다면 이들은 스스로 행복해하며 자신들이 한 일을 자랑스러워했을 것이다. 또 성공할 수 있다는 희망이 더 많은 사람들로 하여금 명예롭고 즐겁게 희생하도록 했을 것이다. 하지만 이 가난의 심연深淵은 어떤 번제燔祭를 올린다고 신들이 없애줄 수 있는 그런 종류의 것이 아니다. 그것은 바닥을 알 수 없는 것이고 온 사회 전체가 한순간 그것을 채우기 위해 제물을 쏟아부어야 하는 것이다. 물질적 차원에서 부분적인 헌신은 오히려 가난을 더 깊게 하고 넓게 한다. 왜냐하면, 자선은 그것에 기대는 사람이 결국 자기 자신을 포기하게 하면서 상황을 더 악화시키기 때문이다.

사람들은 교회와 종교 단체가 가지고 있는 엄청난 재산을 빼앗았다. 사람들은 사회 대혁명을 통해 해로운 거지 계급 대신 활동적이고 노동력 있는 작은 지주 계급을 만들려고 했다. 그리고 결론적으로 말해 대단한 단체를 통한 자선도 사회를 구하지 못했다. 결국 자선에 필요한 부富가 충분치 않았는데 다른 형태로 모집되고 분배된 부가 가난의 심연을 더 깊게 하고 더 빨리 증식시켰기 때문이다. 교회나 수도원이 그들의 재산으로 오직 자선만을 베풀며 국가적인 재산의 판매 수익금으로 오직 가난한 사람들만 부자가 되게 한다는 것은 사실이 아니며 사람들은 또 다른 이야기들을 알고 있다.

그렇다, 정말로! 자선을 베푼다는 것은 너무나 힘든 일이며 온정을 베푸는 것도 소용없다. 지금, 아니 언젠가, 그 위기감이 너무나 커져서 공화정에서건 왕정에서건 간에 어떤 독재자가 나와서 부자 계급들로 하여금 엄청난 희생을 치르게 할 날이 지금 이미 온 것 같기도 하고, 아니면 언젠가 도래하게 될 것이다. 하지만 자선은 인간이 만든 시대적 요구이긴 하지만 결코 절대적인 법은 될 수 없다. 이 새로운 법이 모든 인간의 자유로운 믿음으로 영원히 계속될 수 없는 방법이라면 말이다.

어떤 정치제도이건 간에 그것을 다시 개정할 수 없다. 그들을 너무 비난하지 말길 바란다. 그들이 어떤 값을 치르더라도, 어떤 형태로든 이전에 했던 보편적 복지의 원칙을 세우길 원한다 해도 할 수 없을 것이다. 전체주의적 저항은 항상 개인의 권리를 침해하게 된다. 개인의 의지가 아무리 뜨겁고 기적 같다 해도 부서지게 되어 있다. 모든 독재는 꿈이며 시간만이 절대적인 권력을 가지고 있다.

그렇다면 선한 의지를 가지고 있는 개인들은 어떻게 해야 할 것인가? 우리도 포기해야 할 것인가 아니면 희생해야 할 것인가?

나는 천 번도 더 넘게 이 문제를 생각해 보았지만, 아직도 답을 찾지 못했다. "모든 것을 팔고 가난한 자에게 돈을 나눠주고 나를 따르라"는 그리스도의 율법은 오늘날 인간들이 만든 법에 의해 금지되었다. 나는 내 재산을 팔아 가난한 사람들에게 줄 권리도 없게 되었다. 설사 어떤 특별한 제도를 통해서는 가능할지 모르나 유산 상속과 거기에 따른 교육의 상속, 또 권위와 독립의 상속은 가문을 위해 꼭 지켜야만 할 의무 중 하나로, 재산을 나누는 행위를 절대적으로 금지하고 있다. 우리는 우리 자식들에게 가난의 세례를 줄 자유가 없다. 노예는 주인의 법적 소유물이지만 자식들은 우리의 정신적 소유물이 아니다. 가난이 품위를 잃게 한다는 것은 말할 필요도 없다. 가난이 극에 달하면 굴욕적으로 될 수밖에 없다. 왜냐하면, 그런 경우 죽어서야만 그 상태를 벗어날 수 있기 때문이다. 누구도 합법적으로 자기 아이들을 나락에 빠뜨리고 다른 아이들을 건져낼 수는 없을 것이다. 우리 모두가 신의 자녀라면 우리는 신이 우리에게 준 존재에게 더 의무감을 가져야 할 것이다. 그래서 한 아이에 대한 미래의 자유를 구속하는 것은 폭군적인 행위이다. 비록 그것이 뜨거운 양심에서 나온 행위라고 해도 말이다.

만약 어느 날이고 사회가 우리에게 유산 상속을 금하게 되는 날이 온다면 아마도 의심할 여지없이 사회는 우리 아이들의 생존을 책임질 것이다. 그런 사회는 살 권리를 보장하는 노동 제도가 있는 세상 속에서 정직하고 자유롭게 그런 법을 시행할 것이다. 사회는 개인에게서 법적으로 가져가는 것이 모두에게 돌아가도록 해야 한다. 아직은 유토피아 같은 생각이지만 이런 세상의 지배를 기다리면서, 영원히 신성불가침한 가족 관계와 노동으로 살아가는 끔찍한 고통 사이에서 싸우며 만들어진 제도에 순응하면서, 그러니까 감옥에 가거나 병원에 갈 것을 각오하고 다른 사람들의 재산도 존중하며 우리 재산도 존중하면서, 우리 사회의 가난과 고통의 심연을 보는 양심 있는 사람들이 해야 할 의무는 무엇일까?

미래의 원칙과 너무나 모순되는 현재의 필요 속에서 살아본 사람들에게 이것은 풀 수 없는 문제다. 초기 기독교인들처럼 우리에게 아무

것도 소유하지 말고 살면서 모범을 보이라고 하는 사람들 말이 어쩌면 맞는 말인지도 모른다. 단지 하고 싶은 말은 우리에게 모든 걸 다 주고 동냥으로 살아가라고 비웃듯 말하는 것은 전혀 논리적이지 못하다는 것이다. 왜냐하면, 사회학적으로 없애려고 하는 노예근성을 강요하는 것이니 말이다.

어떤 사회학자들은 솔직하게 이 문제를 짚고 넘어가면서 내게 이런 말을 하기도 한다.

"자선을 베풀지 마세요. 구걸하는 자에게 바라는 것을 주면 그들의 노예근성을 더하게 하니까요."

그런데 신념에 차서 그때는 그런 말을 한 사람들도 얼마 후에는 가슴 아픈 동정심을 이기지 못하고 이성적인 생각을 버리고 자선을 베풀게 된다. 그리고 우리는 동정받아야 할 때보다 자선을 베풀 때 스스로 더 인간적이고 필요한 존재라고 생각할 수 있다. 내 생각에 그들이 자신들의 원칙을 어기고 나처럼 생각과 반대로 행동하게 되는 것도 그 이유 때문인 것 같다.

이제 절대적 진실은 오직 하나, 오늘날 사유재산을 규제하는 것을 정의의 법으로 인정할 수 없고 인정해서도 안 된다는 것이다. 나는 지속적이고 이로운 방식으로도, 갑작스럽고 폭력적인 방식으로도 사유재산을 사라지게 할 수는 없다고 생각한다. 부富의 분배는 출구도 없는 끔찍한 투쟁이어서 그것은 새롭게 형성되어 작은 부를 삼켜 버리는 거대한 부자 계급이나 완전히 야만적이고 정체된 이기주의를 만들어 낼 뿐이라는 것을 우리는 충분히 보아 왔다.

인간이 어떤 강제성도 없이 그들 자신의 이익을 위해 어떤 형태인지는 모르지만 서서히 어떤 보편적 연대로 나아가야 한다는 것이 나의 유일한 결론이다. 이 방향으로 서서히 변화해 가면서 가야 할 목표와 현재의 필요 사이에 모순은 있을 것이다. 지난 시간 동안 모든 사회학자는 진실이 무엇인지를 알게 되었고 본질적 문제가 무엇인지도 파악하게 되었다. 하지만 누구도 보편적 영감을 통해 역사의 순간으로 나아가야 할 원칙적 코드를 지혜롭게 찾아가지 못했다. 너무나 단순하게도 인간은 단지 방법을 제시할 수 있을 뿐이고 그것을 이루게 하는 것은 미래이기 때문이다. 자기 세대에 가장 앞서가는 철학자라도 곧 신의 섭리 속에서 이해할 수 없는 상황과 사건들이 그를 앞지르게 되고 마찬가지로 가장 신중한 사람에게도 아주 작은 문제로 여겨졌던 것이 인간의 노력에 오래도록 저항하게 될 것이다.

나로 말할 것 같으면 내 개인적 행동을 즉시 자유롭게 선택할 수 없었고 내게 귀속된 재산의 사용에서도 마찬가지였다. 계약에 따른 일종의 재산 양도 제도인 지참금持參金 제도에 의해 나는 노앙을 단지 내가 잠시 관리해야 하는 세습 재산으로 생각해야만 했고, 또 아이들에 대한 세습의 책무를 이행할 때 나는 이 법에서 벗어날 수 있다고 생각했다. 나는 그들을 위해 내가 상속받은 것을 그대로 전해줘야 한다는 생각을 했기 때문에 나는 오로지 내가 버는 돈으로만 가난한 사람들을 도움으로써 가족에 대한 신앙과 인류애적 신앙을 잘 이행했다고 생각했다. 내가 잘못 생각하고 있었는지도 모르겠지만 그때는 그것이 진실이라 생각했다.

몇 년 전부터 나는 나 혼자만의 즐거움을 모두 삼갔으니까, 내가 가지고 있지 않거나 또 만족시킬 수 없는 모든 허영이나 사치나 나른함이나 탐욕이나 정열을 삼갔으니까. 분명 별것은 아니겠지만! 내가 좀 아쉬워했던 것은 내가 너무나 좋아했고 예술가로서 내 발전에 필요했던 여행을 삼가는 정도였다. 하지만 나는 그것도 남을 위해 참아야 했다. 파리에 머무는 것을 포기하는 것도 개인적으로 여러 면에서 아쉬운 일이긴 했다. 하지만 망설여서는 안 될 것 같았고 그런 희생은 또 보상을 주었다. 왜냐하면, 시골 생활과 혼자만의 생활에 대한 사랑은 사회적 고독을 충분히 보상해주었으니 말이다.

그러니까 나는 아무것도 크게 희생한 것도 없고 또 해야 할 위대한 일이 뭔지도 몰랐다. 어떤 점에서 나는 양심의 가책도 느끼지 못했다. 아이들을 내 마음대로 뜨거운 광적 신념 속으로 몰아넣는 것은 아이들의 정신적 자유를 침해하는 것 같았다. 나는 나의 신앙에 대해 아이들에게 설명하고 아이들이 그것을 받아들이거나 내치거나 해야 한다고 생각했다. 그리고 위험스러운 미래를 준비하며 유산이 젊은 아이들에게 줄 맹목적이고 위험한 믿음을 줄이기 위해 또 아이들에게 노동의 필요성을 얘기하기 위해 일해야 한다고 생각했다. 나는 아들을 그저 한 명의 재산가로 키우는 것이 아니라 예술가로 키워야 한다고 생각했다. 하지만 그의 재산을 없애면서 억지로 예술가만 되게 하지는 말아야 한다고 생각했다. 불명예나 약속 불이행이란 오명을 듣더라도 모든 사람에게 적용되는 돈에 대한 상호 간의 계약을, 아주 세심한 성실성을 가지고 지켜 나가야만 한다고 생각했다.

돈에 있어서 나는 수단과 방법을 가리지 않고 돈을 버는 방법을 몰랐고 또 고집스럽게 일하며 돈을 많이 버는 방법도 몰랐다. 나는 돈을 잃어버릴 줄은 알았다. 그 결과로 받아야 할 사람에게 악착같이 돈을 받아내 그를 가난하게하기보다는 내게 요구하는 사람에게 주는 것을 거부해야 했다. 금전 관례라는 것은 이렇게 한쪽을 도와주게 되면 다른 사람은 잔인하게 착취하는 형상이 되는 법이다. 그렇다면 어떻게 해야 좋을까? 나도 모르겠다. 만약 알 수만 있다면 나는 그대로 했을 것이다. 나의 의지는 확고했으니까. 하지만 그 길을 알 수가 없었다.

나는 나의 헌신으로 많은 인류를 구원할 수 있는 그 방법을 찾지 못했다. 나는 이것이 불가능한 이유를 나의 부족한 재산 탓으로 돌릴 수도 없었다. 만약 나의 부富가 엄청나게 늘어난다고 해도 내가 책임져야 할 가난한 사람들의 수는 더 늘어나게 될 테니까, 그래서 내 손 안에 있던 수백만 루이의 돈은 수백만 명의 가난한 자들을 내게 데려오게 될 것이다. 대체 그 끝은 어디일 것인가? 거부인 로스차일드 가문이 재산을 가난한 자들에게 준다면 이 비참한 현실을 끝낼 수 있을까? 그렇지 않다는 것을 우리는 알고 있다. 그러니 개인적 자선은 치료방법이 아니다. 임시방편조차 될 수 없다. 어떤 정신적 필요나 결코 만족될 수 없는 감정 같은 것은 또 다른 문제이다.

나는 사회적 문제를 진정하고 영원한 진실로 받아들여서는 안 되는 이유를 직접 경험하여 알게 되었다. 그리고 나는 마지막까지 그것에 대항해 싸워야 할 이유도 알고 있다. 사람들은 이런 반항심이 나의 오만함 때문이라고 한다. 이 모든 문제에 나의 오만함 같은 게 무슨 상관이란 말인가? 나는 어떤 생각이나 투쟁 없이 있는 그대로의 사실을 받아들이기 시작했다. 나는 오랫동안 순진하게도 자선 행위를 숨겨야 한다는 생각에 비밀스럽게 자선을 베풀었다. 나는 "왼손이 하는 일을 오른손이 모르게 하라!"는 성경 말씀을 있는 그대로 믿었으니까. 그런데! 비참한 가난이 얼마나 끝없고 얼마나 끔찍한지를 보고 나는 우리가 동정심을 갖는 것이 얼마나 시급한 것인가를 깨달았고 그것에 대한 어떤 머뭇거림도 있을 수 없다고 생각했다. 그리스도의 율법과 너무나 반대되는 사회에서 그런 상처를 보고 입을 다무는 것은 비겁자이거나 위선자라고 생각했다.

이것이 작가로서의 삶을 시작할 때 내가 갖고 있던 신념이었다. 그런데 그것은 시작에 불과했다! 하지만 나는 그제야 막 불행한 사람들의 문제를 알게 되었고 그 공포스러움에 머리가 빙빙 돌 지경이었다. 나는 수많은 생각을 했고 노앙에서 고독 속에 혼자 있으며 많은 슬픔을 겪었다. 하지만 그것은 다분히 개인적인 고민 속에 깊이 빠진 마비 상태였다. 아마도 나는 어떤 세기말적인 감상에 빠져 있었던 듯싶다. 그것은 아주 이기적인 고통 속에 자신을 처박는 것이며 자기 자신을 르네나 오베르망으로 여기며 자신만이 아주 독특한 감수성, 그러니까 아무도 모르는 고통을 느낀다고 여기는 것이다. 내가 속해 있던 환경 속에서 나는 아무도 생각하며 살지 않고 나만큼 고민하지도 않는다고 여겼다. 내 주변 사람들은 모두 물질적인 이해관계에만 머리를 싸매고 살며 그런 것들에 대한 만족감 속에 파묻혀 있었기 때문이다.

나의 지평이 넓어지게 되자, 모든 슬픔, 모든 필요, 모든 절망, 이 사회의 모든 악을 보게 되자, 그러니까 머리로 오로지 내 운명만을 생각하는 것이 아니라 이 세상, 그 안에 나는 작은 원소 하나에 불과한 이 세상을 생각하게 되었다. 나의 개인적 절망감은 모든 사람의 절망으로 옮겨갔고 내 앞에 펼쳐진 숙명의 힘은 너무나 끔찍해 그 앞에서 내 이성조차 떨고 있었다.

서른이 되도록 다른 모든 것은 다 잘 보면서 현실을 제대로 보지 못하고, 신중하고 진지한 영혼의 소유자로 오랫동안 오로지 시적 몽상에만 빠져 이 세상 것들은 다 버리고 오로지 신성한 것을 향한 광적 믿음에 매달렸던 한 사람이 갑자기 이상한 현실 세계를 보고 충격받아 순수하고 힘찬 젊음과 성스러운 양심이 주는 그런 명철함을 가지고 그 문제를 고민하고 해결하려던 것을 생각해 보라!4

이렇게 나의 눈이 열렸던 순간은 역사적으로 매우 엄중한 시기였다. 7월 혁명으로 생겨난 꿈같은 공화정은 결국, 바르샤바의 학살과 생메리 수도원의 홀로코스트로 끝이 났다. 그리고 콜레라로 세상은 더 흉흉해졌다. 상상력의 한계를 뛰어넘게 해주었던 생시몽주의자들은 거부당하고, 사랑 문제를 해결하기는커녕 그것을 오염시킨 후에 끝나 버린 것 같았다. 낭만주의를 수정하겠다던 예술도 한탄스럽게 탈선하여 오히려 그것을 더럽히게 되었다.

한마디로 공포와 아이러니, 경악과 파렴치의 시대였다. 어떤 사람들은 자신들의 너그러운 환상이 파괴된 것을 보고 울고, 다른 사람들은 순수하지 못한 승리의 첫 번째 계단 위에서 웃고 있었다. 이제 사람들은 아무것도 믿지 않았다. 어떤 사람들은 절망해서, 또 다른 사

---

4 〔역주〕상드는 사회주의자, 더 나아가 코뮤니스트로 많은 활동을 하게 되는데, 이 부분에서는 그런 문제에 개인적으로 처음 눈뜨게 되는 순간을 자세히 설명하고 있다.

람들은 무신론 때문에.

사회적 관점에서 예전에 내가 갖고 있던 어떤 신념도 물질만능주의가 지배하는 이 세상의 재앙에 대항하지 못했다. 나는 당시 공화주의나 사회주의 사상 그 어느 것에서도 맘몬신이 대놓고 지배하는 그 어둠과 싸우기에 충분한 빛을 발견할 수 없었다. 그래도 나는 혼자 전능하신 하나님에 대한 꿈을 간직하고 있었지만, 이제 하나님은 더 이상 사랑의 하나님은 아니었다. 신은 인류를 악덕과 정신착란에 그저 내버려 두고 있었기 때문이다.

이런 심오한 투쟁 속에서 나는 소설 《렐리아》를 썼다. 그저 펜 가는 대로, 작품을 만들려는 계획도 또 그것을 출판하려는 생각도 없이 말이다. 하지만 내가 여기저기 흩어져 있는 조각들을 모아 생트뵈브에게 읽어주었을 때 그는 내게 계속 써 보라고 용기를 주었고, 또 뷜로즈 편집장으로 하여금 내게 한 챕터를 부탁하게 해서 〈양세계 평론〉지에 싣도록 해주었다. 이런 일이 없었다면 나는 나의 이 공상 이야기를 책으로 만들어 대중에게 보일 생각은 하지도 못했을 것이다.

이 책에는 너무나 꿈같은 등장인물들이 많고, 또 많은 독자들이 공감하기에는 너무나 코랑베류였기5 때문이다. 그래서 나는 서두르지 않았고 또 의도적으로 대중을 생각하지 않으면서 그저 나의 공상에 모든 것을 맡기며 일종의 슬픈 위로를 느낄 수 있었고, 또 어떤 형태로든 내 머릿속에 떠오르는 의혹들과 고통을 쫓으며 실제 현실에서

---

5 〔역주〕 너무 몽상적이라 대중들이 이해하기 어려운 글이라는 뜻이다.

일어나는 일들과 동떨어져 있었다.

나는 이 작품을 때로는 경멸하며 또 때로는 열정적으로 다시 시작하며 1년을 끌었다. 내 생각에 이 책은 예술의 관점에서는 그리 상식적이지 않은 책이다. 하지만 예술가들에게는 구체적으로 많은 영감을 주는 책으로 생각될 수도 있다. 나는 이 책에 두 개의 서문을 썼고 거기에 내가 이 책에 대해 하고 싶은 이야기는 다 썼다. 그러니 다시 이야기할 필요는 없을 것이다. 형식에서는 큰 성공을 얻었지만 그 내용은 극단적인 혐오감을 불러왔다. 사람들은 모든 등장인물이 실제로 누구인지 또 어떤 실제 상황을 고백한 것인지 알고 싶어 했다. 사람들은 너무나 천진하게 아무 생각 없이 쓴 부분들을 너무나 악의적이고 외설적으로 해석했다. 그래서 내가 말한 내용이라며 사람들이 비난하는 것을 이해하기 위해서 나는 내가 알지도 못하는 것들을 억지로 설명해야만 하는 경우도 있었다.

나는 이런 폭발적인 비난들과 무지한 비방들에 그리 예민하지는 않았다. 완전히 잘못 알고 있는 것에 대해서는 아무 걱정도 하지 않았다. 상식 있는 사람들에 의해 진실은 다시 제자리를 찾게 될 테니까.

단지 나는 좀 놀랐을 뿐이고 지금도 나의 생각들이 불러일으킨 사람들의 파렴치한 생각들에 놀라고 있다. 나는 사람들이 가지고 있거나 아니면 느낄 수 있는 그런 감정과 반대되는 생각을 하고 그런 글을 쓴다고 한 예술가를 그렇게 적대시할 수 있는지 몰랐다. 작품의 결론에 대해 토론하고 논쟁하는 것은 이해할 수 있다. 하지만 고의로 아주 저주스러운 작품으로 만들기 위해 잘못된 인용문이나 말도 안 되는 해석으로 왜곡한다든가 작가를 인격적으로 모독하기 위해 작가의 삶을 중상모략한다든가 작품을 통해 작가를 증오한다든가 하는 것은 정말이지 내게는 영원히 풀 수 없는 수수께끼일 뿐이다.

나는 사실을 보고 모든 시대와 모든 생각을 본다. 하지만 오늘날 종교재판의 공포로도 인간들을 이와 같은 서로 간의 증오심에서 구해낼 수 없을 것 같다. 증오에 찬 비평가들은 때로 화형火刑을 언도하며 오른쪽에 사형집행인이, 왼쪽에 장작더미가 없는 것을 아쉬워하는 것 같다.

나는 이 분노를 바라보며 슬픔에 잠겨 있다. 하지만 마음은 고요하다. 나는 홀로 진실이 아닌 모든 것을 냉소적으로 바라본다. 만약 내가 세상 사람들과의 교제를 좋아하고 탐했더라면 나는 아마 잠시라도 세상에게서 나를 고립시켰을 이 중상모략에 괴로워했을 것이다. 하지만 나는 오직 진정한 우정만 찾으면서 어떤 방법으로도 나를 둘러싼 모든 것을 흔들어 댈 수 없다는 것을 알기에 그런 고약한 중상모략의 영향을 받지 않았다. 그래서 나는 거의 노력할 것도 없이 극복한 그런 박해쯤은 내 인생의 많은 불행 중 하나에 포함시키지 않을 수 있었다.

모든 일 중에 단지 나 자신의 삶에만 영향을 미치는 일에 대해 나는 전혀 고려하지 않는다. 그것은 내가 그 일들을 용기를 갖고 맞설 수 있어서가 아니다. 결코 그렇지 않다! 나는 예전에나 지금이나 너무나 감정적인 사람이라 위기의 순간을 이성적으로 넘기지 못한다. 하지만 나는 정신적 고통에 감사한다. 이성 또한 자신의 제국을 되찾게 되자마자 그것에 감사해야 한다는 걸 알고 있으므로.

내가 아는 사랑하는 모든 사람의 과거뿐 아니라 나 또한 과거 속에서 가슴을 찢는 끔찍한 일들, 마음을 짓누르는 실망들, 죽을 것만 같은 임종의 고통을 겪었다. 하지만 그것은 젊은 시절 겪어야 할 것들이었을 뿐이다. 행복을 향한 꿈을 손에 쥐고 붙잡으려는 것이 바로 젊음이다. 만약 그것을 쉽게 포기하고 그저 적당히 그 꿈을 좇으며 좌절한 바로 다음 날 새로운 확신을 가지고 절망으로부터 다시 일어나지 않는다면, 또 만약 공상들과 타오르는 신념들과 열정적인 헌신과 쓰디쓴 냉소와 불같은 분노, 그러니까 한마디로 모든 정신적 투쟁과 모든 새로운 도약이 없는 삶을 산다면 그것은 젊음이 아니다. 상상 속에 존재하는 세상과 눈앞에 파멸을 보면서도 가슴속 이상을 발견해야만 하는 그런 숙명, 그것이야말로 젊음의 권리이며 젊음이 감내해야 할 법이다.

그러나 이 모든 것들은 아련히 멀어지면서 공상들을 세상 속으로 사라지게 했다. 우리 중 누구도 그런 괴로움에서 해방된 것을 아쉬워하지 않지만 그렇다고 우리가 겪은 것을 후회하는 사람도 없다. 우리 모두 감정이 휘몰아칠 때가 진짜 인생을 사는 때라는 것을 알고 있다. 왜냐하면, 인생을 다 살고 나면 그때는 오직 회한悔恨만이 우릴 사로잡을 것이기 때문이다. 그러니 현실 속에서 우리에게 고통을 주는 시련을 힘들어 해서는 안 된다.

그런 고통은 무엇일까? 이제 그것에 대해 말하려고 한다. 느리건 빠르건 우리의 힘을 빼앗아 가고 우리의 힘을 감퇴시키는 모든 고통이야말로 진정한 불행이며 그것은 어떻게 위로할 길이 없다. 사악함과 정신적 범죄, 비겁함은 갑작스럽게 늙어 버린 불행들이며, 그런 것들에 대해서는 자기 자신을 동정할 수도 있고 다른 사람들도 동정할 수 있다. 그것은 육체적인 병과 같은 정신적 병이라고 할 수 있다. 결코 쓰러지지는 않지만 장애를 준다는 점에서 말이다.

당신의 몸은 늙기 전에 어떤 장애도 없을까? 당신이 얼마나 허약한 사람이든 불평하지 말길 바란다. 피조물인 인간이 장애 없이 늙는 것을 희망할 수 있다는 것 자체가 잘 살고 있다는 거니까. 당신의 영혼도 마찬가지이다. 진리와 정의에 관해서도 정신적 훈련이 필요하다고 생각지는 않는가? 지금 절망과 흥분 속에 일시적 위기를 만난다고 해도 이렇게 험한 인생을 경험하게 하는 운명을 탓하지 말길 바란다. 인간이 그런 걸 소망할 수 있다는 자체가 행복한 거니까.

지금 이런 철학은 내게 참으로 쉬워 보인다. 그러니까 "고통을 감내하라, 고통은 피할 수 없으니 또 고통이 찾아왔을 때 저주하지 말라, 우릴 더 나쁘게 만들지 않았으니" 같은 말들 말이다. 모든 정직한 영혼은 자신을 위해 이 겸손한 지혜를 실현해 볼 필요가 있다.

하지만 이것은 개인적으로 우리가 받는 고통보다 더 참기 힘든 고통이다. 나는 그런 고통을 오래도록 겪었고 그런 고통은 내 삶 속에 제왕처럼 군림해서 나의 개인적 행복까지 독살毒殺시켜 버렸다. 나는 그 이야기를 꼭 해야만 하겠다!

이 고통, 그것은 전 인류가 겪고 있는 악에 대한 고통이며, 인류 전체에 대한, 그러니까 지금 이 땅에 사는 인간의 운명을 바라보고, 생각하고, 고민하는 고통이다. 자기 자신만을 생각하는 것은 우리를 지치게 한다. 우리는 금방 기력이 고갈되는 미미한 존재들이며, 우리 각자가 쓰는 자기 이야기는 몇몇 기억의 단편이면 족하다. 설사 자신을 대단하게 생각한다고 해도 사람이 오직 자신만을 관찰하고 자신만을 응시할 수 있는 걸까? 그런데 그렇다 쳐도 자기를 숭고하다고 생각할 수 있는 사람이 몇이나 될까? 불쌍한 정신병자나 자신을 태양이라고 생각하고 지나가는 행인들에게 "눈부신 나의 빛을 조심해요!"라고 하지 않을까.

우리는 그러니까 인류라는 거대 의식 속에서 우리 자신을 잊을 때만 진정한 우리 자신을 이해할 수 있다. 우리는 어떤 큰 기쁨, 어떤 큰 명예심 앞에서 자기 자신이 위대하게 느껴지고 변화할 수 있다는 걸 느낄 때, 이 지구상에서 인간이라 불리는 종족들의 악함과 범죄와 광기와 불의와 어리석음과 수치스러움을 보면서 갑자기 극복할 수 없는 공포와 깊은 회한에 사로잡히게 된다. 이런 생각에 사로잡힐 때 교만함과 이기주의 따위는 우리를 위로해줄 수 없다!

"수백만 명의 사람들이 이성적이지 않다고 해도 나는 이성적인 존재다. 그래서 어리석은 자들이 당하는 악을 괴로워하지 않는다."라고 당신은 속으로 생각하겠지만 이것은 헛된 생각이다. 다른 사람들을 당신처럼 만들 수 없다면 당신도 자신할 수는 없을 테니까. 그리고 당신이 더 잘났다고 믿고 당신이 다른 사람보다 더 행복하다고 믿으면 믿을수록 당신은 고독감으로 점점 더 망연자실하게 될 것이다.

당신의 순수함과 온유함과 성실함과 당신 마음의 평온함은 결코 당신을 둘러싸고 있는 깊은 슬픔으로부터 도망칠 안식처가 되지 못할 것이다. 만약 당신이 더러운 환경과 더러운 땅 위에서 믿음도 법도 없이 사는 사람들, 그러니까 서로가 서로를 잡아먹고 선보다는 악이 더 빨리 전염되는 그런 사람들 사이에서 살게 된다면 말이다.

당신에게 행복한 가족이 있다고 치자, 당신처럼 선하고 좋은 친구들이 당신을 둘러싸고 있다고 가정해 보자. 그리고 병든 인류를 피하는 데도 성공했다고 치자. 세상에! 가엾은 선량한 자여, 당신은 거기서 더 고독해질 뿐이다!

당신이 온유하고 관대하고 섬세하며 역사책을 읽을 때 매 페이지마다 전율하고 매 시대마다 수없이 희생된 자들의 운명에 눈물을 쏟는다 해도 세상에! 이 불쌍한 사람아, 당신이 동정심으로 흘리는 그 눈물을 뭐에 쓸 것인가? 당신의 눈물은 당신이 읽는 페이지를 적실 뿐이고 증오심으로 무너져 내린 한 인간도 다시 살릴 수 없다!

당신이 신뢰가 두텁고, 열정적이고 적극적이라고 하자. 당신은 당신의 말에 귀 기울이는 사람들에게는 온 힘을 다할 것이다. 사람들이 당신에게 돌과 진흙을 던지면 당신도 아무 상관없이 용기 있게 다 견뎌 낼 것이다! 세상에! 가엾은 순교자여, 당신은 고통 속에 죽을 것이고 당신은 다른 인간들이 고통스럽게 하는 그 인간을 위해 기도하며 죽을 것이다!

다른 사람들의 삶을 살기 위해, 또 만연한 악이 개인의 행복을 시들게 하고 독살시킨다는 것을 느끼기 위해 성자가 될 필요는 없다. 우리 모두는 다 같은 고통을 겪고 있다. 그리고 그런 건 신경 쓰지 않는다는 사람들도 자신의 안전을 위해 부실한 건축물에 대해 고심하며 똑같이 고통스러워한다. 개인적 이익을 탐하는 대신 모두의 이익을 추구하는 쪽으로 빨리 방향을 전환해서 서로 열심히 해답을 찾으려 하지 않는다면, 이런 노심초사勞心焦思는 문명이 더 발전해서 서로 서로의 삶이 연결되어 자석 체인처럼 이쪽 끝에서 저쪽 끝까지 함께 공명하는 것을 느낄 정도가 되면 매일, 매시간 점점 더 심해져 두 사람이 만날 수 없고 세 사람이 함께하지 못할 것이다. 농부들, 그러니까 자기들 들판 저 너머의 일에 대해서는 무심하고 냉소적인 농부들조차도 오늘날에는 저 언덕 넘어 사는 사람들이 자기들보다 더 평온하고 만족한 삶을 사는지 궁금해 한다.

이것이 삶의 법칙이다. 하지만 모든 삶의 법칙 중 가장 잔인한 법이다. 그리고 이것이 양심의 법이 될 때 이 의무는 하나의 고통이 된다. 우리가 할 수 있는 것은 아무 것도 없기에.

이것은 정치에 대한 항거가 아니다. 현재의 정치는 아무리 좋은 형태라고 해도 여러 지평 중 하나일 뿐이다. 우리의 세계에 펼쳐진 고통의 법칙과 헐떡거리는 불평의 외침들은 이미 내면 깊숙이에서 경련을 일으키고 있다. 어떤 실제적인 혁명도 그 깊은 떨림을 틀어막을 수도 파괴할 수도 없다. 아무리 연구해 보아도 결국, 인류에게 선한 행동과 악한 행동을 알 뿐이며 그것들의 효과와 저항의 메커니즘을 알 뿐이니, 결국 그 영원한 전투가 '어떻게' 벌어지는지만 알 수 있을 뿐이다. 그 이상은 모른다! 왜 그런지는 오직 신만이 알고 있다. 신만이 우리에게 그 이유를 말해줄 수 있다. 인간을 이렇게 느리게 진화하도록 만든 신만이, 악보다는 선에 대해 더 똑똑하고 더 강하게 인간을 만들어줄 수도 있었을 신만이 말이다.

인간의 영혼이 완전한 지혜에 다다를 수 있느냐 하는 문제 앞에서 솔직히 신의 끔찍한 침묵은 나를 아연케 한다. 거기서 우리의 의지는 마치 꿰뚫을 수 없는 견고한 신비의 문 앞에서 산산이 부서지는 느낌이다. 왜냐하면, 오로지 개인의 쾌락만을 위하는 야만적인 법 때문에 신음하는 이 땅에 답하는 최고의 선, 모든 빛이며 완전함이라 여겨지는 그 신의 존재를 인정할 수 없기 때문이다.

무신론자들은 우주에는 우주의 법칙이 있다는 말도 안 되는 소리를 하는데, 이것은 자신의 생각이 한계를 가지고 있다고 하면서 동시에 우주를 다 이해할 수 있다고 말하는 것보다 더 황당한 소리이다. 하지만 신앙은 이런 의혹들을 해결해준다. 그러나 지친 영혼은 자신의 능력의 한계가 점점 더 좁아지는 것을 느끼고 자신의 헌신이 무의미해진다는 생각을 하게 되면서 자만심은 사라져 버리고 슬픔만을 느끼게 된다.

이런 이해할 수 없는 고정관념에 사로잡혀 나는 《렐리아》를 썼다. 나는 이것에 대해 아무에게도 이야기하지 않았다. 내 주변에 아무도 여기에 답해줄 수 없다는 것을 알았고 또 이렇게 해서 내 공상의 비밀도 간직하고 싶었다. 예전부터 나는 어떤 공상이 얼마나 나를 갉아먹고 집어삼키건 간에 그 생각을 천천히 홀로 즐기길 좋아했었고 또 좋아했다. 내게 허락할 수 있는 유일한 이기주의는 절망적으로 누구와도 소통하고 싶지 않은 거였다. 오직 자기의 생각 속에서 지쳐 가다가 어쩌면 내적 은혜 덕분으로 결국에는 살아야 한다는 생각에 양보하게 됐다!

그래서 친구들 앞에서 입을 다물었는데 책이 출판되자 나의 생각들은 더 큰 반향을 불러일으켰다. 미리 유명세를 예측했던 것은 아니다. 그저 쉽게 나 자신과 나의 고통을 팔면서 나는 속으로 이 책은 거의 읽을 사람이 없을 거라고 내가 한 모든 수고는 비웃음을 사게 될 거라고 생각했다. 믿음과 의혹 같은 심각한 문제에 꿈을 꾸게 하는 공허한 이야기들처럼 이 책이 불안한 몇몇 영혼들을 한숨짓게 하는 것을 보았을 때 이 책의 영향이 나쁘기보다는 오히려 좋을 거라는 생각을 했고 지금도 그 생각은 마찬가지다. 이런 물질 만능의 시대에 이런 책들은 《익살스러운 이야기》보다는6 더 가치 있을 거라고 생각했다. 비록 더 많은 독자를 즐겁게 하지는 못하겠지만 말이다.

거의 비슷한 시기에 나온 《익살스러운 이야기》에 대해 나는 발자크와 아주 큰 논쟁을 벌였었다. 그가 내게 억지로 읽어주려고 했기 때문에 나는 그 책을 그의 얼굴에 집어 던지려고 했다. 내가 그 책을 너무나 음탕하게 취급하자 그가 나를 꼰대라 여기며 "정말 못 말리네!"라 소리치며 계단을 내려갔던 기억이 난다. 하지만 발자크는 정말로 순진하고 좋은 친구였기에 우린 이 일로 더 친한 친구가 되었다.

퐁텐블로 숲에서 며칠을 보낸 후 나는 모든 예술가들이 갈망하는 이탈리아를 방문하고 싶었다. 나는 이탈리아에 대해 사람들이 말하는 것과는 반대로 실망했다. 곧 나는 그림들과 기념물들을 보는 데 진력이 났다. 추위로 열이 나고 더위로 지치고 푸른 하늘에도 싫증이 났다. 하지만 베네치아 한 구석에서 고독을 즐겼고 만약 아이들과 함께였다면 나는 더 오래 머물렀을 것이다. 다른 소설들이나 《한 여행자의 편지》에서 이탈리아나 베네치아를 묘사했던 부분은 다시 쓰지 않으려고 하니 안심하기 바란다. 이야기를 하다 자연스레 나오게 되는, 나에 대한 이야기들만 적으려고 한다.

---

6 〔역주〕 *Contes drolatiques*, 발자크의 단편집이다.

3. 이탈리아 여행

리옹에서 아비뇽으로 가는 증기선에서 우리 시대에 제일 주목할 만한 작가인 벨 씨, 그러니까 필명이 '스탕달'인 작가를 만났다. 그는 치비타베키아의 영사로 파리에 잠시 머물다 자기 자리로 돌아가는 중이었다. 그는 아주 머리가 명석한 사람으로 그와의 대화는 들라투슈를 생각나게 했다. 그보다는 덜 섬세하고 덜 우아했지만 말이다. 하지만 깊이는 더 있었던 것 같다. 처음 봤을 때 그는 퉁퉁한 얼굴에 살이 좀 찌고 용모 단정한 남자처럼 보였다. 하지만 들라투슈 같은 외모가 때로는 갑자기 멜랑콜리하고 아름답게 보이는가 하면, 벨 씨는 가만히 보고 있으면 냉소적이고 신랄해 보였다. 나는 온종일 그와 대화를 나누며 큰 호감을 갖게 되었다. 그는 이탈리아에 대한 나의 환상을 비웃으며 금방 싫증날 거라고 했고, 이 나라에서 아름다움을 찾으려는 예술가들은 진짜 할 일 없는 사람들이라고 했다. 나는 그의 말을 믿지 않았다. 그는 자신의 추방에 지쳐 마음이 삐뚤어진 것 같았기 때문이다. 그는 아주 재미있는 말로 이탈리아식을 비웃으며 참을 수 없어 했는데 그의 비난들은 도를 넘는 듯했다. 특히 그는 내가 이런 고통은 겪지 않았으면 한다며 그곳에서는 정말 즐거운 대화를 할 수 없다는 말을 했다. 그러니까 그의 말에 의하면 책이나 신문이나 뉴스 같은, 한마디로 모든 지적인 활동을 할 수 없다는 것이다. 그처럼 너무나 매력이 넘치고 독창적이고 잘난 사람이 자신을 알아주고 부추겨줄 사람들에게서 멀리 떨어져 있으니 그런 생각이 드는 것도 당연하다는 생

302

뮈세가 그린 스탕달 초상화(1802년).
뮈세가 상드와 이탈리아로 가던 중에
배 위에서 만난 스탕달을 스케치했다.

각이 들었다. 특히 그는 사람들의 허풍스러움에 조소嘲笑를 보냈는데
대화하는 모든 상대에게서 잘난 척하는 점을 열심히 찾아다 자신만의
신랄하고 경멸적 표현으로 깎아내렸다. 그가 나쁘다고는 생각하지 않
는다. 하지만 그는 신랄해 보이려고 너무 애를 쓰는 것 같았다.

그가 말한 이 나라의 권태로움, 지적 결핍 등은 나를 실망시키기보다
는 더 유혹적으로 보였다. 왜냐하면, 나는 그곳에, 다른 곳과 마찬가지
로, 편견을 갖고 사는 그 잘난 사람들을 피하기 위해 가는 것이니까.

증기선 선장이 날이 저물기 전에 생에스프리 다리를 넘을 수가 없
었기 때문에 우리는 다른 몇몇 여행객과 마을의 형편없는 식당에서
함께 식사를 했다. 그는 그곳에서 술에 얼큰하게 취해 미친 듯이 즐거
워하면서 털 달린 큰 부츠를 신고 테이블을 돌며 춤을 췄는데 그 모습

은 좀 괴기스럽고 전혀 아름답지 않았다.

아비뇽에서 그는 우리를 커다란 성당으로 데려갔다. 한쪽 구석에 나무로 만든 오래된 예수상이 있었다. 그것은 정말로 보기 흉한 모습이었는데 그는 그것을 보고 온갖 욕설을 퍼부었다. 그는 남프랑스에 사는 사람들이 좋아하는 그런 추한 야만성과 누드에 대한 형편없는 모방에 혐오감을 나타냈다. 그는 그것을 주먹으로 날리고 싶어 했다.

나로서는 벨 씨가 제노바로 가기 위해 육로로 가는 것이 그렇게 서운하지 않았다. 그는 바다를 무서워했고 나는 빨리 로마로 가고 싶었다. 그래서 우리는 함께 며칠을 지낸 후 헤어지게 되었다. 하지만 그가 자신의 취향이나 습관 혹은 외설스러운 공상까지 다 보여주었기 때문에 난 더는 미련이 없었고, 만약 그가 바닷길을 택한다면 나는 아마 육로를 택했을 것이다. 어쨌든 그는 대단한 사람이었고 자신이 인정하는 것에 대해서는 맞는 것을 넘어 아주 대단한 통찰력을 보여주었다. 그는 자기만의 진솔한 재능을 가지고 글을 쓰지는 못했지만 충격적이고 정말 톡톡 튀는 방식으로 독자에게 전달할 수 있는 사람이었다.

론강을 내려올 때부터 너무 추워서 떨었는데 제노바에서부터 열병이 나 버렸다. 그런데 열병은 추위와는 상관이 없었다. 왜냐하면, 이후 제노바에 갔을 때 따뜻한 날씨에도 다시 열이 났기 때문이다. 아마도 이탈리아의 기후 자체가 내게 안 맞았던 것 같다.

어쨌든 나는 여행을 계속했는데 고통스럽지는 않았지만 점점 더 오한惡寒으로 무기력해지고 정신이 몽롱해져서 아무 감흥 없이 피사와 캄포산토를 보았다. 어디를 가서 뭐를 보나 다 마찬가지였다. 그래서 동전 던지기로 로마냐 베네치아냐를 정했는데 베네치아가 10번이나 나와 운명인가 생각하고 피렌체를 통해 베네치아로 갔다.

피렌체에서 또 열이 나기 시작했다. 나는 꼭 봐야 할 작품들을 모두 보았다. 하지만 꿈속처럼 몽롱한 가운데 봤기 때문에 더욱더 환상적이었다. 날씨는 너무 좋았지만 몸이 얼어 있었고, 첼리니의 페르세우스와 미켈란젤로의 사각 예배당을 볼 때 갑자기 내 몸이 조각품이 된 것 같았다. 밤에는 내가 모자이크가 되는 꿈을 꾸었는데 나는 조심스럽게 내 몸의 작은 청벽색 옥들을 세고 있었다.

1월의 차갑고 청명한 밤, 안락한 사륜마차를 타고 아펜니노산맥을 넘었다. 그리고 밝은 노란색 군복을 입은 병사들이 마차를 에스코트하며 짐을 지켜주고 있었다. 길은 너무나 황량했고 병사들도 전혀 도움이 되지 않았다. 왜냐하면, 그들은 앞서가거나 뒤처져 오면서 강도 같은 것은 신경도 쓰지 않았기 때문이다. 이렇게 대비를 철저히 했지만 우리가 만난 것은 작은 화산뿐이었는데 나는 그것이 길 옆에 있는 랜턴인 줄 알았다. 병사는 "화산!"이라는 말만 강조했다.

페라라와 볼로냐에서는 아무것도 볼 수 없었다. 완전히 쓰러졌기 때문이다. 포를 지날 때는 조금 깨어났다. 그곳은 모래로 된 광대한 들판으로 좀 슬프고 우울했다. 이후로는 베네치아까지 잠을 잤다. 곤돌라로 내 몸이 미끄러져 들어가는데도 별로 놀라지 않았다. 그리고 마치 무슨 신기루처럼 산마르코광장의 불빛들이 물에 비치는 것과 비잔틴 건축의 거대하고 화려한 단면들이 달빛에 도드라져서 그 어느 것보다 환상적이고 거대한 모습으로 서 있는 것을 보았다.

베네치아는 정말 내가 꿈꾸었던 그런 도시였다. 내가 상상했던 것

들이 다 그대로 눈앞에 나타났다. 아침이나 밤이나 좋고 평온한 날이
나 폭풍 치는 어두운 날이나. 나는 이 도시가 그 자체로 좋았고 세상
에서 이런 곳은 없을 것 같았다. 왜냐하면, 모든 도시는 늘 내게 감옥
처럼 느껴졌고 오로지 함께 포로 상태가 되어 있는 동료들 때문에 견
뎌 왔기 때문이다. 베네치아에서는 혼자서도 오래 살 수 있을 것 같았
다. 그리고 베네치아의 아이들이 너무나 쾌활하고 자유로워서 사람
들이 왜 이곳을 하나의 도시가 아닌 한 사람의 연인처럼 사랑했는지
를 이해할 수 있었다.

열이 난 후에는 병은 더 심해지고 그동안 몰랐던 끔찍한 두통에 시
달렸다. 그리고 이후 나는 두통이 자주 났고 어느 때는 참을 수 없이
심한 두통에 시달려야 했다. 나는 이곳에 며칠만 묵을 생각이었고 이
탈리아에도 몇 주만 있을 예정이었다. 하지만 어떤 일로 인해 나는 더
있을 수밖에 없었다.

잘 알려지지 않았지만 알프레드 드뮈세는 이방인들을 괴롭히는 베
네치아의 풍토에 나보다 더 큰 타격을 받았다.[7] 그는 아주 심하게 앓

---

7 같은 시기에 베네치아에 있던 성악가 제랄디가 알프레드 드뮈세와 같은 때 심하게
   병을 앓았다. 그곳에서 자리를 잡고 살던 레오폴드 로베르의 경우는 내가 그곳을
   떠난 직후 머리에 총을 쏘고 자살했는데 내 생각에 어떤 사람에게는 너무 자극적인
   베네치아의 풍토가 그를 사로잡았던 비극적 우울감을 더 깊게 만들었던 것 같다.
   베니스에 있는 동안 나는 그의 집 건너편에 살면서 매일 그가 직접 노를 젓는 배
   를 타고 지나가는 것을 보았다. 그는 검은 벨벳 옷에 둥근 모자를 쓴 것 같은 머리
   모양을 하고 있었는데 마치 르네상스 시대 화가 같았다. 그는 창백하고 슬퍼 보였
   고 그의 목소리는 탁하고 날카로웠다. 나는 사람들이 아주 경이롭고 신비한 작품
   이라고 하는 그의 〈키오지아의 어부들〉이란 그림을 정말 보고 싶었다. 왜냐하면,

앉고 장티푸스 열병으로 거의 죽을 뻔하기도 했다. 나도 환자임에도 불구하고 어디서 오는 것인지 모를 힘으로 그를 지극정성으로 보살핀 것은 꼭 그의 천재적 예술성을 존경해서만은 아니었다. 그는 성격적으로 사랑스러운 구석이 있었고 또 그는 감정과 상상력 사이에서 시인으로 치열하게 고통받는 사람이었다. 나는 24시간 중 1시간도 자지 못하며 17일 동안 병상을 지켰다. 회복 기간도 거의 그만큼이 걸렸다. 그리고 그가 떠났을 때 그 피곤함이 이상한 증상을 가져왔던 기억이 난다. 나는 이른 아침 곤돌라를 타고 메스트레까지 그를 데려다주었다. 그리고 도시 안쪽에 있는 작은 운하를 통해 집으로 돌아왔다.

길처럼 이용되는 이 좁은 운하들에는 사람들이 건너가는 아치 모양의 작은 다리들이 놓여 있었다. 너무 오랫동안 밤을 새워서 시력이 너무 나빠져 모든 것이 거꾸로 보였다. 특히 이 연이어진 다리가 거꾸로 서 있는 것처럼 보였다.

하지만 봄이, 세상에서 가장 아름다울 이탈리아 북부의 봄이 왔다. 알프스의 티롤과 여기저기 떠 있는 베네치아의 부속 섬들은 내게 다시 글을 쓰게 했다. 돈이 거의 다 떨어져 가서 글을 써야만 했고 파리로 돌아갈 여비도 없었다. 나는 도시 안쪽에 있는 초라한 집에서

그는 어떤 분노에 찬 이상한 질투심으로 그것을 감추고 있었기 때문이다. 나는 그의 산책 시간을 잘 알고 있기 때문에 그 틈을 타 그의 작업실로 들어가 볼 수도 있었을 것이다. 하지만 나중에 자기 집 여주인이 자기를 배신한 것을 알게 되면 그는 미쳐 버릴 거라고들 했다.

나는 그의 신경을 조금이라도 건드리지 않기 위해 조심했다. 그리고 그를 매일 보는 사람들에게서 그가 이미 심각한 우울증에 빠져 있는 사람이란 걸 알게 되었다.

살고 있었다. 거기에서 오후 내내 혼자 칩거하며 오로지 밤에만 나와 공기를 마셨다. 그리고 베네치아의 모든 발코니에서 노래하는 밤꾀 꼬리들의 노래 소리를 들으며 밤에 글을 썼다. 나는 《앙드레》와 《자크》와 《마테아》와 《한 여행자의 편지》의 시작 부분을 썼다.

나는 뷜로즈에게 소포를 보냈고 이제 곧 내가 쓴 비용(나는 외상으로 살고 있었다)을 지불하게 될 참이었다. 또 하루하루 못 견디게 그리운 아이들에게도 돌아갈 수도 있었다. 하지만 이 사랑스러운 베네치아에서 예기치 못한 악운이 나를 따라다녔다. 돈이 오지 않은 것이다. 몇 주가 지나고 매일매일 문제가 심각해졌다. 그 나라에서는 정어리나 조개류 정도만 먹고 산다면 사실 생활비가 많이 들지 않았다. 너무나 더워서 식욕도 별로 나지 않았다.

하지만 베네치아에서 커피 없이는 살 수 없다. 외국인들은 하루에 적어도 블랙커피를 최소 6번은 마셔야 해서 병이 들곤 한다. 커피는 뇌에 위험하지는 않지만 뇌를 흥분시킨다. 물 위에서 몸을 쇠약하게 하는 환경 속에 사는 한 마치 무슨 강장제처럼 필수불가결한 것이지만 흥분한 상태로 땅에 발을 디디면 위험스러웠기 때문이다. 게다가 커피는 비쌌기 때문에 적게 마셔야 했다. 밤을 새기 위한 램프 기름도 정말 빨리 떨어졌다.

그리고 한 달에 15프랑을 주고 저녁 7시부터 10시까지 빌린 곤돌라가 있었는데 늙고 다리를 저는 뱃사공도 같이 고용해야 했다. 나는 도저히 그를 해고해서 굶게 할 수 없었다. 나는 그에게 돈을 지불하기 위해 6수로 저녁을 먹었다. 그리고 그는 내게 받은 돈으로 저녁 내내 술에 취해 있을 수 있었다.

이 불쌍한 카퇼 영감을 생각하니 내가 《한 여행자의 편지》에서도 쓴 적 있는 한 이야기가 생각난다. 그 이야기는 베네치아가 오스트리아의 지배를 받던 중임을 잘 보여주는 이야기였다.

어느 저녁 나는 정박 중인 곤돌라 안에 있으면서 카퇼 영감에게 뭔가를 가져오라고 심부름을 시키고 그를 기다리고 있었다. 그런데 펠트라, 그러니까 곤돌라의 뚜껑에 지나가는 주정뱅이인지 뭔지 하는 사람이 오줌 누는 소리가 들렸다. 덧문이 닫혀 있었기 때문에 나는 그 추잡한 행위에 대해 그리 걱정하지 않고 있었다. 그런데 카퇼 영감이 쉰 소리로 "네 마음대로 내 곤돌라를 더럽히냐! 여기가 무슨 변소인 줄 알아?"라고 소리치는 소리가 들렸다. 그러자 아주 이상한 이탈리아 말로 상대가 "나는 대 오스트리아 황제의 근위병이니 내가 그러고 싶으면 네 곤돌라에 오줌 쌀 권리가 있지." 하고 대답했다. 그러자 뱃사공은 "하지만 안에 부인이 타고 있어!"라고 소리쳤다.

전혀 술에 취하지 않은 오스트리아 장교는 곤돌라의 문을 열어 나를 보고는 "아무 말도 하지 않고 계셨다니 정말 친절하고 예의 바른 부인이군. 하지만 네놈은 내일 감옥에 가게 될 거다. 내 칼이 네 몸을 뚫지 않은 걸 감사하게 생각하라고." 했다.

그리고 실제로 불쌍한 카퇼은 만약 내가 중간에 끼어들어 그가 술에 취했으며 오스트리아 장교께서 나의 곤돌라에 볼일을 봐주신 것이 크나큰 영광이라고 하지 않았으면 감옥에 갈 뻔했다.

이런 식의 억압은 매일 매 순간 벌어졌다. 조금이라도 담배 냄새가 나면 세관원들은 아파트까지 올라와 서랍장이나 장식장들을 샅샅이 뒤졌다. 그러는 동안 스카프나 스타킹 같은 것을 슬쩍 가져가지 않으면 다행으로 생각해야 했다. 나는 제노바의 세관이나 또 다른 곳에서 내 짐에 손을 대는 것을 속수무책으로 본 적이 있었다.

식민지배에 대한 유일한 복수는 '폴리치넬라'였다.[8] 새로 온 독일 놈들은 못 알아듣는 베네치아 방언으로 적들을 향한 재미있는 욕설을 퍼부었다. 그리고 좀 수상한 외국인이 관중 속에 들어오면 아이들은 폴리치넬라에게 조심하라는 신호를 보냈다. 나도 두 명의 헝가리 스파이가 15분 동안 자기를 욕하는 소린지도 모르고 듣던 모습과 세 번째로 베네치아 말을 알아듣고 웃는 헝가리 스파이가 나타나자 갑자기 욕설이 칭찬으로 바뀌는 것을 본 적이 있다.

모든 인형극에서 바보 역할은 늘 테데스코가 맡았다. 그의 임무는 언어 선생인 척하면서 폴리치넬라의 이탈리아어 수업을 들으러 오는 거였다. 독일 놈이 단어를 잘못 발음할 때마다 폴리치넬라는 몽둥이를 날렸고 그럴 때마다 관객들은 발을 구르며 미친 듯이 웃어댔다.

외국에서 온 적을 향한 모두의 증오심은 적어도 모두를 하나 되게 하고 형제가 되게 하는 데는 일조했다. 나는 그 어디서도 베네치아만큼 따뜻한 인정을 본 적이 없다. 이제 막 싸움이 붙은 두 짐꾼에게 "꼭 독일 놈들 같네."라고 말하기만 하면 당장에 싸움을 그만두게 할 수 있었다.

그러니 정말 끔찍하고 역겨운 오스트리아의 식민 지배만 없었다면 나는 베네치아 사람이건 물건이건 모든 것을 좋아했을 것이다. 베네

---

8 〔역주〕이탈리아 인형극을 의미한다.

치아 사람들은 다정하고, 착하고, 사려 깊다. 경제적으로 그들을 넘보는 슬라보니아 사람들이나 유태인과의 관계만 없었다면 그들은 튀르키예 사람들만큼이나 정직했을 것이다. 그곳에서 튀르키예 사람들은 매우 인정받고 사랑받는 사람들이다.

하지만 그렇게도 이 아름다운 나라와 이 나라 사람들을 좋아하고 또 글쓰기에 너무 좋은 편안하고 느긋한 분위기 속에서 생활함에도 불구하고, 또 한 걸음 걸을 때마다 정말 동화 속 같은 풍경과 고즈넉함과 매혹적인 구석구석에 감탄하게 되는 곳에서 지내면서도 나는 현실적으로 너무 비참했고 또 앞으로 닥칠 일들과 떠날 수 없다는 것에 대해 불안을 금할 수 없었다. 집세가 오지 않고 있는 것이다. 수도 없이 파리에 편지를 보냈지만 아무것도 오지 않아 매일 우체국에서 실망하며 돌아왔다. 나는 몇 권이나 되는 원고를 보냈지만 그것이 도착했는지도 알 수 없었다. 베네치아에 있는 누구도 〈양세계 평론〉이란 잡지의 존재조차 몰랐다.

어느 날 정말 아무것도, 문자 그대로 아무것도 없어서 저녁도 거의 먹지 못했지만 보름치를 미리 지불한 곤돌라에 누워 있으면서 정말 죽을 것 같은 심정으로 혹시 베네치아에 내가 아는 누구에게 조금이라도 돈을 받고 곤돌라를 대신 쓰게 할 수는 없을까 하는 생각을 했다. 그런데 갑자기 기발한 생각이 떠올라 마음을 다잡고 진정시키고는 당장 주변에서 나를 알아보고 그냥 무조건 나를 이 위기에서 구해줄 프랑스인을 찾기로 했다. 말도 안 되는 소리지만 분명한 확신을 가지고 곤돌라의 덧문을 열었다.

그리고 곤돌라를 타고 산마르코 운하로 가서 나를 지나쳐 가는 사람들을 바라봤다. 나를 아는 사람은 아무도 없었다. 하지만 계속 공원으로 들어가 평소 나답지 않게 산책하는 사람들의 얼굴을 주의 깊게 바라보고 그들이 하는 말소리에 귀를 기울였다.

그런데 갑자기 예전에 도르산 온천에서 알게 되었던 아주 착하고 예의 바른 남자와 시선이 마주쳤다. 그는 남편과도 친해져서 노앙에도 몇 번 왔던 사람이었다. 그는 내가 누군지 알고 있었다. 그는 그곳에서 나를 만난 것을 몹시 놀라워하며 달려왔다. 그에게 내 상황을 설명하자 그는 기쁘게 지갑을 열면서 방금 이상하게도 주변에 나와 연관될 만한 것이 아무것도 없는데도 무슨 이유에선지 나와 노앙과 베리에 대해 생각하는 중이었는데 신기하게 나를 만났다고 말했다.

이것은 우연히 일어난 일일까? 아님 내가 나의 예감을 얘기하자 그냥 꾸며낸 얘기일까? 나도 모르겠다. 어쨌든 나는 있는 그대로를 얘기할 뿐이다.

나는 200프랑 이상은 거절했다. 그는 러시아로 갈 예정인데 그전에 빈에 며칠 머물러야 하니 그때까지 파리에서 돈이 오면 그에게 돈을 갚고 나도 그 돈으로 프랑스로 돌아갈 수 있겠다고 생각했다.

나의 바람은 실현되었다. 그가 베네치아를 떠나자마자 제발 다시 찾아봐 달라는 나의 간절한 부탁을 받은 우체국 직원 하나가 쓰지 않고 방치되었던 상자에서 뷜로즈의 편지와 수표들을 발견하게 되었다. 우연인지 아니면 일부러 그랬는지 모르지만 그렇게도 여러 번 물어보고 또 물어봤는데도 그것은 거기에 두 달 동안이나 방치되어 있었다.

나는 곧바로 일들을 처리했다. 짐들을 싸고 8월 말 찌는 더위에 베네치아를 떠났다.

나는 늘 합승 마차를 싫어했고 전세 마차를 좋아했다. 전세 마차를 타면 며칠 여행하면서 아름다운 지방을 걸어서 구경할 수도 있었고 정지해 있을 때는 보호받을 수도 있었다. 마부는 강도를 두려워하지 않는 아주 용감한 사람이었고 그런 모습 때문에 그를 고용했다. 왜냐하면, 당시 이탈리아에서는 마부나 여관 주인들의 횡포와 싸우는 것이 큰 골칫덩어리였으니까. 그래서 '카를론'이란 별명을 붙인 마부와 나는 우리 여정을 절대 바꾸지 않을 거라는 것에 합의했다. 종종 놀란 농부들이 우리에게 돌아가라고 소리를 치더라도 말이다. 오스트리아 경찰은 아주 훈련이 잘 되어서 농부들이 이런 식의 속임수를 쓰는 거였다. 하지만 나는 이런 일들을 핑계 삼아 내 일정이 길어지는 것을 원치 않았다. 카를론은 웃으며 항상 뒤따라가며 강도를 만나면 다 때려눕히겠다고 약속했다.

카를론이란 별명은 특별한 의미가 있었다. 사람들은 마제르 호숫가에 있는 산카를로 보로메오에 있는 거대한 신상을 그렇게 부른다. 보통 끝에 '온'을 붙이면 크고 거대하다는 뜻이다. 몸집이 큰 밀라노 사람인 나의 안내원은 이 별명을 자랑스레 생각했다.

나는 만약의 경우, 산을 탈 때를 대비해 가방 속에 바지와 모자와 노동할 때 입는 웃옷을 항상 가지고 다녔다. 그렇게 해서 낮에도 움직이지 않고 글만 쓰고 곤돌라를 타면서 무기력했던 다리를 좀 움직일 수 있었다. 여행 동안 나는 많이 걸었고 큰 호수도 모두 보았다. 그중 가장 아름다운 것은 내 생각에 가르드 호수였다.

　너무나 무더운 열기 속에 우리는 이탈리아 쪽에서 알프스 능선의 차가운 빙산까지 심플론을 가로질러 갔다. 그리고 저녁에는 론강 계곡에서 시원한 봄바람을 맞을 수 있었다. 나는 지금 여행기를 쓰는 것은 아니니까 단지 그곳은 정말 잊을 수 없을 정도로 멋진 곳이었다는 말만 하고 지나가겠다. 마르티니와 샤모니 사이의 '검은 머리' 길목까지 가는 길은 정말 굉장했다. 대단한 폭풍이 불 때는 세상에서 가장 멋진 광경도 보았다. 여행 전 사람들은 노새 타는 것을 그렇게도 말렸었는데 아니나 다를까 노새는 앞으로도 뒤로도 가지 않고 꿈쩍하지 않아 나는 굴레를 그의 목에 던져 버리고 잔디가 난 비탈길을 신나게 뛰어 내려가 비가 쏟아지기 전에 샤모니에 도착했다. 그리고는 곧 굵은 빗방울이 떨어지면서 산이 울리고 굉음이 천지를 흔들었다.

　여행 중 단 두 사람만을 만났다. 첫 번째는 안토니노였다. 그는 작은 가발 가게를 하는 사람으로 베네치아에서 하인으로 고용했던 사람인데 일 잘하고 똑똑한 사람이라 나는 그에게 알프레드 드뮈세와 함께 파리로 가라고 했다. 그리고 만약 뮈세가 그를 데리고 있기 싫다고 하면 내가 다시 고용하겠다고 약속했었다. 하지만 안토니노는 고향이 너무 그리워 걸어서 알프스를 넘는 중에 나를 만난 것이다. 그때 나는 남자 옷을 입고 있었지만 그는 내 얼굴을 알아보고는 자기 고장에서 말하듯 "아! 세상에 맙소사!"라고 소리치며 걸음을 멈추었다 ….

　그리고 내게 와서 이탈리아의 모든 하인과 여인숙 종업원이 하듯 내 손에 입을 맞추었는데 그때 나는 다른 사람들에게는 그 광경이 너무 이상하게 보였을 거란 생각을 했다. 몸에 꼭 끼는 다 낡아빠진 옷을 입고 장갑 한쪽과 금줄 끝을 손에 쥔 어른이 자기처럼 머리부터 발끝까지 먼지를 허옇게 뒤집어쓴 한 소년의 손에 입을 맞추는 그 묘한 모습이 말이다.

가엾은 안토니노는 너무나 힘든 상황에 있었다. 휴가를 허락받은 것도 아니고 그냥 무작정 파리를 떠나오면서 여비 같은 것은 요구할 수도 없었다. 그래서 돈 한 푼 없이 비참한 상황이기는 하지만 직업이 직업인지라 어디서든 포마드 냄새를 맡을 줄 알았던 그는 여전히 가발 미용사를 하며 여행하는 중이었다. 그는 사랑하는 고향을 못 보니 차라리 동냥하는 게 낫다고 생각하는 영원한 베네치아 사람이었다.

그의 힘들었던 이야기들을 듣는 것은 재미있었다. 왜냐하면, 그는 아주 순수하고 다채롭고 우아한 진짜 이탈리아어를 구사하고 있었기 때문이다. 그는 고향을 생각할 때마다 애향심에서 '아름다운 베네치아'라는 표현을 수없이 반복했고 파리 사람들에 대해서는 근본적으로 'sofistica'라고 불평했다. 이 말은 궤변론자들이란 뜻이다.

나는 여행을 좀 편안하게 하라고 얼마를 보태주었는데 그는 한사코 받지 않으려고 했다. 그는 오히려 내 꼴을 보고 "부인께서도 운이 아주 나쁘셨던 것 같군요."라고 말했다. 하지만 결국, 눈물을 흘리며 수없이 감사를 표하며 내가 주는 돈을 받았다.

두 번째 만남은 두 부분으로 나뉘는데, 심플론을 지날 때에 영국인 3명이 내 앞에서 가파른 길을 오르고 있었다. 맨 앞에 가는 사람이 그리 숨도 가쁘지 않은 상태로 앞질러 가는 내게 놀란 표정으로 "정말 힘들지요!"라고 말했다.

몽블랑산에서 같은 영국인 3명이 정상에서 내려오고 있었고 나는 기어 올라가고 있었다. 나는 맨 앞에 있는 사람을 금방 알아봤고 그는 아는 눈짓을 하며 내려갔다. 그런데 그 뒤에 따라오는 사람이 한숨을 쉬며 슬픈 목소리로 "정말 힘들지요!"라는 말을 프랑스어로 하며 뭔가 뿌듯해하는 것 같았다.

만약 이 트리오를 세 번째 만났더라면 아직 내게 말을 하지 않은 한 사람은 분명 똑같은 말을 했을 것이다.

이탈리아에 대한 이야기를 끝내기 전에 형편상 많이 보지는 못했지만 베니스의 극장들에 대한 이야기를 하고 싶다. 파스타 부인은 돈첼리와 극장에서 노래하고 있었다. 그녀는 루비니보다는 못했지만, 그런대로 괜찮았고 매력적이어서 파리에서도 사랑받았었다. 메르카단테의 오페라 〈라파우스타〉의 초연 날 파스타 부인은 페드르 같은 역할을 했는데 여전히 너무나 아름다웠다. 그런데 목소리가 제대로 안 나와 처음부터 끝까지 여러 번 틀리게 노래를 했다. 하지만 프랑스 청중보다 관대한 이탈리아 청중들은 그녀가 예전에 비극 배우로 또 여자 가수로 최전성기였던 순간만 기억하며 그녀에게 갈채를 보내며 열광적으로 환호했다. 작곡가에게도 환호가 대단했다. 우리 파리 사람들은 엄두도 못 낼 일이었다. 매번 막이 끝날 때마다 불려 나온 작곡가는 무대 막과 난간 사이를 15번이나 20번쯤 왔다 갔다 하며 무대를 이리저리 가로질러 다녀야 했다. 겸손하고 어리숙하고 순진한 메르카단테는 웃기기도 하고 기막힌 이 수모를 다 견디고 있었고 그 곁에서는 아무렇지도 않은 척 파스타가 가슴을 활짝 펴고 웃고 있었다.

파스타는 무대 위에서는 여전히 젊고 예뻤다. 많은 이탈리아 여자처럼 작고 통통하고 짧은 다리를 가지고 있었지만 그 모든 것을 덮고도 남을 만한 풍만한 가슴을 가진 그녀는 귀족적 자태와 정확한 연기로 자신을 위대하고 자연스럽게 보일 줄 아는 사람이었다.

그런데 다음 날 곤돌라에 서서 그녀가 늘 고집하는 아주 구차한 옷을 입고 있는 그녀를 만나고 나는 크게 실망했다. 루이 18세 장례식장에서 가까이 봤던 너무나도 섬세하고 부드럽고 예쁘던 얼굴은 사라지고 없었다. 낡은 모자와 외투를 입은 파스타는 일하는 하녀 같았다. 그래도 그녀가 곤돌라 사공에게 자기가 가고 싶은 곳을 가리키는 손동작은 마치 여왕이나 여신 같은 풍모가 보였다.

페니스 극장에서 배경과 의상이 화려하고 환상적인 발레도 보았다. 하지만 예술적인 측면은 형편없어서 우리나라의 시골 극장, 그러니까 "배경은 온통 금으로 장식됨" 같은 말로 관중을 끌어모으는 그런 시골 극장에서도 참을 수 없을 정도였다. 실제로 궁전이나 옷에는 금이 넘쳐흘렀지만 모든 것이 다 멍청하고 추하게만 보였다. 과거를 사랑하는 데 있어서는 너무나 열정적이고 감식안이 있는 베네치아 사람들도 현재에 대해서는 너무 야만적이란 생각이 들었다.

패러디나 고전적인 소극笑劇 혹은 베네치아식이라고 할 수 있는 고치의9 희극 무대에서는 국가적 색채가 보였다. 자코메토(베네치아식으로 부르는 르질의 이름)를 연기하는 배우는 연기의 정확성과 절도가 드뷔로와 필적할 만했다. 대사를 할 때도 완벽했다. 하지만 그의 이

___
9 〔역주〕이탈리아 희극작가인 카를로 고치(Carlo Gozzi)를 말한다.

름은 기억나지 않는다. 지방 풍습에 대한 고치의 희곡은 유쾌하고 자연스러운 매력이 넘쳤다. 하지만 깨끗하고 넓은 극장에는 관객들뿐이고 무대 위 예술가의 재능에 관심을 두는 다른 예술가는 없었다.

공원에도 야외극장이 있었는데 다른 연극 무대처럼 꾸며졌지만 단지 지붕만 없었다. 그래서 태양이 무대와 관객들 위에 쏟아져 내렸다. 야외에서 본 무대 배경과 분 바른 배우들은 정말 상상을 초월할 정도로 끔찍한 모습이었다. 사람들은 이탈리아어로 번역한 코체부의10 연극을 공연하고 있었다. 그리고 어디나 감각이 뛰어나고 대사도 잘 소화하는 작은 악마들이 있기 마련이다. 희극은 우리나라 시골 극단보다 이 가난한 유랑 극단이 상대적으로 더 잘하는 것 같았다.

이탈리아 사람들은, 적어도 그 당시에는, 좀 더 소박한 그러니까 우리보다 정교하고 덜 외설스러운 코미디 감각을 가지고 있었다. 그들의 민족성에서도 그것을 볼 수 있고 또 그들의 예술에서도 그런 것 같았다. 만약 예술이 다른 나라에 지배당한 민족에게도 일어날 수 있다면 말이다.

내가 볼 때 다른 어느 곳에서도 볼 수 없었던 베네치아의 가장 큰 매력은 바로 평등의 전통이었다. 이 귀족의 나라는 과두寡頭 정치에 의한 공화정이란 정치 제도를 가지고 있었고 정책적 소비로 모든 것이 평준화된 것처럼 보였다. 그리고 외국의 침략으로 이것은 현실이 되었다. 지방에서도 직업과 쾌락과 감정과 이익에 있어서의 계급 타

---

10 〔역주〕 독일 희곡작가 코체부(August von Kotzebue, 1761~1819)를 말한다.

파에 기꺼이 동조하고 있었다. 군대도 없고 땅도 없으니 모든 주민은 하나가 되어 길에서 서로 어깨를 마주치거나 물에서도 서로의 안전에 관심을 가질 수밖에 없다. 길에서 걷는 모든 사람과 물 위의 배는 모두 머리를 나란히 하고는 서로가 서로의 눈을 바라보고 이야기하며 느긋하게 시간을 즐기면서 잔인하고 무례한 외국 침략 아래서 서로 소통하며 공감대를 형성한다. 너무나 아름다운 장소, 저렴한 생활비, 생활의 편리성, 복잡한 에티켓도 없고 산과 바다도 가깝고 겨울 한 달과 여름 두 달만 빼면 너무나 좋은 날씨에 두세 명의 친구와 나누는 다정한 만남들.

만약 아이들이 함께 있었다면 나는 베네치아에 오래 머물렀을 것이다. 나는 종종 버려진 오래된 성을 1만 프랑이나 1만 1천 프랑쯤에 사서 아이들과 멋진 폐허의 한 귀퉁이에서 글을 쓰며 살 생각도 했었다. 용감하고 사람 좋은 페페가 이 위대한 나라를 다시 세우고 영웅적으로 오스트리아와 맞서려고 했을 때 나는 그 생각을 또 했었다. 하지만 많은 노력을 했음에도 이 나라는 다시 속국이 되었고 공화국도 사라져 버렸다.

제네바에서 아이들이 너무 보고 싶었던 나는 단숨에 파리로 왔다. 모리스는 엄청나게 자라 있었고 학교에도 거의 적응하고 있었다. 성적도 아주 좋았다. 하지만 내가 돌아온 것이 우리 둘에게는 큰 기쁨이었지만 또다시 모리스는 우리 둘이 아닌 모든 것에 혐오감을 느끼기 시작했다. 아이의 교육을 위해서는 내가 너무 일찍 와 버린 것이다.

아이의 방학이 시작되었고 우리는 함께 노앙에 가서 솔랑주를 만났다. 딸아이는 내가 없는 동안 하녀가 키우고 있었는데 믿고 아이를 맡길 수 있는 사람이었고 또 성격도 좋은 사람이었다. 이 여자는 아주 헌신적이고 일도 세심하게 잘했다. 나는 딸아이가 포동포동하고 깨끗하고 활력이 넘치는 것을 보았다. 하지만 그 장난꾸러기 아이가 그 여자 앞에서는 고분고분하게 말을 들었다. 그 모습은 내 어린 시절의 로즈를 생각나게 했다. 그녀도 나를 너무나 사랑했지만 내게 큰 상처를 주었다.

나는 아무 말도 하지 않고 가만히 지켜보았고, 하녀가 아이 교육을 위해 매질을 한다는 것을 알게 되었다. 나는 작은 매들을 다 불태워 버리고 아이를 내 방으로 데려와 버렸다. 이 행동은 쥘리(그녀의 이름도 예전 할머니 방에 있었던 여자처럼 쥘리였다)의 자존심을 잔인하게 짓밟아서 그녀는 날카롭고 무례해졌다. 하녀로서 그렇게도 완벽했던 위선적인 겉모습 속에 그녀는 고약하고 검은 양심을 품고 있었다. 그녀는 내 남편에게 아첨하며 나에 대한 말도 안 되는 바보 같은 중상모략을 털어놓았고 마음 약한 남편은 그것을 들어줄 수밖에 없었다. 나는 그녀의 설명도 듣지 않고 그녀를 내보내며 그녀가 한 일에 대해 꽤 많은 보수를 주었다. 하지만 그녀는 양심을 품고 떠났고 뒤드방 씨는 그녀와 계속 편지를 주고받으며 이후 다시 만났다.

나는 그런 일에는 별로 신경 쓰지 않았다. 그런 종류의 혐오스러운 비겁함은 이미 무시하기로 한 지 오래됐고, 더하나 덜하나 아무 상관도 없었다. 나는 내가 경멸하는 일들을 처리하는 방법을 알지 못했다. 또 남편과의 평화로운 관계에 폭풍이 불어닥치리라는 것도 알지 못했다. 우리 사이에 그런 싸움은 별로 없었다. 또 우리가 각자 독립적인 생활을 한 후부터는 거의 없었다. 베네치아에 있는 내내 뒤드방 씨는 아이들에 대한 우정 어린 편지를 보내왔고 늘 내가 여행을 통해 많은 것을 배우고 건강하길 바란다는 편지를 보내왔다. 그런데 후에 남편의 변호사는 이 편지를 증거로 자신의 의뢰인이 고독 속에서 삼켜야 했던 괴로움을 토로했다.

미래에 대한 어떤 어두움도 보지 못한 채 노앙에서 나는 아이들과 친구들과 행복한 시간을 보냈다. 플뢰리는 나보다 어린 내 어릴 적 친구 로르 데세르와 결혼했다. 그녀는 내가 장난꾸러기일 때도 벌써 철이 들었었다. 뒤베르네는 내가 잘 모르는 외제니라는 여자와 결혼했는데 그녀는 나를 보자마자 자기 남편과 내가 말을 놓는 것을 보고는 어린아이처럼 즉시 말을 놓자고 했다. 나보다 어린 뒤테이유의 아내도 나의 오랜 친구였다. 또 나의 사랑하는 말가쉬, 쥘 네로, 어릴 적 친구인 귀스타브 파페, 1830년에 만났지만 그 순수한 마음과 따뜻한 헌신으로 최고의 친구였던 플라네, 마지막으로 술이 취하지 않았을 때는 세상에서 가장 매력적인 남자 중 하나인 뒤테이유와 사랑하는 롤리나, 모두가 온 마음을 함께 나누는 나의 친구들이었다. 이 중 두명은 죽었고[11] 나머지는 아직도 여전한 우정을 나누고 있다.

플뢰리와 플라네(뒤베르네는 파리에 자주 여행 왔을 때)는 생미셸과 이후 말라케강 변의 모임을 주도한 친구들이다. 8~10명 정도의 친한 사람들이 모이는 형제 같은 모임으로 대부분이 프랑스의 자유를 위한

---

[11] 세상에나! 내가 이 글을 쓰는 동안 세 번째로 한 사람이 저 세상으로 갔다. 나의 사랑하는 말가쉬는 그를 위해 내가 막 아펜니노에서 가져온 꽃들을 받지 못하게 되었다.

꿈을 꾸었으며 누구도 자신들이 정치적으로건 문학적으로건 뭔가 기여할 거라는 데는 의심의 여지가 없었다. 이 중에는 아이도 하나 있었는데 12~13살쯤 된 예쁜 아이가 우연히 우리와 합류하게 된 것이었고, 나는 똑똑하고 성격 좋고 유쾌했던 이 아이는 언젠가는 사랑받는 배우가 될 거라고 알았다. 그래서 언젠가는 내가 꼭 찾아 역할을 주고 싶은 아이였는데 그 아이의 이름은 프로스페르 브레상이다. 12

나는 이탈리아로 떠나면서부터 이 모임에 참석하지 못했고 다른 사람들도 이후 차츰 차츰 멀어져 갔다. 하지만 베리 사람들만의 만남은 상황만 허락한다면 언제든 다시 해야만 했는데 1834년 거의 1년 만에 노앙에서 반갑게 다시 만나게 된 것이다.

나는 이들 중 몇 명과 발랑세를 여행했고, 돌아오면서는 롤리나와의 대화에서 영감을 받아 〈프린스〉라는 짧은 글을 쓰게 되었다. 그런데 이 글이 탈레랑 씨를 너무나 화나게 했다는 말을 들었다. 나는 그를 화나게 할 줄은 생각도 못하고 그런 무례한 글을 출판한 것을 후회하고 있다. 나는 그를 모르니 그에게 개인적 악감정이 있었던 것은 아니다. 단지 그가 대표를 맡고 있는 거짓되고 부끄러운 외교 정파들이 하는 짓들과 생각에 대한 혐오감을 나타내겠다는 핑계로 그를 등장시켰을 뿐이다.

나이가 든 것이 무슨 성역도 아니고 또 거의 반쯤 무덤에 들어간 것 같은 그 연세로 이제는 거의 역사 속의 인물이 되었다고 해도 어쨌든

---

12 〔역주〕 프랑스 배우 Jean Baptiste Prosper Bressant (1815~1886) 을 의미한다.

나는 내용이 사실이고 아니고를 떠나, 비판할 때 그분의 신상을 감춰주지 못한 것을 후회한다. 친구들은 내가 역사가로서 당연히 권리가 있다고들 하지만 나는 속으로 현재 일어나는 일들에 대해서 나는 역사가라고 할 수 없으며 나의 소명도 살아 있는 사람을 공격하는 것은 아니라는 생각을 한다. 우선은 정말로 그런 정파를 해체시키기 위한 그런 종류의 글에 충분한 재주가 있는 것도 아니고, 또 나는 여자이기 때문에 같은 무기를 가지고 남성과 맞설 수도 없다. 여자를 모욕하는 남자는 비겁한 자가 되지만 먼저 남자에게 상처를 주는 여자는 벌을 받지 않는다는 것에 대한 지나친 남용이기 때문이다.

나는 내가 쓴 것을 파기하지는 않았다. 왜냐하면, 이미 쓴 것은 쓴 것이니까. 또 이미 알려진 생각을 좋든 싫든 다시 거두어들일 수도 없는 거니까. 하지만 중상모략을 당하는 경우가 아니라면 또 내가 말을 해서 좋은 것보다 나쁜 것이 더 많을 때는 결코 다른 사람들에 대해 상관하지 않기로 했다.

당시 나는 아주 전투적인 열정을 가지고 있었던 것 같다. 거짓에 대한 분노 때문이었는데 언론인들의 정치 싸움에 함께해 달라는 말도 수백 번 들었다. 하지만 친구 중 몇 명이 그것이 나의 의무인 양 떠민 경우에도 나는 단호히 거절했다. 만약 사람들이 나와 함께 신문을 만들어 당과 당의 싸움과 사상과 사상의 싸움을 다룬다면 용기 내어 참여했을 것이며 다른 사람들보다 더 대담한 일도 했을 것이다. 하지만 매일 무슨 결투를 하듯, 개인적인 일에 참견하고 해석하고 소소한 일들에 간여하며 여론과 맞서는 일은 내 성격에 맞지 않을 뿐 아니라 천성적으로 불가능한 일이다. 나는 24시간 동안 화를 내고 분을 품는

짓은 할 수 없다. 설사 그것이 불가피한 정의를 실현하게 해주는 일이라도 말이다.

기사나 잡지의 편집에 참여해야 해서 그때 내 이름이 그런 정치적이고 문학적인 행동에 동조하는 것으로 보일 때는 많이 힘들었다. 어떤 사람들은 나의 태도가 확실치 않고, 또 감정이 너무 뜨뜻미지근하다고 한다. 첫 번째 말은 맞을 수도 있다. 하지만 두 번째 표현은 틀리다. 하나가 다른 하나의 결과라고 생각하지도 않는다. 1847년 나의 정치적 무감각에 욕을 하며 아주 멋진 말로 내게 참여하라고 했던 많은 사람이 1848년에[13] 나보다 훨씬 더 조용하고 온순해졌던 것을 기억한다.

내가 살면서 처음으로 정치 참여에 관심을 갖기 시작한 1835년으로 가기 전에, 나는 나를 그런 일에 연루시킨 혹은 연루시켜야만 했던 몇몇 사람들에 대해 이야기하겠다. 이 사람들이 여전히 정치계에 알려지지 않은 사람들이기 때문에 일단 정치 이야기를 시작하게 되면 그들에 관한 이야기로 돌아가기는 쉽지 않을 것이다. 나의 중심 주제를 끊지 않기 위해 나는 들라투슈의 이야기에서 그랬던 것처럼 그들과 나의 관계에 대해 먼저 이야기해 보겠다.

— 7권에서 계속

---

13 〔역주〕정작 혁명이 일어난 후였다.

조르주 상드 연보

1804년

7월 1일 조르주 상드, 본명 아망틴 오로르 뤼실 뒤팽(Amantine Aurore Lucile Dupin)은 파리 15구 멜레가 15번지에서 모리스 뒤팽 드프랑쾨이유와 소피 빅투아르 들라보르드 사이에서 태어났다. 아버지는 폴란드 왕족의 피를 이어받은 귀족 출신이었고 엄마는 가난한 새 장수의 딸이었다. 양쪽 집안의 이 엄청난 계급 차이는 상드 인생 전반에 큰 영향을 미쳤으며 상드가 평생을 사회주의 운동에 헌신하게 되는 계기가 된다.

1808년

할머니 집이 있는 노앙에서 상드의 가족은 9월 16일, 아버지 모리스 뒤팽의 갑작스러운 죽음을 맞이한다. 집으로 돌아오는 도중 말에서 떨어져 목뼈가 부러지는 사고를 당한 것이다. 시어머니와 사이가 좋지 않았던 상드의 엄마는 딸의 미래를 위해 딸을 노앙에 남겨 놓은 채 파리로 돌아가고 이때부터 상드는 할머니의 엄격한 교육 아래 엄마를 사무치게 그리워하며 살게 된다.

1818년

1818년 1월 12일부터 1820년 4월 12일까지 상드는 수녀원 기숙사에서 생활했다. 할머니의 훌륭한 교육으로 루소, 볼테르 등이 집필한 많은 철학 서적과 문학 서적을 읽고 음악, 미술 방면에서도 상당한 일가견을 갖게 된 오로르는 어느 날 저녁, 늘 그리워하던 엄마의 천한 출신성분에 대한 할머니의 모욕적인 말을 듣고 점점 더 반항적으로 행동한다. 이에 할머니는 상드를 파리의 앙글레즈 수녀원 기숙사에 집어넣었다. 이곳에서 상드는 하나님을 만나는 신비한 체험을 하게 되고 신앙적 열망이 갈수록 뜨거워져 수녀가되고 싶어 하자 할머니는 그녀를 결혼시키기 위해 노앙으로 데려온다.

1821년

12월 26일 상드의 할머니가 지병으로 세상을 떠났다. 할머니가 생전에 아버지 쪽 집안인 빌뇌브 가족에게 미성년인 상드의 교육을 맡겼지만 상드의 어머니는 오로르를 파리로 데려간다. 이 일로 오로르 엄마와의 접촉을 꺼리던 아버지 쪽 친척들과는 완전히 결별하게 된다.

1822년

18살 되던 해 9월 17일, 알고 지내던 집안의 소개로 카지미르 뒤드방 (Casimir Dudevant)과 결혼해서 몇 년 후 아들 모리스(Maurice)와 딸 솔랑주(Solange)를 낳는다. 하지만 독서를 좋아하고 철학적 몽상에 빠지기 좋아하는 상드와 사냥만 좋아하고 책 같은 것은 쳐다보지도 않는 남편과의 결혼생활은 매우 불행했다.

1831년

상드가 살았던 베리 지역 출신으로 파리에서 활동하던 쥘 상도라는 작가를 알게 되고 남편과 합의하에 석 달은 노앙, 석 달은 파리에서 지내기로 하면서 파리 생미셸가 31번지에 집을 얻는다. 노앙의 집을 포함해 할머니로부터 유산으로 물려받은 모든 것은 결혼 후에 남편의 소유가 되어 상드는 파리 체류 시 남편이 주는 적은 돈으로 아이들과 궁핍하게 생활하게 된다.

1832년

5월 19일 상드는 쥘 상도의 이름을 딴 조르주 상드라는 필명으로 첫 작품 《앵디아나》(*Indiana*)를 출판하고 석 달 뒤에는 《발랑틴》(*Valentine*)을 발표하는데 이 두 작품으로 상드는 하루아침에 유명해진다. 재정상태가 좋아진 상드는 말라케강 변으로 이사한다. 이즈음 당시 유명한 배우 마리 도르발과 알게 된다.

1833년

6월 17일 〈양세계 평론〉 잡지사 편집장인 뷜로즈가 초대한 식사 자리에서 뮈세를 만나 연인이 된다. 둘은 함께 이탈리아 여행을 가는데 뮈세는 가는 동안 병에 걸린 상드를 내버려 두고 거리의 여자를 찾는 등 무책임한 행동을 한 데다 파리로 돌아온 뒤 질투로 폭력적이 되어 상드는 거의 도망치다시피 노앙으로 떠나며 이 연애사건을 끝낸다. 하지만 이 둘이 주고받은 편지는 한 권의 서간집으로 출판되어 젊은 연인들의 심금을 울린다. 헤어진 후 뮈세는 두 사람의 이야기가 담긴 《세기아의 고백》을 발표해서 상드에게 묵언의 용서를 구한다. 이 해에 상드는 《마테아》, 《한 여행자의 편지》를 출판한다.

중편 《라비니아》가 출간되고 얼마 후인 8월 10일, 《렐리아》 출판으로 엄청난 스캔들의 주인공이 된다. 이 작품에서 상드는 여자의 성적 욕망에 대한 의문을 스스럼없이 표출하고 있는데 이것은 당시로서는 상상도 할 수 없는 물음이었다.

1834년

뮈세를 통해 알게 된 천재 피아니스트 리스트로부터 라므네를 소개받아 그의 기독교적 사회주의 사상에 매료되었다. 상드는 사회주의에 입문하게 되고, 그에게 받은 영감으로 소설 《스피리디옹》을 쓰기 시작하고 《개인 비서》, 《레오네 레오니》를 발표한다.

1835년

문학적 조언자이며 친구였던 평론가 생트뵈브를 통해 또 한 명의 사회주의 사상가 피에르 르루를 만나 그의 기독교적 사회주의 이론에 크게 감명받는다. 상드는 자신의 사회주의 사상의 근본은 신앙심이라고 자서전에서 밝히고 있다.

1836년

2월 16일 남편이 관리하는 노앙의 재정상태가 점점 더 악화되자, 상드는 재판을 통해 남편과 별거한 후 어린 시절 추억이 가득한 노앙 집을 되찾고 아이들의 양육권을 갖는다. 그리고 이 재판에서 변호를 맡은 공화주의자 미셸 드부르주의 영향으로 사회주의 운동에 더 깊이 빠져든다.
리스트와 그의 연인 마리 다구를 통해 쇼팽을 처음 만나고 《시몽》을 발표한다.

1837년

말년에는 상드와 많은 갈등을 겪었던 상드의 엄마가 병으로 숨을 거두게 된다. 《모프라》와 《마지막 알디니》를 발표한다.

1838년

쇼팽과 연인관계가 된다. 상드는 쇼팽과 아이들을 데리고 스페인 마요르카 섬의 발데모사 수도원에 머무르는데 백 년 만에 온 한파와 폭우 등으로 쇼팽의 건강이 악화되어 여행은 악몽이 된다. 또 기술 장인이 주인공인 《모자이크 마스터》를 발표한다. 신앙적 고뇌를 담은 《스피리디옹》(*Spiridion*)이 발표된다.

1840년

《프랑스 일주 노동연맹원》(*Le Compagnon du tour de France*, 이 책은 우리말로 《프랑스 일주의 동반자》로 번역되는 경우가 있는데, 책 내용을 보면 제목의 'Compagnon'은 단순한 동반자라는 뜻이 아니라 당시 프랑스 전역을 다녔던 노동연맹의 일원을 말한다) 을 발표한다.

1841년

파리의 한 대학생이 주인공인 소설 《오라스》를 통해, 사회주의 혁명을 바라보며 상드 자신이 가지고 있던 고뇌와 갈등을 이야기한다. 같은 해에 《마요르카에서 보낸 겨울》이 발표된다.

1842년

버려진 고아 소녀가 그 어떤 귀부인보다 아름답게 성장하는 소설 《콩수엘로》(*Consuelo*)를 발표해서 귀족 집안이 아닌 누구라도 고귀한 품성을 지닐 수 있다는 사회주의 사상을 사람들 뇌리에 각인시킨다.

1844년

사회주의 운동에 깊게 참여하고 있던 상드는 9월 14일, 〈앵드르의 빛〉이란 잡지를 창간해서 그녀 자신도 많은 정치적인 글들을 싣는다.

1845년

《앙지보의 방앗간 주인》을 발표한다. 시골 방앗간 주인의 순박함을 통해 계급 타파에 대한 사람들의 생각을 깨운다. 또 《테베리노》와 《앙투안 씨의 과오》를 발표한다.

1846년

쇼팽과 함께 파리와 노앙을 오가며 그를 어머니와 같은 모성애로 돌보던 상드는 《루크레치아 플로리아니》(Lucrezia Floriani)를 출판했는데 여기에서 사람들은 이미 둘 사이에 사랑이 식었음을 알게 된다. 또 상드의 대표작 중 하나인 《악마의 늪》(La Mare au Diable)을 발표했는데 이때부터 발표되기 시작하는 상드의 전원소설은 너무나 풍요롭고 다채로운 어휘력과 아름다운 문장으로 훗날 초등학교 교과서에도 실리게 된다.

1847년

약혼 중이었던 딸 솔랑주가 갑자기 파혼을 선언하고 성격파탄자인 조각가 오귀스트 클레젱제(Auguste Clésinger)와 결혼하게 되는데, 막무가내로 돈을 요구하는 사위와 몸싸움까지 벌인 상드는 결국 딸 부부와 의절하게 되고 이때 솔랑주 편을 드는 쇼팽과도 사이가 틀어져 몇 년 후 결별하게 된다.

1848년

2월 혁명이 성공하고 제2공화국이 세워지자 사회주의 사상가였던 상드는 파리에서 활발한 활동을 펼치며 여러 잡지에 관여하고 많은 정치적 글을 발표한다. 하지만 이해 3월 상드가 너무나 사랑하던 손녀, 솔랑주의 딸 잔이 6살 나이로 죽는데, 상드는 이 사건을 일생 중 가장 슬픈 사건 중 하나로 꼽는다. 전원소설 《사생아 프랑수아》를 발표해 아무 계급도 없는 시골 사람들의 아름답고 순수하고 희생적인 영혼을 그리고 있다. 이런 소설을 통해 상드는 계급타파뿐 아니라 기독교적 신앙도 설파한다.

1849년

5월 20일 마리 도르발이 죽고 10월 17일에는 쇼팽도 세상을 떠난다. 이때 상드는 "내 마음은 묘지가 되었다"라고 자서전에서 고백한다. 이때 아들 모리스가 조각가이며 극작가인 알렉상드르 망소를 소개한다. 당시 그의 나이는 32살이고 상드는 45살이었는데 망소는 상드의 마지막 연인이 되고 죽을 때까지 매우 충실한 비서 역할을 하게 된다.

1851년

나폴레옹 2세가 쿠데타로 황제의 자리에 오르며 제 2공화국이 무너지자 상드는 고향 노앙으로 칩거해 버린다. 전원소설 《사랑의 요정》이 발표된다.

1853년

18세기, 상드가 살았던 베리 지역에 있었던 백파이프 장인들의 삶을 그린 역사 소설 《백파이프의 장인들》을 발표한다.

1855년

상드의 자서전 《내 생애 이야기》가 발표된다.

1857년

4월 30일 당대의 주요 작가들이 모이던 그 유명한 '마니가의 모임'에 여자로서 유일하게 초대된 상드는 이곳에서 플로베르를 알게 되어 이후 죽을 때까지 편지로 긴 우정을 나눈다. 이 둘 사이의 편지는 한 권의 서간집으로 나와 있다.

1859년

상드는 뮈세가 죽은 후 그와의 관계를 그린 《그녀와 그》를 발표하는데 그 내용을 보고 격분한 뮈세의 형 폴은 자기 동생을 옹호하고 상드를 비난하는 《그와 그녀》라는 소설로 응수한다.

1865년

8월 21일, 상드의 연인이었으며 충실한 비서로 그녀의 마지막 행적들을 자세히 기록해 5권의 비망록을 남긴 망소는 결핵으로 상드보다 일찍 숨을 거둔다.

1873년

레지옹 도뇌르 훈장을 거절하며 장관에게 이런 편지를 쓴다. "그러지 마세요. 친구여, 제발 그러지 마세요! 저를 우습게 만들지 마세요. 정말로 내가 식당 아줌마처럼 가슴에 붉은 리본을 달고 있는 모습을 봐야겠어요?" 손녀딸들을 위해 《어느 할머니의 옛날 이야기》 1편을 발표한다.

1876년

《어느 할머니의 옛날 이야기》 2편을 발표한다. 6월 8일 오전 10시경 장폐색으로 몇 달간 고통받던 상드는 숨을 거두고 노앙의 자기 집 뒷마당에 묻힌다.

찾아보기

지은이 · 옮긴이 소개

지은이_조르주 상드 (George Sand, 1804~1876)

본명은 아망틴 오로르 뤼실 뒤팽 드프랑쾨이유이며 결혼 후 뒤드방 남작 부인이 된다. 1804년 파리에서 태어나 1876년 노앙에서 삶을 마쳤다. 19세기 프랑스 낭만주의 소설가이자 문학 비평가, 언론인이었으며 70여 편의 소설과 50여 편의 중단편과 희곡 그리고 많은 정치적 기사들을 남겼다. 귀족인 아버지와 평민인 어머니 사이에 태어나 계급적 갈등을 겪으며 사회주의 운동에도 깊이 관여했다. 여성의 권리를 위해 많은 글을 써서 페미니즘의 어머니로도 알려져 있다. 뮈세, 쇼팽과의 사랑으로 많은 스캔들의 주인공이기도 하다. 이혼제도가 확립되지 않은 시절 재판을 통해 이혼하고 파리와 노앙을 오가며 독립적인 생활을 했다. 리스트, 쇼팽, 들라크루아, 발자크, 플로베르, 라므네, 르루, 부르주, 루이 블랑 등 정치 문학 예술계의 영향력 있는 사람들과 교류하고 자신도 큰 영향력을 미쳤으며 공화주의자로 잡지를 창간하는 등 적극적인 정치활동을 펼치기도 했다. 말년에는 노앙에 칩거하며 아름다운 문장으로 유명한 전원소설을 쓰고 손주들을 위한 동화책을 쓰기도 했다. 러시아 혁명에 가장 큰 영향력을 끼친 사람으로 평가되며 유럽인들을 싫어했던 도스토예프스키는 상드만을 유일하게 존경할 만한 유럽인으로 꼽는다. 그녀는 말년에 문단의 여자 후배에게 후세 사람들에게 자신을 "여자로서의 삶이 아닌 예술가로서의 삶을 살았던 사람"으로 얘기해 달라고 고백한다.

옮긴이_박혜숙

연세대 불어불문학과를 졸업하고 동 대학원에서 〈조르주 상드의 몽상세계〉로 석사 학위를 받았다. 이후 미국의 오하이오대에서 두 번째 석사 학위를 받고 2001년에는 파리 소르본에서 〈조르주 상드 소설에 나타난 여주인공 유형〉으로 박사 학위를 받았다. 이후 모교인 연세대에서 학생들을 가르쳤고 현재 연세대 인문학 연구원 전임 연구원이며 프랑스의 상드협회(Les Amis de George Sand) 회원이기도 하다. 저서로는 《프랑스 문학 입문》(연세대학교 출판부), 《소설의 등장인물》(연세대학교 출판부), 《프랑스 문화와 예술》(연세대학교 출판부), 《프랑스 문학에서 만난 여성들》(중앙대학교 출판부), 《그녀들은 자유로운 영혼을 사랑했다》(한길사), 《프랑스 작가 그리고 그들의 편지》(한울) 등이 있으며 역서로는 《지난 파티에서 만난 사람》(빌리에 드릴아당 지음, 바다출판사) 외 다수가 있다. 현재 '영화로 보는 유럽문화'라는 유튜브 채널을 운영하며 주기적으로 영상 강의를 올리고 있으며 인문학 강사로도 활동하고 있다.